# DIE AFREIS VAN ABEL LOTZ

Ander titels deur dieselfde skrywer:
*Frats* (2007)
*Seisoen van sonde* (2009)
*Abel se ontwaking* (2010)
*Abel se lot* (2011)

Oor *Seisoen van sonde*
Gewonder wie die volgende groot speurroman gaan skryf na Deon
Meyer? Hier's hy: Chris Karsten. – Kerneels Breytenbach, *Rapport*.

Oor *Abel se ontwaking*
Abel Lotz bly die boek se sterkpunt, met daarmee saam natuurlik
Karsten se skryfstyl; hy sou selfs 'n telefoongids boeiend kon
aanbied. – Francois Bloemhof, *Die Burger*
 Dis 'n indrukwekkende roman met sterk karakters wat jou
enduit boei. – Nico Geldenhuys, *Beeld*

Oor *Abel se lot*
"*Abel se lot* is nie net 'n sterk aanloop tot die laaste boek in die reeks
nie, maar kan met gemak op sy eie staan. Chris Karsten bewys weer
eens waarom hy met reg as een van ons beste misdaadskrywers
bestempel word." – Madri Victor, Litnet

# Die afreis van Abel Lotz

## CHRIS KARSTEN

Human & Rousseau

Vir Udo en Ilse

Kopiereg © 2012 deur Chris Karsten
Eerste uitgawe in 2012 deur
Human & Rousseau,
'n druknaam van NB-Uitgewers,
Heerengracht 40, Kaapstad
Omslagfoto deur Peter van Beveren
Bandontwerp en tipografie deur Michiel Botha
Geset in 11.25 op 13.75 pt Granjon
Gedruk en gebind deur Paarl Media Paarl
Jan van Riebeeck Rylaan 15, Paarl, Suid-Afrika

ISBN 978-0-7981-8353-6
EPUB 978-0-7981-5641-7

And now it was time to go – though in one sense he would never leave this place where he had been reborn, for he would always be part of the entity that used the double-star for its unfathomable purposes.
– Arthur C. Clarke, *2001: A Space Odyssey*

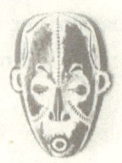

# 1.

Oor sy skouer sê Rabie Saadi vir die twee polisiemanne: "Julle vat julle tyd, nè? Kan 'n moord wees, al die bloed en hare, en julle kom nou eers."

Hy sluit die laaste kamerdeur in die gang langs die brandtrap oop en staan opsy. "Wat help dit mens bel, doen jou plig as wetsgehoorsame burger, en dit vat vier ure voor die polisie opdaag? Ek't 'n besigheid hier, kan nie heeldag sit en wag nie, tyd's geld."

"Jy's nie al wat bel nie." Die sersant skuur met sy groot maag teen Rabie verby tot in die kamer. "Wat stink so? Die plek ruik vrot. Stink al jou kamers so?"

"Dis wat ek bedoel," sê Rabie. "Ons kon die kamer al skoongemaak het, as ons nie die hele dag vir polisie moes sit en wag nie." Hy beduie met 'n wuif van sy hand na die stofsuier en mop en slopemmer in die gang langs die trollie met die lappe en borsels en bottels Ajax en Vim en Mister Clean. Skoon lakens en handdoeke lê opgevou op die onderste rak van die trollie. "Kyk na die plek, lyk of 'n vark hier geslag is."

"Dog jy sê moord? Ek sien g'n kadawer nie," sê die tweede polisieman, 'n konstabel.

Die sersant wys na die mat. "Is dit ou bloed, daardie vlekke?"

Rabie kyk na die sersant. "Wat? Ek's 'n hotelbaas, nie 'n bloedkenner nie."

"Die mat sal jy nie weer skoonkry nie. Laat kom maar die tapytmense vir 'n nuwe een."

Die konstabel druk 'n venster oop vir vars lug.

"Die badkamer lyk erger," sê Rabie.

7

Die sersant loer by die badkamer in. "Hy hét iets hier geslag, sommer in die bad. En nie 'n vark nie, nie met sulke lang hare nie."

Rabie staan nader, beduie na die gekoek van ou bloed en hare in die bad, die taai spatsels en vlekke teen die teëls op die mure en vloer. "Die uitloop is verstop, ek sal 'n loodgieter ook moet laat kom."

"Eers nadat forensies klaar is." Die sersant klik sy tong, suig aan sy tande, kyk om na Rabie. "En jy't dit eers vanoggend ontdek?"

"Nie ek nie, Evangeline. Het kom klop, en toe niemand antwoord nie, sluit sy oop en kry dié gemors."

"Die skoonmaker?" vra die sersant, vryf oor sy groot maag.

"Huishoudster," sê Rabie.

"Maar dis ou bloed, lankal gestol. Kom maak Evangeline nie elke dag skoon nie? Watse vlooines bedryf jy hier? As die gesondheidsinspekteurs kom kyk, sluit hulle jou deure."

"Wat bedoel jy vlooines? Dis 'n ordentlike plek, dis net hierdie kamer wat so lyk. Residensiële hotel, dis wat dit is."

"Dis 'n bordeel, man! Almal ken die Sleep Inn. Wie bly in die kamers, hè? Die minister van polisie, speaker van die parlement, voorsitter van Anglo American? Dis hoere wat hier bly, Rabie. En strippers. Swaai saans aan daardie blink pale in jou kroeg."

"O, jy was al hier?"

"Is dit hoe dit werk, hulle huur die kamers by jou, maand tot maand, en jy steek kommissie in jou sak vir hulle besigheid? Kontant, belastingvry?"

"Eksotiese dansers," sê Rabie. "Dis hoe hulle genoem word."

"Hoeveel kamers het jy?"

"Vier en twintig."

"Almal beset?"

"Nee. Ek hou 'n paar oop vir instapgaste."

"Soos hierdie een. Was hy 'n instapgas? Hoe lank het hy hier gebly?"

"Maand en 'n half."

"En toe sommer net weggeloop."

"Vooruit betaal vir twee maande."

"Skuld jou nie huurgeld nie?"

"Nee, behalwe vir 'n nuwe mat, en 'n loodgieter vir die bad se uitloop."

"Maar hy't 'n deposito neergesit én twee maande vooruit betaal?"

"Ja."

"Hy't nie sy deposito teruggeëis toe hy weg is nie?"

"Hy's in die nag hier weg, sonder om iets te sê. Net weggeloop en die gemors gelos."

"Dis nie 'n misdaad om in die nag weg te loop nie. Jy't die deposito en helfte van 'n maand se huurgeld vir skade."

"Maar dis 'n misdaad om iemand in 'n bad te vermoor. Ek soek nie sulke publisiteit nie. Dis sleg vir besigheid, vir my goeie naam."

Die sersant lag. "Jou goeie naam?"

Rabie vererg hom. "Ek kon stilgebly het. Maar ek's wetsgehoorsaam, ek't gebel, vier ure met my vingers gesit en speel voor die polisie besluit om op te daag. Nou kom staan en praat jy van vlooines en bordeel en hoere. Is dit die dank wat 'n goeie burger van hierdie land kry as hy 'n misdaad aanmeld, hè, sersant?"

"Wanneer laas het Evangeline hierdie vuil kamer kom skoonmaak? Is dit bloed daar aan die lakens ook? En al die vuil potte en borde daar by die stofie, kyk hoe aangepak is dit."

"Die plek is vol miere en kakkerlakke," sê die konstabel. "Jy sal die fumigators ook moet laat kom. As die gesondheidsinspekteur ..."

"Ja, jy het dit al gesê." Rabie beduie weer na die trollie. "Hy't gesê hy wil nie gepla word nie, sal self skoonmaak. Evangeline moes soggens die trollie met die skoonmaakgoed en skoon lakens voor die deur los. Hy't gesê hy's siek, onder doktersbehandeling, slaap baie van al die medisyne. Evangeline sê die trollie staan al drie dae voor sy deur, die skoon handdoeke en lakens net so, dis hoekom sy vanoggend kom klop het. Sy dog hy's dalk stil heen, met dié dat hy so siek was. Wil nie 'n lyk te lank in die kamer laat lê nie, jy weet, dis hoekom sy oopgesluit het."

"En sy't aan niks geraak nie, jou net gaan roep? Hoe laat was dit?"

"Sewe-uur vanoggend. Ek't kom kyk en dadelik die polisie gebel."

"Oor jy dink dis moord? Waar's die liggaam?"

Rabie kyk na die sersant, sy gekrap aan 'n puisie of ingroeihaar aan 'n wang wat tril van die spek wanneer hy praat. "Hoe moet ek weet waar's die liggaam? En lyk dit nie vir jou soos moord nie? Kyk al die bloed en hare. Dink jy hy't homself net raak geskeer, aan die bloei gegaan, oor die vloer, in die bad? So erg raak geskeer dat daar spatsels aan die muurteëls is? En wat van die hare, hè? Dis swárt hare, nie syne nie, hy't sulke yl vaal haartjies as ek reg onthou."

"Dalk 'n baard?"

"Uhm . . . "

"Jy kan nie onthou nie, Rabie? Het jy jou gas dan nooit gesien nie?"

"Ek't hom min gesien, hy't hom skaars gehou, nie gemeng nie. Verbeel my hy't 'n baard laat groei."

"Hy't nie in die kroeg 'n dop gaan drink en na die kaalgatte aan die pale gekyk nie?"

"Nee. Hy't gevra vir 'n kamer ver van die musiek en kroeg-lawaai af. Gesê hy's siek, soek stilte."

"Kamer by die brandtrap, om ongesiens te kom en gaan," sê die konstabel.

"Sal jy hom kan beskryf vir 'n identikit?" vra die sersant. "Vir as forensies iets in die kamer kry wat op 'n misdaad dui."

"Wat van al die bloed?" sê Rabie moedeloos. "Is dit nie onwet-tig nie?"

"Dis nie 'n misdaad om te probeer selfmoord pleeg nie. Om in die bad te gaan sit en jou polse te sny nie." Die sersant betrag opnuut die teëls. "Ja, dit kan die bloed teen die mure verklaar. Miskien het hy 'n stil plek kom soek om 'n einde te maak aan sy lewe. Skuld, egskeiding, ongeneeslike siekte, wie weet?"

"Waar's sy lyk dan?"

"Dalk het hy halfpad besluit hy wil tóg nie selfmoord pleeg nie. Dis nie ongewoon dat mense met selfmoordneigings hulle bedink nie." Die sersant draai na die konstabel. "Forensies op pad?"

"Ek't gebel, sê hulle sal oor 'n uur of twee hier wees. Dalk eers later, sodra hulle klaar is by die toneel in Judith's Paarl."

Rabie gooi sy hande in die lug. "Nóg twee ure! Hy kan al in Timboektoe sit!"

"Hei, meneer Saadi, weet jy hoeveel moorde word elke dag in hierdie land gepleeg? Weet jy hoe oorwerk polisiemanne is? Gaan kry die lint in die kar, konstabel. Seël die deur."

Die sersant draai terug na Rabie. "Niemand mag hier inkom nie. Dit kan 'n paar dae vat voor forensies die uitslae kry. Tot dan word dit as 'n misdaadtoneel beskou. Dis al ná twaalf, wat's op jou spyskaart? Wat van iets te ete terwyl die konstabel sy werk doen? Jy kan my van jou gas vertel, van meneer Formal ..."

"Fomalhaut."

"Is hy 'n Hollander?"

"Praat Afrikaans."

"En jý, meneer Saadi? Watse aksent is dit?"

"Ek's 'n Suid-Afrikaner, hier gebore – ou Marymount in Kensington. My pa het ná die Slag van al-Malkiyya hier in Suid-Afrika aangekom, in '48. Het sy been teen die Israeli's verloor. Hy't hierdie hotel begin. By die huis praat ons Libanees. Dis waar my pa vandaan kom, Baalbek."

"So jy's 'n Arabier?"

"Wat de hel maak dit saak, sersant? Wat's jy?"

"Sersant Mfundisi, dis wie ek is, amaZoeloe. En saam met my is konstabel Xala, amaXhosa. Wat het jy gesê is vandag op jou spyskaart?"

"Dis nie die Ritz nie, sersant, dis die Sleep Inn in Bez Valley. Ons het 'n kroegete beskikbaar, met koue vatbier."

"Dié meneer Formalhaut, het hy vir jou siek gelyk toe hy die kamer kom huur het? Ek bedoel, was hy bleek, koorsig . . . of het hy net gesê hy's siek en jy't hom geglo?"

"Hoe sal ek weet of hy koorsig was, 'n koorspen in sy gat opdruk? Hy't wonde van 'n ongeluk gehad, hy't siek gelyk."

"Watse wonde?"

"Hande en gesig vol snye, klomp pleisters opgeplak, een oog byna toegeswel. Ek't nog gesê dit lyk of hy in 'n treinongeluk was. Toe sê hy: 'Snaaks dat jy dit sê, dit wás 'n ongeluk met 'n trein, daardie spooroorgang naby Magaliesburg. Kar het net gaan staan en stol.' Gesê hy soek 'n kamer vir twee maande, betaal vooruit."

"Plus die deposito."

"Plus die deposito."

"Hoe oud skat jy hom?"

"Miskien al vyftig. Gesê hy's van die Kaap. Hy is in die antiekwarebesigheid, ry rond en koop ou meubels en goed."

"En jy't in sy ID-boek gesien sy van is Formal . . ."

"Fomalhaut. Dis soos hy dit in die register geskryf het, soos ek die kwitansie aan hom uitgemaak het."

"Die naam stem ooreen met sy ID-boek, sy foto daarby?"

"Uhm . . . nie eintlik nie."

"Nie eintlik nie? Hoe meen jy?"

"Sersant, ek kyk nie na elke gas se ID-boek nie. Hoe kan jy die goed vertrou? Hoe kan jy vir elkeen sê wys my jou ID? Die gaste wat my kamers huur . . ."

"Jy bedoel die eskorts en paaldansers met name soos Candy en Mandy en Randy en Sandy . . . Ja, ek sien wat jy meen. Hulle wil nie eintlik hê dit moet uitkom hulle's eintlik Barendiena of Fransiena nie, nè? Watter man wil kyk hoe 'n Fransiena aan 'n paal swaai, haar kaal Koekemoer-stert vir die wêreld uitstal? Hoe't meneer Fomalhaut die pleisters oor sy gesig geplak as hy 'n baard laat groei het?"

"Hy't nie die nag met 'n baard hier aangekom nie. Hy't die baard hier laat groei."

"So, jy't hom tog soms gesien? O ja, ek sal 'n hamburger vat, met kaas en tjips. En baie uie, goed gebraai."

Rabie bel sy kok, dan volg hy die sersant by die deur uit. Hy kyk hoe konstabel Xala die deur toetrek en die slot en handvatsel met geel polisielint verseël. Hy merk ook hoe sersant Mfundisi sy groot kop agteroor skarnier, nekrolle oor die kraag van sy hemp, sy blik op die kameralens hoog teen die muur langs die brandtrap. Die kameralens bied 'n uitsig op die hele gang, tot by die hysbak se deure.

"Konstabel, bring 'n stoel," roep die sersant oor sy skouer.

"Ek't die deur nou net verseël, sersant."

"Maak oop en bring 'n stoel, jy kan dit weer verseël, daar's genoeg lint. Of betaal jy self vir die lint?"

"Ek't die CCTV laas jaar laat insit," sê Rabie. "Nadat 'n gas in haar kamer gemolesteer is. Op elke vloer, ook een in die kroeg. 'n Mens weet nooit wat 'n dronkie alles kan aanvang nie, en môre ontken hy alles, sê hy was nie gisteraand in die Sleep Inn nie. Jy weet hoe dit is, sersant? Nou't ek bewyse, op kamera."

"Klim op, konstabel," sê sersant Mfundisi. "Kan jy daai lens bykom?"

Die konstabel staan op sy tone op die stoel, strek sy vingers uit. "Ja, dit lyk soos ou verf, sersant. Die lens is toe met swart spuitverf, soos daai wat hulle vir graffiti gebruik."

"So gedink," sê die sersant. "Soek jy ook 'n hamburger, konstabel?" Hy draai na Rabie. "Nog 'n hamburger. Wanneer het jy laas na dié kamera op jou monitor gekyk?"

"Uhm . . . laas week?"

"En dit het toe gewerk? Jy kon na hierdie gang kyk, na gaste in en uit by jou eskorts se kamers sodat jy kommissie kan eis?"

"Ek kon."

"Jy kon dit laas week sien? Konstabel, kom hier. Kyk die stof van die lens op die man se vinger, Rabie, dik van stof en ou vlieëkak. Daai verf is lankal daar, lank voor laas week al. Miskien al van kort nadat meneer Fomalhaut hier ingetrek het. Nou vra ek vir myself: wat's hier aan die gang? Hoekom kruip meneer Fomalhaut hier aan die einde van die gang weg, naby die brandtrap? Is dit dalk hý wat die kannetjie spuitverf gaan koop het? Watse bagasie het hy gehad, kan jy onthou?"

"Twee sakke, dié onthou ek, een aan elke hand toe ek hom hier na die kamer toe gebring het om hom te wys hoe alles werk. Die een sak het soos 'n vioolkis gelyk, dit onthou ek goed. Ek het hom nog gevra of hy 'n musikant is. Nee, sê hy, dis net 'n ou vioolkis wat hy iewers raakgeloop het, hy soek nog 'n koper daarvoor. Skaars 'n skrapie aan, dit behoort 'n goeie prys te kry."

"Hy's vol beserings oor die trein hom getrap het, maar sy vioolkis is sonder 'n skrapie?"

Rabie krap aan sy agterkop. "Ja, noudat jy dit so stel, dis nogal vreemd, nè?"

"Nou's ek honger. Kom, konstabel, Rabie het vir ons 'n ete op die huis aangebied."

Van agter die kroegtoonbank, terwyl hy die bier tap, beloer Rabie die twee geregsdienaars by hulle tafel. Veral die grote, sersant Mfundisi, wat die broodrol oplig om die inhoud van die hamburger te inspekteer, die tamatiesous en mosterd op die tjips uitskud, vier groot tjips met sy vingers in sy mond prop.

Op die agtergrond is Evangeline met die stofsuier besig. Rabie kyk na die diskoverhoog met die twee pale en die platejoggie se musiektoerusting, die Roto-Sphere teen die plafon wat die lywe van die eksotiese dansers saans in roterende reënboogkleure van lig baai. Die kroeg is nou skemer en stil, met net die gebrom van die stofsuier hoorbaar. Afgesien van die twee polisiemanne is daar net die twee verweerde ou kroegvlieë wat al van oopmaaktyd op hulle pos is in die hoek by die toonbank, brandy-en-coke in die hand.

Rabie neem die glase bier na die tafel, kry geen dankie toe hy dit neersit nie.

Sersant Mfundisi kyk wel op, tamatiesous aan sy lippe en ken, kieste bultend soos hy kou. "Waar's jou hotelgaste dan?"

"Slaap nog."

"Mm, die nagskofwerkers, nè?" Sersant Mfundisi vat nog 'n hap van sy hamburger, werk met sy vingers gebraaide uie by 'n mondhoek in.

"Die sersant bedoel ons sal hulle moet uitvra," sê die konstabel. "Oor die vermiste gas in kamer 110. Oor sy bewegings, aangesien ons niks op CCTV het nie."

"Ek sê mos: niemand het hom ooit gesien nie. Hy't nie gemeng nie."

"Nooit praatjies probeer maak met iemand nie?" vra die sersant. "Net sy naam in jou register geskryf. Wat van sy adres en telefoonnommer, soos die wet vereis van 'n wetsgehoorsame burger?"

"Ja, dit het ek, sy adres in die Kaap."

"As forensies klaar is, en hulle is agterdogtig, sal ons al daardie goed nodig hê. Ons sal ook met jou inslaapgaste kom gesels en na jou CCTV-monitors kyk. Miskien is daar beeldmateriaal van vroeër, voor die lens toegespuit is. Dan sal ons . . ."

Rabie kyk om, volg sersant Mfundisi se blik na die deur van die kroeg waar 'n jong vrou verskyn het. Dis Jewel, stywe skibroek klewend soos vel aan haar, los T-hemp, geen bra onder die hemp nie. Sy lyk of sy pas wakker geword het, kam haar vingers deur haar hare.

"Rabie, Mitzi is nog steeds weg," kla sy temerig. "Ek's rasend, wat kón van haar geword het? Sy sou nie sommer net wegloop nie, iets moet gebeur het."

"Miskien is dit jou gekerm wat haar die pad laat vat het, het jy al dááraan gedink, hè? Miskien kon sy dit nie meer by jou uithou nie. Ék sou lankal weggeloop het."

Sy lig haar borste gegrief vir hom. "Jy's lelik met my, Rabie. Wat het ek gedoen? Ek's net bekommerd oor Mitzi, dis al."

Sy kyk nuuskierig na die twee etende polisiemanne.

"Jewel is 'n eksotiese danser," verduidelik Rabie vinnig. "Sy sluk ook vlamme wanneer sy dans."

Konstabel Xala, merk hy, lig nie sy oë hoër as Jewel se boesem nie. Sersant Mfundisi kyk darem op.

"Vlamme, nè? En wie's Mitzi, wat ook verdwyn het?"

Rabie kan sien hoe die sersant se kop werk. Hy wonder of dit toevallig is: twéé verdwynings uit die Sleep Inn.

Jewel stoot 'n heup uit. Die lang wimpers, nog swart en taai van gisteraand se maskara, word nou fladderend op die sersant gerig. "Mitzi is al 'n week weg."

Jissus, dink Rabie, drama queen. Haal nie eens die vals ooghare af wanneer sy gaan slaap nie. Hy vat haar aan die elmboog en stuur haar weg.

"Mitzi is haar vermiste kat," sê hy oor sy skouer.

"Swárt kat?" vra sersant Mfundisi.

Rabie steek vas, draai om, moet 'n oomblik dink voor dit insink. "Gots, sersant, is dít wat hy gedoen het? Hy't vir Mitzi daar in sy bad geslag?"

## 2.

Jake sit voor die TV-nuus, sy aandete op sy skoot. Die spaghetti bolognese met frikkadelle is nog in Checkers se polistireenhouer, net die plastiek afgetrek. Neerdrukkende nuus: aardbewings, oorstromings, 'n asteroïed so groot soos 'n vliegdekskip wat die aarde net-net met 200 000 kilometer mis. Beelde van uitgeteerde vroue en kinders, vaal van die stof, wat te voet uit Somalië in die Dadaab-kamp in Kenia aankom. Ellendige geraamtemense, geboë pikkend soos aasvoëls tussen rommel na enigiets te ete. Swart vlieë in die oë en neuse en monde van stom kinders, vel en been met boepmagies.

Jake vee 'n straal sous van sy ken af, klik vir 'n ander nuuskanaal, luister na 'n insetsel van die BBC se korrespondent uit Islamabad. Hy staan op vir nog 'n bier om die kos mee af te sluk.

"Pakistanse soldate wat die Taliban in Suid-Waziristan beveg, het 'n sleutelvesting van Oezbeek-vegters in die dorp Kanigoram omsingel," gaan die korrespondent voort. "Tot 'n duisend Oezbeek-insypelaars skuil vermoedelik hier in die berge tussen die burgerlike bevolking en in 'n doolhof van tonnels. Die Pakistanse veiligheidsmagte sê gevegte in Kanigoram is hewig en hulle verwag hoë ongevalle, veral onder burgerlikes in die kruisvuur. Die dorp is berug dat hy vroeër ook skuiling gebied het aan ondersteuners van Baitullah Mehsud, leier van die Pakistanse Taliban voor sy dood in 'n CIA-lugaanval . . ."

Jake se selfoon lui. Hy sit sy vurk neer, stel die TV sagter, vee met die agterkant van sy hand oor sy lippe en sê: "Diamond."

"Jake Diamond?"

"Dissy."

"Die joernalis?"

"Wie praat?"

"Luister, Jake, ek't 'n storie vir jou, as jy belangstel."

"Ek stel belang, dis my werk. Wie praat?"

"Maak nie saak nie," sê die manstem. "Jy't 'n berig geskryf, dis waar ek jou naam gesien het. Daardie vyf amptenare wat gearresteer is oor korrupsie."

Jake skakel sy digitale opnemer aan, gekoppel aan die telefoon. "Was 'n Sapa-berig uit Durban. Ek't net plaaslike kommentaar gevra."

Die man lees 'n paragraaf uit die berig: "In 'n polisieklopjag is vyf amptenare van die departement van binnelandse sake in 'n streekkantoor in Umgeni, KwaZulu-Natal gearresteer. Hulle word van korrupsie verdink nadat hulle na bewering huweliksertifikate vir sogenaamde gerieflikheidstroues tussen Suid-Afrikaanse burgers en vreemdelinge uitgereik het. Sulke troues word gereël om buitelanders te help om Suid-Afrikaanse burgerskap, identiteitsdokumente en paspoorte te bekom. 'n Woordvoerder van binnelandse sake het aan die *Rekord* gesê die arrestasies verteenwoordig 'n geïsoleerde geval en die departement gee sy volle samewerking aan die polisie. Die woordvoerder het aantygings van wydverspreide korrupsie in die departement ontken."

"Só," sê Jake, "wat's die storie?"

"Glo jy haar, die woordvoerder wat sê dis 'n geïsoleerde geval?"

"As sy so sê."

"Ek't daar gewerk, my maat, voor die skop onder my gat by die deur uit. Gaan kyk weer na daardie ander berig wat in julle koerant was – in Junie. Dit was in al die koerante, ook op TV. Gaan lees dit weer en vra vir jouself: Is dit 'n geïsoleerde geval, of wat?"

"Van watter berig praat jy?"

"Google dit."

"Wat moet ek google?"

"Daniel Robinson. En nadat jy dit gelees het, bel jy ene meneer Heilbron by binnelandse sake se streekkantoor in Johannesburg. Jy sal die nommer in die gids kry."

Die foon klik en Jake sit met die sel teen sy oor en luister na die lyn wat sag zoem. Hy skakel die opnemer af, druk 'n halwe frikkadel in sy mond en trek sy skootrekenaar nader. "daniel robinson" in die soekvenster van die *Rekord* se elektroniese argief lewer sewe en dertig resultate.

'n Berig van Associated Press interesseer hom:

*Terrorists exploit SA corruption*

*Associated Press: Pretoria – When an alleged mastermind of al-Qaeda attacks on US embassies was killed in East Africa, officials said he was carrying a fake South African passport, thus refocusing attention on warnings that corruption in South Africa is being exploited by terrorists.*

*Security experts have been warning for years that corruption in South Africa is allowing terrorists to get documents to hide their identities and make it easier to travel. In 2004 already then Home Affairs Director General Barry Gilder told Associated Press that South African passports were found in the hands of al-Qaeda suspects and associates 'in a number of instances'. Then Police Commissioner Jackie Selebi reportedly said 'boxes and boxes' of South African passports were found in the hands of an al-Qaeda suspect in London.*

*The Home Affairs Department on Monday said it was investigating reports that the suspected head of al-Qaeda in East Africa, Fazul Abdullah Muhammad, who was killed in Mogadishu, had a South African passport in his possession.*

*According to a report quoting a Somali source, Muhammad was in possession of a South African passport in the name of Daniel Robinson. US officials had offered a $5m reward for Muhammad's capture, accusing him of planning the August 7 1998 embassy bombings in Kenya and Tanzania when 224 people were killed.*

*Scott Stewart, a former intelligence agent with the US State Department, said in a telephone interview South Africa is a place 'where you could show up, give the right guy several hundred dollars, and walk away with a passport. Terrorists will take advantage of the corruption.'*

*Stewart, now with the US-based global intelligence company Stratfor, said terrorists who plotted in 2006 to blow up trans-Atlantic airliners leaving London's Heathrow airport, used fake South African passports to enter Britain from Pakistan. These passports allowed them to hide visits to Pakistan that could have raised suspicions.*

*In 2009, the United Kingdom started requiring visas from South Africans, saying terrorists and criminals were exploiting the easy availability of stolen or forged South African passports. Anneli Botha, a counter-terrorism researcher with South Africa's Independent Institute for Security Studies, said, 'You can have the most sophisticated measures in place, but you're only as strong as your weakest link. Corruption is our weakest link.'*

## 3.

Twee jong vroue slenter deur 'n groot, bedrywige winkelsentrum in Islamabad. Hulle is aantreklik, maar lyk nie soos Westerse winkelnimfe in gesmokte bloese en gebleikte jeans met ontwerperrafels nie. Hierdie twee is geklee in tradisionele drag: knielengte kameez-rok oor shalwar-slobbroek, dupatta-doek oor die hare.

By 'n winkel steek een vas, die een met die oë groen soos smarag. Sy kry haar vriendin aan die mou beet, beduie na die mehndi-ontwerpe.

"Ek soek so een, kom ons gaan kyk," sê Sajida.

"Jy kan g'n 'n tatoe kry nie," sê Nida.

"Hoekom nie?"

Sajida stoot die deur oop en Nida moet noodgedwonge volg. By die toonbank begin Sajida in die ringlêer met voorbeelde van die ontwerpe blaai. Dis ingewikkelde, delikate patrone, tradisioneel met borrie of henna aangebring vir die versiering van die vel, gewoonlik van die hande, arms, voete en bene.

"Is daar iets wat ek nie weet nie?" vra Nida. "Trouplanne? Is Nasir terug?"

"Nee, hy's nie terug nie."

Nasir is al 'n jaar weg, veg glo in Afganistan.

Sajida bestudeer die ontwerpe. Sy het lankal haar oog op 'n mehndi, net 'n klein een, as eksperiment. Sy wil voel hoe dit voel om met 'n tatoe te loop, onsigbaar onder haar klere, natuurlik. Niks in haar geloof wat 'n mehndi verbied nie – 'n mehndi-seremonie is selfs deel van 'n Moslembruilof. Twee dae voor die trouplegtigheid sal vriendinne van die bruid op die rasm-e-henna die bruid se hande en voete met aromatiese hennaolie invryf as voorspel tot 'n lang en gelukkige getroude lewe. En as die bruid wil, kan sy ook haar hande en arms en voete en bene vir die troue met mehndi-patrone laat versier, om haar vir haar bruidegom aantreklik te maak. Die man waardeer dit, sien die versierings nie as teken van losbandigheid nie, eerder as onderdanigheid, soos dit hoort in hul geloof.

Sajida oorweeg 'n beskeie mehndi, miskien op haar maag waar net sy dit kan sien. En nie vir 'n bruilof of Eid of enige ander spesiale geleentheid nie, sommer net. Dis wat hip jong meisies en vroue doen, dink sy. Dit daag die tradisies uit, verskuif die grense. Dis wat die Bollywood-aktrises doen, maar hulle is meer permissief, daardie Indiese aktrises soos Priyanka Chopra, die sexy flirt in *Aitraaz*.

In Lahore is die aktrises van Lollywood nog nie só dekadent nie, al gebruik hulle grimering en tof hulle op. Aaminah Haq en Veena Malik en natuurlik Iman Ali, wat vir haar rol in *Khuda Kay Liye* die Lux Style-toekenning as beste aktrise gekry het – Pakistan se weergawe van die Oscar. Maar oor Veena was die duiwel en al sy djins behoorlik los, oor daardie foto's van haar sonder klere in 'n Indiese tydskrif. Met op haar boarm 'n régte tatoe, nie mehndi nie.

Nida loer oor haar skouer. "Wat sal jou pa sê?"

"My pa sal nie weet nie."

"Maar ás hy weet."

"My pa sit in Kanigoram, hoe sal hy weet? Ek sien hom miskien twee, drie keer 'n jaar as ek huis toe gaan."

"En jou broers?"

Haar broers is ook in Kanigoram, kyk nie TV of flieks nie, stel meer belang in politiek. Wil Afganistan toe gaan soos Nasir.

"Ek hou van dié een." Sajida druk met haar vinger op 'n vlieënde voël. "Vry soos 'n voël. Net so links van my regterheupbeen. Hoe klink dit?"

Nida skuif langs haar in, begin blaai. "Miskien moet ek ook een kry, só een, 'n blom."

"En wat gaan jóú pa sê?"

Nida trek haar skouers op. "En jou man? Ás jy 'n man kry en hy sien jou tatoe? Sal hy dit soen of sal hy jou dwing om dit af te was?"

"Hang af wáár my tatoe is," sê Sajida, en hulle gaan agter bakhande aan't giggel.

"Hy kan myne soen, my bruidegom," sê Nida. "Ek's nie bang vir die engele nie."

Sajida weet wat haar vriendin bedoel, hulle leer dit in die madressa, in die uitleg van die hadiete. Nida verwys na 'n Bukharihadiet: as 'n man sy vrou die aand uitnooi vir seks en sy weier, stuur die engele hulle vervloekinge na haar tot dit lig word.

Nida resiteer verspot agter haar hand: "Wie aan My die kuisheid verseker van wat tussen sy bene is en wat tussen sy kake is, aan hom waarborg Ek die Paradys."

Hulle gaan opnuut aan't giggel, twee bakvissies, oor hierdie hadiet-verwysing na seks en kos, al is die hadiete niks om oor verspot te raak nie. Maar hulle ligsinnigheid is die lewensvreugde van twee gewone jong meisies, gegrond in vroomheid, nie ontheiliging nie. Die hadiete gee rigting aan die gelowige se lewe, van geboorte tot dood, van jurisprudensie tot djihad, van menopouse tot optelgoedere. Dit beskryf elke oomblik van die gelowige se lewe, met ook baie van die Profeet se wyse, rigtinggewende uitsprake oor maagde en seks. Veral vermanings teen onwettige seks.

Sajida vermoed Nida is, nes sy, steeds 'n maagd. Sy stamp met 'n elmboog aan haar vriendin en sê in haar oor: "Daardie een oor die maagd, ek dink die verteller is Jabir . . . "

"Die Profeet wat vir Jabir vra hoekom hy nie met 'n jong maagd getrou het sodat hy met haar kan speel en sy met hom nie?"

"Dis die een. En Hy sê vir Jabir hy moenie so haastig op sy kameel huis toe jaag nie, hy moet sy vrou eers kans gee om haar hare te borsel . . ."

"... en haar pubis te skeer!"

Hulle proes opnuut in hulle hande, vooroor gebuig oor die mehndi-boek. Blaai dan in stilte verder. Sajida kan haar voorstel wat in Nida se gedagtes aangaan, dieselfde as in haar eie: Wie moet hulle vra om dáárdie hadiet uit te lê, nommer 16 in Boek 62? Want wat presies beteken dit? Word van Moslemvroue verwag om daar onder te skeer?

Sajida is eerste aan die beurt. In 'n afskorting begin die mehndi-kunstenaar die voël op haar sagte maagvel aanbring. Die vrou se hande, selfs die palms, is oortrek met pragtige blompatrone.

Sy vertel hoe gewild die hennatatoes ook in die Weste is, vir dié wat nie permanente merke wil hê nie. Boonop geen tatoeëernaalde nie, en net die rooi henna van die *Hawsonia inermis* moet gebruik word. Nóóit die gevaarlike swart henna van die *Indigofera tinctoria* wat blywende letsels kan laat en die vel kan laat ontsteek nie. Vir meer kleur die geel pigment uit die risoom van die borrieplant, *Curcuma longa*, bekend as Indiese saffraan.

Die kunstenaar meng die hennapasta met vlugtige olies. "Dis ook uitstekend as 'n natuurlike middel om die vel teen veroudering te beskerm," sê sy. Sy verf die ontwerp met delikate kwassies, en vir fyner belyning gebruik sy die nippel van die jacquardbottel.

Toe sy klaar is, sê sy: "Hou dit vir vyf ure bedek met sneespapier, plastiek of mediese verband. Dis om die liggaamshitte te behou sodat die henna met die keratien van die epidermis kan verbind. Maak dit daarna gereeld nat met 'n mengsel van suurlemoensap en suiker sodat die pasta nie uitdroog voor die kleursel op jou vel gefikseer is nie. Ná drie weke sal die tatoe begin verdof weens jou daaglikse bad met seep en water. Dan kom jy terug en gee ek vir jou 'n nuwe een. Eksperimenteer jy vir jou troue?"

"Nee," sê Sajida, "g'n trouplanne nie."

Ook haar pa, sover sy weet, het nie weer sulke gedagtes nie. Daar was wel sprake, 'n paar jaar gelede, toe haar pa Nasir Raza se naam genoem het. Hy't gesê sy is nou hubaar, en 'n kleinneef sal 'n goeie keuse wees. Die Razas het kamele en bokke, en 'n trop skape wat Nasir en sy broers elke jaar skeer vir wol aan die tekstielhandelaars van Lahore, Islamabad en Peshawar. Maar sy het agtergekom Nasir is 'n heethoof. Hy sien nie sy toekoms agter bokke en skape in die valleie en aan die hange van die Preghalberge van Suid-Waziristan nie. Sy fundamentalistiese godsdienstige streep is versterk in molla Wada se madressa in Kanigoram, wat studies aan 'n beroemde madressa in Karatsji vir Nasir aanbeveel het.

Sajida se ma het haar vertel van Nasir se oupa, en sy vermoed dis die voorbeeld van sy oupa wat die saadjie by Nasir geplant het. Net 'n vermoede, sulke sake word gewoonlik in afsondering bespreek, in die hujra net onder die mans, al skinder sy en haar ma in die kombuis om die potte op die stoof.

Nasir se oupa is destyds saam met 'n groot groep mans uit die stamgebiede oor die berge van Toba en Kakar na Kandahar vir djihad teen die Sowjets wat hulle Pashtun-grond wou kom verower. Soos ander, groter Mogolryke deur die eeue was die Russe se pogings ook onsuksesvol. Haar ma is trots op die geskiedenis van die Pashtuns; sy leer vir Sajida die mites en legendes van hulle vegtervolk.

Die jong man wat uit Karatsji teruggekom het ná sy studies by die madressa Dar ul-Ifta ul-Irshad, was nie dieselfde Nasir nie. Hy was 'n moedjahedien, het in slagkrete gepraat: "Inqilab inqilab, Islami inqilab!"

Sy dink dikwels aan hom, aan sy sagte stem en vurige oë. Sy wonder hoe dit saam met hom sou wees. Hy het haar met respek behandel, en sy vir hom. En as hy nie Karatsji toe gegaan het nie, sou hulle wel getrou het. Sy sou 'n goeie vrou vir hom gewees het, sou haar vel vir hom met mehndi-patrone laat versier het, sou onderdanig gewees het, vir hom kinders in die wêreld gebring het, hom nie verhinder het wanneer hy politiek wou praat nie.

Maar toe hy terugkom, was hy in die geselskap van die Oezbeeks, en dis saam met hulle dat hy uitgevlug het voor die helikopters met die masjiengewere en die vliegtuie met bomme.

Uit voor die jeeps en lorries van die Pakistanse veiligheidsmagte soos klei in die hande van die Amerikaanse infidelle wat haar Pashtun-volk in Afganistan en Waziristan wil uitmoor.

Nasir was haar pa se keuse, en sy sou nie teen haar pa se wense gestribbel het nie, sy sou ingestem het. Dis soos dit nog altyd was; dis soos dit altyd sal wees. Sy en Nasir is albei in Kanigoram gebore, het saamgespeel en saam grootgeword, en dit was 'n goeie lewe. Nie maklik nie, maar goed.

Nou is hy weg. En al tyding wat sy kry, was toe sy laas by die huis was en haar ma in die kombuis vir haar vertel het van Nasir se heldedade teen die infidelle.

## 4.

Op pad terug van die strategiesessie sê die kubervegter Danny Hatt: "Dit gaan 'n lang skof word."

"Wat sê Jill, kom julle Sondag oor?" vra Frank. "Vir die wedstryd teen die Steelers, dit gaan bloedig wees."

"Steelers? Dog dis die Giants."

"Giants is die week daarna."

"Sal haar vra, dink nie sy't iets aan die gang nie. Sy't niks gesê sy wil by haar ma gaan kuier nie. Het jy gister die *Post* gesien?"

"Ja," sê Frank. "Ons word weer lafaards genoem."

"*Anonieme* lafaards," sê Danny.

"Hulle moer, al daardie burgerregte-aktiviste se moer."

"Lafaard" word 'n gewilde bynaam, lees Danny Hatt in *The Washington Post* en *The Wall Street Journal*, hoor hy uit die monde van die pratende koppe op TV. Moslemaktiviste wat sê die UAV-aanvalle op teikens van die Taliban en al-Kaïda en al-Shabaab in Pakistan, Afganistan, Jemen en Somalië is lafhartig. Burgerregte-aktiviste wat sê die drone-aanvalle is onwettig, niks anders as moord in opdrag van die Withuis nie – die president wat aanklaer, regter én laksman speel.

Danny, tegno-savant in die CIA se S&T-direktoraat, met grade in rekenaarwetenskap en inligtingstegnologie, was saam met Frank 'n student aan die CIA se Sherman Kent-skool vir Intelligensie-analise. Hulle het saam die kursus gedoen in terrorisme-analise by die CIA se Teenterrorisme-sentrum, saam die CIA se PISAP-kursus (Political Islam Strategic Analysis Program) geslaag, met die premis: "Die analise van organisasies wat godsdiens vir politieke doeleindes gebruik en godsdienstige ideologie om die bestaande politieke, maatskaplike en ekonomiese orde te probeer verander."

Danny het goeie kwalifikasies op papier, dog geen opleiding as soldaat of vegvlieënier nie. Hy is nooit in Irak of Afganistan of aan enige gevegsfront ontplooi nie. Hy was wel vir PISAP-oriëntering in Bagdad se Abu Ghraib, in Bagram se Gebou 591, in Guantánamo se kampe: Delta, Echo, Iguana, X-Ray. Hy was in almal, om eerstehands met die vyand en sy ideologie kennis te maak.

Danny is vyf en dertig en 'n kantoorwerker, saam met Frank, by die George H.W. Bush Center for Central Intelligence, 'n reusegebouekompleks op 258 boomryke acre grond langs die rivier in McLean, voorstad van Langley in Virginië. Oorkant die Potomac lê Washington DC, setel van Amerikaanse mag.

Nou, net ná ses in die oggend, op pad ondertoe met die hys-bak, is Danny en Frank al tien uur op nagskof. Hulle weet die einde is lank nie in sig nie, nóg tien uur op sy minste, maar die adrenalien pomp, soos altyd wanneer 'n operasie die groen lig kry.

Die laaste strategiesessie van die operasie het vyfuur begin en 'n uur geduur – topografiese kaarte en satellietbeelde teen die mure, intydse videobeelde van 'n onbewapende RQ-170-verkennings-vliegtuig vyfduisend meter bokant die teikengebied.

Dis vroegoggend in Washington, drie-uur die middag in Suid-Waziristan in Pakistan se wettelose stamgebiede. Die groen lig is net ná middernag gegee, deur die NCS (National Clandestine Service) -direkteur, maar finaal deur die nuwe CIA-direkteur self.

Die moreel is steeds hoog, selfs so lank ná die suksesse van 2011 se skouspelagtige CIA-operasies. Dié het begin met die gróte, Operasie Neptune Spear in Abottabad, en is 'n paar maande later gevolg deur ander hoëprofielteikens. Maar Danny en Frank was nie aan die stuur van daardie Predators nie. Wens hulle was, veral die een wat uiteindelik by Khashef in Jemen die groot bekke gesnoer het van Anwar al-Awlaki en Samir Khan, verlooptes uit die Amerikaanse boesem waaraan hulle so gekoester is. Die ergste soort verraad, is Danny se opinie.

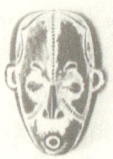

## 5.

Abel dink: die vlugteling se eerste impuls is instinktief, skep so vinnig as moontlik die grootste afstand as moontlik tussen jou en jou agtervolgers. Dis soos die oerbrein werk van mens of dier, geen aarseling nie, gee pad van die gevaar af, snel. Al is jou agtervolger geen roofdier nie, net 'n jong vrou, aantreklik en skraal, 55 kilogram, skat hy.

Maar hý kies 'n ander opsie. Hy gaan lê laag, in die hart van die jaggebied as't ware, vir sy wonde om eers te heel, en sy verwarde gees. Vir sy ontsnapplanne het hy 'n nugter verstand nodig in hierdie jagseisoen wat oop is op hom. Hy moet in staat wees om die slinkse sette van sy agtervolgers vooruit te loop, soos 'n skaakspeler wat sy teenstander se strategie antisipeer, hom inwag met reeds drie skuiwe in sy kop gereed.

Sy herstel duur ses weke. Maar hy sit nie ledig in sy afsondering nie, en die skade is aan sy liggaam en gees, nie aan sy brein nie. Sy brein is skerp; hy kan die posisies en kulminasies van konstellasies bepaal, die magnitude en deklinasies van sterre. Hy ken Ptolemeus se wiskundige en astronomiese vertoë soos latere geleerdes hierdie tweede-eeuse geskrifte ontleed en verduidelik. Die *Almagest* oor die bewegings van kosmiese liggame, die *Tetrabiblos* oor die siklusse van hierdie hemelliggame se meteorologiese invloede op die atmosfeer, die *Phaseis*, Ptolemeus se sterre-kalender, oor die verskyning en verdwyning van vaste sterre in 'n sonjaar.

Abel is ook 'n student en kenner van outentieke etniese maskers. Hy ken die simboliek en geskiedenis van maskers van selfs die mees obskure Afrikastamme, kan uit die vuis vertel hoe die maskers lyk wat die Bwa en Nuna van Burkina Faso dra om bose geeste te besweer, die maskers van die Dogon en Bamana van Mali in dansrituele om met die voorvadergeeste te kommunikeer, die oorlogsmaskers van die Ivoorkus se Grebo en van die Ashanti van Ghana, die doodsmaskers van die Balubri en van die nomadiese Fulani van Guinee, die oesfeesmaskers van die Kwele van Kameroen, die maskers wat die Lulua en Teke van die Kongo opdra aan die grond en diere van Afrika.

Abel is ook 'n musiekkenner, spesifiek en uitsluitlik Paganini se vioolkomposisies. Ander musiek maak sy ore seer, laat hom sweet en bewe. Die kakofonie van pop en rock en folk en jazz verwar sy gees. Hy ken die M.S.-nommer, naam en toonaard (ook opusnommers waar beskikbaar) volgens Moretti en Sorrento se tematiese katalogus van al Niccolò Paganini se komposisies, selfs die stukke wat die vioolvirtuoso vir die kitaar gekomponeer het. Abel se allergunstelinge is die 24 kapriese, Op. 1, M.S. 25, vertolkings deur uiteenlopende violiste, want Abel is baie gesteld op wie die meester se komposisies aandurf. Hy weet ook dat 'n ruimteliggaam na die groot komponis vernoem is: Nikolay Stepanovich Chernykh het asteroïed 2859 in 1978 met 'n ZTSH-teleskoop van die Krim- Astrofisiese Observatorium naby Nauchnij ontdek en na Paganini vernoem.

Abel is 'n deskundige van Afrikamaskers en Paganini en van die kosmologie – hy is inderdaad besig met die samestelling van 'n reeks volumes oor sy eie sterrekundige waarnemings en ontdekkings – en glo hy het 'n skerpontwikkelde en geordende brein.

Maar Abel kan steeds nie verstaan waarom sekere jong vroue wat met 'n pragtige vel geseën is, so teensinnig is om 'n deel, selfs net 'n A5-grootte, van daardie vel aan hom te skenk nie. Verkieslik met 'n tatoe daarop, 'n tatoe van astronomiese betekenis.

Hy het die velle nodig vir die omslae van die tien volumes van sy *Kosmiese Reise*. Hy het reeds twee sulke velle, kort nog agt.

En dis oor daardie eerste twee steekse donateurs dat hy nou 'n vlugteling is. Omdat hulle geweier het om saam te werk, hom gedwing het om hulle velle teen hulle wil te oes.

Hy soek nog agt donateurs, maar ook 'n ander, spesiale vrou wat die allergeskenk aan hom moet gee: 'n nuwe gesig, die hoogtepunt van sy lewe. Vir só 'n gesig het hy hoë vereistes, soos vir sy velle. Dit moet 'n mooi gesig wees, die vel vlekkeloos. Maar nie net uiterlik mooi nie – 'n skenker rein van liggaam én siel. Dis ononderhandelbaar. Nie die gesig van 'n slet nie. Teen só iemand het sy moeder hom van kleintyd af ernstig vermaan, selfs met verse uit die Bybel, verál met verse.

Dis waaraan Abel alles dink terwyl hy teen die jagters skuil. Sy wegkruipplek, ironies, is tussen vroue gevul met Ou-Testamentiese boosheid, wat mans uitlok met versierings aan hulle liggame en vulgêre tatoes, hulle lekkende klein brakke en katte met kleurstrikke in die hare.

O, hoe sou hy nie daarvan gehou het om 'n paar van daardie velle te oes nie, vir opskerping van sy tegniek. 'n Paar velle te versamel van 'n Pekinees, 'n Pommer, Chihuahua, Dwergpoedel, selfs van 'n Shih Tzu wat skaars 'n A5 sou haal.

Hy het hom van die honde weerhou, want hy het self twee pit bulls gehad. Maar die kat was lastig, het voor sy deur kom sit, in die nag so gemiaau dat hy nie kon slaap nie. En wanneer hy die deur oopmaak om medisyne te gaan koop, of 'n Paganini-CD, of kos, het die kat ingeglip.

Hy het besluit om die kat te gebruik om sy tegniek op te skerp om 'n vel te vil. Selfs die kat se naam geken. Mitzi. Dis wat die vrou haar genoem het. Hy het die vrou se naam ook geken, het dit selfs oorweeg om op Jewel te oefen, om die Gotiese kruis teen haar nek te vil, en die slang wat teen haar bobeen onder haar kort rok inseil wanneer sy in die gange met haar skril stem loop en roep: "Mitzi! Mitzi!", soos naalde in sy ore in.

Die reis uiteindelik na vryheid, so voel dit, duur 'n ewigheid. Ná lang oorweging besluit hy weer op 'n trein. Die Suid-Afrikaanse lughawens is te onveilig, al is die owerhede onbewus, so hoop hy, van sy ander identiteit as Bartholomeu Lomas, Portugese burger. Hy redeneer die probleem is nie om uit 'n land uit te gaan nie, maar om 'n ander land binne te gaan. Maar die treinrit na Lusaka in Zambië is sonder angstige oomblikke. Daar bespreek hy 'n vlug, weer as Lomas, na Nairobi, Kenia, met 'n transito-aansluiting op 'n vlug van die Tsjeggiese lugdiens ČSA na Praag.

Op Praag se Ruzyně-lughawe bied hy die Belgiese paspoort van dokter Lippens aan wat Jules Daagari se fabricateur vir hom in Bujumbura aangepas het. Daarop pryk Abel se eie gesigfoto nou, soos hy lyk ná die kwak se verbroude "weekend facelift".

Hy verwyl die dag in Praag deur die vyftiende-eeuse astronomiese klok op die Ou Stadsplein te gaan besoek, tussen Wenceslas en die ou Charlesbrug oor die Vitava. Hy stel baie belang in hierdie astrolabium waarmee Middeleeuse sterrekundiges die posisie van die maan, planete en selfs die sterre bepaal het. Hy weet dat Ptolemeus veel vroeër ook 'n astrolabium gebruik het vir die astronomiese waarnemings wat hy in sy *Tetrabiblos* aangeteken het.

Die aand haal hy van die stasie naby Wenceslas-plein die Kopernikus-nagtrein na Amsterdam. Hy slaap en rus op die rit van veertien uur. Op Amsterdam se stasie stuur hy van 'n internetkafee 'n kort e-pos aan Ignaz Bouts met die aankomstyd van sy trein, uiteindelik, by sy eindbestemming in Brugge. Dit is die einde van sy lang reis, en die begin van sy nuwe lewe.

## 6.

Drie uur per dag, dis al private tyd wat Ella haarself gun. Wel, nie eintlik per dág nie, want dis al skemer wanneer sy saans op Alberts Farm gaan draf, en dis nog donker wanneer sy soggens opstaan vir gim saam met Stallie. Maar dis die enigste tyd wat sy vir haar private plesiertjies kan inruim. En die Vader weet, in háár lewe is bitter min plesiertjies, privaat of andersins.

Soggens teen daglig het sy klaar geoefen en is sy reeds op kantoor, of klop aan huise se deure op soek na leidrade in 'n moordsaak. Saans sesuur ry sy huis toe, trek haar drafskoene aan, die ou Nikes al uitgetrap, die swart spandexbroek en T-hemp. Die son is al onder wanneer sy stort, in ou jeans iets eet en een aand per week ry vir haar harples by Suki Wolski.

As sy nie die aand les het nie, oefen sy in haar sitkamer op die tweedehandse hefboomharp wat Suki vir haar geleen het. Die ou Troubadour, 36 snare, dikker as 'n folkharp s'n, as sy later wil vorder tot die orkestrale pedaalharp, sê Suki.

En sy móét elke aand oefen, sê Suki, g'n verskoning nie. Soos Harpo Marx, wat sy harp – darem die kleiner folkharp – selfs badkamer toe gevat het, op die toilet "I Got Rhythm" gespeel het.

"Was Harpo hardlywig?" het Ella gevra. "Hoe lank kan mens op die toilet sit en harp speel?"

"Wel, dis hoekom hy so 'n goeie harpspeler was – hy't elke minuut van sy vrye tyd geoefen. Sy musiek het uit sy hart en siel gekom, nie uit sy vingers nie."

"Moenie van my verwag om 'Bolero' op die toilet te speel nie," was Ella se antwoord.

Sy het die geleende Troubadour in die sitkamer voor die TV staangemaak, die badkamer ieder geval te beknop, wasgoed die hele plek vol. Hoe gróót was Harpo se badkamer? 'n Uur vir draf, 'n uur vir gim, 'n uur vir die harp, dis haar vrye tyd. Sy het net agter die Troubadour ingeskuif, die TV op die nuus gestel, haar hande klaar weerskante op die snare, pinkies in die lug, toe haar sel lui. Suki het gesê: "Jy kan maar jou pinkies laat amputeer, jy't hulle nie nodig vir die harp nie. As jy 'n pinkie op 'n snaar probeer kry, verwring dit jou hele hand. Vergeet van jou pinkies, hou hulle uit die pad uit."

Ella wil die luitoon ignoreer, R. Kelly se "I Believe I Can Fly". Dan sien sy die naam van die beller en raap dit op.

"Naand, kolonel."

Die baas word nie geïgnoreer nie, hy raak kriewelrig as sy oproep ná twee luie nog nie beantwoord is nie, dag of nag.

"Wat doen jy, is jy besig? Oukei, terwyl jy sit en niksdoen, bel vir sersant Mfundisi, uniformtak in Kensington. Kan iets wees, kan niks wees nie, maar bel hom."

"Kensington? Dis buite ons jurisdiksie, kolonel. Is dit nie vir die Oos-Rand se moord-en-roof nie?"

"Dis nie 'n moord nie." 'n Kort pouse, net 'n maatslag, dan sê hy, stem soos 'n rasper oor die foon: "Wel, nie 'n mens nie, lyk na 'n kat wat geslag is."

"'n Kat!"

"In 'n hotel."

"Wat van die DBV, kolonel? Is katte nie hulle . . . jurisdiksie nie?"

Sy wonder of dit 'n misdaad is om 'n kat te slag. Wel as die kat mishandel is, maar selfs dan sekerlik nie 'n saak vir moord-en-roof nie.

"In die bedkas in die hotelkamer is 'n jembottel gekry. Nie jem in die bottel nie, wel formalien met 'n vel . . . onthaar en gelooi. Die forensiese laboratorium het dit geïdentifiseer, laat vanmiddag vir sersant Mfundisi laat weet dis *Felis catus*."

"Die vel van 'n vermiste kat? So, is 'n misdaad gepleeg?"

"Sersant Mfundisi bel my en sê hy's bietjie verward, onseker of dit 'n misdaad is om 'n kat af te slag en sy vel te looi. Die toneel in die hotelkamer is steeds afgesper, maar die hotelbaas druk hom. Sê as geen misdaad gepleeg is nie, wil hy sy kamer terughê, hy verloor geld terwyl die polisie sloer."

"Hoekom meld die sersant dan nie die vermeende moord op 'n kat by die Oos-Rand aan nie?"

Die kolonel ignoreer haar vraag.

"Sersant Mfundisi sê nadat hy vanmiddag die forensiese uit-slag gekry het, het hy gaan sit en diep gedink. Hy onthou toe van 'n geval wat óns ondersoek het, noem selfs die ondersoekbeampte se naam, adjudant-offisier Ella Neser, van die reeksmoorde waar-by gelooide velle ter sprake was. Sê hy dog hy deel net sy suspisie met my. Bel hom, hier's sy nommer. Het jy 'n pen daar?"

"Ek kry een."

Sy skryf, groet, sit die foon neer.

Gelooide velle. Sy voel die pootjies van 'n duisendpoot agter aan haar nekvel, loer na die TV-skerm, sien niks raak nie. Haar palms voel oor die snare, pluk die eerste akkoorde van die Beatles se "Here Comes The Sun". Sy laat vaar die poging, sit net daar met die harp tussen haar bene, vrywend oor die harde eelte aan die kussings van haar snaarvingers.

Dan sug sy sag. "Demmit."

Sy tel weer die sel op en bel die nommer wat Silas gegee het.

Die hotelbaas lyk verras toe hy vir haar oopmaak.

"Jy's vroeg, adjudant, skaars sewe-uur," sê Rabie Saadi. "Ge-woonlik wag ek ure vir die polisie."

"Sersant Mfundisi nog nie hier nie?"

Sy verwonder haar aan die jong man se pommade, sy swart hare glad en olierig agteroor, glimmend onder die dowwe ligte. Die stank van mout en stof en sweet en ou kos van die vorige nag se brassery hang soos 'n misbank in die verlate kroeg.

Hy skud sy kop. "Koffie? Terwyl ons wéér op Sy Eksellensie moet wag."

"Swart, sonder suiker. Jou gas, die een wat verdink word dat hy die kat in sy bad geslag het, wat is sy naam? Die sersant het gesê, maar ek kon hom nie mooi verstaan nie, vreemde naam."

"Fomalhaut. Dis hoe hy dit self in die register geskryf het. Netjiese handskrif."

"Ek soek 'n beskrywing vir 'n identikit."

"Ek dog die saak is afgehandel? Geen misdaad is gepleeg nie."

"Daar's 'n verwikkeling," sê sy. "Die kamer bly steeds afgeseël. Het hy 'n voornaam gegee?"

Rabie bring die register, slaan dit op die kroegtoonbank oop, blaai ses weke terug, druk sy voorvinger onder 'n naam. "Dis sy voorletter. Lyk soos 'n b, hoekom 'n kleinletter b?"

Sy kyk na die naam by Rabie se vuil nael: *Fomalhaut b*.

"En hoekom sy voorletter agter sy naam skryf?" dink sy hardop, verwag nie regtig 'n antwoord nie.

"Hoekom is jý ontbied, adjudant, van moord-en-roof? Dis net 'n kat."

"Dis vertroulike inligting, Rabie, 'n lopende ondersoek. Wat van daardie koffie?"

Hy beduie haar na die naaste sitplek, haal sy selfoon uit om twee koffies te bestel.

"Terwyl ons vir sersant Mfundisi sit en wag, vertel my alles," sê sy. "Begin van voor af. Begin by die aand toe jou gas, meneer Fomalhaut, hier aangekom het. Hoe het hy gelyk? Kort van postuur, dikkerig om die heupe en dye, soos 'n peer?"

Sy oë skuif op na haar gesig. Sy vermoed hy het haar eers getakseer, besluit onder haar T-hemp is nie veel om oor opgewonde te raak nie. Rabie se inslaapgaste is natuurlik aansienlik beter toebedeel, al swaaiend saans aan die twee blink pale.

"Hoe't jy geweet, ek bedoel van die dik heupe?" vra hy.

"Plat neus, gebrek aan 'n ken?"

"Nee, skerp neus, skeef. En groot ken."

"Skerp neus? Groot ken?"

Dis nie soos sy Abel onthou nie. En sy het hom goed bestudeer, daardie aand in sy kombuis toe hulle gesels en hy vir haar koffie gemaak het. Sy het sy gesig selfs later vir 'n identikit beskryf, nadat sy uit sy huis gered is terwyl hy besig was om 'n stuk van haar maagvel uit te sny. Die gesig is op haar geestesoog geëts, sal dit nooit vergeet nie, droom snags van daardie gesig, met die skalpel in die hand.

En voor daardie byna noodlottige nag het sy hom twee keer gaan besoek in sy galery, omring deur sy Afrikamaskers en etniese artefakte. Die yl haartjies, die bleek oë, die plat neus, die gebrek aan 'n ken, die hangwange.

"Is jy seker, Rabie, oor die neus en ken?"

"Ja, wil jy sien?"

"Ek dog die CCTV-kamera se lens was toegespuit?"

"Nie die een by ontvangs nie."

Sy vat die register saam, agter by Rabie se heiligdom in. Hy gaan sit by die rekenaar, sy vingers soos klein palings oor die toetsbord, totdat die eerste swart-en-wit beelde op die skerm verskyn, flikkerend en greinerig. Rabie het belê in die goedkoopste geslotekringtelevisie (GKTV)-stelsel op die mark, vermoed sy.

Sy kan die kort postuur uitmaak, maar miljoene mans het so 'n liggaamsbou. Hy het 'n hoed op, sy rug na die kamera, 'n slaprandhoed wat die boonste gedeelte van sy gesig in diep skadu hul toe hy, klaar met die register, buk om sy twee stukke bagasie op te tel, sy gesig in profiel na die kamera gedraai.

"Stop," sê sy. Ja, Rabie is reg: skerp neus, die groot ken byna karikatuuragtig. "Het hy 'n sonbril op?"

"Ja, daardie tyd van die aand," sê Rabie. "Gesê hy't ook 'n oogbesering opgedoen in die treinongeluk. Ek kon die swelling sien."

Sy vou weer die register oop: halfnege die aand ingeboek, drie dae ná die traumatiese gebeure in Poppe & Son se begrafnissaak.

"En dis al beelde wat jy het?"

"Hy't nooit weer by ontvangs gekom nie, die brandtrap gebruik. Dis die eerste en laaste keer dat ek met hom gesels het. Hom 'n paar keer skrams opgemerk, gesien hy kweek 'n baard. Is dit die man wat jy soek?"

Sy skud haar kop. "Nee, lyk nie soos hy nie. Waar bly sersant Mfundisi? Dis al ná agt, hy sou sewe-uur hier wees?"

"Mos gesê," sê Rabie. "Sy Eksellensie vat sy tyd."

"Gaan wys my die kamer. Ek kan nie langer wag nie."

"Dis verseël, die sersant sê niemand behalwe die polisie gaan daar in nie. My met die tronk gedreig as iemand die seël breek."

"Ek's van die polisie, Rabie, hy sal my nie opsluit nie. Bring die sleutel."

Terwyl sy die lint voor die deur verwyder, sê Rabie agter haar: "Hier kom hy nou."

Sy wag hom in, die sersant ook dik van heup, nog dikker van boud en buik, groter borste as sy, skof soos dié van 'n os, sy tred heen en weer soos die gewaggel van 'n vet gans.

"Niks uit die kamer verwyder nie?" vra sy.

"Net die bottel met die vel," sê sersant Mfundisi.

Sy dink aan die velle en pelse wat in die kasarm in Dorado-park gekry is, saam met die gebalsemde liggaam van die ou vrou, Abel Lotz se ma, met daardie vreemde masker oor haar gesig. Die gelooide huide van katte en molle en hase en dassies, nog klam aan die spanrame agtergelaat in sy ylingse vlug voor die polisie uit.

"Forensies is nie laat kom nie?" vra Ella vir die sersant. "Jy't die bottel met die vel self laboratorium toe gevat?"

"Kan nie forensies se tyd mors met 'n dooie kat nie, adjudant. As jy dink dis nie jou katslagter nie, kan ons die toneel oopstel en kan Rabie sy kamer terugkry. Ek sien niks verdags nie. Ek dog, net om seker te maak, ek laat weet kolonel Sauls van die katvel, ingeval dit verband hou met julle ondersoek."

Sy maak 'n kasdeur oop. "Eers as forensies die kamer kom ondersoek, leidrade oor die Nagsluiper kry . . . Dis ál hoe ons sal weet, of hoe, sersant?"

"Ons't alles deursoek, ek en konstabel Xala, die hele kamer en die badkamer, die minikombuis met die tweeplaatstoof en potte en panne en goed. Daar in die hoek lê alles wat ons gekry het, net 'n spul koerante en 'n paar tydskrifte, dis al. En die vel. Is dit genoeg rede om forensies te laat kom?"

Sy kyk na die stapel agter die deur. "Hy't niks persoonliks vergeet of agtergelaat nie, kam of tandeborsel, so iets?"

"Net die leesstof, ywerige koerantleser."

Sy buk by die stapel ou koerante, lig een ná die ander op, verplaas elkeen na 'n nuwe hoop. Tussen die koerante enkele tydskrifte: *South African Sky Guide. Sky & Telescope Magazine. Deep-Sky Observations.*

Agter aan haar nek weer die koue duisendpootkriewels teen haar rugstring af. "Verskoon my," sê sy en haal haar sel uit.

Sy stap gang toe en soek die nommer van doktor Verhoef van die Hartebeeshoek-observatorium vir radio-astronomie. Dis die sterrekundige wat Abel se teleskoop ondersoek het, wat onthul het dat die teleskoop in sy huis in Doradopark ingestel was op die koördinate van die rooi ster Betelgeuse.

"Ja?"

Doktor Verhoef se stem is kortaf, klink gejaagd. Áltyd gejaagd, dink sy, asof die sterre wat hy bestudeer enige oomblik kan verdwyn. Asof hy Betelgeuse se skouspelagtige inploffing nie wil misloop nie.

"Ella Neser hier," sê sy terwyl sy kop agteroor kyk na die swart verf aan die GKTV-kamera se lens.

"A, adjudant Neser! Steeds met die sterre gepla?"

Sy is verbaas dat hy haar onthou, die vriendeliker stemtoon.

"Helaas, ja."

"Steeds Betelgeuse?"

"Jy onthou goed, doktor."

"Ek kry selde besoek van die gereg, adjudant. As 'n mooi speurder van moord-en-roof in my kantoor kom sit, onthou ek dit."

Sy laat die opmerking verbygaan. "Nee, dié slag nie Betelgeuse nie. Of miskien wel, ek weet nie."

"Waarmee kan ek help?"

"Weet nie hoe spreek mens dit uit nie, sal dit spel: F-O-M-A-L-H-A-U-T en dan 'n klein b. Ken jy so iets, doktor, het dit iets met die sterre te doen, soos Betelgeuse?"

"Fomalhaut?" Hy spreek dit uit as foam-a-lot. "Jy bedoel die ster?"

"'n Ster?" Sy aarsel, sê dan: "Kan ek jou kom sien, doktor, as jy tyd het vir 'n kort gesprek?"

"Vir sterre het ek altyd tyd."

"Ek's op pad."

Sy stap weer die kamer binne. Nou gaan sy haar stem dik maak, het al geleer in hierdie manswêreld trap hulle op jou as jy nie knaters het nie.

"Rabie, jy kan maar gaan. Ek sal jou op die hoogte hou."

"Maar my kamer . . ."

"Dankie, Rabie!" Sy draai na hom en hy skarrel uit.

Vir die sersant sê sy: "Goeie werk, sersant, om kolonel Sauls te bel en die kamer te verseël. Die bottel met die vel, is dit gestof vir vingerafdrukke voor dit lab toe is?"

"Uhm . . . nee, maar konstabel Xala het handskoene aangehad."

Dis 'n verligting. In die laboratorium sou hulle die bottel ook met handskoene hanteer het.

"Dit kan belangrik wees, vingerafdrukke aan daardie bottel. Laat konstabel Xala dit by vingerafdrukke kry. Ek sal forensies en misdaadtoneelbestuur laat kom vir hierdie kamer."

"Wat gaan aan, adjudant? Jy't iets gekry, nè?"

"Net 'n vermoede, sersant. Hierdie kamer moet deurgegaan word, elke sentimeter, elke haar in die bad, elke haar op sy bed, elke geknipte vinger- en toonnael moet gesoek word. Elke vingerafdruk, elke vlek van menslike en dierlike vloeistof moet ontleed word, ook die inhoud van die afvoerpype van die stort en bad en wasbak. Dankie vir jou hulp, sersant, ons sal nou die toneel oorvat."

"Wat van my? Dis my saak."

"Mitzi die kat is jou saak, nie die Nagsluiper van Alberts Farm nie. In daardie saak is ék die ondersoekbeampte. Maar ek sal jou hulp waardeer. As jy en konstabel Xala kan begin met die ondervraging van die . . . die inwoners van die Sleep Inn. Ons plaas die plek as't ware in kwarantyn, sersant. Niemand kom in, niemand gaan uit voor ons al die gaste ondervra het nie. Die personeel ook, veral die skoonmakers."

"En jy wil weet?"

"Elkeen wat iets te doen gehad het met meneer Fomalhaut, hom selfs net vlugtig in 'n gang gesien het. As hy met iemand gesels het, wil ek weet wat hy gesê het. As iemand hom buite sien spoeg het, wil ek die spoeg hê." Sy dink 'n oomblik. "Ek stel veral belang of hy die vroue oor tatoes uitgevra het."

Die sersant fluit deur sy tande. "Rabie gaan nie daarvan hou nie, sy hotel in kwarantyn."

"Met alle respek, sersant, Rabie se moer. Hy ken nie die man wat ek soek nie, ook nie jy nie."

Sy lei die sersant aan sy dik elmboog by die kamer uit, haar vingers reeds weer op haar selfoon se toetse om kaptein Jimmy Julies van forensies te bel. Sê sel teen die oor vir die sersant: "Die vingerafdrukke op die jembottel, as jy nie omgee nie?"

Dis doktor Verhoef wat Ella op die spoor gesit het van die astronomiese betekenis van die velle wat Abel van vroue versamel. Hy het haar gehelp om die simboliek te ontrafel van die getatoeëerde pou wat uit Mia Vermooten se blad gekerf is, en die haas van Emma Adams se boesem. Pavo en Lepus, albei konstellasies.

Sy weet ook van Abel se besondere belangstelling in hemelliggame. Dit verklaar haar eie noue ontkoming, toe hy begin het om háár tatoe te vil, die versteekte een aan haar maagvel, die verskietende ster oor die operasieletsel waar haar blindederm uitgehaal is. Dit was eerder 'n praktiese as 'n estetiese ding, daardie tatoe. Dit moes 'n lelike letsel verdoesel, g'n sommer net 'n modegier van liggaamsversiering nie. As sy 'n bikini aantrek, is dit 'n verskietende ster uit haar broekie wat die oog vang, nie 'n litteken nie.

Nou dra sy nie meer 'n bikini nie, nie nadat Abel met haar maag klaar is nie. By die dood omgedraai, eers op sy slagtersbed, toe van die infeksie van sy ongesteriliseerde instrumente.

In sy kantoor sê doktor Verhoef: "Betelgeuse, soos ek jou laas vertel het, is 'n ou ster. Tien biljoen jaar oud, aan die einde van sy lewe, 'n rooi superreus in die konstellasie Orion. En adjudant, moenie alles glo wat jy op die internet lees nie. As hulle sê Betelgeuse is aan die einde van sy lewe, beteken dit hy kan nog miljoene jare leef. In die sterre is alles relatief. Nou hierdie een, Fomalhaut, hy's 'n jongeling. Omtrent twee honderd miljoen jaar oud, net vyf en twintig ligjare van die aarde af, die helderste ster in die konstellasie Piscis Austrinus."

"En die b?"

"Fomalhaut b is in 2008 as buiteplaneet ontdek in 'n wentelbaan om sy son-ster, Fomalhaut, soos óns planete om ons eie son wentel. Is dit wat jy wou weet, adjudant? Het jy skielik 'n belangstelling in die sterre ontwikkel, 'n amateursterrekundige geword ná ons laaste ontmoeting?"

"Nie juis nie." Sy huiwer. "Wat beteken die b?"

"Dis tegnies, hoeveel tyd het jy?"

"Toe maar, dis nie so belangrik nie. Ek't net 'n vermoede gehad . . . Fomalhaut is vreemd vir my, maar nie vir iemand met kennis van die astronomie nie. Abel Lotz is 'n onvoorspelbare, gekompliseerde karakter. As hy agter 'n skuilnaam wou wegkruip, sou hy nie sommer net 'n naam uit die lug gryp nie."

"Wel, klaarblyklik hét hy iets uit die lug gegryp, vyf en twintig ligjare ver in die buitenste ruim. Maar iets pla jou steeds."

"Baie goed pla my. Wat dóén hy met die velle? Baie reeksmoordenaars versamel aandenkings aan hulle slagoffers, dis algemeen bekend. Juweliersware, kledingstukke, of iets meer persoonlik soos haarlokke. Jeffrey Dahmer het selfs skedels bewaar. 'n Stuk vel kan ek nog verstaan, maar hoekom spesifiek getatoeëerde velle met 'n astronomiese strekking? En hoekom so groot? Die forensiese patoloog het die mates van Mia Vermooten en Emma Adams se wonde bepaal, albei was identies, asof uitgemeet met 'n maatband: 154 by 230 millimeter. Ook myne kon gemeet word, ten minste die area wat hy besig was om uit te sny, afgemerk met die pers lyne van 'n kokipen: 154 by 230 millimeter. Abel was deeglik en presies met wat hy doen."

Doktor Verhoef tik op die toetsbord van die rekenaar, loer na die skerm en sê: "Standaardpapiergrootte vir A5 is 148 by 210 millimeter."

"Dis soos ons dit ook uitgewerk het: Abel wou min of meer 'n A5-grootte hê, vermoedelik ná krimping in die looi- en droogproses. Dokter Koster skat die grootte van 'n goedkoop slapbandboek."

"Slapbandboek? En destyds in sy huis, daar waar die teleskoop gekry is . . . het julle enige dokumentasie gekry, aantekeninge oor konstellasies of sterre?"

"Nee, niks nie."

"Dis vreemd. Selfs amateursterrekundiges hou boek van wat hulle waarneem, teken dit aan, ook met sketse. Hy's 'n amateur met gevorderde kennis. Dalk is sy waarnemings elektronies op 'n skootrekenaar wat hy kan saamdra."

Doktor Verhoef staar swygend by haar verby. Hy haal sy bril af, knyp met duim en voorvinger hoog oor die brug van sy neus, byna tussen sy oë, en sê: "Wag . . ."

Hy draai terug na sy rekenaar, brom "hmmm . . ." en "uhmmm . . ." terwyl hy soek.

"Hier's dit. Camille Flammarion. Franse astronoom, in 1887 eerste president van die Société Astronomique de France. Hy het ook eerste die name Triton en Amalthea vir die mane van Neptunus en Jupiter voorgestel. 'n Krater op ons maan is na hom vernoem, én 'n krater op Mars, én die asteroïed 1021 Flammario. Hy't gewilde boeke oor die wetenskap geskryf, en nog gewilder wetenskapfiksieverhale."

"Ja?" Sy wonder wat doktor Verhoef se punt is.

"Flammarion het ook 'n spesiale boek in oktavo-formaat gehad."

Dit klink nie vir haar juis aardskuddend nie. "Hy was 'n skrywer, sy boeke is seker almal destyds in oktavo-formaat gebind."

"Ja, meer as vyftig titels. Maar één van sy skryfsels interesseer my, en dis nie sy 1907-hipotese in *The New York Times* oor intelligente Marsbewoners nie. Dis sy boek *Terres du Ciel* wat my boei – eerder die baadjie as dit wat binne-in die baadjie is."

"Die baadjie?"

"Die omslag waarin dit gebind is. Die storie is dat 'n jong gravin op hom verlief was, maar dat sy sterwend was aan tuberkulose. Toe laat sy 'n stuk vel van haar skouer in 'n operasie verwyder en stuur dit aan Flammarion met die versoek dat hy dit as omslag laat bind vir sy volgende boek."

Sy staar roerloos na doktor Verhoef.

"En as jy dink dís fiksie, luister hier wat sê Flammarion self daaroor, in sy eie woorde in 'n brief aan 'n Engelse vriend: 'The binding was successfully executed by Engel, and from then on the skin was inalterable. I remember I had to carry this relic to a tanner in the Rue de la Reine-Blanche, and three months were necessary for the job. Such an idea is assuredly bizarre. However, in point of fact, this fragment of a beautiful body is all that survives of it today, and it can endure for centuries in a perfect state of respectful preservation. The desire of the unknown woman was to have my last book published at the time of her death bound in this skin: the octavo edition of *Les Terres du Ciel* published by Didier enjoys this honor.' "

"En dis 'n boek oor die astronomie?"

"Oor die planete in ons sonnestelsel."

Ella leun vorentoe. "Is dít waarmee Abel se siek gees besig is? Hy versamel omslae vir sterrekundige geskrifte, miskien vir sy eie waarnemings?"

## 7.

Danny en Frank betree hulle bunker onder die massiewe beton-struktuur van die CIA-gebou en druk die deur toe. Hier diep ondergronds is geen vensters nie. Hulle weet nie of dit nag of dag is nie, stel ook nie belang nie, die aandag is gefokus, die opleiding het ingeskop, die koppe skoon van alle gedagtes. Hulle is ingezoem op die taak toe hulle in hulle stoele gaan sit, twee groot draaistoele langs mekaar, diep en weelderig gestoffeer vir lank sit, oorgetrek met sagte swart leer. Voor elke stoel is vier monitorskerms.

Danny vroetel aan die konsolebank onder sy skerms, die toets-borde en hefbome en ander kontroles vir hulle dodelike hoë-tegnologie-videospel. Hy is 'n kubervegter, al was hy nog nooit op enige slagveld nie. Die beheerinstrumente van 'n Predator met Hellfire-missiele is in sy en Frank se hande, al het nie een van hulle nog ooit in die kajuit van 'n vegvliegtuig gesit nie.

Op een van die skerms kyk hy na beelde van die onbemande Predator met sy kenmerkende kameelboggel vir die satelliet-stelsel. Die robotvliegtuig, reeds gelaai met twee Hellfires, staan glimmend op die teer van die aanloopbaan in die Afgaanse mid-daghitte. 'n Groot, onheilspellende silwer insek wat nie kan wag om op te styg nie, nie kan wag om sy prooi te gaan jag en sy Hellfires los te laat nie.

Shamsi was geriefliker, dink Danny, sy vingers besig met die voorvlugkontrolelys, voordat die Pakistani's hulle uit Shamsi ge-skop het. Skadebeheer, geëmbarrasseer, groot krater in die oë van die wêreld nadat 'n SEAL-span Geronimo onder die Pakistani's se neuse in Abottabad gaan skiet en sy lyk weggevat het see toe.

47

Die president self was in die Withuis deur nagtelike videovoer op 'n rekenaarskerm ooggetuie van die hele Team Six-operasie.

In Danny se oorfone klink die stemme uit 'n operasiekamer elders in die CIA-gebou. Ook oudiovoer per satelliet uit die CIA se Chapmanbasis by Khost wat die drone-aanvalle in Pakistan koördineer, en video en klank uit die klandestiene lugmagbasis buite Jalalabad waar die Predator staan en wag.

H-uur is 09:00, Washington-tyd.

Met sy blik vlugtig op die digitale aftelling in die hoek van 'n ander skerm wat die tyd as 06:19 wys, dink Danny aan die cliché van die leë uurglas. Iewers, 12 000 kilometer ver in 'n woeste, on-herbergsame landskap, het die sand byna uitgeloop vir 'n groep mense langs 'n vredige, pastorale begraafplaas teen die helling van 'n berg.

Miskien het hulle spesiale planne vir later die aand, dalk vir 'n gesellige ete saam met vriende, dink Danny. Miskien groter planne vir môre of oormôre, of volgende week of volgende maand, vir 'n besoek aan Peshawar of Islamabad om inkopies te gaan doen of familie te besoek. Of dalk beplan hulle – en dis waarskynliker – 'n selfmoordbomaanval op 'n Amerikaanse basis.

Hoe ook al, by die begraafplaas is dié groep mense onbewus daarvan dat van hulle planne niks gaan kom nie. Dat van hulle lewe nog net twee en 'n halwe uur oor is.

In sy oorfone hoor Danny die sein vir die lansering van die Predator. Dis nie in sy en Frank se hande nie; die opstyging word deur die grondstasie langs die aanloopbaan buite Jalalabad hanteer. Die grondstasie is 'n ou skeepsvraghouer, onopvallend, ge-roes, vol skilferende verf, soos al die ander skeepsvraghouers wat daar vir stoorplek gebruik word: werktuigkundige gereedskap, konkas met olie en ghries, dromme met vliegtuigbrandstof. Hier-die besondere houer is spesiaal ingerig en toegerus met gesofisti-keerde elektronika.

Die Predator begin beweeg. "Daar gaan hy," sê Frank sag.

Hy en Danny is in oudiokontak met die drie bemanningslede

van die grondstasie: die vlieënier wat nou die opstyging en eerste fase van die vlug hanteer, die sensoroperateur van die hoëresolusie-neuskamera, en die intel-operateur wat die koördinate van die teikens moniteer en ook die mans se fisieke bewegings wanneer hulle binne sig van die drone se kamera kom.

Danny se oë is stip op die skerms, op die Predator wat opstyg, soos 'n perdeby in die blou lug bly hang, amper bewegingloos, voor dit begin kleiner word, dan net 'n silwer spikkel, en verdwyn.

Nou verskyn beelde van 'n berglandskap uit die aanboord-kamera, en die oudio van rustige stemme uit die grondstasie wat kommentaar lewer oor die tegniese detail van die vlug: koers, weersomstandighede, togsnelheid en hoogte, die geraamde aan-komstyd oor die berge in Pakistan se lugruim – die Predator se viersilinderturbo nou op sy togspoed van 150 kilometer per uur.

Danny en Frank langs mekaar in hulle gerieflike stoele, soos die vlieënier en medevlieënier in die stuurkajuit van 'n Boeing. Danny wat 'n slag dieper asemhaal, kalm en gereed toe die grond-stasie sê die Predator het oor die horison verdwyn, dat nou van gronddata na satellietdata oorgeskakel word, dat beheer van die Predator van Jalalabad oorswaai na die CIA-bunker langs die Potomac aan die ander kant van die wêreld.

Danny se hand op die stuurstok: die dodelike videospel het begin. En wanneer hy en Frank later vandag huis toe gaan, wag hulle vroue en kinders, warm kos en 'n warm bed, welverdiende rus vir twee kubervegters. Agter hulle die Hellfires se spoor van dood en verwoesting, lasergeleide presisieprojektiele, elk met 'n hoëplofstof-fragmentasiekop van nege kilogram; al-Awlaki het so een in sy gat opgekry, het Frank opgemerk.

Eers wanneer die Predator oor die horison by Jalalabad terug in sig kom en die grondstasie weer beheer oorneem vir die landing, eers dán kan Danny en Frank begin opruim, die dag se taak af-gehandel. Eers later, op die terugvoersessie, sal hulle verneem hoe suksesvol die sending was.

07:00, H-minus 2 uur.

Danny reik na 'n Red Bull. Nou is dit tyd vir 'n skerp brein, die Predator oor die Preghal-berge in Pakistan se lugruim, die sagte gezoem van die Rotax-enjin in sy oorfone. "Machay" word dié geluid in Pashto genoem, maar dan is dit reeds te laat, wanneer 'n teiken dié perdeby se gezoem hoor.

Die ander groot Predator-triomf was in Augustus 2009. Die HVT (high-value target) is geïdentifiseer deur 'n kort kodewoord van 'n informant uit die gehug Zanghara, ook in Suid-Waziristan, aan sy CIA-hanteerder in Kanigoram. Daardie Predator is toe nog uit Shamsi in Balochistan gelanseer. Binne vyf en veertig minute ná die informant se teksboodskap was die drone oor die Sulaimanberge, 'n warm nag in Augustus, die temperatuur 41 grade Celsius.

Met die huise van die gehug binne sig van die infrarooikamera in die drone se neus het Danny en Frank se voorgangers in die CIA-bunker die Predator na die modderhuis in Zanghara gelei. Ingezoem op Baitullah Mehsud, leier van die Taliban in Pakistan, in die soel aand aan't ontspan op die dak van sy skoonpa se huis, by hom sy vrou en oom, 'n dokter.

Die beelde van die infrarooilens, drie kilometer hoog in die naglug, was duidelik op die skerms in die CIA-bunker: Mehsud wat binneaarse voeding ontvang, lyer aan suikersiekte en 'n nierkwaal, op sy rug op 'n matbed op die dak, die drup aan sy arm. In die CIA-bunker was die drone-span in kontak met die Teenterrorismesentrum elders in die gebou en met die grondstasie by Shamsi. Die wapenoperateur – die taak wat Danny nou het – het die opdrag gekry, die lens ingezoem, die teiken op die visier ingesleutel.

'n Aftelling van drie, en hy het met sy duim die rooi knop aan die stang in sy regterhand gedruk soos dié van 'n videospel. 'n Stem het nog drie sekondes afgetel, en alle oë was op die skerms. Geen byklanke nie.

In dié stilte is die neuskamera se videobeelde op die skerms ontvang, spookagtig en onheilspellend: reusevuurbolle, daarna rookwolke, sonder geluid van ontploffings, sonder krete van verminktes en sterwendes.

Op die skerms het die rook op 'n sagte nagbries weggesweef, en die kamera het ingezoem op die rommel van die huis, op die liggame tussen die puin, 'n koplose torso duidelik sigbaar.

Saam met Mehsud sterf sy vrou, sy skoonpa, sy oom en sewentien lyfwagte.

Ná negentien vorige mislukte aanvalle was Mehsud se sandloper uiteindelik leeg, het sy oomblik van afrekening aangebreek, byna geluidloos, net die sagte gezoem van 'n perdeby in die naglug van Suid-Waziristan.

08:00, H-minus 1 uur.

'n Stroom seine en beelde van die Predator word ontleed: intelligensie uit Jalalabad, uit Khost, uit Langley. Operateurs wat die sending moniteer, wat die teiken korrek moet identifiseer en verifieer voor die opdrag aan Danny en Frank gaan om die teiken in die visier in te sleutel.

Onderaan Danny se skerm die naam en geografiese koördinate: Kanigoram, FATA, Suid-Waziristan, 32° 31' 5" Noord, 69° 47' 5" Oos.

Kanigoram waar die Oezbeeks uitgedryf is uit hulle tonnels in die Baddar-vallei, waar Pakistanse soldate kiste vol Stingers, Russiese PKMB 7.62 mm- ligte masjiengewere, AK47's en ammunisie gekry het. Ook twee honderd blokke PETN- plastiese plofstof van een kilogram elk, nitraatplofstof wat vir motorbomme en selfmoordbaadjies gebruik word, en ontstekers wat bedoel was vir springstof in klipgroewe en steenkoolmyne.

Die Oezbeeks is uitgedryf, maar sodra die soldate weg is, kom hulle terug om die fedayeen te werf vir die Taliban se oorlog in Afganistan en al-Kaïda se oorlog teen die infidelle van die Weste. Ook vir bloedige etniese en godsdienstige vendettas onder landgenote.

'n CIA-informant, een wat vertrou kan word, het die mikroskyf – "patrai" in Pashto – onder bome langs die begraafplaas gaan plant. Dis op die koördinate van hierdie mikroskyfseine, elke tien sekondes 'n ping, wat die satellietstelsel van die Predator ingestel is, nou sirkelend drie duisend meter in die lug in die laat-middagson bo dié oeroue landskap, bevlek met bloed van eeue se weerstand teen almal wat al vergeefs hierdie stamgebiede van die Pashtuns kom probeer verower het.

08:30, H-minus 30 minute.

Op een van Danny se skerms verskyn nou beelde van mense, nie meer net 'n landskap van berge en kranse en riviere en diep ravyne met tussenin vaal gehuggies met bruin modderhuise nie. Hy kan groepe mans op die grond uitmaak, wagtend naby die platane en judasbome teen die hang van die heuwel, die mikro-skyf onder langs die stam van 'n boom 'n paar meter van die naaste groep af.

"Ek tel twee en twintig," sê Danny. "Wys ons die voertuie."

Frank verstel aan sy konsole. Die lens zoem in op drie Toyota Hilux-bakkies, stowwerig en erg verweer. "Drie en twintig, daar sit nog een in 'n bakkie. Praat hy op sy selfoon?" Hy zoem in op die houtkis agter op een van die bakkies. "Die kis met die lig-gaam?"

"Moslems gebruik nie kiste nie," sê Danny. "Hulle draai hulle dooies in 'n kleed toe, 'n kafan, op die sy in die graf, gesig na Mekka gedraai."

Die kamera wys 'n langwerpige vorm op die tweede bakkie, bedek deur 'n kleed of seil. "Dit kan 'n liggaam wees," sê Frank.

"Is daar 'n oop graf?" vra Danny.

Die Predator se neuskamera beweeg oor die grafte, meestal sonder merkers of kopstene, net hopies wit sand en klip en gras-polle, en vang 'n donker kol.

"Ja," sê Frank, "daar's die graf."

"Maar is dit inderdaad 'n begrafnis?" vra Danny. "Of is die oop graf net vir die skyn?"

Die inligting is dat die byeenkoms plaasvind onder die dek-mantel van 'n al-dafin, maar dat dit nie 'n regte begrafnis is nie. Só het die informant sy CIA-hanteerder verseker.

"Waar's die imam?" vra Danny.

"Nog op pad?" Frank zoem terug na die mans wat in groepies staan en gesels, bebaard, betulband, bestof, bandeliers om hulle skouers.

Danny is nie 'n soldaat nie, maar hy ken gewere, die ou Kalashnikovs en .303's in hulle hande. 'n Masoed is nooit sonder sy wapen nie, selfs as jong seun al, weet hy. Van die baarde is rooi gekleur met henna, soos die Masoeds doen. Hulle is geklee in tradisionele drag: kameez-tunieke en shalwar-broeke, sommige met stewels, ander met kabuli-sandale.

Nou begin nog stemme aan die gesprek deelneem.

"Miskien is dit tóg 'n bona fide-begrafnis."

"Of 'n byeenkoms van die stam se jirga."

"Dalk 'n dispuut oor 'n chromietmyn."

"Is dit wel 'n graf?"

"Kan die ingang van 'n tonnel wees."

"Ja, die Oezbeeks het al die hele wêreld om Kanigoram uitgedolwe."

"Wat's in die kis op die bakkie?"

"Wat's onder die kleed op die ander bakkie?"

"Liggaam van 'n dooie?"

"Of Stinger-missiele?"

"Zoem in op die gesigte," kom die opdrag.

Danny kyk na die greinerige stilfoto op sy skerm, die gesig van die jong man wat hulle soek, maer en bebaard soos almal daar, tulband om die kop, tuniek en wye broek ingetrek om die enkels.

Hy sê: "Almal het baarde, almal het tulbande, almal in dieselfde drag."

'n Beweging vang sy oog: 'n man wat wegdraai van 'n groep, na die bakkie stap met die kis agterop.

Danny loer na die aftelling: 08:50, H-minus 10 minute.

Die informant het gesê die begrafnis, die skynbegrafnis, is sesuur die middag. Dan sal almal daar wees, ook die teiken, die maer man – Nasir Raza, leier van Tehrik-i-Taliban in die FATA-stamgebiede.

Op die CIA-skerms hou alle oë die man dop wat na die bakkie stap.

"Is dit hy?" vra iemand.

"Nee, die teiken is jonger, nog nie dertig nie," sê Danny. "Het 'n litteken aan sy wang. Soek vir 'n meswond."

"Soek vir 'n litteken tussen sy baard?" vra Frank.

Die maere leun by die bakkie se oop ruit in, geselsend met die man agter die stuurwiel. Hy kom orent, gaan hurk in die koelte van 'n boom, asof moeg van die lank staan en wag.

"Hulle wag vir iemand, dalk is die teiken laat?" sê Danny.

"Daar loop nog twee na 'n ander bakkie," sê Frank.

"Hulle's besig om uiteen te gaan," sê 'n stem in Danny se oorfone.

"Frank, daardie ou wat onder die boom hurk, bly op hom, probeer sy gesig kry," sê Danny.

"Sy gesig is afwaarts, in die skadu."

"Bly op hom!"

Hulle leun vooroor, nader aan die skerms, vernou die oë, soek na die gelaatstrekke van die man in die skadu. Hy kom orent, beduie iets aan die ander. Van die mans in die groep kyk op na hom toe, die son vang hulle gesigte in profiel.

"Daar's hy," sê Danny, "derde van links."

"Het hy 'n letsel?" vra Frank. "Ek sien niks nie."

"Hy't 'n letsel, dis hy."

"Jy seker?" vra 'n ander stem.

"Vat hulle uit," kom die opdrag.

Danny, regterhand om die stuurstok, luister na die aftelling. "Drie . . . twee . . . een . . ."

In sy hand 'n ligte trilling van spiere wat span. Sy duim druk die rooi knop aan die hefboom.

Hy lig sy duim en wag, luister na die tweede aftelling deur dieselfde stem: "Drie . . . twee . . . een . . ."

Op die skerms kyk niemand in die begraafplaas in die lug op nie, niemand hoor die dood aankom nie. Dan bars die hel geluidloos los, 'n wolk van vlamme, gevolg deur stof en rook en puin.

In Langley en Khost en Jalalabad is die satellietstemme stil. Almal wag. Danny loer na die tyd: H-minus 1 minuut – een minuut voor nege die oggend in Washington, een minuut voor ses die middag in Kanigoram.

Almal wag in stilte. Die rook trek weg en Frank zoem die neuskamera in, die Predator nou skaars 'n duisend meter bokant die toneel.

Van die bakkies is net puin oor. Hier 'n ratkas, daar 'n enjinblok, wiele nog aan 'n stuk van 'n agteras. Die reste van liggame lê versprei.

"Bring hom terug," sê 'n stem.

Danny sit agteroor, neem die laaste sluk van sy Red Bull, dink: Ek moet onthou om vir melk en brood te stop op pad huis toe. En moenie vergeet om vir Jill te vra oor Sondag nie. Of hulle by Frank en Liz kan gaan braai om na die Redskins se wedstryd te kyk, teen die Steelers.

## 8.

"Ek't jou ... uhm ... anders voorgestel," sê Ignaz Bouts in die kar van die stasie af.

"Anders?"

"Jy weet, sonder 'n baard."

"Kon nie skeer met al die wonde nie," sê Abel. "Van die ongeluk waaroor ek in die e-pos geskryf het. Dis nou genees, net die letsels nog, dit sal bly, daarmee moet ek saamleef. Sal die baard weer afskeer, nie gewoond aan 'n baard nie."

"Die ongeluk wat jou gesig geskend het, hulle sê dis jóú skuld? En alles was so mooi gereël vir jou besoek."

"Ek moes vlug soos 'n boef. Kan nie in 'n tronk gaan sit nie, nie in Suid-Afrika nie. Jy weet nie hoe lyk daardie tronke nie."

"Ek't self al 'n onderonsie of twee gehad, ek weet hoe hulle jou kan verpes ... die polisie."

Abel wonder oor die onderonsies. In hulle jare lange kubervriendskap het Ignaz so iets nooit laat blyk nie.

Ignaz parkeer en sê: "Die huis wat ek vir jou gekry het, is net hier uit Katelijne. Kort voetgangersteeg, sentraal maar privaat. Niemand sal jou pla nie, soos jy gevra het. Billike huur, gemeubileer, hoop jy hou daarvan."

Abel knik sy dankbaarheid. Hulle klim uit.

Met sy kleresak in die een hand, die vioolkis in die ander, stap Abel agter Ignaz aan. Hulle kruis Katelijne na die straathoek langs die deli. Draai in Stoofstraat in, 'n smal voetgangersteeg, weerskante aaneengeskakelde geboue, twee en drie verdiepings hoog met antieke trapgewels.

Ignaz vroetel met die sleutel en hulle stap by die voorhuis in. Outydse muurpapier, uitgetrapte plankvloere. Krakend op met die houttrap na 'n enkele klein slaapkamer en badkamer. Voor die vensters hang gordyne van moeselien en die kant waarvoor sy moeder so lief was.

"Wat dink jy?" vra Ignaz.

"Ek sal dit vat," sê Abel.

"Jy kan jou persoonlike stempel afdruk, jou eie versierings aanbring."

"Kan mens in die nag die sterre hier sien?"

Abel het nie huisversierings nie. In die huis waarin hy en sy moeder saamgewoon het, het hy in sy kamer net etniese maskers teen die mure gehad.

"Buite die stad is die beste vir sterre," sê Ignaz.

Die maskers was nie vir versiering nie, maar vir geselskap. Hy kon met die maskers gesels, kon na hulle stories luister, terwyl die klanke van die viool deur die vertrek gespoel en sy gees gevoed het. Dit was goeie geselskap, hy en Paganini en die maskers. Hy kan dit hier ook so inrig, het juis die Idia van Benin tussen sy klere saamgebring. Hy sal dit uitpak en teen 'n muur hang, die Idia-masker wat sy moeder oor haar gesig gedra het.

Hy kan deur die Idia met sy moeder gesels, soos die Punu met hulle wit maskers wanneer hulle om die vuur dans en die gees van 'n stamvader oproep. Hy sal nie dans nie, maar hy sal sy moeder oproep, die enigste bekende in hierdie nuwe, vreemde wêreld.

"Ek wil 'n teleskoop aanskaf. Ken nie die sterre en konstellasies van die noordelike lugruim nie."

"Jy kan die bus vat na die Beisbroeksterrewag toe," sê Ignaz. "Ek los jou nou eers. As jy uitgepak het, gaan wandel, verken jou omgewing. En soos jy weet, ek's in Dijverstraat, skaars tien minute se stap. Wanneer jy gereed is, bring jou velyn. Kan nie wag om dit te sien nie. Moet ons Engels met mekaar praat? My Engels is nie goed nie, maar as jy sukkel om die Vlaams te verstaan . . ."

57

"Nee, jy praat Vlaams, ek praat Afrikaans, ons verstaan mekaar."

"Ja, jy moet die taal leer praat as jy hier wil bly, Belgiese identiteit wil kry. Ek sal jou leer."

Hulle stap saam terug na die hoek met Katelijne.

Ignaz beduie: "Op met Katelijne, oor die kanaal, die groot kerk daar regs, dis die Onze-Lieve-Vrouw, net verby draai jy regs en jy's in Dijver."

"Ja, ja, ek hoor, verby die kerk." Maar Abel se oë is op die plaket teen die muur van die gebou op die hoek van sy steeg.

"O, jy lees eers oor jou straat."

Abel knik en lees verder: *De middeleeuwse badhuizen of stofen genoten doorgaans een niet alte beste faam. Het nemen van baden was in de late middeleeuwen in vele gevallen geëvolueerd van een gezondheidskuur tot een bordeelbezoek.*

'n Straat van slegte vroue! Hy laat dit insink, probeer dit verteer. Loer na Ignaz, loer terug na die plaket.

Wat sal sy moeder dáárvan sê? Sy wat hom so gemaan het teen juis sulke vroue, die listigheid wat jou dood kan bring. Daarvan is die Bybel vol, daaroor kon sy lang aanhalings uit die vuis opsê. Veral uit Spreuke: "Want die lippe van die vreemde vrou drup heuningstroop, en haar verhemelte is gladder as olie . . . Hou jou weg van haar af, en kom nie naby die deur van haar huis nie." En in Thessalonicense: "Dit is die wil van God . . . dat julle jul moet onthou van die hoerery."

"Jy't vir my 'n huis in 'n hoerestraat gekry?"

"Dit was in die ou tyd, Abel," sê Ignaz. "Ons stadsvaders waak streng oor die sedes van ons dorp. Hier is nie meer straatvroue nie."

Abel kyk terug na die rustigheid van die steeg, die hangmandjies met blomme by die voordeure, die uithangbord van 'n restaurant verder aan. Fietse gestut teen huismure, kantgordyne voor die vensters, 'n ou vrou met 'n kruideniersak, baguette wat uitsteek.

Hy voel beter. Sy moeder sal begrip hê, sal verstaan wat met hom gebeur. Dat hy 'n lang reis gehad het, nie sonder slaggate nie, en nou in 'n vreemde land sy weg moet vind. En die teenwoordigheid van hoere is nie vir hom meer só ongewoon nie.

Hy het hulle gesien, vulgêr en onbeskaamd in hulle drag en gewoontes, daar in die Sleep Inn in Bez Valley waar hy moes bly sodat sy wonde kon genees. Hy kyk Ignaz agterna. Draai dan om, terug die steeg in na sy huurhuis. Hy verkwalik Ignaz nie. Ignaz is sy énigste vriend. En hy is hulpvaardig, doen sy bes.

Abel pak sy sak uit, die skamele paar stukkies klere, die paisleydas, die masker van Idia, die kartonkoker met die gebreide velle wat Ignaz so graag wil sien. In sy kleresak is ook die paar taksidermiese instrumente wat hy in Johannesburg gekoop het.

Hy knip die swart kis oop en haal sy pa se viool uit, die 1942-Van de Geest wat Abel se liefde vir vioolmusiek laat ontwaak het. Hy beskou die instrument, streel met sy vingers oor die blink lakvernis van die beslag, die krulwerk van die F-openinge soos dié van Paganini se geliefde Guarneri.

Abel skuif 'n nuwe, skerp lem in 'n skalpel en begin tydsaam, soos die delikate prosedure van 'n chirurg, om die nate van die esdoring aan die rugkant van die viool los te kerf. Dit duur byna twee uur voordat hy die fortuin in rolle note uit die viool kan bevry, in dollar en pond en euro.

Hy staan op 'n kombuisstoel en hang die masker van Idia teen 'n muur in die voorhuis, oorkant die ou leunstoel oorgetrek met brokaat met goud-en-silwerdraad, antimakassars teen die rug en oor die armleunings. Hy gaan sit, sak diep weg in die uitgesitte kussing, en beskou die masker, tevrede dat hy net sy oë hoef op te lig wanneer hy alleen voel.

Met die Idia is dit asof die huis nie meer so vreemd en leeg voel nie, asof sy moeder weer saam met hom is. Want was die masker dan nie laas op háár gesig nie, is daar nie nog dele van haar wat aan die hout kleef nie, selle van haar vel, haar gees ingebed in die atome en molekules van die Idia.

Hy sit in die stoel en purgeer sy kop, ruim alle gedagtes op, berei sy gees voor. Dan druk hy die oorfone van die iPod in sy ore, soek met sy vingers en sluit sy oë. Ken op sy bors, skaars deinend asof hy in 'n toestand van skyndood verval het. Die note van 'n soloviool vul sy ore en sy kop, onmiskenbaar Paganini se klein monsters, die eerste van die vier en twintig kapriese, inisiasieritus vir elke vioolvirtuoso.

Abel gee hom oor aan die soet tonaliteit van die akkoorde wat Perlman se boog uit die snare tower. Dit sweef en dartel in sy kop, en om hom in die lug van die voorkamer, deur die hele huis, uit in die straat van hoere. Roerloos sit hy, laat toe dat sy ontvanklike gees die musiek absorbeer, dit verteer en ondersoek, byna elke individuele noot op elke snaar.

Sy gedagtes, sy geestesoog word nou gevul met die beeld van die violis: die regterhand met die boog wat spring en gly en oorkruis stryk, die pizzicato van die linkerhand se vingers wat oor die hele lengte van die greepbord pluk en tokkel en druk. Die vinnige ricochetstryke van die vyfde, die tremolo's van die sesde, die staccatopassasies en die lang toonlere en arpeggio's van die sewende, die springende gepunteerde note van die elfde, die liriese melodie van die twintigste . . .

Op die oggend van die derde dag ná sy aankoms staan Abel voor die badkamerspieël. Hy knip sy baard met 'n skêr af en vryf skeerroom oor die stoppels. Dan lig hy die skeermes en trek die eerste haal oor sy wang. Hy kyk hoe die lem die verskuilde gesig opnuut blootlê. Streel met die punte van sy vingers oor die wit letsels aan sy wange, aan sy voorkop, oor sy neus en ken.

In die spieël staar hy na die vreemde, geskende gesig, herken net die aritmiese geknip van die lui oog. Soos sy naam het ook sy gesig veranderings ondergaan sedert hy sy eerste twee donateurs ontmoet het, en voor hy voor adjudant Neser moes uitvlug.

Daardie sogenaamde weekend facelift in Bujumbura was die eerste gelaatsverandering, en vir daardie mislukking, die karikatuur wat die kwak geskep het, moes die dokter met sy eie gesig boet.

Abel se sending om die Idia-masker terug te kry, sy laaste en enigste band met sy moeder, was suksesvol. Hy het wéér uit adjudant Neser se kloue ontsnap, maar dit was naelskraap, so byna katastrofies – daarvan getuig die nuwe letsels aan sy gesig.

Hy het sy waaksaamheid verslap, hy het die mooi adjudant onderskat met sy gretigheid om die sagte vel aan die binnedy van daardie blonde vrou te oes. Maar hy het daardeur nóg 'n les geleer: geen impulsiewe optrede ooit weer nie, al is 'n vrou en haar tatoe hoe begeerlik.

Hy vat die kartonkoker met velle vir sy eerste besoek aan Ignaz Bouts. Ná soveel jare se korrespondensie oor die looi van velle en huide, Ignaz wat getrou wenke en advies ge-e-pos het, geheime resepte vir die bereiding van sagte, delikate maagdeperkament. Abel stel hom die verwondering in Ignaz se oë voor wanneer hy die inhoud uit die kartonkoker trek en sy velle saggebreide velyn tussen sneespapier op die tafel uitrol. Daar is by hom groot afwagting en innige hoop dat Ignaz nie teleurgesteld sal wees met die gehalte van die handewerk nie; Ignaz stel hoë vereistes, is 'n kenner van Jungfernpergament.

In Abel se koker is nie velyn van die sagte maagvel van ongebore kalwers of lammers nie, maar van 'n haas en 'n das, 'n kat, 'n mol en 'n rot. Net een van elkeen, die res moes hy in Bujumbura vir Jules Daagari gee as vergoeding vir die Afrikamaskers wat Jules vir sy galery van etniese artefakte na Johannesburg gebring het. Die huide van die klein diere het Abel tydsaam gelooi en versorg, streng volgens Ignaz se eeue oue resepte, glo opgeteken in antieke geskrifte.

Die velle van Brugge se huidenvetters, só het Ignaz hom verseker, was gesog deur die hele Europa, tot oor die kanaal in Engeland. Veral die gelooide velle van katte en honde vir die sagte leerhandskoene van Engelse lords en ladies, en die huide van groter diere – kalwers, bokke, skape, beeste, varke – vir die handgemaakte skoene van Italiaanse markiese en gravinne, vir die kuitstewels van Franse baronne en hertoginne.

Maar Abel se velle is nie vir handskoene of skoene bedoel nie, en dis ook nie net sy dierehuide wat Ignaz met 'n kritiese oog sal beoordeel nie. Dis die ánder twee velle in Abel se versameling wat hom met soveel opgewonde afwagting vervul toe hy by die voordeur in Stoofstraat uitstap, die kosbare koker in die waai van sy arm.

Dijver is 'n oop straat, nie ingedruk soos die meeste ander nie, al langs die kanaal 'n breë wandellaan met sambrele en soewenierstalletjies. Abel staan op die promenade van die Dijverkanaal en bekyk die geboue oorkant die straat. Tussen 'n kafee en 'n kantwinkel sien hy die deur waarna hy soek. Hy kyk op na die naam teen 'n ruit op die tweede verdieping, verbleik, skilferend: De Boekbinderij Bouts, waar Ignaz spesialiseer in boekkonservering en omslae van leer.

Abel tik met die geelkoperklopper, druk die deur oop en stap in. Ignaz kom hom met die trappe af tegemoet, sy hande in wit katoenhandskoene, 'n juweliersloep opgeskuif oor die wenkbrou van sy linkeroog; dit lyk vir Abel of Ignaz twéé linkeroë het.

Hulle klim op na die tweede verdieping.

Ignaz vat een van die velle wat Abel uit die sneespapier ooprol en plaas die velyn op 'n tafel met 'n groot glasblad en druk 'n skakelaar vir gedempte wit lig. Hy leun oor, skuif die loep in posisie en begin die velyn bestudeer. Tydsaam, asof hy 'n ou perkamentrol lees – soos die Dooie See-rolle, dink Abel, want dié is ook op perkament geskryf.

"Uitstekende werk," sê Ignaz, laag gebuig oor die ligtafel, die punt van sy neus enkele millimeters van die vel af.

Abel gloei ingenome, sy velyn op die ligtafel byna wit en deurskynend van onder verlig. Hy het ook 'n loep gebruik om na onsuiwerhede en verhardings te soek, maar had nie 'n diffuse lig nie.

"Pragtige velyn, so delikaat, byna soos die sneespapier waarin jy dit toegedraai het," sê Ignaz. "Is dit uteriene kalf?"

Hy draai die vel om, begin opnuut die rugkant bestudeer.

"Nie kalf nie," sê Abel.

Ignaz lig sy gesig op na Abel oorkant die tafel, sy oog groot agter die lens van die loep. "So wit aan die vleiskant, die effense verkleurings van die grein aan die rugkant. 'n Lamfetus?"

"Jong haas," sê Abel.

Dis die vel van die haas wat hy in die vergane groentetuin agter sy huis in Doradopark geskiet het, kort voor hy die Lepus van die jong vrou se bors geoes het. Dié het hy natuurlik ook gebring, vir die oordeel van Ignaz se loep.

"Nee!" sê Ignaz, "'n Háás?"

Abel staan tru, sy hande agter sy rug gevou, sy buik uitgestoot, 'n blos van behae op sy rosige wange. Die eens los bakkevelle is verwyder in die onsuksesvolle kosmetiese operasie, sy gesig daarna verder geskend deur die skerp rand van 'n gebreekte engel van kwarts in daardie geveg om lewe en dood.

"Jy't wonderlike talente, Abel. Jy sou 'n gesogte huidenvetter gewees het."

Abel, ongewoond aan komplimente, verskuif sy voete. Dis die eerste kompliment wat hy in sy hele lewe ontvang, en hy is al vyftig. Sy moeder het hom darem 'n slag 'n goeie seun genoem, maar dit was die nag toe hy van haar afskeid moes neem. Op die marmerblad in haar kamer kon hy daardie angstige nag haar stem van agter die Idia-masker oor haar gesig hoor.

Verder het sy nooit 'n vleiende woord vir hom gehad nie. Niémand had nie. Hy moes sy hele lewe, van kindsbeen af, saamleef met nimmereindigende hoon en versmading.

Sy lui oog knip twee keer onwillekeurig en hy sê: "Hoop jy's ook met die ander tevrede. Ek't moeite gedoen, jou resep gevolg."

Ignaz knik. "'n Resep wat die toets van die tyd deurstaan het. Spesifiek vir perkamente bedoel, nie vir leer nie. In die veertienhonderds al het Van Gavere en Van der Lende daarmee geëksperimenteer. My familie, en ek, het dit net verfyn."

"Die Boutstegniek," sê Abel met ontsag.

"Die Boutstegniek," sê Ignaz. "Gee die ander."

Hy bestudeer elkeen tydsaam en deeglik. Die velle van die das, kat, mol en rot. Skuif uiteindelik die loep op, terug oor sy wenkbrou.

"Ek't nóg twee."

Abel vou die laaste sneespapiere oop, kyk hoe Ignaz die ligtafel poets voor hy die laaste twee velle sagte velyn met sy wit hande op die verligte glasblad neerlê. Dan afbuk, die loep voor sy oog verstel.

"A, 'n pou! En so perfek bewaar. Kyk die pigmente van gloeiende blougroen aan die kop en bors, die kastaiingoranje van die rug, die bronsgroen oë aan die stertvere. So 'n diep versadiging van al die kleure."

Abel voel hoe hy warmer gloei. Hoe het hy nie daardie sagte, soepel vel in sy hande gebrei en gekoester nie. En Ignaz is reg: dit ís perfek, veral die simboliek van die pou, opgedra aan Juno, godin van die hemelruim en sterre; die pou, simbool van die konstellasie Pavo.

"Dis vir die omslag van my *Kosmiese Reise, Volume I*," sê Abel.

"Hierdie velyn met sy kleure herinner my aan ons eie Vlaamse Primitiewe."

"Primitief?"

Ignaz moet die teleurstelling in sy stemtoon gehoor het. "Jy ken nie die Vlaamse Primitiewe nie? Natuurlik, jou belangstelling is in die kosmos, nie die kunste nie."

Hy kom orent. "Primitief soos afgelei van die Latynse woord primus, éérste. As jy in Brugge wil aanbly, Abel, moet jy gou vertroud raak met hulle — Brugge is die geboorteplek van die Vlaamse Primitiewe. En verstaan dit as kompliment, nie kritiek nie. Die Italiaanse meesters van die Florentynse Quattrocento het in die vyftiende eeu Europa se kunswêreld oorheers met hulle temperaverf, hulle skilderye vol harmonie, vol ideale skoonheid. Toe kom Jan van Eyck en gebruik 'n nuwe tegniek in die plek van tempera. Hy eksperimenteer met 'n olieglans, en 'n nuwe styl van realisme, van natuurlike, sensuele voorstellings van mense en hulle omgewing. Ná die formele perfeksie van die antieke kuns word Van Eyck en die Vlaamse skilderskool die nuwe rigtinggewers, die voorlopers vir die kuns van die Renaissance. Die Vlaamse Primitiewe was éérste, was primus."

"En die pou laat jou aan hulle dink? Die pou is primus?"

"Nie net die pou nie, die hele vel. Dis asof die lig deur die hele vel én deur die kleure van die pou straal. Dis wat die Primitiewe in hulle skilderye bereik het: die byna deursigtige olieglans en die diep, versadigde kleure. Ook die res van hierdie velyn is so delikaat. Amperwit."

"Cosmic latte," sê Abel. "Dis hoe die kleur heet. Net 'n tint van room."

"Ek dog die hemel is blou?"

"Die heelal se deursneekleur word Cosmic latte genoem."

Ignaz se aandag is terug by die velle. "Selfs hierdie een, die hasie, al is dit net in swart ink gedoen, is asof in die looiproses ingebed in die velyn."

"Dis vir die omslag van my *Kosmiese Reise, Volume II.*"

"Maar hierdie twee velynvelle is vir my vreemd. Dié kleur en tekstuur ken ek nie. Die grein is so lig en fyn, sonder die ligtafel en loep skaars merkbaar. Is dit maagdeperkament? En wanneer is die tatoes aangebring? Die huide moet nog lewend gewees het toe hulle getatoeëer is, vir die verfpigmente om só in die dermis te vestig. Die effek en tekstuur van die tatoes sou nie so gelyk het as dit agterna op 'n dooie vel aangebring is nie."

"Nie?" sê Abel.

"In hierdie velle het natuurlike heling van die naaldprikkels lankal plaasgevind. Die ink en arsering is in die porieë en olies van die vel opgeneem, het in 'n natuurlike proses in die keratien gefikseer terwyl die velle se lewende selle en bloedvloei nog aanwesig was."

"Die pou en die hasie is van donateurs," sê Abel. "Hulle was bereid om dit vir my *Kosmiese Reise* te skenk."

65

Ignaz se kop ruk op. "Jy bedoel dis . . . dis ménslike vel? Van régte, lewende mense?"

Abel knik. Hy kan sien hy het Ignaz onkant betrap.

Ignaz se kop sak terug na die ligtafel. "Dis 'n wonderlike donasie. G'n wonder dis so sag nie, so soepel."

Nou die groot vraag, die allerbelangrikste vraag.

"Uhm . . . sal jy dit as omslag vir 'n boek kan bind, Ignaz? Vir twéé boeke, miskien met goue stempel vir die titel, goue aksent om die rande?"

"Soos die randmotief op die omslag van *Hakluyt Travels and Voyages*, die foto van die boekomslag wat ek vir jou gestuur het?" Ignaz knik, sy blik op die getatoeëerde velyn. "Ja, ek dink dit sal besonderse omslae wees. Wil jy dit kleur? Miskien 'n bietjie donkerder maak, miskien holstein . . ."

"Nee!" sê Abel. "Die *latte* bly net so. Geen kontaminasie van die kleur nie. Natuurlike en sensuele realisme – dis mos hoe jy die styl van die Vlaamse Primitiewe beskryf het."

"Goed, nou die formaat. Oktavo? Nie groter nie. Hierdie velle is net groot genoeg vir die voorblad van 'n oktavo-omslag. Vir die rugkant van die pou-omslag kan ons een van die diervelle gebruik, miskien die kat, ook sag en amperwit."

"En die haas vir die rugkant van Lepus. Embleem van die haas voor, vel van die haas agter. Vir my volgende volumes sal ek die donateurs vir 'n groter stuk vel vra, groot genoeg vir die héle omslag. Wat dink jy?"

"Dis nogal groot. Ek weet nie of 'n donateur bereid sal wees om só 'n groot stuk vel te skenk nie."

"Ek sal 'n groot donateur soek, en haar vra," sê Abel. "Ek beplan tien volumes."

Ignaz se wenkbroue lig. "Nog ágt groot donateurs? Ja, oktavo sal werk. Jy sal in goeie geselskap wees met die oktavo's vir jou *Kosmiese Reise*. Teobaldo Mannucci van Venesië – in ons drukkerskringe beter bekend as Aldus Manutius – was lief vir dié formaat. Sakboeke, het hy dit genoem, sodat lesers dit maklik kan saamdra. In 1501 al het hy Virgilius se *Opera* in oktavo-formaat gebind."

"Ja," sê Abel geesdriftig, "ek sal hulle graag saam met my wil dra."

"Manutius het klassieke Griekse werke uitgegee en in velyn gebind, vyf volumes van Aristoteles, nege komedies van Aristofanes, Sofokles, Herodotus, Euripides. En natuurlik Latynse en Italiaanse klassieke tekste, die versamelde werke van Poliziano, Dante se *Commedia*, die briewe van Plinius die Jongere, selfs Erasmus se *Adagia* . . ."

"Oktavo klink reg, Ignaz."

"En jy soek net één handgebinde eksemplaar van elkeen van jou volumes, met omslae van velyn?"

"Net een van elk. Dis vir my eie gebruik en genot. Dis persoonlik. Ek soek nie roem nie. Ek beplan om dit met my dood na te laat aan die Ulughbeg-madressa in Samarkand. 'n Eksklusiewe nalatenskap, met nuwe insigte in die kosmos. Vir Virgilius en Aristofanes ken ek nie, ook nie vir Poliziano en Plinius nie, maar ek ken die werk van Ulugh Beg. Ken jý die *Ziy-i-Sultani*?"

Ignaz skud sy kop, en Abel rol sy perkamente in die sneespapier terug en druk dit in die koker.

"Steeds tevrede met die huis?"

Nie eintlik nie, maar hy sê dit nie, wil nie Ignaz se gevoelens seermaak nie.

"Ek hou van die klokkespel uit die torings van die twee kerke."

Hy het besluit om so gou moontlik ander blyplek te soek, ook uit die oog, maar nie in 'n ou hoerestraat nie.

"Dis Brugge se twee oudste kerke, Sint Salvator en die Onze-Lieve-Vrouw, vol skatte en misterie. Maar ek's nie juis 'n toegewyde kerkganger nie," sê Ignaz.

"My moeder kon lang aanhalings uit die Bybel opsê." Abel dink 'n oomblik, vra: "Ek't altyd gewonder, Ignaz, is jy getroud?"

Ignaz antwoord nie, en Abel wonder of hy hom gehoor het.

Dan kom die antwoord byna as 'n fluistering, en stamelend, asof dit 'n onderwerp is wat Ignaz nie graag bespreek nie.

"Nie meer nie . . . sy's dood, my vrou . . . jare al."

"O."

Ignaz kyk op. "Maar ek't 'n dogter, ek sal jou aan haar voorstel. Ons sal jou uitvat vir ete. Hoe klink dit?"

Abel aarsel. "In 'n restaurant?"

"Jy moet begin inskakel in jou nuwe omgewing."

"Goed," sê Abel onseker, ongeneig om in te skakel, verkies sy eie geselskap.

Ignaz stap saam met hom ondertoe, sê by die voordeur: "Jou donateurs, is dit vroue?"

"Ja," sê Abel, sit sy slaprandhoed op, verstel die bril met die amber lense en stap uit.

## 9.

Sajida se pa het haar uit Kanigoram weggestuur toe die soldate met hulle masjiengewere en die vegvliegtuie kom om die Oezbeeks en die Taliban uit Waziristan te probeer verdryf. Saam met haar pa was molla Wada. Hulle het kruisbeen in die voorhuis op die tapyte gesit en sy het vir hulle snye soet spanspek voorgesit, die sardas wat haar pa self kweek, en 'n glas jogurt en bokmelk vir elkeen.

Sy het bly staan toe molla Wada sê: "Sajida, jy's 'n goeie kind. Jy't respek vir jou ouers en vir die tradisies van die Pashtun, en van ons stam, die Burki's, en van ons broers en susters, die Masoed en die Wazir. Jy's slim en ywerig op skool. Maar jou pa vrees vir jou veiligheid. Hier in Kanigoram is die lewe nie meer soos ons stam dit ken nie. Vir agt honderd jaar het ons die invallers en besetters verdryf. Maar wat nou gebeur, is 'n ding waaroor ons nie meer beheer het nie."

Sy het geweet wat die molla bedoel. Dis vandat die Oezbeeks gekom het, baarde en tulbande en Kalashnikovs vol stof van hulle lang reis uit Samarkand oor die Hindu Kush. Op hulle tog deur die stamgebiede werf hulle die jong manne vir die Tehriki-Taliban Pakistan, die TTP. Hulle werf jong seuns, twaalf, dertien jaar en ouer, en nou ook jong vroue, as fedayeen vir die selfmoordbomme in die Helmand-provinsie van Afganistan en in Kaboel en Herat en Jalalabad.

Nasir en nog ander jong manne van Kanigoram vlug saam met hulle voor die Pakistanse veiligheidsmagte se Operasie Verlossing. Hulle is weswaarts vort, het haar pa vroeër gesê, na die grotte van die Ingalmall en Tora Bora. Daarvandaan beveg hulle die nuwe besetters van Pashtun-grond.

Sy het geswyg, soos dit hoort, net gestaan en luister, haar vingers voor haar ineengestrengel, en molla Wada het gesê: "Dis met 'n swaar hart dat jou pa die besluit geneem het. So swaar dat hy dit met my kom bespreek het, en met die maliks. Maar die besluit is geneem dat jy moet weggaan, Sajida. Uit Kanigoram uit stad toe."

Om te weier, of selfs net met 'n woord of gebaar verset te toon, is taboe. In haar oë is geen teken van die onstuimigheid in haar gemoed nie.

"Peshawar toe?"

"Nie Peshawar nie, Islamabad," sê die molla. "Madressa Jamia Hafsa in Islamabad, die madressa vir vroue by die Masdjied Lal."

Die Rooi Moskee is oor die hele wêreld bekend, nie net die Moslemwêreld nie.

"Maar wie sal betaal, dis duur?"

Toe, vir die eerste keer, praat haar pa. "Molla Wada het dit gereël, Sajida. Skenkings is bewillig vir jou voorreg om aan die madressa Jamia Hafsa te gaan studeer. Die goeie werk van die Masdjied Lal lok donasies uit baie lande."

"'n Beursfonds is vir jou gestig," sê molla Wada, "genoeg vir jou verblyf en studies. 'n Broer van jou pa, lankal weg uit Kanigoram. Ek dink jy was een jaar oud toe molla Burki besluit het om Pakistan te verlaat."

"Molla Wada het per e-pos aan hom geskryf en foto's saamgestuur," sê haar pa. "My broer onthou jou, maar hy sê hy herken nie die pragtige jong meisie op die foto's nie. Hy skryf: 'Is dit klein Sajida? Kyk hoe pragtig is sy nou, die fyn gelaat soos dié van die jong vroue van die powindah. Haar vel die kleur van saffraan, haar hare met die glans van swart lawaglas, haar oë smaragde soos dié van die Afridi's van die Khyber.' Jou oom was nog altyd so digterlik."

Die powindah, die nomades wat elke jaar met hulle kamele en tente op sleepwaens agter Massey Fergusons gehaak na nuwe weivelde trek. Die hele karavaan versier met kleurryke wimpels versit van die barre Zarmelan-vlaktes na die grassteppe van Derajat. Haar oom se beskrywing staan nie terug vir die lierdigter Khushal Khan Khattak nie, wat oor die Afridi-vroue sê: "Trots soos die letter Alif is die skone maagde, die vel lig van kleur, oë die blou van lug en groen van gras, o so vrugbaar hul heuwels en valleie . . ."

Molla Wada sê: "Molla Burki het in Suid-Afrika 'n vername en welgestelde man geword. Hy's geestelike leier in sy moskee in Johannesburg en sakeman met baie winkels, maar hy vergeet nooit sy wortels in Kanigoram nie. Sê hy weet wat hier aangaan, volg dit in die nuus, op die internet en deur sy kontakte in Islamabad en Lahore en Karatsji. Hy wens hy kan méér doen vir djihad teen die infidelle wat hulle drones uit Afganistan oor die berge stuur om sy mense in Waziristan met missiele uit te wis. Maar hy's geseënd, en hy sal graag wil bydra om jou die regte onderrig te laat kry in die madressa van die Masdjied Lal."

In die madressa ontmoet Sajida ander jong Pakistanse vroue wat ook steeds die streng voorskrifte en taboes volg van hulle tradisies en gebruike en geloof, veral die kode van eer en ondergeskiktheid. Maar terselfdertyd smag hulle, soos sy, na die emansipasie en kosmopolitiese invloede wat die groot stad aanbied. TV en flieks en elektroniese tegnologie wat ligjare verwyder is van die engheid van 'n afgeleë bestaan in die berge.

In die stad praat sy Oerdoe, ook vlot Engels, pleks van Pashto. Sy kry 'n tatoe, al is dit net van henna en borrie, want sy sien hoe ander jong vroue hulle opsmuk en mooimaak. Ná drie weke sal dit wegkwyn, en dit was pret. Eendag, iewers in die toekoms, besluit sy, gaan sy weer een kies. Miskien dieselfde een, want sy hou van die simboliek van die voël. Maar daardie een sal sy met naalde laat tatoeëer, 'n regte tatoe met ink in haar vel, 'n blywende teken soos wat sy by die aktrises op TV sien, hulle liggame versier met silwer en goud.

Sajida en Nida stap terug van die mehndi-kunstenaar na hulle hostel by die groot kompleks van die Rooi Moskee. Hulle stap in by Masdjied-straat na die madressa waar hulle onderrig word in Engels, Oerdoe, wetenskap, wiskunde en die sosiale wetenskappe. Ook die uitleg van die Koran en die hadiete soos imam Sahih al-Bukhari die voorskrifte van die Profeet versamel en saamgestel het. Sy begin verstaan waarom Nasir die pad van die moedjahedien gekies het om in die heilige oorlog te gaan veg. Sy doen moeite met die interpretasies van djihad soos Bukhari al die hadiete wat oor djihad handel in een hoofstuk saamgevat het, in Boek 52 met die titel: "Stryd vir die saak van Allah".

Sy word ingewag met 'n boodskap dat molla Abbas haar in sy kantoor wil sien. Sy verstel die voue van die dupatta om haar kop en nek, instinktief 'n prik van skuld oor die nuwe mehndi op haar maag, al is dit onder haar kameez versteek.

"Sajida, ek't 'n boodskap uit Kanigoram gekry. Dis nie goeie nuus nie."

"My ma? Sy was siek . . ."

Hy knik, kyk af na sy vingers wat werk soek tussen die papiere op sy lessenaar. Kyk dan op na haar toe.

"Dis nie oor jou ma nie. Dis oor jou pa, Hassan, en jou twee broers, Afzal en Arbaaz. Hulle was by 'n begrafnis. Hulle het op molla Wada gewag toe twee Hellfire-missiele hulle tref. Drie en twintig is dood."

Sy voel die lamheid in haar knieë, kry die leuning van die stoel beet en gaan stadig sit.

"'n Slagting, Sajida, en my hart is vol pyn dat ék die nuus vir jou moet gee."

Sy druk die voue van die dupatta teen haar oë en gesig vas.

"Dit was gistermiddag sesuur. Die liggame . . . die liggaamsdele kan nie uitgeken word nie, maar die naasbestaandes sal elkeen iets kry vir die begrafnis. Ek't 'n kar en drywer vir jou, jy kan oor 'n uur vertrek om oor jou pa en broers te gaan rou."

## 10.

Van agter die kantgordyne op die tweede verdieping staar Ignaz na Abel soos hy wegstap in Dijver. Die vinnige tred van die kort, dik bene, asof doelgerig op pad na 'n spesifieke bestemming.

Abel is vir hom 'n raaisel. Ingetoë en 'n onbeholpe geselser, asof hy ontuis voel tussen mense. Tog skenk twee donateurs stukke van hulle vel aan hom. Twee vroue. Hoe kry hy dit reg? Wat is sy geheim om 'n vrou te oortuig tot só 'n intieme donasie, ongetwyfeld met aansienlike pyn?

Hy kan die man nie peil nie, maar Ignaz is opgewonde. Hy is van plan om die vriendskap te koester en te ontgin, selfs met Sofie se hulp. Abel kan hom dalk help met sy eie donker obsessie.

En hy bejammer die man opreg. Dat hy so vervolg en gejag word in sy eie land, selfs regoor Afrika tot in Europa. Dis alles so onbillik en onregverdig.

Iets is verkeerd met die proporsies van Abel se gelaatstrekke, so sonder harmonie en balans. Neus skerp en skeef, ore soos dié van 'n kabouter, ken te groot, die vel vol maankraters. En al daardie littekens, kriskras oor sy onaantreklike gesig, van die verskriklike wonde wat hy in die ongeluk opgedoen het.

Nie die soort man aan wie se voete vroue sal val om hulle velle aan te bied nie. Ignaz verstaan dit nie.

Maar hy moet erken: daardie laaste twee velle wás onverhoeds. Die gehalte van al sewe perkamente het hom verras, veral die laaste twee. In sy dekades in die besigheid van boekkonservering

73

en -binding het hy nog nooit die voorreg gehad om sulke velle te hanteer nie. En hy twyfel of sy pa so iets aanskou het, of sy oupa, of oupagrootjie, of enige huidenvetter-voorsaat.

Dat Abel besondere moeite gedoen het met die bewerking en looi van die velle, is duidelik. Ignaz kon sien, en voel, dat Abel die voorskrifte van sy resepte nougeset gevolg het. Hy kon ook agterkom dat Abel in die looiproses die natuurlike tannien van diereharsings gebruik het om die kollageenweefsel en -proteïene van die velle te olie en soepel te hou.

Hy neem hom voor om later, wanneer hy en Abel mekaar beter leer ken het, hom opnuut oor sy donateurs uit te vra. Hulle ken mekaar lank, maar dit was 'n vriendskap in die kuberruimte, en noudat hulle mekaar van aangesig ontmoet het, is dit asof hulle vreemdelinge vir mekaar is.

Die kuberruimte skep valse vriendskappe, dink Ignaz. Kuber-vriendskappe is sonder warmte en spontaneïteit, sonder menslike gevoel, sonder die eerste indruk van iemand se gelaat. Miskien as hy en Abel eers die styfheid van hulle virtuele vriendskap afgeskud het, kan daar vertroue kom, kan hulle meer geheime begin deel.

Ignaz sal ook graag wil eksperimenteer met régte maagde-perkament, nie net dié van ongebore kalwers en lammers nie. Boonop raak dit al moeiliker om jou hande op sulke dierefetusse te lê, en dis duur, ás jy dit kry. Hy wil graag Abel se geheim hoor. Daarvoor sal hy sy vriend spesiaal in die Pietje Pek gaan trak-teer. Hulle vriendskap kan stellig lei tot 'n goeie akkoord van samewerking, en pragtige boekomslae, die tekstuur soos fluweel en sy onder die vingers.

In sy pakkamer in die kelder, temperatuur en humiditeit ge-reguleer, is Ignaz se voorraad gelooide velle van lammers en skape, melkbokke, kalwers, varke en herte, en die kleiner velynvelle van dierefetusse. Hy looi lankal nie meer sy eie velle nie, koop die leer en perkament van 'n looiery in Oudenaarde. Of hy bestel dit uit ander lande vir elke gier en smaak van sy soms eksentrieke klante:

leer vir die omslae van groter boeke, die delikate perkament vir eksemplare van seldsame geskrifte.

Maar hy moet erken, ondanks sy ervaring en bloedlyn het hy nog nooit ménslike velle oorweeg nie. Daaroor nagelees, ja, en al gewonder.

Nou het Abel opnuut sy gedagtes aan die loop gesit. Miskien moet hy ook iets spesiaals nalaat, want hy is die laaste geslag boeke-Bouts. Sy vrou lê in die ou begraafplaas in Ver-Assebroek; sy seun sit in Brussel, glo die toekoms lê in e-boeke, nie in boeke met omslae van leer nie; sy dogter is sommelier by die vyfster-Kempinski, eens die Prinsenhof waar Maria van Boergondië gesterf het.

Abel kan sy tien kosmiese volumes aan 'n instituut in Samarkand nalaat; wie erf Ignaz Bouts se nalatenskap?

Maar vrugbare jare lê nog voor, en as sy en Abel se vennootskap gedy, wie weet.

Toe Abel onder in Dijver uit sig verdwyn, draai Ignaz na die trap wat na die derde verdieping lei, sy woonplek. Aan die bopunt druk hy die deur oop en betree die oopplanruimte van sy sit-eetkamer: 'n bank en twee groot stoele, alles gestoffeer, diep uitgesit, die ou materiaal blink geskuur, die patrone gerasuur soos ou leer. Die meubels en dekor uit 'n vroeëre eeu, asof die vertrek deel is van 'n museumhuis. En baie kant: lappies op die armleunings, op die sytafels, die buffet, die ronde eettafel, voor die vensters.

Die antieke muurpapier is skaars sigbaar agter dosyne geraamde foto's, almal van dieselfde jong vrou, min variasie in uitdrukking en posering. Eintlik net vier verskillende foto's; die indruk van verskeidenheid is die verskillende groottes waarin die foto's afgedruk en geraam is. Die 36 foto's van sy Jute, dood twee jaar ná Sofie se geboorte, op 25, dieselfde ouderdom as Maria – sy aan inflammasie weens beserings toe sy van haar perd afgeval het. Jute het 'n langer lyding gehad: 'n virus wat die hipotalamus affekteer, breinselle verteer, 'n seldsame en ongeneeslike metastase.

75

Sofie kom selde in sy woonplek, vermy hierdie plek van memento mori, verstaan nie haar pa se onsterflike liefde vir haar ma nie. Hy neem Sofie nie kwalik nie, en hy verkies dit dat sy nie hier kom nie. Dis sy private tribune van hulde. Op die buffet in die glashouer is sy belangrikste aandenking aan Jute: 'n lok van haar hare wat hy met haar dood afgesny het. Al twintig jaar bewaar hy dit as't ware lewend in die vakuum van die klokfles.

Die idee is nie nuut nie, hy het dit ontleen aan 'n boek van Georges Rodenbach uit die negentiende eeu, al het hy eers 'n jaar gelede 'n seldsame uitgawe van daardie Rodenbach-boek in die Antiquariaat Garemijn in Kemelstraat raakgeloop. Hy is geen boekversamelaar nie, en is dikwels verbaas oor die soort boeke waaraan bibliofiele en bibliomane soveel persoonlike waarde heg dat hulle bereid is om 'n fortuin daarvoor te betaal. Dan nóg 'n fortuin om dit te laat restoureer, die los bladsye te laat herbind in 'n duursame en duur omslag van leer of perkament. Soos daardie ou boek waarin Dionisio Minaggio, hooftuinier van Milaan in 1618, elke voël in sy *Il Bestiario Barocco* met werklike voëlvere geïllustreer het.

Maar dis nie sodanig die inhoud van die boeke waarin Ignaz belangstel nie, eerder die bladsye self, die gehalte en toestand van die papier. Behalwe soms, dan vang sy oog iets anders: 'n titel of 'n skets of 'n kaart of illustrasie wanneer hy met eindelose geduld en gevoelige vingers in sy katoenhandskoene die bladsye van die rug lostorring vir 'n nuwe binding.

Soos die bundeltjie met argeologiese verslae van 1848. Toe hy die bladsye lostorring, het hy die essay opgemerk deur ene Albert Way met die titel "Some Notes on the Tradition of Flaying Inflicted in Punishment of Sacrilege; the Skin of the Offender Being Affixed to the Church Doors".

Maar wat hom wérklik aan die dink gesit het oor 'n spesiale omslag vir sy eie ou Rodenbach-boek, was die versoek van 'n klant dat Ignaz 'n bloemlesing bind van essays uit ou uitgawes van *Notes & Queries*. Die joernale het teruggestrek tot 1865, en in

Volume 187, Uitgawe 12, gedateer 2 Desember 1944, het A.H.W. Fynmore se essay, "Books Bound in Human Skin", sy aandag getrek.

Namate hy sy Rodenbach-boek lees en herlees, het twee gedagtes begin ontkiem, alles te danke aan eers Way, toe Fynmore – en nou Abel se donateurs van velle. Want Rodenbach se storie oor Hugues Viane is byna identies aan Ignaz se eie onsterflike liefde vir sy dooie vrou, daarom wil hy sy ou boek laat herbind as nóg 'n memento aan Jute, nóg 'n herinnering en hulde. Maar vir só 'n omslag benodig hy 'n baie spesiale maagdeperkament sodat hy die boek, met die haarlok bo-op, ook in die klokfles kan verseël.

In die rakke in sy kelder het hy gaan soek vir 'n saggebreide eksotiese perkament. Hy het verskeie oorweeg vir sy Jute-boek: die jugleer uit Rusland, maar net die yuft van die pensvel van 'n jong kariboe. Die marokyn en selfs fyner saffiaan uit Marokko. Die galuchat uit Frankryk van die vel van 'n haai. Die segryn uit Turkye van die vel van 'n gepêrelde pylstertvis. Die seems van 'n jong bergbok van die Tatra in die Balkan. Die suède van 'n gemsbokkalf uit Namibië.

Die groot vraag is: is enige daarvan eksoties genoeg? En die antwoord, ná Abel se byna terloopse onthulling oor sy twee donateurs, is natuurlik: nee.

Hy sal die oorspronklike omslag van die Rodenbach-boek behou, soos hy doen met ál sy klante se ou boeke. Die frontispies, hoe beskadig en beduimeld ook al, is van onskatbare waarde, en 'n nuwe leeromslag is bloot bedoel om die oue teen verdere slytasie en verweer te beskerm.

In die geval van sý boek, in 1892 deur Marpon & Flammarion in Parys gepubliseer, is die frontispies deur die Belgiese kunstenaar Fernand Khnopff, wat ook gesorg het vir 35 binne-illustrasies van bekende Brugse bakens om die verhaal toe te lig. Die stad Brugge is per slot van rekening een van die belangrikste karakters in die boek, naas Hugues Viane en Jane Scott.

Hy draai van die klokfles met die haarlok weg, en bel sy dogter by die Kempinski, net 'n paar strate van die Pietje Pek waar hy Abel op Karmelietbier en mossels en paling wil gaan trakteer.

"Wat's fout, Pa?"

"Niks is fout nie. Mag 'n pa sy dogter nie bel sonder dat iets fout is nie?"

"Is dit weer die rug? Dis van al die gebuk oor ou boeke dat die rug dit nie kan hou nie."

"Die rug makeer niks nie, Sofie. Wanneer los jy die hotel? Ek't jou hier nodig."

"Pa, ek hou van my werk, ek hou van mense om my."

"Boeke is vol mense."

"Ek hou van régte mense, mense met wie ek kan praat en lag."

Hy dink aan Hugues en sê: "In boeke praat mense."

"Praat hulle met Pa? Wat sê hulle?"

"Hulle vertel stories . . ."

"Boeke is vol stof, en stof gee my hooikoors. Pa weet mos, ek nies van boeke."

Hy verswyg boekluise. "Niks ruik so lekker as die leer en velyn van my boeke nie."

"My neus is bedoel vir goeie wyn."

"'n Ryk gas by die Kempinski gaan jou nog wegvat, ek sien dit kom."

"Ryk of arm, ek soek nie 'n man nie. Nog nie."

"En as hy jou vat, bly ek alleen oor. Luister, Sofie, ek't jou vertel van my vriend Abel uit Suid-Afrika. Ek wil hom uitvat vir ete, gedink dit sal gaaf wees as jy kan saamkom, hom ook ontmoet, help om hom tuis te laat voel."

"Dis reg, Pa, ons kan so maak. Wat van Pa se medisyne, drink Pa dit gereeld? Moet ons weer 'n afspraak maak by dokter Smeden?"

"Nee, g'n afspraak nie, ek drink my medisyne. Ek bel jou oor 'n datum vir die ete."

Hy sit die foon neer. Voel skuldig, want hy drink nie gereeld sy medisyne nie. En hy kan dit agterkom. Hy voel soms snags weer die angstigheid.

Maar hy vermy dokter Smeden, wat hom vir sy senuwees en neerslagtigheid behandel het ná Jute se dood. Hy was al drie keer in die Sint Raphael-inrigting in Antwerpen, en het besluit: nooit weer nie.

## 11.

In sy kantoor by die *Rekord* lees Jake die artikel "Counter Corruption and Security" op binnelandse sake se webwerf. Daarna bel hy die Johannesburgse streekkantoor en vra om met meneer Heilbron te praat. Stel hom nie voor as joernalis nie, oortree omtrent al die Persombudsman se gedragskodes.

"Meneer Heilbron, 'n vriend het my jou naam gegee. Gesê jy't hom gehelp, hy's seker jy kan my ook help. Hy't gesê as ek ooit in die nood is, bel daardie gawe meneer Heilbron by binnelandse sake."

"Ja?"

Jake skakel die digitale opnemer aan. "My vriend sê: moenie meneer Heilbron verkeerd opvryf nie, niks onwettigs nie, hy is 'n etiese man, volg die reëls soos die evangelie. Maar jy weet van die toue, staan heeldag in 'n tou en as jy voor by die toonbank kom, sê die klerk: 'Waar's jou vingerafdrukke?' En jy sê: 'Niemand het iets genoem van vingerafdrukke nie?' En sy sê: 'Gaan vat eers jou vingerafdrukke, val weer agter in.' En jy wag in die tou om jou vingerafdrukke te vat . . ."

"Wat's jou punt, meneer . . .?"

"Diamond," sê Jake sy regte van voor hy kan dink. "Al daardie rompslomp en toue en drie maande later kry Piet de Wet sy ID-boek met 'n foto van Bhekuyise Ninela, en Bhekuyise kry sy ID met 'n foto van Gert van der Merwe, en so aan, weet wat ek bedoel? My vriend sê meneer Heilbron kan help . . ."

"Wie's jou vriend, het hy 'n naam?"

Jake het dit verwag, gedink aan 'n paar name. Hy't nie

Pakistani-vriende nie, weet nie hoe 'n Pakistanse van klink nie, maar onthou Khan, Imran Khan, krieketkaptein van Pakistan. In 1992 se eindstryd teen Engeland die wêreldbeker gewen, Ian Botham uit vir 'n nulletjie, geboul deur Wasim Akram. "My vriend? O, Wasim Khan, onthou jy hom?" Hy hoop die naam laat 'n klokkie lui, nie té hard nie, net genoeg om meneer Heilbron se geheue te terg.

"Ek help honderde klante, kan nie elkeen onthou nie. Khan?"

"Khan, ja. My vriend Wasim sê: 'As meneer Heilbron jou help, wys jou dankbaarheid, moenie inhalig wees.' Hy noem dit 'largesse', vir al meneer Heilbron se moeite. Dis wat Wasim sê, nie ek nie. Ek's in die nood, meneer Heilbron, kan jy my help? Kan ons daaroor gesels, miskien môre oor 'n lekker middagete? Aangesien dit Vrydag is, sal niemand ons mos jaag nie. Hoe lyk jou dagboek, is daar plek oop vir 'n ete, vir 'n stewige largesse as jy my kan help?"

81

## 12.

Majid kry die boodskap van sy persoonlike assistent in sy mez-
zaninekantoor. Hy het deur 'n glasmuur 'n panoramiese uitsig
op die uitgestrekte binneruim van sy superwinkel. 'n Staal-en-
sink-konstruksie soos 'n vliegtuigloods, oop volume van drie
verdiepings, kan inderdaad byna 'n Boeing én 'n Airbus huisves.
Rakke vol gepak met groothandelkruideniersware vir Soweto
se kettingwinkels en spazas en straatsmouse. Onder hom, as hy
byna vertikaal afkyk, die nimmereindigende toue kopers met
volgelaaide trollies by die ry betaalpunte – veertien kassiere, alles
kontant.

Majid lees weer die boodskap wat sy PA op sy lessenaar kom
neersit het. Dis van sy oom wat hom kon gebel het, maar respek
betoon en 'n boodskap by sy PA los: *Molla Burki sê as jy tyd het, sal
hy vanaand 'n besoek waardeer, ná Isha'a.*

As jy tyd het. Molla Burki is die patriarg van die familie; as hy
'n boodskap los vir 'n besoek, dan máák jy tyd. En natuurlik eers
ná Isha'a, die vyfde en laaste gebed van die dag.

Majid is deeglik onder die indruk van die las en verant-
woordelikhede op sy eie jong skouers. Hy is die gesalfde, die
kroonprins van Johannesburg se welgestelde Burki-familie. Op
dertig al besturende direkteur van die EasySave Cash & Carry-
ryk, reeds elf groothandelaars landwyd.

Majid, met 'n MBA van Wits, wou eintlik een van Harvard
gehad het.

Hy was reeds gekeur toe die Amerikaanse konsulaat in Jo-
hannesburg destyds sy aansoek vir 'n studievisum afgekeur het –

sonder om redes te verstrek. Hy en sy gegriefde familie vermoed die redes het alles te doen met ras, geloof en herkoms.

Majid is in Lenasia, Johannesburg, gebore, maar sy ouers het eens in Pageview gewoon. Daar het sy pa 'n materiaalwinkel in Fietas se 14$^{de}$ Straat bedryf en vyf keer op 'n dag in die groen-en-wit moskee in 22$^{ste}$ Straat gaan bid, naby die Braamfonteinse begraafplaas met sy afdeling vir Moslemgrafte en die mazaar met die oorskot van 'n Moslemheilige.

Op die visumaansoek moes Majid onder meer sy pa se plek van geboorte verstrek, en sy pa is in Pakistan gebore, nie in Suid-Afrika nie. Sy pa se geboorteplek is Kanigoram, Suid-Waziristan. Hy moes ook sy pa se sterfdatum invul. Nadat apartheid sy pa van sy winkel in Fietas beroof het, het hy in 1982 – die jaar van Majid se geboorte – aangekondig dat hy teruggaan Pakistan toe. Hy het gesê dis sy plig om teen die Sowjets te gaan baklei wat die oeroue grond van die Pashtun in Afganistan probeer verower. Dis ook waar sy pa dood is, en nou doen die Westerse veroweraars dieselfde ding, en dit mag nie gebeur nie.

Majid se visumaansoek was in 2004, drie jaar ná 9/11, vir die begin van 2005 se studiejaar in Boston. Hy is uit meer as ses duisend MBA-applikante van regoor die wêreld gekeur vir dié prestigekursus, een van die gelukkige nege honderd. Maar sy visumaansoek is afgekeur; sy paspoort het stempels in dat hy Pakistan besoek het. In daardie tyd het Osama bin Laden te midde van hewige Amerikaanse bomaanvalle uit die berggrotte van Tora Bora in Oos-Afganistan gevlug en vermoedelik skuiling gekry in die onregeerbare en onherbergsame FATA-stamgebiede van Pakistan – Suid-Waziristan een van hulle. Ook Taliban-vegters van molla Omar, Bin Laden se Afgaanse beskermheer, het met die Amerikaanse inval hulle toevlug in FATA gaan soek en gekry. Daar was hulle veilig, want die stamgebiede is kwalik vir Pakistan se eie veiligheidsmagte toeganklik.

Majid het berus en Wits toe gegaan. Met sy MBA het hy die baie lonende Cash & Carry-besigheid oorgeneem wat molla Burki begin het nadat 14$^{de}$ Straat se basaar gesluit is. Die inwoners en handelaars van Pageview is ontwortel en na Lenasia en die nuwe Oosterse Plaza in Fordsburg gestuur – terwyl die wittes van Vrededorp in hulle huise kon agterbly, geskei deur 11$^{de}$ Straat, Fietas se eie Berlynse muur.

"Majid," sê molla Burki die aand in sy huis in Lenasia, groot soos 'n boetiekhotel, genoeg slaapkamers vir drie familiegeslagte, "vertel my waar ons staan."

Hier praat hulle steeds Pashto. Majid weet sy oom bedoel nie die winkelryk nie. Met die besigheid gaan dit goed, béter as goed. Die winste van die EasySave-groep is soos om jou eie geld te druk, want almal moet eet, internasionale resessie ofte nie.

Sy oom is voorsitter van die EasySave-direksie, maar as hy vra waar hulle staan, bedoel hy iets anders. En Majid is vlug van begrip.

"Ek't alles gekry," sê hy. "Veilig in my kluis toegesluit, al die dokumente is gereed en in orde. Ons wag net vir Sajida en haar ma."

"Wanneer kom hulle? Ek't nou vergeet, die geheue raak kort." Molla Burki krap met 'n voorvinger in sy lang, grys baard, die lig van die staanlamp flikkerend op sy brillense.

"Oor 'n week, volgende Woensdag. Ek sal hulle persoonlik by die lughawe gaan ontmoet."

"En die geld, is dit oorgeplaas?"

"Dis oorgeplaas, soos elke maand."

"Hoeveel is daar nou?"

"Ons trust het nou honderd en sestig bakkerye oor die hele Pakistan, van Karatsji in die suide tot Mingora in die noorde, van Quetta in die weste tot Lahore in die ooste. In Islamabad en Peshawar is ons nuwe koringmeulens in produksie. Drie honderd nuwe Singers is gekoop vir ons klerefabrieke in Jacobabad en Faisalabad en Gujranwala. In Dara Adamkhel is die nuwe madressa betrek, in Makin is die skade aan die moskee herstel, in ..."

"Ja, ja," sê molla Burki, haak die draadrame van sy bril agter sy ore uit en vryf oor sy oë.

Majid merk vir 'n oomblik 'n toon van ongeduld in die sagte stem. Hy weet waarheen die gesprek nou mik, maar hy vat sy tyd. Sy oom wil nie met detail belas wees nie, stel nie belang in die mikrobestuur van hulle kruideniersryk in Suid-Afrika nie. Hy wil die groter prent sien, die panorama, stel meer belang in die besonderhede van hulle humanitêre hulp in Pakistan, veral in Kanigoram. Dís die detail wat die molla vanaand interesseer: Kanigoram, plek van die Burki's.

Molla Burki wil weet van hulle stam en hulle familie, die broers en ooms wat agtergebly het, en hulle vroue en kinders, Majid se neefs en niggies, en almal wat gesterf het toe Hakimullah se Taliban en Yuldashev se Oezbeeks daar gaan wegkruip het en die bomme en dood gelok het na daardie mooi, vrugbare vallei. Die Pakistanse leër het hulle daar gaan soek op aanstigting van die Amerikaners, en wanneer die Pakistanse soldate traag is, stuur die CIA sy onbemande robotvliegtuie in.

"Is die geld daar? Vir Reema, my broer Hassan se weduwee?"

"Dit het daar aangekom, ek het die advies van ons trust gekry," sê Majid.

"En vir die ander weduwees en die kinders wie se mans en pa's gesterf het?" Die slagoffers toe die Predator laatmiddag die groep by die begraafplaas met sy Hellfires getref het, Sajida se pa en twee broers onder hulle.

"Dit word uitbetaal," sê Majid.

Molla Burki het die trust in Pakistan gestig en as welsyns-organisasie geregistreer vir humanitêre hulp aan Moslemvlugte-linge. Ook aan gewonde moedjahedien, aan die weduwees en wese van Moslemmartelare, aan die naasbestaandes van Moslem-prisoniers wat onwettig in Westerse tronke aangehou word, en om skole, hospitale en moskees te herbou wat deur die Westerse besetters verwoes word in hulle wêreldwye poging om Moslems tot onderdanigheid te dwing.

85

"Het jy al meer besonderhede oor die aanval gekry?" vra molla Burki. "Die redes?"

Majid knik. "Ons kry verslae dat hulle vir Nasir Raza gesoek het."

"Kry tee." Sy oom wuif met sy hand na die skinkbord.

Majid vat 'n koppie. Hy sluk en loer oor die rand na sy oom. "Is Nasir dan terug?" vra die molla. "Ek dog hy's saam met die Oezbeeks weg."

"Dis wat hulle sê: niemand het hom gesien nie. Die Amerikaners het gedink hulle is terug, Nasir en die Oezbeeks, en die drone gestuur."

Molla Burki vat 'n sluk van sy tee. "Nasir stel 'n voorbeeld, ons moet hom nie vergeet nie. Sy naam en sy dade raak bekend, dit spoor ander jong manne en vroue aan."

"Hulle soek hom al sedert die Chapman-insident."

"By Khost, dan nie?" sê die molla.

Majid weet goed, en hy weet die molla weet ook goed, van daardie insident. Die dapper fedayeen Humam al-Balawi het met plofstof om sy lyf sewe van die CIA-moordenaars hel toe gestuur toe hy by hulle basis ingelaat is sonder dat hy deursoek is. Die Amerikaners was so gerus, het gedink Humam is húlle informant.

"Dis van Chapman wat die CIA hulle opdragte gee vir die drone-aanvalle in ons stamgebiede," sê Majid.

Die arrogante Amerikaners het nooit eens die vaagste vermoede gehad dat Humam 'n dubbele agent kon wees nie, en hy het met sy martelaarskap gewys waar sy diepste lojaliteit lê. Nasir Raza was deel van daardie beplanning en van die video-opname, van die wasiyeh waarop Humam aan die wêreld verklaar het waarom hy bereid is om sy eie lewe te offer om die bloed te wreek van sy leier, Baitullah Mehsud.

Dit was molla Burki se opdrag om Sajida en haar ma uit Pakistan te kry, om by hulle familie in Johannesburg te kom rus ná die skok en trauma. Maar wanneer haar ma teruggaan na haar familie in Kanigoram, bly Sajida agter; hier in die molla se huis is haar kamer reeds ingerig. En nou is haar dokumente ook in orde, in Majid se kluis: 'n Suid-Afrikaanse ID en paspoort, want hy en die molla het groot planne met haar.

Sy oom sit sy bril terug. "Wat van die amptenaar wat haar dokumente uitgereik het?"

"Dis onder beheer."

Voor sy geestesoog sien Majid meneer Heilbron van binnelandse sake met sy spoggerige kar en duur skoene. Hy het tagtig duisend rand gevra om Sajida se dokumente onder die tafel te verskaf. Gesê dis 'n delikate prosedure, hy moet eers 'n geboortesertifikaat ook fabriseer, dis nie sommer net vir druk hier 'n knoppie, druk daar 'n knoppie nie.

"Geen spore na ons toe nie?"

"Niks."

Die molla vra nie verder uit nie, sit lank kop omlaag in sy stoel, diep aan't peins.

"Ek wens ek kon self gaan," sê Majid. "Vir Sajida in Islamabad gaan ontmoet en haar hierheen bring."

Sy oom knik. "Ek weet. Ons wil almal gaan, ons familie daar het ons nodig in hierdie moeilike tyd. Almal is op hulle senuwees, die stresvlakke bly steeds hoog ná daardie besigheid in Abottabad. Die gemoedere sal nie gou kalmeer nie. Maar dis die beste wat ons nou kan doen. Ons stuur geld soos altyd om ons mense daar te help, en ons kry vir Sajida uit. Dan slaan ons hulle waar dit baie seer gaan maak, vir die dood van my broer en sy twee seuns."

"Met die grootste wêreldwye publisiteit vir ons Saak sedert 9/11."

"Net so. En ons het tyd. Stap vir stap, niks oorhaastig nie. Wat's die volgende stap?"

"Die amptenaar," sê Majid.

Die molla lyk tevrede; dis wat hy wou hoor.

Hulle begin gesels oor hulle winkels en die uitbreidings wat Majid beoog: 'n nuwe EasySave in Chatsworth by Durban en een in Mitchells Plain by Kaapstad. En aanbouings aan hulle vlagskip waar Majid se kantoor en administrasie is: die superwinkel in Moroka, Soweto. Meer pakruimte is nodig, meer vurkhysers en operateurs, 'n tweede verkoelingstoor vir bederfbare produkte, vir ingevoerde bevrore hoender, 2 500 bokse per vraghouer, raklewe van 120 dae.

En meer veiligheidswagte moet gewerf word. Nie plaaslik nie, dié is onbetroubaar. Majid werf sy wagte net in Pakistan. Pashtuns, maar nie uit die stamgebiede nie. Hy soek dié wat reeds hulle tande geslyp het in die kommersiële lewe. Spesifiek in die bloedige labirint van Karatsji se Shershah-motoronderdelemark, die ewigdurende straatoorlog tussen die tradisionele Mohajir-handelaars en die usurpers, die Pashtuns en Balochs wat dié winsgewende bedryf probeer oorneem.

Majid stuur sy werwers onder Shershah se Pashtuns in, almal oorspronklik uit die noordelike stamgebiede. Die uitgesoektes dink nie twee keer oor die aanbod nie, want in Shershah is jou raklewe maar onseker.

Faisal en Tariq kom uit Shershah. Hulle is al 'n paar jaar in diens van EasySave in Moroka, eers by die laaiblad waar die lorries die vraghouers vol hoender inbring. Hulle het toesig gehou dat die volledige bestelling in die koelkamer ingaan, op die vragbriewe die bokse afgemerk met boudjies en vlerkies en borsies, die groter bokse met heel hoender, standaard en halaal.

Nadat hulle hul spore verdien het, hulle toewyding bewys het, is Faisal en Tariq bevorder tot ander pligte. Hulle werk nou buite in die natuur.

Die volgende oggend vra Majid sy persoonlike assistent om Faisal na sy kantoor te ontbied. Hy bespreek die amptenaar met Faisal en sê hy soek terugvoering oor elke beweging van meneer Heilbron.

Die terugvoering geskied deur Majid se PA, nooit enige direkte elektroniese kommunikasie tussen hom en Faisal nie.

Drie dae later, drie-uur die Vrydagmiddag, kom die PA by Majid se kantoor in. "Faisal het nou net gebel."

"Ja?"

"Hy sê meneer H sit op 'n lang middagete saam met 'n joernalis. Hy vra of jy enige opdragte het."

"Sê vir Faisal hy moet meneer H uitnooi vir 'n kuier by Easy-Save. Hy moet hom so gou as moontlik bring, ek wil sommer vanmiddag nog met meneer H gesels."

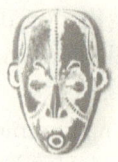

## 13.

Dis die skoene wat Jake eerste opmerk toe meneer Heilbron op-daag, 'n halfuur laat vir hulle afspraak. Die enkelstewels met silwergespes wat skitterend die son vang, Aviators opgeskuif op sy kop. Gesig en kop glad geskeer, vel blinkend soos gepoleerde amaranthout.

"Wasim noem julle staatsamptenare kripvreters, maar dit lyk vir my na goeie geld wat julle daar by binnelandse sake kry, meneer Heilbron. Wat's jou skoene, slang, volstruis?"

Meneer Heilbron bestel filet, sê vir die skraal kelner hy soek dit net geskroei, wil nog die bloed sien. En 'n dubbele Chivas, skoon, sonder ys. Jake vra vir 'n glas chardonnay saam met sy slaai.

Die kelner stap weg en meneer Heilbron kyk oor die tafel na Jake. "My skoene? Jy's 'n smartass. Probeer jy sê ek vat iets onder die tafel? Ek mag nie van mooi skoene hou nie?"

Jake hensop met sy hande. "Hei, nie nodig om te stres nie. Ek bewonder dit net, dis al."

"Paciotti," sê meneer Heilbron kalmer. "Van krokodilvel."

Jake stoot sy been langs die tafel uit, wys na sy skoene. "Hush Puppies. Persoonlik is dit my smaak, vir gerief, al kan ek ook handgemaakte skoene bekostig, van . . . van potoroovel."

Meneer Heilbron teug aan sy drankie en smak sy lippe. "Potoroo? Wat's potoroo?"

Jake wuif afwerend. "Jy's 'n soort grootkop daar by binneland-se sake?"

"Jy kan so sê. Toesighouer, streekkantoor-statusdienste, dis my amptelike titel."

"Statusdienste, watse status?"

"Burgerskap, paspoorte, identiteitsdokumente, rekords van geboortes, sterfgevalle, huwelike."

Jake kyk hoe meneer Heilbron nog 'n sluk Chivas vat, agtien jaar oud. Hy dink aan "Counter Corruption and Security" op binnelandse sake se webwerf, die sewe waarskuwingstekens vir moontlike korrupsie. Veral die eerste een: *An official living way beyond his/her means.* In sy hempsak is 'n digitale opnemer met outomatiese stemrespons, kan vir 'n selfoon aangesien word.

"En dis 'n goeie pos? Goeie geld?"

"Nee, ons word sleg betaal. My vrou is die een met die geld. Wel, haar pa eintlik, entrepreneur. Sy hou daarvan om vir my duur geskenke te koop. Waaroor wou jy met my praat?"

Die kelner bring die kos en Jake bekyk die filet. Hy sou ook graag sy tande in so 'n sagte vleisie wou inslaan, maar hy moes oor sy cholesteroltelling 'n caesar kies: vars blaarslaai met krotons, parmakaas, geroosterde hoendervleisrepe, Worcestershire vir die sout ansjovissmaak, growwe swartpeper, olyfolie, spatsels suurlemoensap.

"Soos ek oor die foon gesê het, dis Wasim wat jou aanbeveel het . . ."

"Ek't in my rekords gaan kyk. Kry g'n Wasim Khan nie."

"Uhm . . . ek't mos gesê Wasim is 'n vriend van 'n vriend wat jy gehelp het. Ken nie die naam nie, is dit belangrik?"

"Persoonlike verwysings, dis al hoe ek werk."

"Hy't gesê meneer Heilbron hou nie daarvan as sy kliënte name rondgooi nie."

Jake merk hoe meneer Heilbron hierdie brokkie bepeins.

"Waarmee het jy hulp nodig?" vra hy oplaas.

"Vier dinge, vier statusdinge. Een: ek wil my naam verander."

"Jy't nie my hulp daarvoor nodig nie. Vorm B1-85 vir 'n verandering van voornaam, Vorm B1-96 vir verandering van jou van. Wil jy al twee verander?"

"Ja."

"Sewentig rand vir elke naamsverandering. Jy wag tot dit in die *Government Gazette* gepubliseer word, en dis al."

"Nommer twee: nuwe identiteitsboekie vir my nuwe naam."

"Vorm B1-9."

"En een vir my bruid."

"Jy gaan trou? Kan ons daarop klink, met nog 'n Chivas?" Meneer Heilbron se vinger tik op die rand van sy leë glas.

Die tong raak losser, dink Jake, wink die kelner nader. "My bruid kan nie 'n ID-boek kry sonder 'n huweliksertifikaat nie."

"Vorm B1-27."

"Fokkit, meneer Heilbron, jy ken jou vorms, nè!"

"Ek's nie 'n priester nie, maar ek kan julle trou, sommer in my kantoor. Ek's gesertifiseer vir huweliksbevestigings, ingevolge wet 25 van 1961. Die huweliksertifikaat is gratis."

"Reg," sê Jake. Hy leun oor, elmboë op die tafel. "Die vierde ding . . ." Hy swyg toe die kelner die Chivas bring, espresso vir Jake.

"Die vierde ding is die paspoorte, vir my en my bruid."

"Ek sien jy't dit mooi uitgewerk, stap vir stap, die een 'n vereiste vir die volgende een. Jy kan dit alles maklik doen, deur die normale kanale, hoekom my betrek?"

"Dis wat Wasim se vriend se advies was: as die normale kanale nie werk nie, gaan sien vir meneer Heilbron. Wel, die normale kanale werk nie vir ál die stappe nie. Die verandering van my naam en van is nie 'n probleem nie. Ook nie my nuwe ID-boek nie."

"Jy's nie meer tevrede om Jake Diamond te wees nie? Wat's dit in elk geval, Diamond? Joods?"

"Jip, Joods."

"Boerejood, dis hoekom jy Afrikaans praat? Wat wil jy nou word, Van der Merwe?"

Jake skud sy kop. "Yusuf."

Meneer Heilbron frons. "Yusuf? 'n Boertjie met Joodse bloed wil Yusuf word?"

"Ek't 'n epifanie oor 'n bekering gehad."

"En jou bruid?"

"Dis die ánder probleem, hoekom ek nie die normale kanale kan volg nie," sê Jake, merk nou vir Joe, fotograaf van die *Rekord*, kamera om die nek in die straat tussen die geparkeerde karre, lang telefotolens op hulle tafel gerig. Tafel 12 op die Moosehead se patio, het hy vir Joe gesê, maar moenie dat die man jou met die kamera opmerk nie. Neem steelfoto's, duidelike een van sy gesig. En moenie rondslenter met die kamera nie, neem die foto's en gee pad.

"Nog 'n Chivas, meneer Heilbron?" Moet sy aandag wegkry van Joe se kamera. "Ja, dankie. Die ánder probleem?"

"My bruid," sê Jake. "Fauzia . . . beeldskoon."

"Fauzia? Ook bekeer?"

"Nee, dis haar regte naam."

"Ek kan nie sien wat die probleem is nie."

"Die probleem is Fauzia is van Rawalpindi."

Dít laat die ratte in meneer Heilbron se kop knars, sien Jake, die frons terug, oë stip gefokus.

"Jy bedoel Pakistan?"

"Einste. Is dit 'n probleem, as die liefde g'n grense ken nie?"

"Kán 'n probleem wees. Maar nie onoorkomelik nie. Is dit liefde, ek bedoel wáre liefde wat jy en jou bruid vir mekaar voel? Of . . ."

"'n Gerieflikheidstroue, is dit wat jy dink? Hel, meneer Heilbron, die jare stap aan, ek's nie meer 'n piepkuiken nie, en dis my eerste bruid. Die eerste keer dat ek só oor 'n vrou voel, bereid is om my hele lewe te verander, selfs my naam. Ja, ek glo dis liefde."

"Hoe't jy haar ontmoet, was jy in Pakistan?"

"Nee, sy's hier met vakansie by familie, by die Khans. Wasim, jy weet, hy't my aan haar voorgestel, dis sy niggie."

"Jy't die skoot hoog deur, nè?" sê meneer Heilbron.

"Sal jy dit kan doen?"

"Trousertifikaat, ID én paspoort vir jou bruid uit Pakistan? Dis 'n bekvol, meneer Diamond."

"Jake. Noem my Jake, dis soos sy my ook noem, voor ek Yusuf word."

"Ek weet nou omtrent als van jou persoonlike lewe, Jake, maar wat's jou nering?"

Hy het hierdie vraag verwag. "Jy bedoel jy wil weet of ek 'n largesse kan bekostig vir al jou moeite? Ek's in die juweliersbesigheid. Het ek genoem dat my oupa op die delwerye was? My oupa Judel."

Hy moet dringend by 'n toilet uitkom, maar die gesprek het 'n kritieke punt bereik.

"My oupa se nering was diamante en goud. Indië is die grootste goudmark in die wêreld, onversadigbaar, hulle vrek oor bling daar ... Bollywood-aktrises, krieketspelers met goue kettings om die nek." Jake wag dat dit insink, sê: "Die familiebesigheid is nou in my hande. Ek sê vir Wasim die dag as ek en Fauzia van ons Karibiese wittebrood terugkom, bou ek vir hulle 'n splinternuwe moskee in Fordsburg. Hy kan solank die planne laat optrek, ses minarette, maak nie saak wat dit kos nie – natuurlik ás meneer Heilbron kan help. Waaroor ek twyfel."

Die man staar na hom en Jake wonder of hy die pap 'n bietjie dik aanmaak. Hy hoop Joe het goeie foto's gekry, inkriminerend van meneer Blinkstefaans Heilbron wat besig is om sy eie korrupsiegraf te grou.

"Luister, Jake," sê meneer Heilbron hartliker, "natuurlik kan ek julle help, vir jou en Fauzia. Ek's die toesighouer, alles gaan deur my hande, al daardie dokumente vir jou en jou bruid. Verstaan wat ek bedoel?"

"Kan jy dit doen, meneer Heilbron? Dis nie gevaarlik nie? Ek wil nie in die moeilikheid kom nie." Jake leun gretig oor die tafel, vir die sensitiewe mikrofoon van die opnemer in sy hempsak.

Dan merk hy uit die hoek van sy oog die twee mans wat 'n groot, swart BMW X5 staan en beskou. Sonbrille op, een met 'n kadot soos 'n fes, die ander 'n pet, tuit laag oor sy voorkop. Die een met die pet het 'n sel in die hand. "Ek weet wat ek doen, dis nie die eerste keer nie," sê meneer Heilbron. "Maar dit sal jou kos, ek's nie goedkoop nie, het ander om te betaal met die lyn af, niemand kan so iets alleen doen nie. Die . . . uhm . . . largesse vir alles is tagtig duisend."

Hét hom!

"Wat?" sê Jake. "Tagtig duisend?"

"Helfte met bestelling, balans met aflewering."

"Hoe lank?"

"Ses weke."

"Niks gouer nie?"

"Ek's toegegooi. Bestellings uit die hele Afrika, ook baie klante uit Pakistan. Hoe oud is jou bruid? Ek hoop ouer as agtien, anders . . ."

"Vat jy 'n tjek?" Tussen die voetgangers op die sypaadjie merk Jake weer die twee mans, kom aangestap met hulle sonbrille en hoede, swenk in die heupe.

"G'n tjeks nie, streng kontant. Laat weet wanneer jy die deposito wil betaal, veertig duisend in note."

Die twee mans staan nou by 'n straatsmous, bekyk die snuisterye van hout, draad en sweiswerk: maskers en reiers en tarentale, kameelperde en ape.

"Ek moet toilet toe gaan, kan nie meer knyp nie." Jake staan op.

"Sal ek nog ietsie bestel?"

"Natuurlik. Espresso vir my."

Jake stap tussen die patiotafels deur, die meeste nog beset. Vrydag se lang middagete, al word nou net gedrink. Dis al drieuur en lekker sonnig, die kwik by die dertig grade, skat hy.

Hy moet wag vir 'n beurt by die krip, luide gesprekke en lagbuie, die bier wat begin saamgesels onder die sambrele op die patio. Meneer Heilbron verbaas hom. Hy't nie gedink die amptenaar sal sy gierigheid só uitstal nie, met daardie krokodilvelskoene.

Jake was sy hande, druk hulle onder die droër in. Vryf met die uitstap die klammigheid teen sy broekspype af, die jeans verbleik, kol-kol wit uitgewas, bokknieë.

Hy glimlag. Judel, dit was 'n goeie een, sal nie omgee as sý oupa die hoofdiamantaar raakgedelf het nie. Sal ook nie omgee vir 'n Karibiese wittebrood met 'n jong bruid nie. Moet elke maand raap en skraap vir sy Brixtonhuisie se paaiement, egskeiding wat hom uitgeroei het. Seun nou in Perth, hoor min van hom. Gaan kuier darem soms vir sy dogter op die beesplaas by Modimolle om sy twee kleinkinders te sien.

Terug op die patio moet hy sy oë teen die skerp lig knipper. Tafel 12 is leeg. Hy soek rond na meneer Heilbron, sien hom nêrens nie.

Hy gaan sit op sy stoel, wonder of meneer Heilbron lont geruik het. Nee, hy dink nie so nie. Die man soek daardie deposito van veertig duisend in kontant, en ses weke later nóg veertig duisend.

Die kelner buk onder die sambreel in, wit lap oor sy voorarm. "Nog iets, of kan ek die rekening bring?"

"Rekening," sê Jake.

"Kom jou vriend terug?" vra die kelner.

Jake sien wat hy bedoel: meneer Heilbron se laaste Chivas is nog half. Hy ken die man nie goed nie, skaars twee uur, maar goed genoeg om te weet hy sal nie loop en 'n dop Chivas los nie.

Hy kyk op na die kelner. "Het jy hom gesien?"

Die kelner knik straat toe. "Hy's soontoe, saam met twee dudes. Nie gesê of hy terugkom nie, dis hoekom ek vra."

"Twee dudes?"

"Twee grootmenere. Het hier by die tafel met hom kom gesels. Toe is hy saam met hulle weg, daar na die karre toe."

Jake loer op en af in die straat, sien meneer Heilbron nêrens.

Toe die kelner die rekening bring, vra hy: "Die twee dudes, hoe't hulle gelyk?"

"Een het 'n bofbalpet gedra, en die groter een met die spiere en tatoes 'n fes."

"Jy gesien of hulle in 'n kar wegry?"

"Nie gekyk nie, niks met my te doen nie."

Jake sit die note op die skinkbord neer. "Hou die kleingeld. Watse kleur is hulle?"

Die kelner tel die geld, leun oor na Jake. "Jy bedoel ras? Wil jy hê hulle moet my hier uitskop? Ons is kleurblind, dis 'n werksvoorwaarde."

Jake sug. "Was hulle wit, swart, bruin of groen?"

"Groen," sê die kelner en stap weg.

Jake knik vir homself, dis soos hulle vir hom ook gelyk het, of hulle van die Subkontinent kom. Dis wat hom die idee gegee het, toe hy hulle by die Beemer opmerk, van gouduitvoere en die bling van Bollywood. Hy vermoed hulle is ook van meneer Heilbron se klante.

## 14.

Die aroma kom van agter die afskorting na Ella aangesweef. Sy kan die reukspoor as't ware sién: die lugstroom van geurmolekules van Stallie se werkspasie af warrelend oor die afskorting tussen hulle, die kortste pad oor haar lessenaar na haar neus toe, 'n prikkelende mengsel van seep en naskeer en deodorant, en ja, snuif-snuif, subtiele ondertoon van babapoeier.

Gebruik Stallie babapoeier? En wáár? Poeier tog sekerlik nie sy stywe boudjies nie.

"Jy's vroeg by die werk," sê sy oor die lae muur wat die lessenaars skei; dit gee privaatheid sonder afsondering. Halfsewe die oggend en hulle is die enigstes in die kantoor.

"Lus vir werk," sê Stallie.

Soggens oefen hulle saam in die gim, kry mekaar vyfuur daar. Roei, draf, ligte gewigte vir die bors, skouers, arms, maag, bene. Sy fiksheidsvlak verras haar, nie sy spiere nie. Sy dink sy kan hom op 'n verhoog sien dans. Sy kan hulle sáám sien dans, elasties en soepel in *So You Think You Can Dance?* op TV.

"Hoe oud is jy?" vra sy. "Twee en twintig, drie en twintig?"

"Word vier en twintig." Hy laat dit klink na vier en veertig, na 'n veteraanpolisieman, 'n ou hand.

"Sjoe," sê sy, "dis oud."

'n Oomblik se stilte agter die afskorting, dan sê hy: "Wens ek't ook 'n voorsaat gehad met die naam Boudewijn Ysterarm." Nog 'n pouse. "Kan jy dink: Boudewijn Ysterarm!"

Sy kyk na die afskorting tussen hulle, net die kroon van sy krullebol bo dit sigbaar. "Wat praat jy, Stallie?"

Haar oë sak na die geraamde foto's op haar lessenaar, haar pa met sy laaste promosie tot vol kolonel. Haar ma styf teen hom soen hom op die wang, haar pa se skewe glimlag, verleë oor die openbare vertoon van emosie. 'n Tweede foto, van haar saam met Bam, sy arm om haar skouer, haar wang teen sy bors. Sy kon albei háár manne ook altyd ruik, haar pa en haar haker, selfs in hulle afwesigheid. Wanneer hulle tydelik afwesig was. Nou, met hulle permanente afwesigheid, het hulle geure vervaag. Haar pa in 'n koma met die koeël in sy kop, Bam in Wespark.

"Ella?"

Sy kyk op, Stallie se gesig oor die afskorting. "Ja?"

"Jy hoor nie wat ek sê nie. Waar's jou gedagtes?"

"Jy's vier jaar jonger as ek, en ek's tien keer fikser," sê sy.

"Dis nie waaroor ek praat nie."

"Wat dan?"

"Oor Boudewijn Ysteram. Al van hom gehoor?"

Sy skud haar kop, sluk aan haar koffie, swart en bitter.

"Eerste hertog van Vlaandere in die negende eeu."

"En jy's nou skielik 'n geskiedkundige? Waar kom dit vandaan, History Channel op TV?"

"*Who Do You Think You Are?* Sy laat my aan jou dink, met langer hare."

"Wie?"

"Bonnie Lee."

Ella staar hom aan. "Sy't blónde hare, Stallie. Lyk soos 'n bimbo wat nie wil oud word nie."

"Bimbo!"

Stallie se gesig verdwyn, dan verskyn hy om die skerm. Hy trek 'n stoel voor haar lessenaar uit, leun oor met sy neus rakend aan die sonkieltjies, vrolik en geel in die glaspot op haar lessenaar. Hy sit terug.

"Stunning. Wat dink jy sal Fred-hulle sê as ek ook blomme op my lessenaar het, carnations, daisies?"

"Ek kan dink," sê sy. "Los liewer die blomme."

"Jy moes haar gisteraand gesien het! Die hare is nie meer blond nie, nou auburn, soort van chestnut . . ."

"Wat's chestnut, Stallie? Wat's stunning? En carnations en daisies?" 'n Streng blik van betigtiging, hoop sy. "Jy weet wat het die baas gesê: praat jy Engels, praat jy Engels; praat jy Afrikaans, praat jy Afrikaans. Ek't hom mos nou die dag gehoor: 'Stallie, as ek jou weer jou taal hoor mix, sny ek jou knaters af!' Het jy al Fred Lange se knipmes gesien, die een vir sy biltong? Wil jy hê die baas moet jou met Fred se Rodgers kapater, hè?"

Stallie vou sy bene oormekaar, hoog bo by die dye. "Kastaiing, ja, dis die kleur van haar hare, hoe klink dit? Jy dink aan daardie vorige fliek van haar, *Killer Lady*, met die blonde hare en die nege-mil."

Haar telefoon lui en sy kyk na Stallie. "So vroeg?" Raap die gehoorstuk op en sê: "Adjudant-offisier Neser, kan ek help?"

"Radiokamer hier." Die stem klink verveeld, miskien vaak van nagskof, gretig vir 'n bed. "Blitspatrollie't gebel, kadawer by die Westdenedam. Araratstraat."

"Is forensies laat weet?"

"Ja." Kortaf. Toe 'n klik.

Sy kom orent, skuif haar moue op, reg vir besigheid. "Kom, 'n moord."

Stallie spring op. "Sy was op daardie program waarin Hollywood-sterre gehelp word om hulle stamboom te soek, om te kyk of 'n voorsaat dalk Blackbeard of Moeder Teresa was."

"En Bonnie Lee het een met die naam Boudewijn Ysterarm?"

Hulle stap in die gang uit, af met die trappe om 'n polisiekar te gaan uitboek. Ella skuif agter die Toyota se stuurwiel in.

"Sy sê sy's nie regtig Lee nie," klets Stallie voort, "het haar naam verander. Haar agent het gesê in Hollywood word niemand met die naam Bonita Leemans 'n filmster nie, al het sy blonde hare en 38 dubbel-D's."

"Toe word sy Bonnie Lee en stal haar dubbel-D's vir die kameras uit?" sê Ella. Hare vul skaars 'n 32 énkel-B.

"Almal doen dit, dis hoe jy in Hollywood raakgesien word. Maar sy't nou al 'n Oscar gewen, en hulle sê haar kanse vir 'n tweede is goed."

"Vir *Killer Lady*?"

"Nee, man, haar nuwe een, *The Dancer*."

"Nog nooit van gehoor nie."

"Nog nie vrygestel nie, kostuumdrama."

"Nie my soort fliek nie."

"G'n fliek is jou soort nie. Wanneer het jy laas gaan fliek?"

"Ek hou van gelukkige eindes."

Ella draai voor die brug oor die dam in Ararat af en ry by die park se hek in. Sy sien twee seuns by die blitspatrolliekar staan.

"Gaan gesels solank met hulle, ek gaan kyk daar." Sy beduie na die forensiese ondersoekers wat onder 'n wilger op die oewer besig is.

Sy stap versigtig nader, wil nie die toneel kontamineer waar hulle na leidrade en moontlike spore soek nie. Beskou die liggaam, nakend op die sy, rug na haar, bene opgetrek.

"Fetusposisie," sê sy, en een van die ondersoekers kyk om.

"Ek dink nie so nie," sê Jimmy Julies. "Wel 'n posisie, maar nie fetus nie. Kom nader, kom kyk."

Sy buk onder die slierterige wilgertakke in.

Sy oë is oop, gerig op die dam se water, op die rimpels van ganse wat wegroei, gesteur deur die polisie se teenwoordigheid so vroeg in die oggend. Sy kop is glad geskeer, wit van tande wys tussen die lippe, effe oop asof hy daar lê en grynslag oor iets. Nee, 'n grimas, want toe sy oorleun, sien sy die wond aan sy keel. En baie bloed, gestol aan sy ken en nek en bors, taai en donker. Geen bloed aan die gras onder hom nie.

"Hy's nie hier dood nie," sê sy.

Kaptein Jimmy Julies van forensies kom staan by haar in sy wit oorpak, kappie oor sy hare, katoenhulsels om sy skoene soos dié wat 'n chirurg in 'n operasieteater dra.

"Ja, elders keelaf gesny," beduie hy met 'n handskoenhand. "Ons sal moet soek na die moordtoneel."

"Wat steek daar uit, Jimmy? By sy keel ... deel van sy lugpyp?"

"Onder sy ken? Dokter Koster sal kan sê. Is hy ontbied?"

Jimmy aarsel en sy loer na hom, sy oë op die ganse voor hy terugkyk, af na die man. "Dis nie my werk nie, dis die patoloog se werk. Maar ek raai dis sy tong wat daar uitsteek."

Ella druk die rugkant van haar hand teen haar lippe, sluk 'n slag.

"Colombian necktie," sê Jimmy. "Hulle sny die keel oop, daar waar die kakebeen en keel ontmoet, trek die tong deur die wond uit buitentoe."

"Herder, Jimmy, vir wat?"

"Waarskuwing. Miskien was hy 'n klikbek, impimpi, polisie-informant."

"Is dit 'n bendemoord, oor dwelms? Is dit wat Escobar gedoen het, die Colombian necktie?"

"Soms, maar ook erger, verminkings was sy handelsmerk. Hy't dit gerasionaliseer, gesê 'n man is geregtig om sy besigheid te beskerm."

Sy ril, draai om.

"Hier's baie spore in die modderigheid," sê Jimmy. "Skoensole en motorbande."

Sy vang die skimp en stap weg. Gaan staan 'n paar tree van Stallie en die seuns, luister na Stallie se stem.

"Wat vang julle hier, Sarel?"

Die lang seun met hare die kleur van geelwortels sê: "Karp, oom."

"Ek sien. Is hier groot karp?"

"Die grotes is dieper in die dam," sê sy maat met die borselkop, 'n buksie. "Maar ons vang net in die vlak water."

"Ons't nie 'n kano om die lyne in te vat nie," sê Sarel.

Stallie loer vlugtig na Ella, kyk terug na die buksie. "Kasper, nè? Watse aas gebruik julle?"

"My pa se resep."

Sarel sê: "Vir die boilies gebruik ons semolina en ProNutro en rou eiers ..."

"En vanilla," sê Kasper. "Vanilla en kondensmelk."

"Of karamel," sê Sarel. "En Moir's se cherry essence, my pa sê die karp soek kleur."

Klink of mens 'n Michelin-kok moet wees om 'n dêm karp te vang, dink Ella.

"Die diklippe soek in die vlak water kos," sê Kasper.

Stallie lyk verstom. "Diklippe?"

"Die dunlippe is groter. Hulle is dieper in die dam," sê Sarel. "Ons vang net diklippe."

"Met 'n slap en soet degie," sê Kasper. "En taai, moet nog aan jou vingers vasklou as jy dit op die hoek sit. Dis die geheim. Vang oom vis?"

Nou is Ella ook nuuskierig, spits haar ore. Sy kan haar "oom" Stallie nie voorstel met 'n stok langs die viswater nie. Sy draai terug dam toe, haar blik op die liggaam onder die wilgers. By hom die polisiefotograaf met sy flitsende kamera en die twee ondersoekers met *CSM* op die rug van hulle oorpakke.

"Ek het al," sê Stallie agter haar, "toe ek so groot soos julle was. Nie meer nie. Ons't voerplek gemaak, 'n dag of twee voor die tyd."

"Ons't gisteraand kom voer," sê Kasper.

Ella draai terug na Stallie en die seuns.

"Gisteraand? Het julle hiér kom voer?" vra Stallie.

"Ja," sê Kasper en beduie met sy arm na die oewer waar die liggaam lê. "Met die boilies."

"Hoe laat was dit ongeveer? Al skemer?"

Die twee seuns kyk na mekaar. "Nee, vroeër, dit was nog lig," sê Kasper.

Sarel sê: "Was voor ses."

Ella merk geen horlosie aan enige arm nie, hoor Stallie vra: "Hoe weet julle dit was voor ses?"

Sarel beduie in die rigting van die kerktoring wat sigbaar is bokant die toppe van die wilgerbome. "Die klok het op pad huis toe geslaan, nadat ons kom voer het."

'n Motor draai uit Ararat by die park in en hou langs die polisievoertuie stil. Ella knik vir Stallie.

"Oukei, dankie vir julle hulp. Julle kan nou huis toe gaan," sê hy vir die seuns.

"Is ons in die moeilikheid, oom?" vra Kasper.

"Het julle hengellisensies?"

"Ja, oom," sê Sarel.

"Nou sien, dan's daar g'n moeilikheid nie. Julle't ons baie gehelp."

"Is hy vermoor?" vra Kasper.

Ella sien hy wil na die lyk loer, maar bedink hom dan skynbaar. Sarel trek hom aan die arm en hulle tel hulle visstokke op. Hulle loop weg sonder om terug te kyk.

Sy sien hoe dokter Koster naderkom, swart toorsak in die hand, effe hinkend op sy ou bene.

"Wat het ons, 'n floater?" vra hy.

"Môre, dok. Nee, nie in die water nie."

"En daardie twee knape het hom gekry?"

"Vaal geskrik," sê Stallie, "maar kopgehou. Kasper het die blitspatrollie op sy Speed Dial gehad, sê sy ma het dit opgesit, saam met die nommers van die dokter en die brandweer."

"Slim ma," sê dokter Koster. "Kom ons gaan kyk, ek kan nie die hele oggend hier staan en klets nie. As julle nie werk het nie, ek hét – ses kliënte wat lê en wag. Nou sewe."

Dit lyk of die forensiese patoloog die eerste keer Ella se kollega raaksien. "En wie's jy?"

"Dis Stallie," sê sy. "Jy ken mos vir Stallie, dokter? Nou sersánt Stalmeester, bevordering gekry. Speurder, nie meer in die radiokamer nie."

"Nou ja toe." Dokter Koster vervat sy greep op die handvatsel van sy swart tas en stap doelgerig op die oewer af, Ella en Stallie agterna.

"Waar's julle onverskrokke leier?" vra die patoloog oor sy skouer.

"Vergadering," sê Ella.

"Pratende koppe," snork dokter Koster. "Dis die probleem: almal wil praat, niemand wil doen nie. Wie se saak is hierdie?"

"Myne," sê Ella, hoor dokter Koster kreun. "Wat?" vra sy.

"Niks gesê nie, net gedink."

Stallie giggel kamp, kry vir sy plesierigheid haar elmboog in sy rib.

"En wat het jy gedink, dokter?" vra sy.

"Gedink ek moes afgetree het. Elke keer as adjudant Neser 'n moordsaak het, word dit 'n rééksmoord."

Sy stop 'n paar tree weg van die liggaam onder die boom. "Hy't in die nag hier beland, tussen ses gisteraand en ses vanoggend."

Dokter Koster hurk en knip sy tas oop, die vlekvryestaal-instrumente glimmend in die gestippelde sonlig deur die takke.

"Tussen ses en ses?"

"Die seuns is gisteraand voor ses hier weg, het vanoggend net ná ses op hom afgekom, op hulle visvangplek."

Dokter Koster wikkel sy vingers in 'n paar rubberhandskoene in. "Hy't bietjie gebloei, sien ek."

Ella volg die ou dokter se blik terug na die kadawer. Dan tref dit haar: dis nie 'n fetusposisie nie, die bene is nie opgetrek tot teen die bors nie. Dit lyk soos iemand wat al sittend sywaarts van 'n stoel omgekantel het.

Dokter Koster kniel langs die liggaam en begin dit betas. "Hy't koud gekry." Vroetel weer in sy tas en haal 'n instrument uit.

Rektale koorspen, dink Ella toe sy sien waar dit ingaan.

"In die mond is nog yskristalle. En hier aan die borshare, die bloed. Hy's nie styf van rigor mortis nie, hy's styf van bevriesing, was in 'n vrieskas."

Die dokter klop op die borskas, voel aan die arms, druk aan die tong en sê sonder om op te kyk: "Oorsaak van dood lyk taamlik duidelik, adjudant. Bloedverlies."

"Van die wond aan die keel," sê sy.

"Geslag soos 'n skaap, ja. Draai hom om, miskien is daar nog iets aan sy ander sy."

Sy roep na Stallie vir hulp. Hulle kry die liggaam beet, steun en kreun hom tot op sy rug, bene by die heupe die lug in, rol hom op die ander sy om.

"Aha," sê dokter Koster. "Lividiteit aan die vel van die boude en onder aan die dye. Sy keel is sittend op 'n stoel gesny en hy's sittend op die stoel bevries voor ontbinding kon intree."

"Maar sal jy die tyd van dood in 'n outopsie kan bepaal, dokter?" vra Ella. "Op 'n bevrore liggaam?"

"Hy sal eers moet ontdooi. Die probleem is ontbinding begin normaalweg binne, in die sagte weefsel van die ingewande. Ontvriesing begin buite, en namate hy buite ontvries, tree ontbinding ook van buite af in. Dit kan die bevindings van die outopsie beïnvloed. Sal hom geleidelik moet laat ontdooi, in 'n yskas met die temperatuur op 37 grade. Kan 'n paar dae vat."

"En geen manier om nou vingerafdrukke te probeer neem nie."

"Nie voor die vel weer soepel is nie. Maar daarmee sal ek gouer kan help, met gliserien en handskoene."

Dokter Koster kyk op na Stallie. "Het jy warm handskoene, konstabel, miskien van wol? Jy kan dit vir hom leen, dis vir 'n goeie saak."

Stallie se oë soek hulp by Ella.

Sy kyk weg oor die dam, na die bleshoenders en kolganse en rietkormorante. "Hy hét sulkes, dokter, van wol."

"Bring dit lykhuis toe, konstabel. Met die handskoene aan kan sy hande ontdooi en kan julle sy afdrukke laat vat."

"Dis duur handskoene, dokter, wol binne, kalfsleer buite," sê Stallie.

"So?" sê dokter Koster. "Jy kry dit terug. Hy léén dit net, sal nie daarmee die pad vat nie. Kyk hoe blou is sy vel van die koue, konstabel."

"Sersant," sê Stallie. "My rang is sersant, nie konstabel nie."

"Hier's kneusings aan sy polse en enkels." Dokter Koster druk met sy voorvinger op die vel. "Duidelike merke, was aan die stoel vasgebind."

"Moet 'n groot vrieskas gewees het," sê Stallie. "Met plek vir 'n man op 'n stoel."

Dokter Koster knik. "Soos dié van 'n slagter. Instapkoelkas, termostaat op vriespunt gestel."

Hy kom orent, knip sy tas toe. "Laat hulle hom bring, ek sal 'n plan maak om hom mooi geleidelik te ontdooi, miskien in 'n soutbad." En sê met die wegstap: "Onthou die handskoene, konstabel, ASAP as julle vinnig 'n identiteit wil hê."

"Dis geen hawelose man hierdie nie, Stallie," sê Ella. "Goed versorg, kyk, selfs sy toonnaels. En sagte palms, het in 'n kantoor gewerk. Die swaarste ding wat hy opgetel het, was 'n pen."

"Is dit roof? Geen ring of horlosie nie, g'n niks nie. Verlaat die wêreld soos hy ingekom het, poedelkaal en sonder bykomstighede, nie eens 'n oorring nie."

Van oorringe weet Stallie. Dra dit natuurlik nie aan diens nie, maar die gaatjies is daar, in sy oorlelle en een wenkbrou. Ook die hare moet wag tot wanneer hy ná werk gaan uithang. Dan word die jel aangevryf, die oorringe ingesit, die goue kettings om die nek en polse, die stywe hemp, voor oop, die broek gespan om die boudjies, voete in Diesels vir 'n wip in die tred. Ella was al op 'n Saterdagnag saam met hom by die Pink Flower; sy ken Stallie wanneer hy sy hare laat hang. 'n Anglisisme en 'n swak metafoor, want Stallie se hare hang nie, dis 'n kortgeknipte krullebol. Sersant Stallie, moordspeurder, belle of the ball.

"Vir wie sou hy kwaadgemaak het?" sê Stallie.

"Kontak polisiestasies, hoor of iemand van sy beskrywing dalk as vermis aangemeld is. En dan moet jy Sarel en Kasper se verklarings op papier kry. As Jimmy-hulle spore van skoene en karwiele kry, sal ek dit solank begin opvolg."

"Vra hulp, Ella," sê Stallie. "Ons sal by al die huise hier om die dam moet begin aanklop."

"Wie se hulp?" Sy kyk na nog 'n kar wat aankom. "Ek kan die baas vra dat hy hulp sekondeer, al die los hande wat ledig sit en tone tel. Maar weet jy wat sy reaksie gaan wees? Sy reaksie gaan wees: 'Los hande? Waarvan praat jy? Vat vir Stallie, hy wou mos 'n speurder word. Het deur sy sersantkursus gevlieg, vlieënde vaandels, hý's 'n los hand. En wat's fout met jou eie voete, adjudant? Kan jy nie van huis tot huis loop nie?' Dink jy ek's verkeerd, Stallie? Is dit nie wat die baas sal sê as ek hom oor hulp lastig val nie?"

Die kar hou stil en die groot man klim uit, kom agter Stallie se rug na hulle aangestap.

"Ja," sê Stallie, "en hy sal nog byvoeg . . ." hy maak sy stem dik soos dié van die kolonel: "Ons sit begráwe onder die fokken moorddossiere en generaal Pitso kerm en kla oor al die oortyd en . . ."

Ella sê vermanend: "Stallie . . ."

"Sersant Stalmeester!"

Stallie se kop swaai om. "Uhm . . . môre, kolonel."

"Het jy al die slagoffer se naam en adres? Het jy al 'n verdagte moordenaar se naam en adres?"

"Nee, kolonel," sê Stallie.

"Kry rigting, sersant."

"Ja, kolonel." Stallie kry op gestrekte drafpas koers uit die gevaarsone om die bedonnerde bevelvoerder van moord-en-roof.

"En jy, adjudant?"

Ella weet hy wil ingelig word oor die vonds langs die dam. Sy het min feite, maar hy luister sonder om haar in die rede te val.

"So, dis hoekom die lykswa hom al kom wegvat? Oor hy gevries is?"

Sy knik. "Dokter Koster is al klaar met sy in situ-ondersoek. Hy wil die ontdooiing in beheerde omstandighede laat gebeur, voor die outopsie."

Hulle staan en bekyk die lykhuismanne se bespreking van die liggaam, die hande wat beduie, voorstelle en teenvoorstelle oor hoe om die verstyfde sitter in die groen lyksak in te kry, dan op die baar te maneuvreer, agter in die bakkie van patologiedienste in.

"Wat sê dokter Koster oor die tyd van dood?" vra kolonel Sauls.

"Hy moet kort voor sonop hier beland het, speeksel nog verys."

"Maar hy kan al lank dood wees, wie weet hoe lank in 'n vrieskas."

"Dokter Koster sê hy kan tyd van dood eers in die outopsie bepaal. Miskien is sy keel in die yskas afgesny."

"Wat sê die inwoners van die huise? Het hulle vroegoggend 'n kar hier hoor inry, ligte gesien? Hoeveel strate het toegang tot die park langs die dam?"

"Wou nou net daarmee begin, kolonel."

"Moenie dat ek jou ophou nie."

Sy stap weg, steek vas toe hy roep: "Ella!" Sy kyk om. "Jy was die naweek op Bela-Bela, hoe gaan dit daar?"

Hy bedoel met haar ma; met haar pa gaan dit soos altyd: geen verandering nie.

Sy skuif eers een mou teen haar voorarm op, dan die ander mou, en vou haar arms voor haar. "Dit gaan oukei, kolonel, dankie. My ma is moeg, maar sy's 'n sterk vrou. Wens ek was soos sy."

"Jy ís soos sy, Ella. Jy besef dit nog net nie."

Nee, dink sy toe sy wegloop, haar ma se soort is dun gesaai. Min vroue is só sterk.

Soms saans in haar bed wonder sy of sy ooit soos haar ma sal kan wees. Wanneer die lig af is en sy op haar sy draai, haar knieë optrek, haar oë sluit, wag vir haar bewussyn om af te sluit, wag vir die opskorting van die werking van alle sintuie. In daardie tyd van suspensie tussen wakker en slaap, wanneer beelde en gedagtes toomloos in jou kop kom dwaal en skarrel en spook, wanneer 'n ledemaat skielik ruk. Dis dán wanneer sy haarself by haar pa se bed sien staan, die buis in die gat in sy tragea, die aardrup in die binnevou van sy elmboog. Dan wonder sy: sou sy ook vyf jaar kon uithou met net die liggaam van 'n geliefde? Sou sy elke dag daardie liggaam kon versorg, so hulpeloos en uitgeteer, so sonder gees?

Waaraan bly haar ma so klou? Aan hoop, sê sy. Hoe lank bly jy klou aan hoop? So lank as wat nodig is, sê haar ma. Maar hoe lank is nodig?

Haar ma is sterk, ja, maar sy is besig om ook stadig te sterf. Deur die transfusie van haar krag, soos deur 'n drup, na die dop van haar pa word haar ma se eie krag en gees leeggetap.

Ella sê dit nog nie hardop nie, nie eens vir haarself nie. Maar saans in haar bed net voor die onbewuste haar toevou, het sy al daaraan gedink: die tyd kom nader, die tyd vir die groot besluit, die trane en die hartseer om haar pa te laat gaan.

## 15.

Verskeie koerante lê voor hom oop, verberg die finansiële state op sy lessenaar. Die laaste berig wat Majid lees, is dié in die *Rekord*. Hy leun terug in sy stoel en sit lank en peins.

Op die lessenaar lê ook 'n dik, geel lêer oop, uit meneer Heilbron se persoonlike kluis, met *DAWAH* op die omslag geskryf. Majid het noukeurig elke dokument en elke aantekening in die lêer gelees, al die notas en notules van elke gesprek, al die tabelle met datums en syfers van elke transaksie. Hy het dit vergelyk met sy eie dokumentasie op 'n eksterne geheueskyf en moet meneer Heilbron 'n pluimpie gee, postuum: die man was deeglik met sy boekhouding.

Die eerste dokument in die lêer is gedateer Maandag 7 Januarie 2008, 'n notule van 'n voorlopige gesprek. 'n Soort wegbereiding vir toekomstige samewerking tussen hulle, die bewoording takt-vol en omsigtig terwyl hulle mekaar opweeg. Toe die geld begin saampraat, was dit makliker, is die ratte geolie vir Faisal en Tariq se Suid-Afrikaanse paspoorte en ID-boeke.

Faisal, die brein, en Tariq, die spiere, slaafs tot die dood se-dert Majid hulle van 'n onsekere lewe in Karatsji gered en in Johannesburg 'n heenkome van gerief en relatiewe langlewend-heid gebied het. Weliswaar afvallig van die geloof, maar só was hulle in Karatsji al.

Dis egter nie oor hulle vroomheid dat Majid hulle laat kom het nie. Hulle het goeie opleiding in Cherat ontvang as Groen Barette in Pakistan se SGG-eenheid vir spesiale operasies. En ná hulle oneervolle ontslag het hulle Karatsji se onderwêreld betree.

Majid het byna twee honderd duisend rand aan meneer Heilbron betaal, want baie dokumentasie was nodig om Faisal en Tariq se verlede te purgeer en hulle te herskep as Suid-Afrikaanse burgers van voortreflike karakter en gedrag.

Die nuutgevonde samewerking was tot meneer Heilbron én Majid se voordeel, want vir die groeiende sakeryk was meer manne uit Karatsji nodig, en daar was ook neefs en niggies en ooms en tantes wat uit Pakistan wou padgee.

Majid het na die presiese syfers op sy rekenaar gekyk: dit klop met dié in die geel lêer. Meneer Heilbron se inkomste uit die Dawah-rekening oor 'n tydperk van byna ses jaar beloop R1 212 350, alles kontant en belastingvry. En Dawah is maar net één van meneer Heilbron se geheime kliënte.

Die laaste dokumentasie in die lêer handel oor Sajida. Dis die sensitiefste, maar as énige inligting in die lêer in die verkeerde hande beland, kan dit direk tot Majid herlei word, en hy waag geen kanse nie.

As hulp in die toekoms nodig is, sal hy dit wel kry; daar is ander soos meneer Heilbron. Hulle staan as't ware tou, alte gretig om hulle salarisse onder die tafel aan te vul, bederf deur die lekker lewe, of vooruitsigte op 'n lekker lewe, ontwerpersklere en -skoene, en áltyd 'n BMW.

Ja, ses jaar was lank genoeg vir 'n sakeverbintenis met meneer Heilbron, die risiko's het té groot geword. As meneer Heilbron se skielike verbroedering met die joernalis nie opgeduik het nie, sou Majid hulle samewerking in ieder geval beëindig het. Miskien nie so drasties nie, maar meneer Heilbron se mond moes gesnoer word.

Volgens Sajida se nuwe geboortesertifikaat is sy in die Sandton-kliniek gebore, 'n wêreld weg van 'n modderhuis in Kanigoram. ID-boek as Suid-Afrikaanse burger, Suid-Afrikaanse paspoort sonder enige stempel dat sy ooit in Pakistan was. In die dokumentasie staan by ras: *European*.

Soos die "fair maidens" van die Afridi's oor wie Khushal dig, dra ook baie Burki's die gene vir 'n ligte vel en groen oë. Majid het seker gemaak dat haar dokumentasie geen aanduiding van haar Pakistanse herkoms, identiteit of geloof bevat nie; in sy onderhandelinge met meneer Heilbron is selfs haar regte naam verswyg.

Amptelik het 'n jong Burki-vrou van Kanigoram met die naam Sajida, later student aan die Madressa Jamia Hafsa in Islamabad, van die aangesig van die aarde af verdwyn, vermoedelik ingesluk deur die swart gat van fanatieke fundamentalisme in die onregeerbare FATA-stamgebiede van Pakistan. Langs die geel Dawah-lêer is meneer Heilbron se skootrekenaar. Vir die inhoud van die rekenaar moes Majid vertrou op die kennis van Farooq, die jong kuberghoeroe wat die superwinkel se rekenaarstelsel in stand hou. Farooq het die rekenaar ná agt en veertig uur teruggebring en plegtig gewaarborg dat geen data oor Dawah op die hardeskyf voorkom nie. Kan natuurlik nie sê of meneer Heilbron dalk 'n eksterne hardeskyf het waarop hy ook vertroulike inligting berg nie. Wat dit betref, is Majid uitgelewer aan wat meneer Heilbron self aan hom gesê het.

En dis wat Majid pla: die amptenaar se belydenis, eerder sy gebrek aan belydenis. Al kan Majid hom skaars voorstel hoe iemand sal volhard met liegstories, so kaal in 'n koelkamer vasgebind, blou en bibberend van koue en vrees.

Majid reik na sy oorfone, plaas dit oor sy kop en konnekteer die eksterne hardeskyf aan sy rekenaar. Die dokumente op sy hardeskyf van drie teragrepe is ordelik gerangskik. Sommige lêers bevat net teks, ander net foto's, en 'n derde bestaan uit videogrepe.

In een van die teksdokumente is 'n kort précis van elkeen in sy familie, tot geslagte terug, wat al vir die beskerming en bevryding van Burki-grond gesterf het. Nog een gee 'n chronologiese tydtafel van meer as drie honderd Amerikaanse drone-aanvalle in Pakistan sedert die eerste een op 18 Junie 2004 die lewe van agt mense in Wana in Suid-Waziristan geëis het.

In ander teksdokumente is detailbeskrywings van bepaalde

drone-aanvalle en hulle slagoffers, asook tegniese besonderhede van verskillende drones, soos die Predator en Reaper en hulle wapenstelsels. Nog dokumente bevat 'n oorsig van aanvalle op Amerikaanse en ander Westerse teikens. Nie net militêre teikens in Afganistan nie, maar ook burgerlike teikens in Amerika, Brittanje, Europa, die Midde-Ooste en Afrika. Ook die name van die betrokke martelare en hulle naasbestaandes. By van hierdie inskrywings is kruisverwysings na videogrepe wat op YouTube, TV-nuuskanale en Islamitiese webwerwe verskyn het.

In die fotolêers is foto's van martelare, en kiekies van Sajida as kind, as tiener, as jong meisie, as jong vrou. Ook foto's van die Pakistanse aktrise Veena Malik soos sy in Desember 2011 bostukloos in 'n Indiese uitgawe van die tydskrif *FHM* verskyn het. Daarby al die kritiek op haar uit fundamentalistiese oorde, en haar verweer dat sy nooit naak geposeer het nie. Ook foto's en kort beskrywings van Hollywood-akteurs en -aktrises wat as welwillendheidsambassadeurs van die VN aangewys is.

Majid maak 'n spesifieke video oop; hy wil weer 'n slag na die ondervraging kyk. 'n Diep frons verskyn tussen sy oë terwyl hy meneer Heilbron betrag.

In die instapkoelkamer het Faisal en Tariq eers met 'n vurkhyser die bokse bevrore hoenders en halaalvleis uit die pad gekry. Toe is 'n dik plastiekvel op die sementvloer uitgerol. Majid is erg gesteld op higiëne in sy winkels, geen bloed op sy vloere nie.

Daarna het hulle meneer Heilbron sittend op die twee tande van die vurkhyser vasgebind. Faisal het die videokamera op 'n driepoot opgestel en ingezoem op meneer Heilbron. Majid kyk na die beeld van die laventelhaan op die vurk, opgehys tot 'n hoogte waar sy gesig regoor dié van 'n staande man is. Meneer Heilbron is steeds in sy pak klere, wit hemp, sydas en spoggerige enkelstewels met goue gespes. Hy stoei en beur teen die kleefband wat hom vashou.

"Maak my los! Maak my los!" Die spiere in sy nek is gespan,

die are prominent teen sy slape. "Julle dink julle gaan hiermee wegkom. Weet julle wie is ek?" Sy lippe is klam van 'n sproei woedende speeksel saam met elke woord.

Nou ruk sy kop in die rigting van die deur. Dis toe Majid ingekom het, hulle eerste herontmoeting sedert hy Sajida se dokumente ontvang en die laaste kontantbetaling gedoen het. Meneer Heilbron ontspan merkbaar.

"Wat gaan hier aan, Majid? Hoekom is ek ontvoer? Wat soek julle van my?"

Net Majid, nie meneer nie, asof die besturende direkteur van EasySave op dieselfde vlak is as 'n amptenaar van binnelandse sake.

"Ek sien jy sweet, meneer Heilbron," hoor Majid sy eie stem deur die oorfone. "Help die man daar, Tariq, hoe kan julle hom so laat sweet? Dis 34 grade buite."

Tariq verskyn op die skerm met 'n mes in sy hand. Hy hoef nie af te buk terwyl die lem aan meneer Heilbron se baadjie sny nie. Enkele hale verrinneweer dit só dat hy die materiaal in flardes van die gevangene aftrek sonder om sy polse los te maak.

Meneer Heilbron begin weer stoei. "Jissus . . . weet jy wat hierdie pak gekos het!"

Majid se stem: "Voel dit beter? Nee, ek kan sien jy sweet steeds, kyk die nat kolle aan jou oksels."

Weer verskyn Tariq, grynslag om sy mond. Hy verlos meneer Heilbron van sy wit hemp en das.

Meneer Heilbron praat nou minder parmantig. "Majid, ek . . . ons't 'n goeie akkoord gehad, dan nie? Wat soek jy nog? Sê net, ek gee jou afslag."

"Waaroor het jy en die joernalis gesels?"

"Watse joernalis?"

"Jake Diamond, die man saam met wie jy vanmiddag geëet het."

"Hy's g'n 'n joernalis nie, hy's 'n juwelier. Hy soek dokumente vir sy bruid, dis al."

"Hy weet van jou besigheid onder die tafel deur. Hoekom anders sou hy jou gekontak het? Hy weet wat jy doen."

"Ja, maar hy't verwysings. Hy's g'n 'n joernalis nie."

"Wat het jy vir hom gesê?"

"Jissus, Majied. Dis 'n saketransaksie, dis al."

"Meneer Heilbron, ek het jou nog altyd, in die byna ses jaar van ons besigheid, met respek behandel, of hoe?"

"Ja."

"Ek noem jou meneer en ek betaal stiptelik – in kontant. Ek laat jou nie wag vir jou geld nie."

"Só?"

"Nou vra ek jou, en let wel, ek vrá: bel jou vrou en sê sy moet die Dawah-lêer vir die bode gee wat jy stuur."

"Dis myne, jy't jou dokumente, die lêer is vir my rekords."

"Of jy wil dit vir die joernalis gee."

"Ek wil dit vir niemand gee nie."

"Het jy skielik 'n skuldige gewete ontwikkel, meneer Heilbron? Het jy besluit om jou kaarte op die tafel te sit? Is daar druk op jou, het jy snuf in die neus gekry dat die Valke jou ondersoek?"

"Niemand ondersoek my nie."

"Wat's hulle taak nou weer, die Valke s'n? O ja, georganiseerde misdaad, ernstige handelsmisdaad, ernstige korrupsie. Ja, korrupsie by binnelandse sake sal in hulle jurisdiksie wees."

"Majid . . ." Nou klapper meneer Heilbron se tande. Die hoendervleisvel van sy kaal bolyf begin 'n blou skynsel kry.

"Het jy besluit jy gaan alles vir die joernalis vertel? Gehoop jy kan 'n pleitooreenkoms met die Nasionale Vervolgingsgesag aangaan? Gee die lêers van jou kliënte in ruil vir 'n ligte vonnis, en die name van almal by binnelandse sake wat saam met jou geld onder die tafel gekry het. Is dit waarmee jy besig is?"

"Wat . . . waarvan praat jy?"

Maar Majid moes toe eers uitgaan vir hitte, 'n halfuur buite voor sy normale liggaamstemperatuur herstel is. Faisal en Tariq dik gekleed, gewoond aan werk in die koue. Op die skerm sien

Majid hoe Tariq meneer Heilbron ook van sy broek en onderbroek bevry, nog net die enkelstewels aan sy voete. Meneer Heilbron nou onbeskaamd in snot en trane, die sweet op sy vel glinsterende kristalle.

'n Uur later is meneer Heilbron bereid om sy vrou te bel. Tariq hou sy selfoon teen sy oor en hulle luister na sy opdragte aan sy vrou oor die lêer en die bode wat hy stuur.

Daarna Majid se stem: "En jou skootrekenaar? Waar's dié?"

"In my kar, toegesluit in die bak. Die sleutels wat julle in my baadjie se sak gekry het."

Nou trek Tariq meneer Heilbron se enkelstewels uit. Beskou dit aandagtig, smyt die sokkies op die hoop klereflardes, maar plaas die stewels eenkant neer, netjies langs mekaar. Hy haal sy mes uit en loer weer 'n slag of die skoene op 'n veilige afstand is. Dan kom staan hy voor die gevangene asof hy op 'n bevel wag.

"Ek't alles gedoen wat jy vra, Majid," sê meneer Heilbron. "Kan ek nou gaan? Kan julle my losmaak?"

Tariq kyk oor sy skouer. Majid onthou hy het niks gesê nie, net liggies sy kop geknik. Toe het hy uit die koelkamer gestap.

Op die skerm kyk hy weer na meneer Heilbron se laaste oomblikke. Dit gebeur baie vinnig, en alles in een beweging. Tariq se hand kom langs sy sy op en die meslem sny van links na regs, begin net onder die lel van meneer Heilbron se linkeroor en sny onder sy onderkaak tot by die lel van sy regteroor.

Meneer Heilbron se mond is oop en sy oë wit. Majid is verbaas dat hy nie bloei nie. Hy reken die lem moet albei die groot are deurgesny het.

Dan begin die bloeding, en nou lyk dit of meneer Heilbron nooit gaan ophou bloei nie. Sy hart pomp sy bloed onder drukking, maar dit word nie meer gesirkuleer nie, dit spuit by die wond aan sy keel uit. Tariq staan buite bereik, langs die paar enkelstewels.

Eers toe die bloeding bedaar, kom hy weer nader. Hy doen iets by die lyk, sy rug na die kamera toe, en dan word die kamera afgeskakel.

Vanoggend, twee dae later, lees Majid in koerante van die be-
vrore lyk wat langs die dam gekry is. Die meswond aan die keel
verbaas hom nie. Wat hom wel verbaas, is die beskrywing van 'n
sogenaamde Colombian necktie. Dis die eerste keer dat hy van
só iets hoor. Maar die ironie ontgaan hom nie: meneer Heilbron
wat aan Faisal en Tariq 'n nuwe lewe gee, en Faisal en Tariq wat
syne afsluit.

Nou wonder Majid wat die joernalis Jake Diamond alles weet.
Miskien het meneer Heilbron nie gelieg dat hy niks aan die joer-
nalis verklap het nie, maar Majid twyfel. Hoe kan jy 'n woord glo
van iemand wat krokodilvelskoene dra?

## 16.

Glenn sê: "It's a hell of a thing, killin' a man, you take away all he's got and all he's ever gonna have."

Bonnie Lee kyk van die sofa voor die TV na haar man op, die bottel Monte Bello in sy hand. "Dis Clint Eastwood, dan nie?"

"Ja, as Will Munny in *Unforgiven*."

Sy wag, sy weet hy is nog nie klaar nie.

"I come close to killin' you a couple of times when we were younger. Saddens me I didn't." Hy skink die wyn, oë op haar, afwagtend.

Sy probeer onthou, maar kan die aanhaling nie plaas nie, skud haar kop.

"John Wayne in *McLintock*! In 1963." Hy hou die glas na haar uit. "Fill your hand, you son of a bitch!"

"Daardie een's maklik, Jeff Bridges in *True Grit*," sê sy ná die eerste sluk.

"Maar Wayne het dit eerste gesê, al in '69 se *True Grit*, voor jou geboorte."

"Lánk voor my geboorte. Wat's jou punt, Glenn?"

Hy tel sy glas op, kom sit langs haar op die bank, die TV sag aan op CNN. "My punt is dat daar in *The Searchers* se draaiboek g'n fokken aanhaling is wat kykers gaan onthou nie. Dís my punt."

Sy weet, ja. Die goue beeldjie daar op die kaggelrak spook by hom, dis 'n teer sakie, veral die roem wat dit vir haar gebring het as A-lys-ster in Hollywood; *The Hollywood Reporter* en *Forbes* noem haar een van die topdrie-aktrises met die grootste lokkrag by die loket. Dis invloedryk en bankwaardig wanneer die naam

Bonnie Lee op die naamrol van 'n film verskyn. Sy kan soos Angelina en Reese $20 miljoen per prent vra – en dit kry – en sy is nog nie veertig nie.

Sy klop met haar handpalm op sy bobeen. "Die Akademie gee nie Oscars vir onvergeetlike aanhalings nie, Glenn, hulle gee dit vir onvergeetlike spel."

"Wayne het 'n Oscar gewen vir *True Grit*."

"En jy kan dit vir *The Searchers* kry, ek weet jy kan," troos sy. "Dis jou groot kans, jou eerste hoofrol."

En dink: In nóg 'n nuwe weergawe van 'n ou, suksesvolle Wayne-western. Die beproefde formule van die groot Hollywood-ateljees om die wiele aan die draai te hou tydens die langdurige resessie: kook die spyse op wat eens gewild was, selfs die sporadiese western, ry die ou perde flou.

Glenn is selde sonder werk, gewoonlik in aksieflieks, gewoonlik een van die slegte ouens, in 'n klompie tonele in elke fliek voor hy 'n skoot in die voorkop kry.

Sy kan sy spanning verstaan oor hierdie groot kans. Hy is al vyf en veertig en die kurwe van sy akteursloopbaan sukkel om te styg. Dit wys nie hoogtepunte nie, net 'n bloedspoor.

Vir *The Searchers* het hy Alan le May se roman gelees en be-studeer. Hy het boeke deurgewerk en na films gekyk oor die Amerikaanse Burgeroorlog, het na elke Wayne-prent gekyk, elke geskrif oor *The Searchers* gelees – die Amerikaanse Filminstituut noem dit steeds The Greatest American Western of All Time. Sy dialoog as Ethan Edwards het hy tot kotsens toe vir haar ge-dramatiseer, totdat sy voel sy kan sélf die rol speel.

En nou is hy vanaand gepla met onvergeetlike aanhalings, voor hy môre saam met die filmspan Texas toe vertrek, vir die buite-tonele by Llano Estacado.

"Ek moet sy gemoed regkry," sê Glenn.

Sy knik. "Jy moet Ethan wees, nie Glenn nie. Die aksietonele kan jy doen, daarmee is jy goed. Dis die karaktertonele wat die deurslag gaan gee: hoe jy Ethan se emosies jeens Martha hanteer, die nuanses van sy onuitgesproke gevoelens. Want dis die eintlike dryfkrag agter al die aksie, nè? En dit – Ethan se onderdrukte liefde vir sy broer se vrou – kan so maklik blatant en vulgêr word."

"Ek moet onder Ethan se vel inkom, soos jy dit regkry in *The Dancer*."

"As Jane, ja, én as die minnaar Hugues se dooie vrou."

Want dis twéé rolle wat sy vertolk, twéé karakters waarin sy haar moes inleef. En waarvoor sy reeds groot lof kry, al is die prent nog nie eens uitgereik nie. Twee maande in Europa gaan verfilm, die res in die ateljees in Los Angeles. Nou is dit haar beurt om by die huis te sit en Glenn kans te gee om in Texas te gaan naam maak.

Dis hulle ooreenkoms: een is altyd tuis by die kinders. Hulle skiet nooit op dieselfde tyd nie, selfs al moet 'n projek van die hand gewys word.

"That'll be the day," sê Glenn. "Dis ál stukkie dialoog in *The Searchers* wat onvergeetlik is, en Wayne gebruik dit in omtrent elke fokken fliek."

Sy sug sag, soek met die afstandbeheer, amper tyd vir haar program. Vat 'n sluk van die 2008-Monte Bello, fluweel op die tong. Dit kon nog twintig jaar gelê het vir die volle beleë nasmaak van framboos en anys en vae peper, maar vanaand is sy lus vir 'n $150-wyn, en sy kan dit bekostig. Wat de hel, sy kan 'n '46-Château Pétrus bekostig, $11 000 'n bottel, as sy wil. Die wêreld is aan haar voete, haar naam bekend in elke uithoek, in elke land en dorp op die aardbol met 'n fliekteater.

'n Goeie man, Glenn, al sal hy as akteur nooit die klas bereik van George of Brad of Tom nie. Hulle het 'n goeie huwelik, met drie kinders, haar hart se punt. Wat meer kan sy vra?

"Wat soek jy?" vra hy. "Wat wil jy kyk?"

Sy loer na hom, krapperig. "Het jy vergeet, Glenn? Die heruitsending van *Who Do You Think You Are?*"

Dis belangrik vir haar om weer na die program te kyk, na haarself op TV. Want sy kom uit 'n woonwapark, sy en haar ma, met 'n weglooppa wat sy nie ken nie. Maar sy het ontdek dat sy ook 'n ander herkoms het en . . . wel, voorsate met 'n herkoms waaroor sy haar nie hoef te skaam nie.

"O," sê hy, "my kop is by ander goed."

Sy kyk graag na dié reeks, hou daarvan om te sien hoe geraamtes uit bekendes se verre verlede opgerakel word – soms geraamtes, soms prinsesse. "Het jy saam gekyk na Brooke? Sy't vasgestel een van haar oumas was 'n Italiaanse prinses, is dit nie wonderlik nie? Donna Marina Torlonia di Civitella-Cesi."

"En jy onthou dit, die prinses se lang naam? Gehoop jy stam ook van 'n prinses af, nè?"

"Ek wás 'n prinses, in die Highway to Heaven Trailer Park by Skokie, Illinois."

"Ná jou pa die pad gevat het om met mobiele huise te gaan smous en nooit teruggekom het nie."

"Net ek en my ma, tien jaar in daardie woonwapark."

"Toe gee julle ook pad. 'n Olds, was dit nie? Nee, '85-El Camino, al die pad LA toe."

"My ma't gesê: 'Kom, Bonita, wat maak ons hier? Ons mors ons tyd. Kom ons gaan Kalifornië toe, daar's ook woonwaparke. Kan net sowel in die son gaan bly.' "

"En om vir jou 'n agent in LA te gaan soek om filmster te word. Maar pleks van 'n agent kry jy toe vir Bob."

"Gots, Glenn, is dit nodig? Moet jy nou weer vir Bob bysleep?"

"Hy't jou mos jou eerste filmrol gegee, of hoe? Kaalgat in die moeras in sy *Slime*-flieks."

"*Creatures of the Slime I, II* en *III* – en ek was net in die eerste een."

En sy is sonder verweer dat sy vooraf gewaarsku is teen daardie berugte oudisiesofas. Die skrikwekkende stories oor hoe jong sterretjies en nimfe en poppies met sterre in die oë hulle pad na 'n filmrol oopslaap. Ja, al dié stories het sy destyds gehoor, maar gedink ná tien jaar in 'n woonwapark sal sy bestand wees teen 'n Hollywood-sofa. Kan nou nog nie glo dat sy vir Bob Oster geval het nie. Eens regisseur van B-prente, nou koning van Los Angeles se pornofilmbedryf.

Glenn wil dit nie los nie, sien sy, en weet dis twee name wat by hom bly spook: Oscar en Bob.

"Dit was jou Hollywoodse filmdeurbraak," grinnik hy. "Al gillend deur die Okefenokee."

"Ons het drie dae geskiet aan daardie toneel, dit was nie net vir gil nie. Bob het my 'n praatrol beloof."

"Jy dog jy kry die kans om jou talente uit te stal, nie net jou tieties nie. Dis wat hy beloof het. Ou truuk: 'Ek gee jou 'n praatrol, kom ons gaan praat daaroor in my bed.' "

"Ek't hom geglo, man! Hoe moes ek weet, ek was agtien jaar oud. Het my naam in neonligte gesien, op plakkate in Sunset Boulevard."

"Hy't beloof hy maak van jou the next big thing in Hollywood."

"Drie dae geskiet, en ná die redigering was ek net vir twintig sekondes in die fliek."

"Kniediep en ylings deur die moeras, die kamera ingezoem op jou wippende borste, g'n dialoog nie, net die gille."

"En hy laat my doodgaan, in my fokken debuut."

"In *Slime II* sloeg 'n nuwe bimbo deur die Okefenokee," sê Glenn. "Groter boesem as joune, nè?"

"En sý het 'n praatrol. Twee woorde: 'Help! Help!' "

"Kry in *Slime III* 'n nóg groter praatrol. Looi die moerasmonster met 'n Uzi en roep uit, kaal tiete vol groen slym: 'Up your ugly arse, motherfucker!' Vyf woorde. En Bob laat hierdie bimbo nie doodgaan nie, hy beloof hy maak van haar the next big thing in Hollywood – sodra sy egskeiding met Bonnie Lee gefinaliseer is."

Glenn draai op sy hakke om en stap uit. Sy hoor die badkamerdeur toegaan.

Dit pla steeds, sy weet. Alles wat sy in daardie beginjare bereid was om vir 'n rol te doen. Alles om haar eie gesig op die silwerdoek te sien, ook ná Bob. Sy wonder of ander aktrises ook so voel: skrik soms in die middel van die nag wakker en dink aan wat hulle aangevang het. Sou hulle dan ook die behoefte voel om teenoor iemand te bieg? Die hart uit te stort, die gemoed ligter te maak sodat hulle weer rustig kan slaap? En dis nie net daardie beginjare in Hollywood wat haar pla nie. Nee, dis nog voor sy en haar ma die El Camino gepak het. Dis ná haar pa weg is dat haar rebelse streep uitgekom het. Sy het al die norme uitgedaag, die inisiasies van die woonwapark ondergaan: seks, joints en tatoes.

Maar wie hier in Hollywood is bereid om die belydenis van 'n belaste hart aan te hoor? Nie eens Glenn nie. Al tien jaar getroud, en gelukkig, so wil sy glo. Maar Glenn is onseker van homself, en mense wat onseker is van hulleself, só meen sy, raak behep met onbenullighede.

As dit nie vir die kinders was nie.

Glenn het nie net 'n lae selfbeeld nie, ook 'n lae spermtelling. Hulle huisdokter skryf dit toe aan die effek van anaboliese steroïede op sy spermatogenese. Hulle huisdokter sê – en sy stem saam – Glenn het mooi spiere met steroïede opgebou om film-rolle te kry. Maar niks is verniet nie, alles is gee en neem. Die steroïede het sy vrugbaarheid ernstig benadeel: hy kan liefde maak, maar nie babas nie.

Bonnie karring nooit oor sy windballe soos hy oor haar slymerige boesem nie. Sy het gesê dis oukei, hulle sal aanneem. Kort ná die aanneming van die tweede enetjie het sy die Oscar gewen, en sy is aangewys as welwillendheidsambassadeur van UNIFEM. Nie sleg vir trailer trash nie.

Nou het hulle drie aangenome weeshuisdogtertjies: Trannie, agt, uit Hanoi, Viëtnam; Tang Yan, ses, uit Hangzhou, China; Milena, vier, uit Priština, Kosovo. Hulle wil eintlik vier hê; sy en Glenn praat oor 'n dogtertjie uit Somalië, een van die vlugtelingwesies in die Dadaab-kamp waar hulle van die honger doodgaan.

Glenn kom terug, skink vir hulle nog wyn. "Het hulle al besluit oor die première vir jou fliek?"

"Nog geen datum nie. Ek't wel 'n e-pos uit New York gekry oor 'n VN-funksie vir agentskappe wat help met noodverligting in Dadaab." Die wêreld se grootste en ellendigste vlugtelingkamp, vyftig vierkante kilometer, is in die noorde van Kenia, honderd kilometer van die Somaliese grens.

Glenn se wenkbroue lig. "Gaan jy Kenia toe terwyl ek in Texas is? Hulle soek 'n Oscarwenner tussen honger kinders? Ja, dis mos hoekom die VN julle spesiale ambassadeurs maak – lokaas vir joernaliste."

"Jy dink dis ál wat ek is, lokaas? Die VN-funksie is in Desember, jy behoort al terug te wees uit Texas. En dis nie in Kenia nie, dis in Brussel. Omtrent dieselfde tyd as die wêreldwye première van *The Dancer*."

## 17.

Teen die kante van die kartondoos op Ella se lessenaar is in swart hoofletters gestensil: EXHIBITS. Dit bevat die koerante en tydskrifte uit kamer 110 van die Sleep Inn in Bez Valley.

Langs haar op die vloer lê 'n nuwe stapeltjie, van die koerante uit die boks wat sy reeds deurgeblaai het, bladsy vir bladsy. In elkeen sover kry sy 'n berig oor die man wat sy soek, Abel Lotz, gedoop die Nagsluiper van Alberts Farm. Die bynaam het bly kleef sedert sy eerste twee slagoffers se liggame in daardie park gekry is: Mia Vermooten en Emma Adams.

Ella staan op, vat haar beker en stap na die koffiemasjien om haar fokus te herwin. Skink die laaste droesem, hervul die houer met water, sit 'n nuwe filter in, meet vars koffie af. Nie een van die ander speurders doen dit nie, los die droesem vir haar, weet sy sal vir vars koffie sorg. Hoekom? Omdat sy moord-en-roof se token female is, die regstellende kwota sonder borshare?

Los dit, sê sy vir haarself.

Toe sy omdraai, sien sy Tabs Makgaleng by die speurkantoor se deur inkom, oë soekend by haar leë stoel, bly vassteek op die oop koerant op haar lessenaar.

"Hier's ek, Tabs, soek jy my?"

Hy kyk na haar, na die koerant, na die koffiebeker in haar hand. "Ek hol my gat af agter leidrade aan en jy's op vakansie, drink koffie, sit en lees koerant?"

Sy hoor die gegiggel agter haar, Papi Asmal by sy rekenaar.

"Wat's so snaaks, Papi?" vra sy skerp. "Niks met jou hande verkeerd nie, jy kan ook 'n slag vars koffie maak."

Sy gaan sit en klop met 'n vinger teen die EXHIBITS-boks. "Uit die Sleep Inn, Tabs. Al pas Rabie Saadi se beskrywing nie by Abel Lotz nie."

Tabs plak hom in haar besoekerstoel neer. "Miskien het hy 'n maatjie. Fred het altyd gesê Lotz werk nie alleen nie."

Sy knik net, wil sê: En kyk wat het daardie spesmaas Fred in die sak gebring – aan sy nek gehang. En steeds op siekverlof, sukkel met sy stem, net 'n hees gekras.

"Wat het jy gekry, Tabs?"

"'n Vrou in Ararat het vyfuur die oggend 'n voertuig gehoor en by die venster uitgekyk. Ly aan slaaploosheid, bak soggens vroeg koekies vir die tuisnywerheid in Brixton. Sê sy kon sweer dit was 'n munisipale voertuig, nog gewonder wat soek 'n geel paneelwa van parke donkermôre by die dam, met net parkeerligte aan. Maak skelmpies voerplek vir karp, sê sy, dis wat hulle kom doen, en die belastingbetaler moet hoes vir die petrol. Skaars twee, drie minute later kom die paneelwa terug, sê sy. Maar sy was gereed, pen en papier vir die nommer, om hulle by die munisipaliteit aan te gee."

"En jy het die nommer?"

Hy knik. "Ek sal bel, by die munisipaliteit hoor in wie se naam die voertuig daardie nag uitgeboek was."

Hy staan op, laaste blik op die koerant voor haar, die groot opskrif: VERMEENDE REEKSMOORDENAAR ONTGLIP POLISIE OPNUUT.

"Dankie, Tabs. Kry vir jou koffie, dis vars gemaak."

"Outopsie al gedoen?"

"Môreoggend. Dokter Koster sê hy ontdooi mooi."

Sy blaai die koerant deur, smyt dit by die ander op die vloer. Besluit dan om die boks huis toe te vat. Huiswerk vir die aand, ná draf en harp. Sy moet haar sake skei, anders verloor sy perspektief.

Sy trek die dossier van die dammoord nader. Vul haar aantekeninge aan, bestudeer weer die foto's van die kadawer op die oewer, die tong wat deur die gapende keelwond uitgetrek is. Die moordenaar moet sy vingers in daardie wond ingedruk het om die tong by te kom.

Dokter Koster sal eers met die outopsie kan sê hoe die moordwapen lyk, die mes wat so 'n wond veroorsaak het. Groot mes met 'n skerp lem, soos dié in 'n slaghuis.

Haar sel lui. Dis Stallie.

"Ek's hier by Sandton se polisiestasie. 'n Vrou het haar man as vermis aangegee. Hy's Vrydagoggend soos gewoonlik werk toe en het nooit huis toe gekom nie."

In Sandton word nie baie vermistes aangemeld nie, dink sy. Rykes word nie vermis soos plebs nie, hulle verdwyn net vir 'n paar dae, duik dan weer op, altyd met 'n goeie verskoning.

"En dis vandag Dinsdag, sy't hom nou eers gaan aanmeld? Watse kar?"

"Nee, Sondag gaan aangee, hy en sy vermiste SUV, swart BMW X5. Sal ek by die vrou gaan kuier, of wil jy saamkom?"

"Gee die adres, ek kry jou daar. Wat's sy naam?"

"Heilbron, J.C."

## 18.

Abel voel Sofie se oë op hom. Hy vermy dit, bestudeer die spyskaart. Hy is geen fynproewer nie, gewoond aan verpakte kos, bevrore, reg vir mikrogolf en eet.

"Gaan jy iets drink, Abel?" vra sy. "Ek kan 'n goeie wyn aanbeveel. Wit of rooi?"

"Sofie is 'n sommelier by die Kempinski," sê Ignaz. "Maar ek drink bier, wat van 'n Karmeliet? Dalk 'n Duvel? Duiwel, ja, dis dié bier se naam."

Abel skud sy kop. "Ek drink nie alkohol nie, net water. En koffie ná ete."

"Voorgereg?" vra Sofie. "Die kreef is lekker."

Sy is nie beeldskoon nie, maar aantreklik, met 'n pragtige vel, dink Abel, sy oë terug op die spyskaart. Adjudant Neser se gelaatstrekke is delikaat, soos 'n beeldhouer wat moeite gedoen het met fyn kerfbeitels. Sofie se gesig is breed, kort nog finale afwerking. En sy's groot gebou. Haar liggaam laat hom dink aan daardie blonde een wat weggekom het, die een wie se gesig hy wou oes. Die naam ontglip hom nou, maar dis die een wat sy gesig met die kwartsbeeld geskend het.

"Nie voorgereg nie," sê hy.

"Die paling is sappig," sê Ignaz. "Gebakte eendlewer met gerookte paling."

Abel wonder of Sofie 'n tatoeëring het, druk met sy vinger op die spyskaart. "Ek sal dié een vat."

Ignaz leun oor. "Gebakte zeetong. Goeie keuse, vang hulle hier in die Noordsee."

"Vir my Sint Jakobsmossels met wortelsoufflé in saffraansous," sê Sofie.

Abel vang haar oë op hom toe hy opkyk. Lyk of sy die littekens aan sy gesig bestudeer, die skewe proporsies van sy gelaatstrekke, die brouwerk van daardie kwak.

"Wat's jou besigheid, Abel?" vra sy.

"My besigheid?"

"Jy weet, jou werk, jou nering? Ook in die boekebesigheid?"

"Jy kan so sê."

"Abel is 'n sterrekundige," sê Ignaz. "En hy versamel oudhede."

"Voorspel jy wat die sterre sê?"

"Astronomie, nie astrologie nie," sê Abel. "Ek's nie 'n wiggelaar nie."

"Gaan jy 'n oudhedegalery hier begin?"

"Moet eers iets soek om my besig te hou."

Hy kry die gevoel dat sy voorkoms haar nie afstoot nie. Sy betrag hom nie met 'n afkeurende blik nie, eerder met deernis, selfs bejammering, soos wat 'n diereliefhebber na 'n ou hond met 'n gebreekte rug kyk. Hy besluit dis 'n gevoel wat hy gerus by haar kan aanmoedig: om hom te sien as onskuldige slagoffer.

"Jy soek 'n werk?" sê Ignaz. "Ek sal my ore oophou."

Dan lyk dit of iets hom byval. "Miskien hét ek iets vir jou, as jy nie omgee vir ondergeskikte werk nie. Jy weet, om jou besig te hou terwyl jy jou voete vind. Ons pastoor . . ."

"Pa," sê Sofie, "dis nie 'n werk vir Abel nie."

"Net tydelik, Sofie, dis wat hy sê, om in te skakel."

"Ek sal ook soek," sê sy. "Nagwerk in 'n kerk gaan Abel nie help inskakel nie."

"In 'n kerk?" sê Abel.

Wat is meer volmaak as om in 'n kerk te werk? Is dit nie wat sy moeder en ouma Hannie van kindsbeen by hom ingedril het nie? Elke aand daar in die voorhuis, net hulle drie, al die Bybelverse wapperend soos vlermuise in die lug bo sy kop.

"Die pastoor sê daar's 'n pos oop ná Jeroom se skielike dood," sê Ignaz.

"Ou Jeroom is nie skiélik dood nie, Pa, hy was vyf en tagtig," sê Sofie. "Ek weet nie of dit reg is vir Abel nie."

"Dis reg," sê Abel. "Kerkwerk is reg. Watse werk is dit?"

Ná ouma Hannie se dood was dit net hy en sy moeder in daardie groot huis, binne altyd in skemerte. Sy moeder wat hom nooit teen haar boesem aangedruk het of met 'n teer hand oor sy kop gestreel het nie, wat hom met ewige frons en dun lippe gekasty en op die smal weg begelei het.

"Poetser," sê Ignaz.

"Sien, Pa, hoe kan Abel so iets doen, die eienaar van 'n galery?" vra Sofie vererg.

"Ek sal dit doen," sê Abel.

En steeds, lank ná sy moeder se dood, bly haar stem en die Bybelverse in sy ore, vasgevang en ingekerker in sy kop.

"Dis in die groot ou kerk daar naby jou woonplek, die Onze-Lieve-Vrouw," sê Ignaz. "Dis hoekom ek gedink het jy sal dit oorweeg, vyf minute se stap van jou huis af. Nie harde werk nie, moenie 'n groot salaris verwag nie, eintlik net 'n honorarium om snags bietjie skoon te maak, die skilderye af te stof en die beelde en ikone bietjie te poets en af te boen. As jy kans sien."

"Dis ideaal," sê Abel.

"Is jy seker?" vra Sofie. "Ek kan vir jou werk by die Kempinski probeer kry, miskien 'n portier, hulle sal beter betaal."

"Ek soek die kerkwerk," sê Abel.

Ignaz skryf 'n naam op 'n papierservet en hou dit na hom uit. "Pastoor Blondeel, gaan sien hom, noem my naam."

Hy bepaal hom 'n paar minute by sy kos, sê dan: "Jy onthou ons gesprek oor die Primitiewe? Jy moet in die Groeningemuseum gaan kyk, daardie skildery van Gerard David, *Het Oordeel van Cambyses*. Jy sal daarvan hou, sy skildery van die korrupte regter Sisamnes wie se vel as straf afgeslag word."

"Sy vel word afgeslag?" sê Abel.

131

"En gelooi en gedrapeer as waarskuwing. Hoe's die zeetong?"
Ignaz staan op. "Moet badkamer toe gaan."
Sofie kyk haar pa agterna, draai na Abel. "Ek wou eintlik vertel van die nuwe fliek wat in Brugge gemaak is. Ek hoor hulle beplan 'n groot okkasie vir die première, net hier om die hoek in die Lumière. Op 22 Desember. Moet ek vir jou 'n kaartjie probeer kry? Die aktrise in die hoofrol gaan dalk self ook hier wees, Bonnie Lee. Het al 'n Oscar gewen. Het jy van haar flieks gesien?"
Hy skud sy kop, stel nie in aktrises en flieks belang nie.
"Ek hou van haar tatoes." Sy leun vertroulik oor die tafel na Abel toe. "My pa hou nie van vroue met tatoes en metaal in hulle lyf nie, maar ek't ook een . . . 'n tatoe."
"Van wat?"
"'n Arend, agter op my kruis, met uitgespreide vlerke."
Abel sit terug in sy stoel. Aquila, 22ste in grootte van die 88 konstellasies. Veral sigbaar in die ruim van die Noordelike Halfrond.
"Die arend is al eeue lank op die Boutsfamilie se blasoen," sê Sofie. "Simboliseer adellikheid en krag, die kloue as waarskuwing teen boosdoeners. Per volar sunata."
Abel onderdruk met moeite sy opgewondenheid. Dis 'n groot uitdaging wat op hom wag: om nou ook die konstellasies en sterre van die noordelike hemel te bestudeer. En al die ander diepruimtelike objekte wat hy nooit in die suide kon waarneem nie, soos Altair, die helderste ster in Aquila. Hy dink Aquila sal gepas wees vir die omslag van sy *Kosmiese Reise Vol. III.*
En het Ignaz, onbewus van die arend met uitgespreide vlerke op sy dogter se kruis, nie sélf voorgestel dat Abel voortaan groter velle oes nie, groot genoeg vir 'n héle omslag, ook vir die agterblad?

Laatnag stap Abel terug huis toe deur die strate van Middeleeuse Brugge, inspirasie vir die Primitiewe se visies van hemel én hel, verby geel skynsels van vensterligte dof agter kantgordyne. Hy stap verby gewels en fasades donker soos altaarklede, versier met vyftiende-eeuse festoene en skulpwerk en cartouches en Gotiese boë. Net die geklop van sy voetstappe op die keie, sy gedagtes 'n warboel, sy gees beproef deur die aand se vreemde geselskap, glimpe van ou kerke en aktrises met tatoeëermerke en kerwende messe wat die vel vil van 'n onregverdige regter.

Sy hande bewe toe hy sy voordeur oopdruk, sy gesig klam van sweet, hart bonsend teen sy ribbes, 'n pyn diep in sy kop. Hy strompel by die kombuis in, soek die oorblywende pynpille vir sy gesigwonde, stort slukkend water uit die beker oor sy ken en bors. Bly staan met sy hande teen die wasbak gestut, gesig omlaag.

Dan kom hy orent, vee die druppels van sy ken af en gaan soek sy musiek. Dis ál wat help. Net die viool kan die balans van sy gees herstel, orde bring. In die diep ou stoel, oorkant hom sy moeder se Idia, sy troos. Hy plaas die oorfone oor sy kop, soek met 'n bewende vinger op die iPod, hoor die eerste akkoorde van die boog oor die snare. Sit terug, sluit sy oë en gee hom oor aan die melodieuse viool.

Hy begin beter voel, nog nie reg nie, en besluit om ook na die twaalf Lucca-sonates vir viool en kitaar te luister.

Daar in die donker voorhuis herleef hy die gesprekke aan die eettafel. In sy sak die telefoonnommer van pastoor Blondeel van die parogie van die Onze-Lieve-Vrouwekerk, vir die werk as poetser. Dit sal hy môre doen, besluit hy, nadat hy terug is van die Groeninge. Hy is nuuskierig oor daardie skildery waarvan Ignaz gepraat het.

## 19.

---

In die straat voor die huis sê Stallie: "Demmit, Ella, ons't die verkeerde staatsdienswerk gekies, moes by binnelandse sake gaan werk het."

"Jy seker dis die regte adres?"

Sy bekyk die wit mure, twee meter hoog, bo-op die drade van 'n geëlektrifiseerde heining en die lense van sekuriteitskameras.

"Staatsamptenaar met 'n Toskaanse huis," sê Stallie. "Dis die adres wat sy vrou vir Sandton se polisie gegee het."

"As die toesighouer . . . wat's sy titel?"

"Toesighouer, streekkantoor-statusdienste."

"As hý so 'n huis kan bekostig, hoe lyk die streekdirekteur se huis?" sê Ella en druk die interkom. "Of die direkteur-generaal s'n?"

"Wat van die minister se huis?" lag Stallie.

Mevrou Heilbron ontmoet hulle by die voordeur en nooi hulle binne.

Die Persiese tapyt in die sitkamer, skat Ella, is waarskynlik meer werd as haar hele huis in Westdene.

"Is daar nuus?" vra mevrou Heilbron, gemanikuurde hande op haar skoot gevou.

"Ons is bevrees nog nie. Maar miskien kan jy ons help, mevrou." Ella swyg oor die vonds by die dam, die dooie vingers wat in Stallie se duur kalfsleerhandskoene ontdooi het. Die vingerafdrukke is geneem, maar hulle wag vir die uitslag.

"Sersant Stalmeester sê julle's van moord-en-roof, hoekom?"

"Ons is besig met 'n ander saak, ons ondersoek 'n moontlike verband," sê Ella.

"Sy kar nog nie gekry nie?"

"Nee, maar noudat ons 'n registrasienommer het, kan dit help. Ongelukkig is daar altyd in sulke gevalle 'n paar roetinevrae, mevrou. Dit ontstel mense, maar dit moet gevra word. Ek hoop jy verstaan?"

Mevrou Heilbron knik, lyk of sy weet wat kom.

"Die moontlikheid dat jou man se verdwyning . . . wel, dat hy dalk . . ."

"'n Minnares het, saam met haar by Sun City is?"

"Ja, so iets."

"Hy't nie 'n minnares nie. Hy gaan soggens werk toe, kom saans terug. Hy's nooit saans weg nie. As hy na-uurse besigheid het, doen hy dit hier by die huis."

Stallie sit vorentoe op sy stoel. "Na-uurse besigheid?"

"Hy's 'n belangrike man, senior amptenaar."

"Maar watse besigheid?" Ella kyk skrams verby mevrou Heilbron, kan sweer dis 'n Sekoto teen die muur, daar langs die Tretchi.

"Hy ontvang hoë mense, besigheidsmense. Ons onthaal hulle hier, dis hoekom ons 'n groter huis moes koop."

"So, hy't . . . uhm, ook ánder sakebelange as sy werk by binnelandse sake?"

"Hy't baie ysters in die vuur."

"Soos wat?" vra Stallie.

"Ek weet nie, hy bespreek nie eintlik sy sake met my nie. Ek's net die gasvrou as hy hoë mense trakteer."

"En jy't hom verlede Vrydag laas gesien?" vra Ella.

"Die oggend toe hy werk toe is, ja. Dit was die laaste."

"Hy't nie deur die loop van die dag gebel nie?" vra Stallie.

"Hy hét, dit was al ná vyf. Hy't gesê hy stuur 'n bode om 'n lêer met dokumente vir hom te kom haal."

Stallie frons. "Hy't laat Vrydagmiddag 'n lêer nodig? Maak binnelandse sake nie al omtrent drie-uur toe op Vrydae nie?"

"Hy werk soms laat."

"Maar nooit so laat dat dit kan beteken hy het 'n romantiese afspraak nie?"

Ella laat Stallie praat; dit gee haar kans om mevrou Heilbron te betrag: die gevroetel van haar vingers op haar skoot, die gefladder van wimpers, die wegkyk. Saam spel dit verleë en verbouereerde liggaamstaal.

"'n Werksleêr by die huis?" vra Ella.

"Hy's pligsgetrou en hardwerkend, bring dikwels werk huis toe. Sê hy's toegegooi, het nie genoeg ure in sy werksdag nie."

"En jy't die leêr gekry en vir die bode gegee? Waar was die leêr?"

"In sy kluis."

"En jy't toegang tot die kluis?"

"Nie gewoonlik nie, dis sy private goed, vir sy werk, vertroulik. Hy't die kode oor die telefoon vir my gegee."

"En die leêr wat hy gesoek het, kan jy dit onthou, het dit 'n titel gehad?"

"Titel?"

"Hy sou tog gesê het: 'Liefie, daardie leêr van Groenewald, gee dit vir die bode.' Hy sou tog 'n naam gegee het sodat jy weet watse leêr om te soek."

"Hy noem my nie liefie nie."

"Wat was die naam op die leêr?" neem Stallie weer oor.

"Dawid, dink ek . . . Nee, wag, Dawah, hy't dit nog gespel."

"Hoe't jou man oor die foon geklink? Moeg, onder stres, dalk senuweeagtig?"

"Hy't stres gehad, dis hoe hy geklink het, van die harde werk. Ek't nog vir hom gesê hy klink anders, gevra of hy moeg is. Het julle nog baie vrae?"

"Nie te veel nie, jy doen baie goed, jy help ons regtig mooi om jou man te probeer opspoor. Die bode, hoe't die bode gelyk wat die leêr kom haal het?"

"Hy't soos 'n man gelyk. Hoe lyk 'n bode?" Mevrou Heilbron klink vererg.

"Ek weet dis sensitief, maar jy moet hom beskryf, mevrou. Dis baie belangrik, ons sal met hom wil gesels. Hy's dalk die laaste mens wat jou man voor sy verdwyning gesien het. Hoe't die bode gelyk, sy ras?"

"Indiër, bruin . . . dink ek."

"Dink jy bruin, of dink jy Indiër?"

"Indiër."

"Van Asiatiese afkoms?"

"Ja."

"Hoe weet jy hy's van Indië? Kan hy dalk van Irak wees, of Thailand, of Sri Lanka, of Pakistan? Het hy sy naam gegee dat jy kon aflei hy's 'n Indiër?"

"Nee, hy't net gesê hy kom haal die lêer."

"Die Dawah-lêer?"

"Hy't gesê: 'Ek't meneer Heilbron se lêer kom haal.' Dit was sy woorde."

"Was hy groot of klein? Het hy 'n snor gehad, 'n bril? Jy sal hom vir ons moet beskryf, mevrou, vir 'n polisieskets. Ons sal só 'n bode by binnelandse sake moet gaan soek. Dink 'n bietjie, miskien het hy 'n moesie langs sy neus gehad, hoe hy sy hare gekam het . . ."

"Hy't 'n topi gedra, dit onthou ek."

"Topi?"

"Hoed, fes . . . 'n topi."

"Topi, oukei, dit help. Wat nog?"

"Sy voorkop . . . daar's 'n merk aan sy voorkop."

"'n Letsel, besering?"

"Tatoe, maar ek's nie seker nie."

"Dink nog, terwyl jy vir ons die kluis gaan wys." Ella glimlag mooi. "As jy nie omgee nie."

Die studeerkamer is omtrent so groot as haar sitkamer, die lessenaar soos haar dubbelbed. Die kluis se deur staan op 'n skreef oop.

Ella hurk, beskou die stapels lêers op drie rakke in die kluis.

Meneer Heilbron het baie werk huis toe gebring. En nie die gewone bruin staatsdienslêers nie, geel en blou lêers uit 'n skryfbehoeftewinkel. Bo in die kluis is twee diep metaallaaie. Sy trek die een uit.

"Dêm! Is dit geld?" hoor sy Stallie agter haar fluister. "Nóg geld!" toe sy die tweede een uittrek.

Mevrou Heilbron staan nader. "Kry julle iets?"

"Uhm . . . miskien, maar ons sal al die lêers moet deurgaan vir leidrade." Ella trek die laai verder uit, sien die pistool heel agter die pakke note.

Sy druk die laai toe. "Jy sê jy't nooit toegang tot die kluis gehad nie?"

"Dis net my man se werkslêers, dis al. Ek krap nie in sy goed nie. En kruideniersgeld, dis wat hy daar bêre. Ons werk net met kontant, my man glo nie aan skuld en tjeks en kredietkaarte nie."

En om Jan Taks te systap, dink Ella.

Sy probeer hoofsomme maak, nooit goed gewees met rekeningkunde nie, maar sy't die syfers op die bondels note gesien, die 50's en 100's en 200's, diep en styf ingepak in die twee laaie. Meneer Heilbron moet naby 'n miljoen rand in kontant vir kruideniersware begroot.

"Ons sal tydelik moet beslag lê op die inhoud van die kluis, mevrou. Ons sal 'n lys maak, elke item notuleer, ook die kruideniersgeld. As ons dit klaar deurgekyk het vir leidrade, sal ons alles terugbring. Reg so?"

Mevrou Heilbron knik. "Is daar . . . iets onwettigs in die kluis?"

"Nie op die oog af nie, net lêers en geld. En 'n vuurwapen, maar dis nie onwettig nie, as hy 'n lisensie daarvoor het."

"'n Sportsak sal help," sê Stallie, "as jy so iets het vir die lêers."

"Ek bring, een van die kinders s'n. Nog iets: 'n man het gister hiernatoe gebel. Hy't gesê my man antwoord nie sy sel nie, hy soek hom dringend. Kry hom ook nie by sy kantoor nie. Ek't gevra waar hy die huisnommer kry. Hy sê hy en my man het verlede Vrydagmiddag 'n besigheidsete gehad."

"Het die beller gesê wie hy is?" vra Ella.

"Ja, en hy't gevra my man moet hom terugbel."

"Hy't nie geweet meneer Heilbron word al die hele naweek vermis nie? Wat's sy naam?"

"Diamond. Ek sal sy nommer vir julle gee."

## 20.

Dis ná twee toe Abel uiteindelik in die bed kom. Hy slaap soos 'n baba, voel uitgerus toe hy wakker word. Sien op die wekker dis 10:09.

Sy eerste gedagte is dat dit die ete in die restaurant was wat hom die vorige nag so ontstel het. Hy's 'n alleenmens, nie gewoond om sosiaal te meng nie, het hom voorgeneem om nie weer sy vertroude grense oor te steek nie. Maar vanoggend voel hy goed. Hy besluit om weer op 'n lang wandeling te gaan, sy ontdekking van die ou dorp voort te sit. Elke dag loop hy in 'n ander koers, langs die kanale met hulle wit swane, die keistrate, die klipbrûe oor die water, die ou kerke met klokkespel beierend uit torings oor die huise en mense. Hy hou veral van die pleine: die groot Markt en Burg, die kleiner Guido Gazelle en Simon Stevin en Wijngaard, die tuine van Minnewater en Begijnhof.

Dis op die bankies op die pleine waar hy sit en die mense dophou, die inwoners en die toeriste, die jong vroue wat in vreemde tale lag en gesels wanneer hulle verby hom loop met hulle skouersakke en los klere en los hare en modieuse sonbrille. Sien hom seker nie eens raak nie, stil soos 'n bronsbeeld, een van die baie op elke plein.

Hy sien húlle raak, agter sy bril met die amber lense uit Bujumbura om sy lui oog te verbloem, hoed se slap rand laag oor sy voorkop. Hy kyk na hulle en dink aan sigbare en onsigbare tatoeëermerke, en voel die bruising in sy bloed. Hy peins oor dáárdie ontdekkingstogte, meer intiem, die soektog na 'n pragtige vel, die ontdekking van merke met astronomiese implikasies.

Tydens sy wandelinge soek hy ook na 'n ander huis om te huur. Miskien kan hy iets in 'n ander voetgangersteeg kry, privaat en uit die oog. Stoofstraat sal nie deug nie, nie met sy geskiedenis van badhuise en hoere nie. Hy het 'n advertensie in die *Handelsblad* gelees van 'n huis in Boterhuisstraat wat te huur is, eintlik meer 'n pakhuis, en dit interesseer hom. Maar eers wil hy na Gerard David se skildery in die museum gaan kyk. Daarna sal hy die pastoor gaan besoek, oor die poetswerk in die kerk.

Hy is verras om te sien dat *Het Oordeel van Cambyses* eintlik 'n tweeluik is. Die twee groot skilderye vertel die klassieke storie – volgens die museumbrosjure in sy hand – van die Persiese keiser Cambyses wat die korrupte regter Sisamnes laat verhoor en hom dan laat straf. Dis in 1498 geskilder vir die schepenkamer, of raadsaal, van Brugge se ou stadhuis.

Die eerste, *De Gerechtigheid van Cambyses*, is die skilder se uitbeelding van Sisamnes se verhoor weens sy gebrek aan regterlike integriteit. Maar dis die tweede een, Sisamnes se straf, wat Abel se oë vasvang en nie wil laat los nie. *Onthuiden van Corrupt Rechter Sisamnes* is so realisties asof die toneel met 'n kamera afgeneem is.

Sisamnes lê op sy rug op 'n tafel, sy hande en voete uitgestrek en vasgebind, sy gesig 'n grimas van pyn. Ten aanskoue van 'n groep omstanders is vier mans besig om sy vel net so lewend in die openbaar af te slag.

Abel bring byna 'n uur voor die tweede skildery deur. Dan gaan koop hy in die museumwinkel 'n glansafdruk daarvan, opgerol in 'n koker. Nóg 'n kosbare versiering vir sy muur, dink hy, miskien onder die Idia-masker.

Hy stap agter deur die tuine van Gruuthuse en Arentshuis oor die Bonifaciusbrug na die kolossale Gotiese struktuur van die Onze-Lieve-Vrouw. By die hoofingang in Mariastraat haal hy sy hoed af, maar word beduie na die kerkkantoor by die Sint Salvatorkatedraal, twee honderd tree verder op met Heilige

Geeststraat wat Brugge se twee grootste kerke met mekaar verbind.

Pastoor Blondeel, koördineerder van kerkaktiwiteite van die tien parogieë van die Sint Donatianus-federasie, bekyk Abel fronsend. "Jy's hier oor ou Jeroom se werk?"

Abel knik, hoed in die hand.

"Maar jy's nie 'n Belgiese burger nie, meneer Lippens, watse taal is dit wat jy praat? Die regering is streng oor die indiensneming van onwettige immigrante."

Abel het dié reaksie verwag. "Onwettige immigrant?" sê hy en probeer onthuts klink. Hy soek in sy sak, haal die paspoort uit, skuif dit oor die tafelblad na die pastoor. "Ek's g'n onwettige immigrant nie. Die taal is Afrikaans, ek was veertig jaar in Afrika, meeste van die tyd in Suid-Afrika. My pa was 'n amptenaar van Sy Majesteit Koning Boudewijn die Eerste in die Belgiese kolonies in Afrika, in die Kongo en Rwanda en Burundi. Ná hulle onafhanklikheid het hy ook gehelp met die opbou van infrastruktuur. Jy sal sien die Belgiese ambassade in Bujumbura het my paspoort uitgereik, dis waar ek die laaste jare gebly het."

"En nou't jy besluit om terug te kom? Is dit permanent?"

Abel lig sy hand en streel asof terloops oor die littekens aan sy gesig, merk die oë wat sy vingers volg. "Niks wat my meer daar hou nie. Ek het besluit om terug te kom, my laaste jare in my eie land deur te bring. Ná die tragedie van die karongeluk." 'n Oomblik se aarseling, dan voeg hy vir effek by: "En ek wil weer my taal vlot leer praat."

Pastoor Blondeel knik en oorhandig die paspoort, 'n sweem van mededoë in sy oë. "En jy's bereid om poetswerk in die Onze-Lieve-Vrouw te doen?"

"Tot eer van God," sê Abel.

"Ou Jeroom het een en veertig jaar daar gewerk."

"Dit sal 'n voorreg wees om in sy spore te loop. As ek ook een en veertig jaar daar werk, sal ek een en negentig wees."

"En jy gee nie om vir nagwerk nie?"

"Ek verkies dit."

"Die honorarium is min."

"Dit gaan nie oor geld nie, dit gaan om te dien."

"Was jy al in die Onthaalkerk?"

"As toeris, ja, ook hier in Sint Salvator."

Pastoor Blondeel sê, hand op sy telefoon: "Vul die vorm in terwyl ek vir Antoon bel. By die Onthaalkerk, vra vir Antoon, jou toesighouer. Hy sal jou rondwys. Jy kan met hom reël wanneer om te begin."

Abel stap terug met Heilige Geeststraat, in by die Onthaalkerk.

"O, jy's meneer Lippens?" Antoon bekyk hom op en af.

"Sommer Abel."

"Watse taal praat jy dan?"

"Wanneer kan ek begin?"

"Ek moet jou eers rondvat, jou pligte aan jou verduidelik, 'n bietjie van die kerk vertel. Dis in 875 as bedehuis op die terrein van die eerste houtkapel gebou."

Soos hulle deur die kerk stap, beduie Antoon. "Ek wil jou eerste die twee praalgrafte in die hoogkoor wys, hulle moet elke nag gepoets word. Die eerste een is dié van Maria van Boergondië, al in 1482 opgerig. Langsaan is haar pa s'n, Karel de Stoute, 1563. Al die meubelment moet gestof en gepoets word: die altare, die beelde in die koor, die triomfkruis en kommuniebanke. Los daardie groot preekstoel – dis in die rococo-styl – maar stof die biegstoele, die koorstoele en die grafgedenktekens in die private kapelle af. Die beeldhouwerke is belangrik, hulle moet elke nag gepoets word. Veral Michelangelo se *Madonna en Kind*, dis die kosbaarste van al ons beelde. Sien jy kans vir die werk?"

Abel knik. "Wys my waar al die skoonmaakgoed gebêre word. En die politoer en meubelolie vir die hout."

Antoon neem hom na 'n kamertjie waarin moppe, besems, emmers, poetslappe, stoffers en 'n verskeidenheid skoonmaakmiddels netjies gerangskik staan.

"Saans kom jy by die hoofingang in, voor dit sesuur sluit.

Soggens sesuur kom sluit ek die diensdeur vir jou oop, in die systraat, Kerkhof-Zuid, 'n kort doodloop. Kom ek gaan wys jou. Dan bring jy die groen wheelie bin met die swartsakke vol rommel uit. Jy gooi dit in die munisipale houer op die hoek en kom sit die bin terug op sy plek. Dan kan jy maar huis toe gaan. Nog iets: saans wanneer jou skof begin, maak seker hier's nie nog verdwaalde besoekers iewers nie. Hulle raak soms so meegevoer dat hulle vergeet van tyd."

## 21.

Jake Diamond staan op die oewer van die rivier en tuur deur die verkyker na die bosse oorkant, na twee bokke onder 'n kameeldoring.

Meneer Lingevelder sê: "Wat sien jy, terroriste?"

"Springbokke."

Meneer Lingevelder, twee ystervarkpenne en 'n fisantveer in die band van sy boshoed, vat die verkyker by hom, soek oor die oewer. "Dis rooibokke."

Hy swaai die verkyker in 'n ander rigting, verstel aan die fokus. "Ek't hulle gister weer daar tussen die bosse gesien. Mans in kamoefleeruniforms."

"Jy seker? Watse diere het jy als hier op jou gasteplaas?"

"Elande, paar kameelperde, blesbokke, rooibokke, sebras . . . Ek ken 'n dier as ek 'n dier sien, en dit was nie diere nie. Ook nie die eerste keer dat ek hulle opmerk nie. Eers gedink dis soldate besig met veldoefeninge."

"En jy sê jy't gewere ook gesien?"

"Ja, en helmette, soos soldate."

"En veiligheidsbrille?"

"Ja, dit ook."

Jake staar na die ruigtes oorkant die Krokodilrivier, na die Swartkopberge, verder noord die Magaliesberge, mistig blou in die laatmiddagson. "Dis ouens wat paintball speel," sê hy. "Is hier krokodille?"

Meneer Lingevelder hang die verkyker om sy nek en sug so diep en swaarmoedig dat Jake na hom draai. "Wat?" vra hy.

"Dis wat die ander ook sê."

"Watse ander?"

"Die ander koerante wat ek gebel het. Hulle sê ek verbeel my, dis glo javels wat mekaar met verf skiet en oorlog speel."

"Ander joernaliste het kom kyk?"

"Ek't vier bleddie koerante gebel. Kon hoor hulle stel nie eintlik belang nie, dink ek's simpel."

"En niemand het kom kyk nie?"

"Hier was twee. So 'n dunnetjie nog nat agter die ore, loop en twiet met sy sel, hoor skaars wat ek sê. Noem my oom. En 'n ou van 'n Engelse koerant, bang vir slange, wou nie eens hier in die veld uit die kar klim nie. Christmas Pule is sy naam. Ek sê vir hom ons moet stáp rivier toe, te ruig vir 'n kar. Hy sê dis oukei, hy kan sien wat aangaan. Christmas sê vir my: 'Mister Lingevelder, perhaps you have some kudu biltong? I'm dying for a bit of kudu.'"

"En wat sê jy? Gee vir hom biltong?"

"Sê as hy terugry, daar naby Muldersdrift, net verby die uitdraai na die paintball-plek toe, by daai slaghuis, vra daar vir koedoe."

"Toe bel jy my by die *Rekord*?"

"Ja, en nou sê jy óók bleddie paintball. Dis g'n paintball nie, die paintball-plek is daar by Muldersdrift. Ek sê jou: hier gaan iets snaaks aan."

"Hoor jy skote?"

"Nee, maar ek sien hulle rondhardloop tussen die bosse met hulle camo-klere en gewere."

"Al vir jou buurman gevra wat op sy grond aangaan? Of hy 'n paintball-lisensie het?"

"Dis 'n nuwe eienaar, ek ken hom nie, sien hom nooit. Sy ingang is uit die R540, uit die Cradle of Humankind. Ek't ou Van Blommenstein goed geken, dit was hulle familiegrond. Maar sy kinders het verkoop nadat hy alleen in sy huis geskiet is, twee jaar terug al. Tragiese ding. Wie skiet 'n ou man van tagtig?"

Jake knik, kan die moord onthou. Meneer Van Blommenstein

net nog 'n statistiek, een van veertig moorde per dag, die gemiddeld in Suid-Afrika, volgens die polisie se eie rekords.

"Jy weet nie wie die nuwe eienaar is nie?"

"Beslote korporasie, dis al wat ek weet."

"En jy wil hê ek moet in die koerant skryf oor mans wat in camo-klere op privaatgrond rondhol?"

"Met gewere."

"Het jy die polisie gebel?"

"Watter bleddie polisie? Hulle't nou nog nie eens ou Van Blommenstein se moordenaars gevang nie. Dis terroriste, dis wat hier oorkant die rivier aangaan, tussen die bosse waar niemand hulle kan sien nie. Hulle word opgelei, sê ek jou."

"Die probleem is ons het nie bewyse nie, meneer Lingevelder. Ons dink so, vermoed so, maar waar's die bewyse?" Jake merk die bootjie wat met 'n tou aan die stam van 'n wilgerboom vas is. "Hoekom die dinghy?"

"Ek't hierdie stukkie oewer oopgekap, hou 'n paar stokke aan vir gaste wat wil kom hengel, swartbaars en babers. Die rivier is breed hier, maak 'n poel. Party gebruik dit om foto's van die water af te neem van voëls in die bome."

Jake se selfoon lui. "Ja?" antwoord hy.

"Jy's Jake Diamond van die *Rekord*?" 'n Vrou se stem.

"Jip."

"Adjudant-offisier Ella Neser hier. Kan ek kom gesels?"

Neser? Dit lui 'n klokkie. "Van moord-en-roof? Ek's uitstedig, sal eers so sesuur vanaand terug wees. Is dit te laat? So nie, môre op kantoor, jy weet waar die *Rekord* is? Waaroor wil jy gesels?"

Dis stil aan die ander kant.

"Adjudant Neser, is jy nog daar?"

"Ja, ja, ek kyk net na my ander afsprake. Wat van sewe-uur vanaand?"

"Dis my spertyd by die koerant. Behoort nege-uur klaar te wees."

"Ek kom sien jou môre. Hoe laat is jy soggens op kantoor?"

"Tienuur."

"Dan eers?"

"Oor ek saans laat werk, adjudant. Wat's die storie?"

"Ons moet gesels oor jou ete saam met 'n amptenaar van binnelandse sake."

"Meneer Heilbron?"

Maar sy het reeds afgelui.

Jake bêre sy foon en draai na meneer Lingevelder. "Ek sal bietjie gaan navorsing doen, probeer uitvind wie die nuwe eienaar is. As jy weer manne sien rondhol, kyk of jy 'n foto kan neem, dit sal help."

Hulle stap terug na meneer Lingevelder se bakkie, teen die deurpaneel geskilder: *Cradle Safari Ranch*.

"Ek sal die webcam by die suipplek gaan haal, dit hier kom opstel vir 'n paar dae."

"Jy neem jou gaste af wat suip?"

"My boscam, man, weet jy wat 'n boscam is? Tien jaar terug 'n gronddam laat skraap vir 'n suiping, lapa gebou vir my gaste wat wil wild kyk en foto's neem soggens en saans. Gaan kyk op my webwerf, www.cradlesafariranch, klik op die boscam-ikon."

Dis seker oukei om na wild by 'n watergat te kyk, dink Jake, maar net een ding in die hele wye wêreld kan pynliker en verveliger wees as visvang, en dis om na intydse videovoer te kyk van hóé iemand visvang.

## 22.

Net ná sewe die oggend, alleen in moord-en-roof se kantoor, meet Ella vars koffie af vir die koffiemasjien (gemeenskaplike eiendom van die speurders, self gekoop toe hulle nie meer die kitskoffie kon inkry nie).

Stallie kom ingewals, 'n walm van naskeermiddel saam met hom. "Ruik die koffie al in die gang af," sê hy.

"Watse naskeer gebruik jy, Stallie? Ruik dit 'n myl ver. En is dit babapoeier, daardie nareuk?"

"Clinique."

"Clinique maak naskeer?"

"Clinique se Happy. Luister, voertuigdiefstaleenheid het Heilbron se BMW opgespoor. Dit staan in die straat langs die Moosehead in Rosebank, voorruit vol parkeerkaartjies. Die eerste kaartjie is laat verlede Vrydagmiddag uitgeskryf. Kan die restaurant wees waar hy en Jake Diamond geëet het."

"En hy's weg sonder sy kar?"

"Blykbaar. Het jy al na daardie lêers uit sy kluis gekyk?"

"Nog nie, het dit gisteraand gaan inboek. Ek gaan dit nou haal, sodra ek met my e-posse klaar is." Die lêers, pistool en geld is veilig in die bewysstukkamer, die kwitansie in haar sak.

Sy gaan sit met haar koffie in haar afskorting. Nie baie e-posse in haar inboks nie, wel een van Jimmy Julies van forensies. Sy maak die aangehegte dokument oop. Die vingerafdruktoetse van die lyk by die dam stem ooreen met dié van Julius Clovis Heilbron in die databasis. Sy vingerafdrukke is in 2008 geneem vir sy aansoek om 'n vuurwapenlisensie, vir selfbeskerming.

'n Stel afdrukke van skoenspore op die damoewer is op die databasis uitgeken as stewels met die handelsmerk Rustic Camo. Die sole het op die databasis beland toe 'n veearts van Mpumalanga met sy Rustic Camo-stewels gearresteer is weens renosterstropery.

Die karspore op die damoewer word nog ontleed.

'n E-pos van haar bank, maar sy maak dit nie oop nie, die syfers op haar bankstaat nie goed vir 'n nugter maag nie.

Die een van haar ma op Bela-Bela lees sy wel. Haar ma het e-pos ontdek, bel nie meer so gereeld nie, sê foonoproepe raak te duur. Sy vertel hoe gewild haar suurlemoenkaaskoek op die kerkbasaar was, en van jong dominee Swiegers se nuwe tweeling, en van tant Kotie in die tuinhuis langsaan wat haar kar gestamp het, dink nie tant Kotie behoort op 92 meer te bestuur nie. Met haar pa gaan dit goed, skryf sy.

Ella dink daar is nie eintlik 'n ander woord om haar pa se toestand te beskryf nie, die koma al jare onveranderd. Solank die longmasjien hom aan die lewe hou, gaan dit "goed". Sy bel haar ma elke Sondagaand, dan gesels hulle 'n uur, en in die week kom die e-posse.

Die laaste e-pos in haar inboks: *Wil jou nie oor die foon pla nie, weet hoe besig julle is. Kom drink weer 'n slag koffie, val net in. Archie.*

Ella gaan haal die sportsak in die bewyskamer en sit dit langs haar lessenaar neer. Sy haal die eerste geel lêer uit, op die omslag bloot UYS, vermoedelik in meneer Heilbron se handskrif. Aansoekvorm vir 'n paspoort, meneer Uys se persoonlike besonderhede, 'n vel papier met syfers van groot bedrae.

Mevrou Heilbron sê haar man het 'n persoonlike skootrekenaar gehad, dit elke oggend saamgevat werk toe. Ella wonder wat van die rekenaar geword het. Sou die lêers se inhoud op die rekenaar gedupliseer wees? Miskien nie. Dalk wou hy nie te veel inkriminerende dokumentasie op sy rekenaar laat nie, daarom eerder op papier in sy kluis.

Die tweede lêer is gemerk SITHEBE. Aansoekvorms vir 'n

geboortesertifikaat en identiteitsboek, dieselfde kriptiese aan-
tekeninge op los velle papier.

Die derde een is PATEL. Sy wil dit net oopmaak toe 'n be-
weging haar oog vang. Sy kyk op, sien die man wat al aanstap
sestig toe, ruik sigaretrook aan sy klere. Die jeans nie meer nuut
nie, rafels aan die baadjiemoue, vlek op die hemp.

"Adjudant Neser? Jake Diamond van die *Rekord*."

"Dog jy werk eers tienuur? Kom sit. Koffie?"

"Te nuuskierig, jy't gesê dis oor meneer Heilbron wat jy my
wil sien. Is hy terug van sy rondlopery af?"

"Wel, ons hét hom gekry."

"Hy't vertel van ons ete? Hy weet nie ek's 'n joernalis nie,
ek's . . . hoe noem julle dit? . . . undercover. Volg 'n anonieme
wenk op oor dinge wat nie pluis is met meneer Heilbron nie."

"Jy bedoel dat hy onder die tafel amptelike dokumente uitreik
vir sy eie sak?"

"Jy weet?"

Sy tik op die hopie lêers. "Ek weet nie of dit al is wat hy onder
die tafel doen nie."

"Hy vra tagtig duisend rand, kontant nogal, om dokumente te
reël." Jake leun vooroor na haar. "Luister, adjudant, as julle hom
arresteer, dis my scoop, oukei? Sal jy my help, ná al die moeite wat
ek gedoen het?"

"Ons sal hom nie kan arresteer nie."

"Ek dog jy't die bewyse in daardie lêers?"

"Hy's dood."

Jake Diamond staar geskok na haar. "Homself geskiet? Agter-
gekom die koerant is op sy spoor? Ek kan nie glo daai blink-
stefaans sou sy eie lewe neem nie!"

"Sy keel is afgesny. Vertel my van julle besigheidsete."

Jake haal sy digitale opnemer uit. "Luister sommer self."

"Jy't skelm die gesprek opgeneem? Ek sal beslag moet lê op
jou opnemer, moontlik as leidraad of bewysstuk in 'n moord-
ondersoek."

"Dis die koerant s'n."

"Ek sal die gesprek laat transkribeer en beëdig as 'n korrekte en verbatim weergawe. Dan kan die koerant sy opnemer terugkry."

"Ons was nog besig om te gesels, toe verdwyn hy. Toe ek uit die badkamer kom, was hy weg."

"Ons het sy kar gekry. Jy't nie gesien in watter rigting hy verdwyn het nie?"

"Nee, maar die kelner het gesien. Twee mans het by ons tafel op die patio kom gesels en hy's toe saam met hulle weg."

"Het jy die kelner se naam?"

"Ja, dis hier iewers op die rekening, moet dit nog indien vir onthaaluitgawes. Hy't net fokken . . . verskoon die woord . . . hy't net Chivas gedrink, dubbels, soos water." Jake vroetel in sy sakke, haal die gekreukelde rekening met kwitansie uit.

Sy kyk na die bedrag, lees die universele salutasie van kelners: *Thanx! Have a nice day. Fanie* ☺

"Die kelner sê die ouens is van Asiatiese afkoms."

Soos die Indiërbode wat mevrou Heilbron beskryf het, dink Ella. Sy knik na die opnemer. "Laat ek hoor?"

Hulle luister in stilte na die twee stemme. Toe die opnemer stil is, vra sy: "Hoekom al die Moslemname?"

Jake vroetel opnuut in sy sakke, haal nog verkreukelde papiere uit, gee een vir haar aan: knipsel van 'n koerantberig. Sy lees van die al-Kaïda-terroris Fazul Abdullah Muhammad wat in Mogadisjoe doodgeskiet is, 'n Suid-Afrikaanse paspoort in sy besit, uitgereik aan ene Daniel Robinson.

"Ek wou hom toets," sê Jake Diamond, wys na die geel lêers. "Miskien kry jy 'n lêer vir Robinson, of Fazul. Ek dink nie meneer Heilbron het juis omgegee aan wie hy dokumente uitreik nie, solank hulle net sy prys betaal."

"Meneer Diamond . . ."

"Jake," sê hy. "Noem my sommer Jake."

Sy oë het vasgehaak op haar afskorting, die Nagsluiperbord met die foto's van Abel Lotz se slagoffers – die sewe van wie die polisie seker is. Mia Vermooten en Emma Adams, die joernalis Andy Collipepper, dokter August Lippens van Bujumbura, ou Heila Senekal van Doradopark, die begrafnisondernemer meneer Poppe Junior . . . en Bam, haar rugbyspeler.

Onlangs het Ella nóg 'n kleurfoto op die bord vasgespeld, vermoedelik Abel se nuutste slagoffer: Mitzi, 'n swart ragamuffin met 'n pienk strik om die nek.

Jake kyk na haar. "Jy's dáárdie Ella Neser? Jy soek na die reeksmoordenaar Abel Lotz?"

"Ek ondersoek ook meneer Heilbron se dood, so laat ons eers daarop konsentreer. Sal jy hom herken as ek vir jou 'n foto wys? Of jy kan saamgaan lykhuis toe. Dokter Koster doen netnou die outopsie."

"Wys my eerder die foto."

"Dis geneem by die dam waar ons hom gekry het, een van die polisiefoto's van sy gesig. Hier op my rekenaar, wag, laat ek die skerm vir jou draai."

Jake se gesig word wit. "Fokkit, wat steek daar onder sy ken uit? Is dit sy . . . sy tong?"

"Colombian necktie. Weet jy wat dit beteken?"

Hy knik.

"Iemand het gedink meneer Heilbron is besig om hom te verraai, die hele storie aan't uitlap aan 'n joernalis van die *Rekord*. Ek kan jou nie adviseer nie, Jake, maar ek sou katvoet loop as ek jy was."

"Jy bedoel . . ." Hy staar geskok na haar, maak met sy voorvinger 'n snybeweging oor sy keel.

"Dis wat ek bedoel, ja."

"Gots . . ."

"Ja, dis die beste, Jake, gaan op jou knieë. Of vat verlof, gaan kuier vir 'n paar weke in Yellowknife. Ek hoor die weer is dié tyd van die jaar nie te sleg nie, minus twintig bedags, nog herfs, jy wil nie in die winter daar gaan vakansie hou nie."

## 23.

Niks uitspattigs nie, maar die onderliggende weelde is sigbaar. Sajida sien dit aan die vroue se uitrustings, die shalwar kameez en rokke is nie van katoen nie, maar van chiffon, sy of georgette, in turkoois en geel en maroen, die kameez geborduur en versier met krale en kristalle en blinkers. Bypassende dupatta oor die hare gedrapeer, weelderige voue om die nek.

Sy dink nie die vroue het hulle spesiaal so uitgedos vir haar en haar ma se aankoms nie, dis deel van hulle alledaagse, gerieflike lewe, ver verwyder van die nimmereindigende stryd om oorlewing in die berge van die stamgebiede.

Haar neef Majid het hulle in sy groot Mercedes hier na Lenasia gebring. Hulle is voorgestel aan lede van die Burki-familie wat sy nog nooit gesien of van gehoor het nie. Sy weet net van die patriarg, haar pa se broer, molla Burki, wat daarop aangedring het dat hulle na Suid-Afrika kom. En sy weet van Majid, wie se pa in 1982 teen die Sowjets in Paktia in Afganistan gesneuwel het, broer van haar eie pa en van molla Burki.

Die feit dat hulle Pashto praat, laat Sajida veilig voel, tuis in die hart van haar stam. Ná die eerste kennismaking en die betuiging van medelye en die verwelkoming beskou sy die vroue om haar. Sy probeer die name en verwantskap onthou, maar haar gedagtes bly terugdraai na die 23 grafte in die wit klipgrond buite Kanigoram. Sy dink aan die blomme wat sy en haar ma op drie van daardie grafte gaan sit het, van haar pa, Hassan, en haar twee broers, Afzal en Arbaaz. Sy wonder wat van Nasir geword het, wat weg is om teen die vyand in Afganistan te gaan veg. Sal sy hom ooit weer sien? En sy dink aan Nida, haar vriendin in Islamabad, wat hulle by die Gandhara-lughawe gaan afsien het.

Drie dae ná hulle aankoms, ná aandete, kom sê Sarita, een van die niggies: "Molla Burki wil jou sien, Sajida. Hy en Majid wag in sy studeerkamer."

Sajida vind haar weg deur die enorme huis, klop aan die deur van die hujra, die molla se sanktum. In 'n huis in Kanigoram sou net mans hier toegelaat word. Hulle wag haar sittend in, Majid in sy elegante sherwani die kleur van ryk room, goue borduursel aan die kraag en moue.

Die molla loer oor sy bril na haar. "Sit, Sajida. Ons is hier nie so gesteld op al die streng gebruike nie. Jy's 'n geleerde vrou, hoor ek, praat Pashto en Oerdoe en Engels. Vertel ons van die madressa waar jy studeer, en van Kanigoram. Hoe gaan dit met my ou vriend, molla Wada?"

'n Skinkbord met tee word gebring en hulle vra uit en sy antwoord. Soos sy begin ontdooi, dwaal haar oë oor die boekrakke teen die mure met Islamitiese literatuur in verskillende tale. Die titels in Oerdoe en Engels kan sy lees: Ibn Qayyim al Jawziyyah se *The Soul's Journey After Death*, Ibn Kathir se *Signs before the Day of Judgement* en *Stories of the Prophets,* Ibn Taymiyyah se *Book of Faith*.

Dan steek haar oë vas by 'n klompie bundels, klaarblyklik gegroepeer onder 'n spesifieke tema: *The Hidden Face of Eve: Women in the Arab World*; *In Search of Islamic Feminism*; *The Rights of Women in Islam*; *Women in the Qu'ran*; *Islamic Feminism: Perils and Promises*; *Gods, Guns and Women*; *Women and the Holy War* . . .

Wanneer molla Burki praat en sy na hom opkyk, betrap sy Majid se blik op haar. Sy kan nie uit sy donker oë aflei of hy haar goedkeur of afkeur nie, net dat hy haar stil sit en opweeg. Koue oë sonder gevoel of diepte in die lig van die staanlamp op die molla se lessenaar, sy skootrekenaar oopgeslaan, penne en velle papier met handgeskrewe aantekeninge, 'n Koran oopgevou, die bladsye beduimeld.

"Die dood van jou pa en broers was vir ons 'n groot skok," sê molla Burki. "My oudste broer was 'n martelaar in Afganistan teen die Russe, my jongste broer nou 'n martelaar teen die bloeddorstige Amerikaners."

Hy stryk oor sy baard en staar na sy boeke. Die lang stilte voel vir Sajida soos 'n ewigheid, met net Majid se oë wat nie van haar wyk nie. Dan sê die molla: "Die mans in ons familie word uitgeroei."

Sy knik, weet wat hy bedoel, ken die belangrike rol van mans in die streng patriargale gemeenskap waarin sy gebore is.

"Dis ons lot, Sajida," sê die molla. "Dis die lot van die Pashtun. Ons lê nog altyd, deur al die eeue, soos 'n rots in die pad van veroweraars. Ons mense in die valleie en teen die hange van ons majestueuse berge is die slagoffers van al hierdie veroweraars op hulle pad om groot ryke te vestig. Alexander van Masedonië, Ghenghis Khan en Tamerlane, die Grootmogol-keisers. Daarna die Engelse, die Russe, nou die Amerikaners."

Julle praat net, dink sy, maar gaan iets gedoen word? Gaan die dood van my pa en broers gewreek word soos die eeue oue erekode van die Pashtun vereis? Of is dit net lippediens? Julle ken die geskiedenis van die Pashtun, maar leef die goeie lewe van vettigheid hier in Suid-Afrika, in julle deftige huise, dra ontwerpersklere van Amir Adnan en Kami Rokni, ry in blinkswart karre uit Duitsland.

Maar sy vra dit nie, sy swyg. Die plek van 'n vrou is nie om uit haar beurt te praat nie, net te luister. Eers as sy uitgevra word, dán kan sy praat.

"Ons het nog altyd opgestaan," sê die molla, "die Pashtun is nog nooit verower nie. Die harde lewe het van ons vegters gemaak, ons is niemand se onderdaan of ondergeskikte nie. Ons is vry mense, was dit altyd, sal dit altyd wees. Deur al die eeue van bloedvergieting word ons nog altyd gedra deur ons diep liefde vir vryheid, en deur die hoeksteen van ons kultuur: pashtunwali, die kultuur van eer. Dis waarom ons ons seuns van kleins af opvoed om altyd dapper en trots te wees, want as jy bang is vir enige man, het jy ook geen ontsag vir God nie."

Sajida knik, haar oë neergeslaan. Die molla praat asof hy weet wat in die berge van Waziristan aangaan, van die vergieting van hulle Burki's se bloed en van die Masoeds, wat saam die ongenaakbare landskap van hulle voorouers getem het en steeds beskerm. Die molla, ja, hy is daar gebore en sal dit nog onthou. Nie Majid nie. Hy is van hiér, wat weet hy? Hy ken nie die troostelose voetheuwels van die Preghal in die winter nie, die sneeu en koue en die wind wat jou gesig wil afvreet. In die somer die skroeiende son soos 'n smeltkroes waarin die ystersmede van Kanigoram hulle messe smee en slyp van Damaskusstaal uit Sirië. Die skoonheid en vrugbaarheid van die valleie wanneer die lente kom en nuwe, groen lewe bring aan die wilgers en tamariske op die oewers van die strome wat afkom wanneer die sneeu smelt. Die ou-ou klipbrûe wat al eeue lank mense oor riviere dra. Die geure wat oor die veld en boorde hang van die bloesems van kweper, perske, appelkoos, peer en pruim. Die gedoe en gewoel in die basaars en nou strate van Kanigoram, waar jy vars jogurt kan koop, droëvrugte en neute en brood en vleis, waar kleurvolle materiale uitgestal word langs saalmaker en skoenmaker en grofsmid. Die strate waar smouse en kopers meng en gesels en kibbel oor pryse, mans in wit tulbande, in vloeiende mantels en in die dishasha van Arabiere, muile gepak met brandhout en negosie. Die dromedarisse en Baktriese kamele voor eethuise met rooi en geel en wit rose, die lug soet van jasmyn en viooltjies, die klanke van 'n straatmusikant se rabapfiedel terwyl die mans binne tee drink en roti eet saam met hulle sosaties en lensies en vet gebraaide sterte van die Waziri-skaap.

Nee, Majid ken nie Kanigoram met sy modderhuise wat die slag van 'n geweerkoeël kan absorbeer nie. Waar 'n man beoordeel word aan sy eer en nie aan sy geld nie. Waar 'n man nie die ander wang draai nie, maar tot aan die einde van die wêreld sal soek om die skending van sy familie se eer te vergeld.

157

Majid weet niks van daardie landstreek waarin 'n mens sy lewe in 'n oogknip kan verloor nie, en waar 'n vrou skaars die waarde van 'n halwe man het. Dis 'n bestaan in 'n harde landskap sonder genade, maar immer in die magtige skaduwee van Allah en die Profeet.

"In die Weste verstaan hulle nie ons gebrek aan vrees vir die dood nie," gaan die molla voort. "Hulle verstaan nie waarom ons die dood verkies bo 'n lewe sonder eer nie. Hulle verstaan nie hoe diep gewortel in ons siel en kultuur en geloof is die konsep van djihad nie, die heilige oorlog teen enige vorm van onreg en uitbuiting. 'n Pashtun word beoordeel aan die hand van die erekode van pashtunwali, en hy – of sy, Sajida – sal enigiets doen om die eer van ons stam te beskerm of te wreek. Sal selfs sy of haar eie lewe gee. Het jy in die madressa geleer van ons groot Pashtun-digters?"

"Khushal, ek't van hom geleer."

"Ja, Khushal was 'n groot digter en vegter, maar ek praat van die jongeres. Ghani Khan sê die sterfkrete van 'n lafaard word vir ewig gehoor. Daardie Pashtun-lied waarin 'n ma vir haar jong seun sing dat sy wil hê hy moet eerder as 'n dapper man sterf as om as 'n lafaard te leef – ken jy dit?"

"Nee, maar ek ken Khushal se gedigte. 'In die swaard alleen lê ons verlossing, die swaard van ons oorheersing, soeter dan enige lewe, wag die dood o so verhewe; in lewe en in dood laat eer jou lei, en in ons harte sal jy ewig bly.' "

Sy merk die sweem van 'n glimlag om die molla se mond, en selfs Majid se kop knik goedkeurend.

"Is jy in die madressa ook onderrig in die uitleg van die hadiete, naas die Koran?" vra die molla. "Bukhari-boek 52, nommer 79 sê as jy geroep word om in djihad te gaan veg, dan gaan jy on-middellik. Nommer 72 sê niemand wat die Paradys ingaan, wil ooit terugkeer aarde toe nie, behálwe die moedjahedien. Húlle wil terugkom na hierdie wêreld toe sodat hulle weer tien keer as martelare kan sterf om waardig te wees in die oë van Allah."

Sy laat sak net haar oë onderdanig. Steeds onseker oor die punt van hierdie gesprek, maar sy durf nie vra nie. In die hadiete is ook lesse oor geduld en die plek van die vrou.

Maar, sover sy weet, geen riglyn oor die vrou se rol in djihad nie. Tog, sy kan verkeerd wees, ken nie al ses die outentieke hadietboeke nie. Die studie en uitleg daarvan die werk van 'n leeftyd – net die eerste twee bevat 16 475 gesegdes van die Profeet. Baie daarvan oor die vrou, maar nie hoe om oorlog te gaan maak nie, en sy verstaan nie waarom die molla haar aandag vestig op djihad en moedjahedien nie.

Molla Burki sê: "Sajida?"

"Jammer, molla, ek was ingedagte, dis onbedagsaam, dis die hadiete wat my aan die dink gesit het."

"Moenie verskoning vra nie, kind. Dis goed as jy daaroor dink, dis belangrike rigtinggewers om die Koran te verstaan, en hoe die Profeet vir ons die pad aanwys. Maar nou kom ons by die eintlike rede waarom ons met jou wil gesels, ek en Majid." Die molla bly 'n oomblik stil, streel ingedagte oor sy baard. "Die dood van jou pa, my broer, is 'n bitter slag vir ons hele familie, en veral die tyd en die manier hoe hy gesterf het. Maar hy was 'n gelowige man en ons weet hy is in die Paradys, saam met jou dapper broers. Majid was gereed om na Islamabad te vlieg, en daarvandaan na Kanigoram te reis om persoonlik met jou pa te gaan praat."

Sy kyk verras na Majid. "Met my pa?"

Die molla knik. "Hy't reeds 'n vliegtuigkaartjie gekoop toe ons die treurige nuus kry."

"Maar waaroor?"

"Jou pa het gereeld vir ons foto's van jou gestuur, van jou en jou broers. Majid het al die foto's van jou gesien, van 'n dogtertjie tot die pragtige jong vrou wat nou hier voor ons sit. Majid het met my kom praat en ek het hom ondersteun, en dis waarom hy na Kanigoram wou gaan. Om jou pa se toestemming te vra om jou sy vrou te maak."

Sy staar na Majid, die man wat sy nog nooit voorheen ontmoet het of selfs op 'n foto gesien het nie.

Hy sê: "Sal jy my vrou word?"

Dit word as vraag gestel, maar is geen vraag nie, bloot 'n stelling. Die besluit is klaar geneem.

Haar pa het Nasir gekies, en Nasir het djihad gekies. Sy het geen keuse nie.

Majid wou geskenke vat en haar pa om haar hand gaan vra, en haar pa sou instem, want Majid is ryk en vernaam en lid van hulle Burki-stam, en sy mag nie buite die stam trou nie.

Sy kyk nie op nie, knik net.

"Die troue sal oor 'n week wees," sê die molla, "voor jou ma teruggaan. Sodat sy jou blydskap, ons almal s'n, kan deel in hierdie tyd van rou." 'n Kort pouse. "Hoe oud is jy, Sajida? Een en twintig, twee en twintig?"

"Twintig," sê sy, haar oë neergeslaan.

Die Profeet sê 'n maagd mag nie teen haar wil as vrou vir 'n huwelik aangebied word nie, maar die mense vra: Hoe sal ons weet of sy instem? En die Apostel sê: Deur haar swye gee sy haar toestemming.

"Jy kom uit 'n goeie huis, jy sal 'n eerbare vrou vir Majid wees," sê die molla.

"Dit beteken ek gaan nie terug nie, my ma gaan alleen?"

Dis Majid wat sê: "Ja, sy gaan alleen terug. My ma en my susters sal jou neem om 'n trourok te laat ontwerp sodat dit spesiaal vir jou gemaak kan word. En as jy wil, hulle ken ook iemand wat pragtige mehndi's vir jou vel kan help kies."

## 24.

In Hauwerstraat is wyksinspekteur Rik Coppens van die plaaslike polisie gestonk deur die uitslag van 'n toksikologiese toets. En twee verklarings oor beweerde aanranding op twee jong vroue. Bewéérde, want nie een van hulle is beseer of seksueel gemolesteer nie. Dis vir inspekteur Coppens 'n raaisel, maar een ding is seker: iets is nie pluis nie.

Die eerste een was 'n toeris, 'n blonde jong vrou uit Sussex in Engeland. Sy het 'n klag kom indien dat sy ontvoer is. Sy het die oggend drie-uur by die ou Sashuis wakker geword, by die brug oor die Minnewaterkanaal na Begijnhof. Sy was erg onthuts toe hy haar uitvra oor wat sy alles onthou van die nag se gebeure.

"Ons was by De Gulden Poes," het Gina White gesê.

"Ons?"

"Ons was vyf. Ek en Jenny uit Engeland . . . ons't drie ander reisigers van Boston ontmoet, Ken en Beth, 'n paartjie, en Beth se broer, Zach. Gisteraand het ons almal saam gaan eet. Jenny en Zach het gekliek. Dit het 'n lang kuier geword. Toe hulle nog wyn bestel, het ek gesê ek gaan slaap."

"Waar't jy gaan slaap?"

"In die Boudewijn."

"De Gulden Poes is op Walplein, die Boudewijn net om die hoek in Zonnekemeers. Maar jy't nie by die Boudewijn uitgekom nie. Toe jy wakker word, drie-uur vanoggend, toe lê jy langs die Sashuis."

"En my bloes was half oop."

"Maar jy's nie beseer nie?"

"Net my kop is seer."

"Van al die wyn in die bistro?"

"Ek was nie dronk nie!"

"Maar jy kan niks onthou vandat jy uit die bistro weg is nie. Jy weet net met jou bloes is gelol. Wat van jou onderklere, is daarmee ook gelol?"

"Nee. Maar ek kan vaagweg onthou van iemand op straat."

"Hoe laat?"

"Jenny sê ek is net voor middernag weg."

"En van middernag tot drie-uur vanoggend kan jy niks onthou nie. Jy meen jy's ontvoer en toe vrygelaat, ongeskonde, net met jou klere gelol?"

"Ek onthou van 'n man op straat."

"Het die man met jou gepraat?"

"Ek dink so . . . Ek dink hy's ook 'n toeris, het pad gevra."

"Het hy Engels gepraat? Is dit waarom jy dink hy's 'n toeris?"

Sy moes 'n oomblik dink. "Hy't Engels gepraat, ja, met 'n aksent."

"Watse aksent? Frans, Duits, Russies?"

"Vlaams, dink ek."

"'n Vlaamse toeris wat in 'n Vlaamse stad in Engels rigting vra?"

Sy het gesug. "Maak nie sin nie, nè?"

Hy het sy kop geskud. "Kan jy hom beskryf?"

"Dit was donker."

"Jy kan hom nie beskryf nie, maar jy dink jy onthou hy't met jou gepraat?"

"Ek was nie dronk nie!"

"Maar jou kop is seer. Het jy hoofpynpille gedrink?"

"Toe ek wakker word, was ek deurmekaar. Ek het glad nie geweet waar ek was nie."

"En Jenny, toe sy by julle kamer in die Boudewijn kom en sien jy's nie daar nie, het sy jou gaan soek?"

"Sy't eers vanoggend daglig teruggekom. Sy't by Zach oorgeslaap."

"En jy was al terug toe Jenny daar kom? Hoekom dink jy jy's ontvoer, juffrou White?"

"Oor die man op straat, en oor my klere wat losgeknoop was, my bloes."

"Kan ek 'n scenario skets?"

"Jy glo my nie!"

Rik Coppens het met sy hand in die lug gekeer. "Wag, laat ek die prentjie in my kop met jou deel. Dis soos om 'n misdaad-toneel te rekonstrueer – dit help met insigte oor wat moontlik kon gebeur het. Ek sê nie my scenario is korrek nie. Daar kan 'n ander een ook wees, selfs meer as een. Maar laat ek een skets, en dan help jy my. Uit wat jy my vertel, rekonstrueer ek die volgende: Jy en Jenny is twee jong vriendinne, opgewonde oor julle reis deur Europa, ontdek nuwe dinge, nuwe vriende. Julle ontmoet drie reisende Yanks uit Boston – Zach, Ken en Beth. Julle gaan eet en drink in 'n bistro genoem na 'n gulhartige kat. Baie gelag, baie wyn. Jenny en Zach vind mekaar se golflengte. Jy's verveeld, jy gaan kamer toe, begin uittrek, besluit nee, jy wil nie alleen wees nie, jy wil teruggaan, verder kuier. Verdwaal in die donker, gaan sit op die trap by die Sashuis om te besin, raak aan die slaap. Dit gebeur, juffrou White. Só iets gebeur gereeld met jong toeriste. Jy moet hulle sien bier drink daar in Steenstraat voor die Sint Salvator, sonder respek vir 'n kerk."

"Jy glo my nie."

"Ek't nie baie leidrade om 'n ontvoering te ondersoek nie. As jy dalk meer besonderhede kan onthou, soos wat die verdwaal-de man vir jou gesê het, of as jy hom kan beskryf. Ons is besorg oor toeriste in ons stad. Ons help graag, duld nie dat besoekers gemolesteer word nie."

"Jy dink ek was dronk, dink ek vertel stories oor die man op straat."

"Sien jy bedelaars in Brugge se strate, juffrou White? Sien jy dronkies en leeglêers? Prostitute?"

"Nee, maar . . ."

"Miskien hét die man net rigting gevra. Toeriste doen dit, smal strate soos tonnels tussen skakelhuise, almal aanmekaar blokke ver, en almal lyk dieselfde vir 'n vreemdeling, onkundig oor ons besondere argitektuur en boustyle. Ek wil jou graag help, juffrou White. Miskien later, as jy 'n bietjie gerus het, sal jou kop helderder word en sal jy meer onthou, 'n beskrywing van die man kan gee, sy woorde onthou. Ek sal persoonlik 'n ondersoek na ontvoering lei as jy ons met 'n bietjie meer detail kan help."

Wyksinspekteur Rik Coppens is inderdaad gesteld op die veiligheid van sy strate; hy en sy korps is verantwoordelik vir die bedrywige toeristewyk met talle besienswaardighede en museums en ou kerke. Maar hy het nie weer van Gina White van Sussex gehoor nie en het aanvaar dat sy scenario korrek was.

Drie dae later het Sue Petit voor hom gesit, haar ma eienaar van 'n kantwinkel in Brugge.

"Ek't gisteraand in Wijngaardstraat by vriende gaan eet," het sy gesê. "En as jy wil weet: ek het nié wyn gedrink nie, net koffie. Ek's elfuur weg, het 'n jekker oor 'n T-hemp aangehad, en jeans. Ek het twee-uur vanoggend in die tuin van die Kasteel 't Minnewater langs die meer wakker geword. Ek was deurmekaar, met 'n kwaai hoofpyn. En my klere was versteur."

"Hoe versteur?" Rik het vooroor geleun en aan Gina White op die Sashuis se trap gedink.

"Ek het steeds my jekker aangehad, maar my linkerarm was nie in die mou nie, ook nie in die mou van my T-hemp nie. My bolyf was half ontklee."

"Jou onderklere?"

"Ek dra nie 'n bra nie."

"En jy sê jy was by die hospitaal vir 'n ondersoek."

"My ma het daarop aangedring. Die dokter kry geen beserings nie, net 'n paar kneusings aan my linkerarm, vermoedelik weens die gesukkel om dit uit my moue te kry. En 'n krapmerk aan my hand van 'n struik in die tuin waar ek wakker geword het. Die dokter het bloed getrek vir toetse."

Die uitslag van dié toetse het Rik Coppens nou voor hom.

Hy is 'n gesoute hand, oorlewende van die ou Rykswag, maar die aand in die kombuis sê hy oor 'n bier vir sy vrou: "Ek's gestonk."

Sy braai die varktjops en hy maak die slaai, die uitslag van die bloedtoetse langs hom op die tafel. Die gekombineerde toksikologiese GC/MS-siftingstoets (gaschromatografie en massaspektroskopie) dui op die aanwesigheid van ketamien-hidrochloried in die bloedmonster.

Rik weet Aaltjie hou daarvan as hy haar as klankbord gebruik. Nie dat dit dikwels gebeur nie – besope jong toeriste en die diefstal van 'n fiets op die Marktplein verg selde 'n klankbord. Maar Aaltjie, kurator van Sint Jan se Memlingmuseum, het 'n nugter kyk op sake.

"Verduidelik wat is ketamien-hidrochloried," sê sy.

"Ketamien is ook bekend as kat-valium, 'n middel wat veeartse gebruik vir die sedasie van troeteldiere." Rik begin kerf die tamaties, een oog op die verslag. "Ek het Sue Petit se dokter gebel, hy sê ketamien het newe-effekte soos hallusinasies. Dit veroorsaak 'n bewussynsverlies van tyd en plek, en veral korttermyn-geheueverlies. Soos Rohypnol en Ecstasy en GHB."

Sy kyk op van die suursous wat sy meng vir die gebakte aartappels in die skil. "Die sogenaamde 'date rape'-dwelms?"

Hy knik. "Die dokter sê vir vinnige uitwerking kan ketamien binnespiers ingespuit word. Afhangend van die dosis is die halflewe 45 minute tot twee uur of selfs langer. 'n Middel wat ingespuit word, tas die weefsel om die spuitplek aan voordat die bloed dit absorbeer en deur die liggaam versprei. Die dokter het na 'n prikmerk op Sue se vel gesoek en dit agter haar onderkaak gekry, in die sagte nekspiere onder haar linkeroor."

"Ek sien." Aaltjie skep 'n proesel van die sous met haar pinkie se punt vir haar tong. "Ek dink myne is reg, hoe lyk jou slaai? En pasop vir jou vingers met daardie mes."

"Amper reg." Slaaisous en swartpeper, en hy meng alles en druk 'n olyf in sy mond.

"'n Voyeur wat 'n meisie bedwelm sodat hy haar bloes kan oopknoop?" gaan Aaltjie voort. "Dis 'n groot risiko net om haar tieties te bewonder. Hy kan op die internet gaan kyk, 'n miljoen kaal borste. Méér as net borste, as dit sy behoefte is."

"Tensy hy ook wil vat. Hy kan op sy rekenaar se skerm nie vat nie. Miskien die een of ander afwykende vorm van parafilie, seksuele stimulering deur voorwerpe of situasies?"

"Jy bedoel soos trigofilie, fetisj oor hare? Is dit wat die dokter sê?"

"Dis wat ék sê. Daar's baie siek mense in die wêreld, ek bedoel siek in die kop." Hy dink 'n oomblik. "Dendrofilie, het jy dit geweet, mense wat katools word as hulle na bome kyk? Of nasofilie . . ."

"Neuse? Heilige Maagd, Rik, waarmee hou jy jouself besig!" Aaltjie begin opskep. "Twee tjops of drie?"

"Drie."

"Mammafilie, dáárvan hou jy, hè?"

"Joune, ja. En dis nie 'n afwyking nie, dis normaal."

"Tensy jy iemand bedwelm. Die eerste geval, Gina White, haar bloed is nie laat toets nie? Maar jy vermoed 'n toets sou dieselfde resultate oplewer as Sue s'n? Ek dink jy moet die ding hoër vat, Rik. Net vir veiligheid. Jy wil nie 'n Wit Mars in Brugge hê nie."

Oukei, daar sê sy dit, alles wat in sy kop spook oor Gina White en Sue Petit.

"Maar as ek wolf-wolf skree en dis net . . ."

"Dis wat hulle destyds ook gedink het, daardie skandalige gemors."

Die slordige polisie-ondersoek in 1996 wat gelei het tot die einde van die ou Rykswag en die herskikking van die hele Belgiese polisiediens. 'n Spook wat al langer as 'n dekade nie net die polisie nie, maar die hele Belgiese gees bloots ry. Ministers moes bedank, regters en aanklaers, die polisiehoof self, ná die grootste burgerlike betoging ooit in België: 300 000 mense in die sogenaamde Wit Mars in Brussel se strate, elke protesteerder met iets wits in die hand, baie se gesigte wit geverf. Wit, simbolies die kleur van hoop nadat koningin Fabiola 'n paar jaar tevore in wit drag gerou het op die begrafnis van haar man, koning Boudewijn. Hy, Rik Coppens, was nog in die Rykswag op die staatsbegrafnis van hulle geliefde koning.

"Demmit, Aaltjie, jy kan nie Gina White en Sue Petit vergelyk met wat toe gebeur het nie. Gina en Sue is nie ontvoer en verkrag en gemartel en vermoor nie. Hulle het niks oorgekom nie."

"Dit kan die begin wees van iets groters. Dutroux het ook klein begin, hy't karre gesteel, pille op straathoeke verkoop. En kyk waar het dít geëindig."

Ja, hy weet. Die Dutroux-saak het die Belgiese siel tot in sy fondament geskud. 'n Week ná die arrestasie van die reeksmoordenaar en kindermolesteerder Marc Dutroux het die Wit Mars gevolg: 'n massiewe, openbare demonstrasie van wantroue in die polisie, die regslui en die land se politici. Dutroux is uiteindelik eers in 2004 skuldig bevind op aanklagte van moord, ontvoering, verkragting en dwelmhandel.

"Sy slagoffers was ook jong meisies en vroue," sê Aaltjie.

Rik knik; daarteen het hy geen verweer nie. Is 'n voyeur los in die omgewing van Walplein? Of 'n nuwe Dutroux?

"Ek sal 'n verslag vir Witzel opstel."

"Dis goed, ek dink dis die beste." Aaltjie skep nog slaai in.

Rik kou langsaam. Hy dink Aaltjie is reg. Bly aan die veilige kant, al is hy net 'n wyksinspekteur. Nie nodig om kanse te vat met sy pensioen wanneer hy oor drie jaar wil aftree nie. Los die warm patat in die skoot van sy lynhoof.

Hoofinspekteur Witzel kan maar besluit of hy dit hoër op wil vat – na die federale polisie toe, na die burgemeester, na die procureur des konings, selfs na Brugge se streeksveiligheidsraad.

## 25.

In die nanag is 'n sagte ruising van Abel se skoene hoorbaar in een van die groot wandelgange van die stil ou kerk. Dowwe lig uit kandelare van drie, vier verdiepings hoog laat sy vae skaduwee onrustig rondskuif om sy voete wat oor die haas onleesbare inskripsies op grafplate in die vloer sleep.

Hy stap in by 'n klein, private kapel, steek een van die votiefkerse op die altaar aan, tel die kers op en stap weer uit. Hy kruis die wandelgang na die groot biegstoel, bewaak deur vier vrome, lewensgrootte figure, gekerf uit dieselfde sewentiende-eeuse eikehout as die sakramentele stoel.

Hy bestyg die enkele trap en gaan sit in die bieghok, plaas die kers langs hom op die bank, leun af en sit die termosfles langs sy voete neer. Hy maak die kosblik op sy skoot oop, haal 'n toebroodjie uit en begin stadig daaraan kou, penorent met sy rug styf teen die leuning. In die donker bieghok kleur die kerslig die een kant van sy gesig 'n sagte oker, met sigsagpatrone van diep skaduwees in die letsels aan sy geskende vel.

Die biegstoel is vir hom 'n simbool van sy eie rituele en gee aan hom 'n sekere gerusstelling. Hy voel tuis in hierdie plek, hy hoort hier, in hierdie kerk waar rituele hulle al eeue lank afspeel. Al die rituele versterk sy eie geloof dat daar onder die chaos wat mense skep, 'n heelal van groot orde is, en dat hy 'n spesiale plek in daardie orde het.

Hy haal 'n tweede toebroodjie uit en kou en luister na die naggeluide van die heilige ou kerk, die gekraak en gesteun van die eeue oue hout. Hy vee die krummels met die agterkant van sy hand van sy lippe af, klik die deksel toe, leun vooroor en sit die bak by sy voete neer. Dan lig hy die termos op en skink koffie in die beker. Hy tuit sy lippe en blaas en proe, laat sak die beker en voel 'n diep welbehae, gekoester in die intimiteit van die donker bieghok, beveilig deur die beeltenisse van Sint Anna-ten-Drieën en Sint Catharina van Alexandria en Sint Petrus en Sint Jan de Evangelist wat hom bewaak.

Die biegstoel is die plek waar hy snags, presies om drie-uur, kom sit om sy toebroodjies te eet en na die kerk te luister, sy musiek dan afgeskakel. Want hy verbeel hom as hy goed luister, dié tyd van die nag wanneer mense op hulle diepste slaap, kan hy ook die asemhaling hoor van almal wat in die ou kerk begrawe lê. In die kripte onder die hoogaltaar, onder die vloere van die kooromgange, bedek deur die grafserke van klip, graniet en marmer, met die embleme en epitawe in Gotiese skrif, verslyt deur die geskuifel van ontelbare skoensole deur die eeue.

Hy is gewoond aan afsondering, voel gemaklik in die eensame geselskap van dooies.

*Misterieuse, slapende stad van die dood*, het Ignaz 'n skrywer aangehaal. En Abel dink dis waar. Hy kan self ook byvoeg: misterieuse, slapende *kerk* van die dood. Baie bekende dooies slaap hier onder die grafserke in die wandelgange, en snags in die groot stilte en eensaamheid is hier 'n sagte galming soos van 'n bries saam met die gekraak van die houtwerk, soos die sugte van die dooies. Soms is dit asof hulle sy teenwoordigheid aanvoel, is dit 'n poging om met hom te kommunikeer, hulle fluisteringe uit die donker.

Hy staar oor sy koffiebeker na die oop deur van De Baenstkapel oorkant die breë wandelgang. Hy besoek dié sykapel, soos al die ander, elke nag om die altare en relikte en familiewapens en reliëffigure af te stof. De Baenstkapel is een van die oudste private kapelle in die kerk, uit die vyftiende eeu, met gedenkstene vir die Baenstfamilie. Dit lyk nie vir hom asof iemand ooit meer hierdie kapel besoek nie. Wanneer hy daar klaar is, trek hy altyd die deur toe tot op 'n skreef, en wanneer hy saans kom werk, is die deur onversteur op dieselfde skreef.

Hy sluk sy koffie met kort slurpe terwyl hy aan sy planne vir die komende dag en naweek dink. Hy werk nie vannag nie, dus kan hy na die huurhuis in Boterhuisstraat gaan kyk. Die eienaar het hom verseker dat dit vroeër as woonhuis gebruik is en dat al die geriewe steeds daar is. Abel dink hy kan later sy beoogde galery vir etniese maskers en artefakte ook daar inrig.

Hy bepeins nou alles waarmee hy hom besig gehou het tydens sy hersteltydperk in die Sleep Inn. Hy het snags sy waarnemings van die sterre hersien en sy eerste twee kosmiese joernale gereed gekry vir publikasie.

En hy het diep en baie gedink oor meneer Poppe Junior se balseming van sy moeder. Die man het goeie werk gedoen – sy moeder het soos 'n bleek vrou in 'n diep slaap gelyk. Hoe het hy dit reggekry om sy moeder so goed te bewaar?

Abel het tegnieke vir mummifisering en balseming begin na-lees. Hy vermoed meneer Poppe Junior het 'n pompmasjien in sy balsemkamer gehad waarmee hy die bloed in sy moeder se are met balsemvloeistof vervang het. 'n Mengsel van formaldehied en ander chemikalieë, middels wat die vel, spiere en organe pre-serveer, teenmiddels bevat vir bakterieë en bloedstolling, selfs parfuum en kleurstof vir 'n natuurlike voorkoms van die vel.

Abel kan hom verbeel hoe meneer Poppe Junior te werk gegaan het, sy moeder op haar rug op sy tafel, met twee rubberbuise aan die pompmasjien gekoppel, een om haar are met balsemvloeistof te vul, die ander om die bloed uit die are te dreineer. Aan die punt van elke buis is 'n groot, hol naald. Hy druk die naald vir die infusie in sy moeder se nekslagaar in, naby haar hart, en die een vir dreinering in haar regterstrotaar. Hy skakel die masjien aan en dit pomp die balsemvloeistof by die nekslagaar in, vul die are en bloedvate regdeur die liggaam, en stoot die bloed uit by die tweede naald in 'n afvoerpyp in die wasbak.

Dan begin meneer Poppe Junior met die behandeling van haar

liggaamsholtes. Want nadat al die bloed uit die are is, moet die interne organe gedreineer word van alle vloeistowwe en gasse wat ontbinding veroorsaak. Hiervoor gebruik hy 'n elektriese suig-toestel of hidro-aspirator, om die buik- en borsholte uit te suig. Aan die aspirator is 'n rubberbuis gekoppel, met aan die ander punt 'n trokar, 'n lang en hol suignaald met vlymskerp lemmetjies aan sy driekantige punt.

Die trokar se lemme sny deur die vel en fassieweefsel en spiere wanneer hy dit naby die naeltjie in die buik indruk om by die inwendige organe uit te kom sodat die maag, galblaas, urineblaas en dermkanale leeggesuig kan word. Wanneer al die vloeistowwe gedreineer is en die inwendige gasse deur die trokarbuis ontsnap het, is dit net nodig om 'n knop te draai om die liggaamsholtes deur dieselfde trokar met balsemvloeistof te vul. Twee bottels is nodig om al die organe te deurweek en te bedek met 'n volsterkte formaldehiedmengsel om die sagte weefsel vinniger te laat set.

Dit bevat ook 'n vars geur van wintergroen.

Daarna sou meneer Poppe Junior met die kosmetiese behan-deling van sy moeder se gesig en hare begin het. Maar Abel het nie nodig om hom oor kosmetiek te kwel nie; niemand gaan die produk van sý balseming sien nie. Hy het nie eens kleurstof in sy arteriële balsemvloeistof nodig nie, hoewel die parfumering sal help, veral die wintergroen. Hy hou van die aroma van winter-groen.

Hy wil met twee konyne eksperimenteer nadat hy hulle vel geoes het, kyk of hy hulle ook suksesvol kan balsem soos met sy moeder gedoen is.

Maar wat hy in die Sleep Inn bedink het, is eintlik eksperimen-te met dehidrasie en preservering – hy wil, soos met balseming, eers al die bloed en ander vloeistowwe uitsuig en deur preserveer-middels vervang om te keer dat die weefsel ontbind. Dit, het hy in sy navorsing gelees, is die basiese proses vir mummifisering.

Vir die totale dehidrasie en mummifisering van die twee ko-nynkarkasse wil hy 'n verdere middel byvoeg: natron, wat die

Egiptenare vir hulle mummies gebruik het. Maar natron is deesdae net bekombaar as 'n komponent van soda-as, en dié is wel algemeen beskikbaar. Nadat hy die are en organe behandel het, wil hy, soos die ou Egiptiese balsemers gedoen het, sy konyne in lae gaasverbande toedraai wat in 'n natronmengsel geweek is.

Abel sit nog 'n rukkie met die leë beker op sy knie gestut. Dan reik hy na sy termos en kosblik, staan op en gaan plaas die kers terug op die altaar in De Baenstkapel. Hy laat die deur op 'n skreef oop toe hy uitgaan.

Nou breek die laaste deel van sy nagtelike roetine aan. Dis die skof van sy werk wat hy met die grootste genoegdoening verrig, waarna hy elke nag so uitsien. Eintlik geniet hy álles wat hy in die kerk doen, maar hierdie laaste deel is 'n besondere liefdeswerk.

Hy gaan plaas sy kosblik en termos terug in die stoorkamer, vat die emmer met skoon water, die dweil en stoffer en poetslappe. Hy slof in 'n ander wandelgang verby figure versteen in hout, klip, marmer en brons. Van hoë mure af kyk vroom gelate van engele en apostels en biddende madonnas op hom neer, intense oë van prinse en konings, hulle gemalinne uitgepiets en opgetooi; gesigte van smart, gesigte van verheerliking en gesigte van aanbidding. Agterom by die apsis met die groot rosetvenster vol kleurryke glasinlegsels, verby *Onze-Lieve-Vrouw van de seven smarten* by die altaarruimte, en in na die twee praalgrafte langs mekaar voor die hoogaltaar.

Op die swart marmervoetstukke met hulle vergulde versierings lê die twee figure, pa en dogter, met biddende hande en dodemaskers van brons, asof in ewigheid al so rustend.

Abel staan langs die slapende Maria en moet hom strek om bo by te kom. Hy streel en koester die fynbesnede gelaat met die poetslap, die jong vrou wat op 25 al gesterf het. Haar oorskot is in 'n graf onder hierdie sarkofaag, en aan haar voete lê die urn met die hart van haar seun.

Hy kan hom nie 'n aandoenliker uitbeelding voorstel van die

liefde tussen 'n moeder en haar kind nie. Het hy dan nie vir sy eie moeder so 'n marmerbed laat maak nie? Het hy haar nie laat balsem en vir vyf jaar op haar swart marmersarkofaag gekoester nie? Daar in hulle eie katedraal in Doradopark, waar hy selfs vir haar 'n dodemasker bekom het, vir haar heilige gesig. Sy moeder aan wie se voete hy onderrig is oor die smal weg.

En wat sal meer gepas wees, dink hy, as dat sy hart ook eendag in 'n urn aan sy moeder se voete begrawe word soos dié van Maria se seun?

Maria was, soos sy moeder, inderdaad 'n spesiale vrou; haar geboorte op 13 Februarie in 1457 is selfs aangekondig deur 'n geklap van donderweer uit 'n wolklose hemel – erfgenaam van die uitgestrekte ryk van haar pa, hertog Karel de Stoute, wat hier langs haar lê. Toe sy hertogin van Boergondië word, was Maria de Rijke op die toppunt van haar lewe. Sy woon in die Kasteel Prinsenhof in Brugge, word op die hande gedra deur haar gevolg, aanbid deur haar onderdane, en gaan ry graag perd. Dis op só 'n uitstappie dat haar perd eendag struikel en haar afgooi. Sy is oënskynlik nie ernstig beseer nie, maar kry inflammasie en sterf 'n paar dae later in die Prinsenhof, nou die weelderige Kempinski waar Sofie Bouts 'n sommelier is.

Teen dagbreek gaan bêre Abel sy poetsgoed in die pakkamer. Met sy termos en kosbak in 'n plastieksak en die vuilgoedblik gereed, wag hy by die diensdeur van die kerk.

"Môre, Abel," sê Antoon toe hy die deur sesuur van buite oopsluit.

Abel lig die houer se deksel vir inspeksie, maar Antoon kyk skaars na die swart vullissakke binne.

"Jy onthou nog, ek kom nie vannag werk nie?" sê Abel.

"Dis reg, ek skuld jou 'n paar dae af. Gaan rus, jy werk hard."

Abel trek die vuilgoedblik na die groot munisipale afvalhouer, gooi die sakke in en sleep die blik terug. Hy parkeer dit binne die deur voor Antoon die deur sluit en koers kry na sy motor.

Abel stap huis toe om te gaan bad en skeer. Nou nog een taak voor hy die sleutel gaan kry om hopelik sy nuwe woonplek te besigtig.

Hy gaan sit voor sy skootrekenaar en kry Farazyn Taxidermie Leveranciers in Rotterdam, ook Noppe's Begrafenis en Balseming Apparatuur in Amsterdam. Aflewering binne 72 uur gewaarborg. Hy bestel ses bottels Fornol Arterial Fluid en ses bottels Fornol Cavity Concentrate, kry 'n tweedehandse hidro-aspirator met pype en trokar vir twintig euro, asook 'n tweedehandse Porti-Boy-balsempomp met pype en kanules vir sestig euro. Op die foto lyk die Porti-Boy, met sy glashouer vir tien liter balsemvloeistof, soos 'n groterige tafelmodel-cappuccinomaker. Die res van sy benodigdhede kan hy plaaslik koop, soos die soda-as en gaasrolle.

Twee-uur is hy doelgerig op koers, die sleutel in sy sak. Uit Sint Jakobsstraat draai hy regs in Naalden, totdat hy die naam sien waarvan die huiseienaar gepraat het: *De Belgischse Evangelische Zending*, met motto in reliëf teen die muur: *Uw woord is de waarheid – Jon. 17:17*. Oorkant die sendinggebou is die ingang na die smal voetgangersteeg Boterhuis, sy bestemming.

Die huis is in die steeg wat so dertig tree verder 'n slap draai na links maak onder 'n gewelfboog oor die poort. Verby die draai is die ingang na die Lumièrefilmteater op linkerkant, net voor die steeg in 'n T teen Sint Jakobsstraat aansluit.

Abel gaan staan voor die verweerde houtdeur. Langs die deur is groen luike voor die vensters, die rou bakstene van die muur verweer, bedek deur 'n patina van mos, die deur en luike se beslag in rooi en oranje bekorstings van roes.

Hy het vir die eienaar gesê hy benodig 'n blyplek met krag en water, en groot genoeg vir stoorruimte. Volgens die eienaar is die area veilig; min mense kom in Boterhuis, dis nie 'n toeristestraat nie.

Die ou skarniere kraak van onbruik toe Abel die voordeur oopstoot. Binne is dit donker en sy hand soek na die ligskakelaar. Hy ruik stof en muf en klam mure. In die dowwe lig van die vuil gloeilamp sien hy 'n enkele groot vertrek met kaal houtvloere en 'n houttrap op na die tweede verdieping. Die trapreling kraak toe hy daarop druk.

Aan die bopunt van die trap stap hy uit in 'n soort tussenvloerse leefvertrek, oop na onder, met 'n heuphoogte balustrade van gedraaide houtpilaartjies. Die vertrek is gekombineer met 'n kombuisgedeelte; hy sien 'n ou wastrog van beton, met langsaan 'n kombuistoonbank, rakke en laaie vir skottelgoed aan die onderkant.

Dit behoort die ideale werkplek te wees. Hy sal 'n grieflike leunstoel koop om na sy musiek te sit en luister, en miskien in die middel 'n groot werktafel neersit. Teen daardie muur sy moeder se Idia-masker en die afdruk van Sisamnes se onthuiding.

Hy druk een van twee deure oop en bekyk die badkamer, dan die ander deur na die slaapkamer.

By die wastrog draai hy een van die koperkrane oop. Die pype ratel, die kraan proes en spoeg water, bruin van roes en aanpaksel. Dan begin dit egaliger en helderder loop.

Hy klim weer met die trap af. Die plek geval hom. Hy besluit om dit sommer dadelik te huur, sy nuwe woon-en-werkplek waar hy sy eie huidenvettersambag kan bedryf, byna vier honderd jaar nadat die pelsvillers hulle ambag op Huidenvettersplein gevestig het.

By 'n pandjieswinkel soek hy 'n paar meubelstukke; hy het nie baie nodig nie. Dan stap hy terug om die huurkontrak te gaan teken.

Hy kom eers teen vyfuur in Stoofstraat aan, soek vir hom musiek uit en voel besonder behaaglik. Hy rits sy portefeulje van swart leer oop, met binne kompartemente vir sy taksidermiese instrumente, alles van vlekvrye staal. Hy haal elkeen uit, beskou dit, bestreel dit, poets die staal met 'n sagte lap, rangskik hulle op die tafeldoek van Brugse kloskant: 'n nr. 4-skalpel met 'n hef waarin een van vyf diktes delikate lemme ingeskuif kan word, Glover-naalde, 'n peilstif, brein-en-oog-haak, lepelspaan, dissekteertange en skêre, pinsette, pipet en spanspelde om 'n huid oop te spalk, 'n spuitnaald en 'n houertjie met naalde van verskillende diktes en lengtes.

Hy tel sy groot mes op, vlymskerp, blaas sy asem op die lem en poets dit. Dis gekoop in die plek van sy getroue Russell wat hy in sy benoude ontsnapping in die menere Poppe se begrafnisonderneming moes agterlaat.

Nou beskou hy die bottels en houers met looi- en preserveermiddels. Lees opnuut elke etiket, knikkend met sy kop, die musiek in sy ore en in sy siel. In die yskas is nog bottels, dié wat teen 'n kouer temperatuur bewaar moet bly, ook ampules met spuitstof.

Hy tuit sy lippe en neurie sag en dink aan al sy planne vir sy nuwe woonplek in Boterhuis.

Die volgende oggend stap Abel met 'n katboks van plastiek in Katelijne af stasie toe, oë verskuil agter sy bril en slaprandhoed, warm jekker toegerits teen die skraal herfsbries uit die Noordsee, los om sy smal skouers, gespan om sy uitdyende buik. By die busdepot voor die stasie wag hy geduldig vir bus nommer 2 op die roete AZ Sint Lucas/Assebroek.

Hy gooi die korrekte munte in die tariefgleuf, sy bestemming die Stedelijke Kinderboerderij De Zeven Torentjes. Hy gaan sit, die katboks tussen sy voete, en haal 'n verkreukelde koerantknipsel uit sy sak, 'n advertensie wat hy uit die *Brugsch Handelsblad* geknip het.

Dis die tweede keer dat Abel De Zeven Torentjes gaan besoek, 'n werkende plaas met stalle en plaasdiere waar opvoedkundige programme vir skoolkinders aangebied word. Of waar stadsgesinne 'n dag in 'n landelike omgewing kan gaan uitspan. Die plaasopstal in die Gotiese styl dateer glo uit die veertiende eeu.

Niks daarvan interesseer Abel nie. Hy stel belang in wat die advertensie aanbied: 'n ooraanbod van kleinvee wat te koop aangebied word. In die skommelende bus lees hy weer die advertensie.

*De dieren worden per opbod verkocht, contant betaald en moeten meteen na de verkoop meegenomen worden. Het aanbod bestaat uit schapenlammeren, geitenlammeren, een kalf, biggen, kippen, konijnen, en duiven.*

Hy sou graag óngebore lammers of kalwers of varkies wou hê, maar op die kinderplaas word nie fetusse vir maagdeperkament verkoop nie. Hy stel nie belang in hoenders en duiwe nie, wel in die jong konyne. Die vorige keer het hy byna een gekoop, maar daarteen besluit. Toe eers by 'n veeartskliniek 'n katboks gaan soek, en ketamien.

Hy het maande laas 'n huid gevil, gelooi en gebrei. Die kombuis en voorhuis in Stoofstraat is beknop en nie geskik vir só 'n delikate prosedure nie. Die proses behels bloed en reuke, en hare wat afgekrap moet word. Dan moet die huid in houers geweek en afgespoel word, weer gekrap en gespan word, voordat die puimsteen wolke van stowwerige poeier laat neersif.

Nou is hy geesdriftig om sy werk te hervat, in die gebou in Boterhuis waar niemand hom sal pla nie.

In die katboks is 'n toiletsakkie met 'n spuitnaald en ampul. Ignaz het die ketamien aanbeveel. Abel is gewoond aan Propofol, dié het hy gebruik vir sy menslike donateurs. Hy het selfs nog 'n paar ampules Propofol in sy yskas van dokter Lippens se voorskrifte. Die vervaldatum of newe-effekte kwel hom nie, net die onmiddellike uitwerking van die spuitstof. En geen oordosis soos vir oorlede Michael Jackson nie, hy wil nie dooie vel oes nie, dit sal nie deug nie, hy wil nie eens die geringste bakterie van ontbinding aan sy velle hê nie.

Hy hou nie daarvan om God se skepsels seer te maak of te laat ly nie, veral nie die onskuldiges nie. Die kat by die Sleep Inn het hy ingespuit, en ook die klein diere waarvan hy die huide op sy plot in Doradopark gevil het, het nie gely nie. Hy is 'n goeie skut en hulle het kopskote gekry sodat die pelse nie deur koeëlgate ontsier word nie. Hier in Brugge kan hy nie skiet nie, en hy is dankbaar vir die ketamien om die twee konyne te sedeer.

177

Hy sal kontant vir die konyne betaal en hulle dadelik in die katboks verwyder. Dan reguit Boterhuis toe, waar hy baie tyd het om stadig en deeglik te werk vir sy vingeroefeninge met die mes en skalpel. En die harsings van die konyne bevat net die regte tannien vir die looiproses, soos Ignaz hom geleer het.

Hy wil sommer dadelik, vandag nog, in Boterhuis met die konyne begin. Hy wil hulle afslag sodat die pelse 'n paar dae in die aluinmengsel kan week, die weefsel en pees en haarfollikels los is voor hy dit begin afskraap. En nadat hy die twee pelse gelooi en sag gebrei het tot die tekstuur van fluweel onder sy vingers, sal hy gereed wees vir die volgende fase, sy éintlike doelwit: die velle vir die omslae van sy kosmiese joernale.

Daarvoor kort hy nog agt, en grotes, ten minste A4 wanneer dit gelooi is en natuurlike krimping plaasgevind het.

Hy druk die koerantknipsel terug in sy sak en staar deur die bus se venster. Hy sit regop, sy vingers op sy stuwende buik gestrengel soos 'n godsalige in 'n kerk, en hy dink die Here is goed vir hom.

Dan dwaal sy gedagtes weer na daardie jong vrou met die pragtige gesig wat hy vir homself wou oes, gesig kompleet met kopvel en pragtige hare, die vanieljegeur steeds in sy neus. En hy het gedink hulle het aangetrokkenheid tot mekaar gehad, sy het selfs haar arm om sy lyf gesit, haar kop teen sy skouer geleun, voor sy hom met die kwartsbeeld aangeval en sy gesig so mismaak het.

So 'n sagte vel, so 'n delikate gesig, en sy spuitnaald was gereed, maar hy het sy waaksaamheid verslap en sy het hom mislei. Hy het in daardie intieme oomblik vergeet wat sy moeder so by hom ingedril het oor die slu verleiding van 'n mooi vrou.

Wat is haar naam nou weer? Hy probeer dink, kan nie onthou nie. Hy kan gesigte onthou, ja. Gesigte vergeet hy nooit nie. Hy weet so 'n geheue word eideties genoem, maar dis nie wat hy het nie, syne is 'n fotografiese geheue: bewaarplek van visuele beelde, van gesigte en maskers en ruimteliggame deur die lens van sy teleskoop. Hy ken die posisies van konstellasies en die magnitude van sterre en die herkoms en gebruike van etniese maskers en die M.S.-katalogus van Paganini se komposisies.

Maar dit alles is sy studieveld, nie omdat Abel Lotz 'n disfunksionele savant met 'n eidetiese geheue is nie. As hy só 'n geheue gehad het, hoekom onthou hy nie haar naam nie?

Dis normaal, dink hy, hy is goed met gesigte, sleg met name, dis al. Hy onthou wel adjudant Neser se gesig én haar naam, maar dis omdat sy hom jag, omdat sy sy oorlewing bedreig. En hy het ook altyd van haar delikate gelaatstrekke gehou, al wou hy nie haar gesig oes nie, net die verskietende ster aan haar maag.

Die vrou met die engelbeeld wat hom so mislei het, sy laat hom dink aan Ignaz se dogter.

Abel ontwaak uit sy bepeinsing toe die bus stilhou. Net 'n oomblik is hy verward, dan sien hy dis sy afklimhalte.

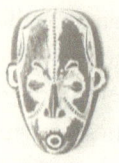

## 26.

Bonnie Lee voel gevlei, lees die resensie weer, stuur dan die internetskakel vir Glenn – nie om vermakerig te wees nie, bloot om die goeie nuus met hom te deel; 'n egpaar deel sulke dinge, al sit die een in Los Angeles en die ander een in Texas. As Glenn 'n blaaskans op die stel van *The Searchers* kry, kan hy op die internet gaan kyk wat die bekende filmghoeroe oor sy vrou se nuutste vertolking skryf:

*In die broeiende negentiende-eeuse melodrama* The Dancer *word Brugge se Middeleeuse geboue en pleine simbolies deel van Hugues se hunkering na sy dooie vrou en sy obsessie met die danseres. Bonnie Lee se spel in haar dubbele rol as Hugues se vrou en as Jane Scott met die bedenklike sedes is 'n kragtoer. My raaiskoot is dat 'n tweede Oscar in haar nabye toekoms wink. Ek gee dit \*\*\*\*½."*

Oukei, Marchesa kan maar 'n paar uitrustings begin ontwerp, dink Bonnie Lee. Vir al die premières en die hele toekenningseisoen; sy gaan besig wees op die rooi tapyt. Veral die gróte, die Akademieaand.

Sy besluit om weer na die opname te kyk van *Who Do You Think You Are?* Glenn was die aand voor sy vertrek so behep met onvergeetlike aanhalings uit John Wayne-flieks dat sy wéér nie met volle aandag haar soektog na haar afkoms kon volg nie. Dis nou 'n goeie tyd, alleen by die huis, met die kinders al aan die slaap.

Kan soos 'n baba wees, haar Glenn, moet vertroetel word, moet soms 'n fopspeen kry vir troos. Miskien moes sy nie die teksboodskap met die skakel vir hom gestuur het nie. Dit gaan hom net omkrap, in depressie laat verval. Of hom laat oorreageer wanneer hulle die dramatiese tonele skiet. Hy ken nie die krag van onderspeling nie.

Sy kyk na haarself op die TV-skerm: in New York soekend in argiewe na haar herkoms, kry "wonderbaarlik" (met die hulp van 'n span argivarisse agter die skerms) die naam Leopold Leemans, een van die agt miljoen immigrante wat by die eerste immigrantestasie by Castle Garden in Manhattan aan land gegaan het. Hy stap van 'n skip uit Antwerpen, sy beroep op die passasierslys aangegee as musikant.

Bonnie dink: Ashley (sonder Oscar) se voorsaat was die pelgrim William Brewster. Het al in 1620 van Doncaster in Engeland in Massachusetts aangekom, op die dêm *Mayflower* nogal, simbool van die eerste Europese kolonisasie van die Nuwe Wêreld. Leopold Leemans arriveer in 1856 midskeeps op 'n skedonk van 'n stoomskip met die oninspirerende naam *David H. Hoadley.*

Leopold het nie lank in New York gebly nie, want nou volg die kamera Bonnie Lee in Chicago. Langs Loganplein zoem die kamera in op die St. John Berchman-kerk, in die vroeë twintigste eeu saamkomplek van Belgiese immigrante, die kerk waar ou Leopold later die orrel bespeel het. Oukei, maar wie wás hy nou eintlik, die kêrel uit wie se saad haar pa stam? Die pa wat haar en haar ma alleen en sorgbehoewend in die woonwapark by Skokie buite Chicago agtergelaat het.

Bonnie Lee, eens Leemans, afgeneem in die hawe van Antwerpen. Op die TV-skerm flits genealogiese grafika met gesigfoto's, illustrasies en datums, op die agtergrond die verteller se stem oor die Vlaamse stamvader, die negende-eeuse graaf Boudewijn Ysterarm, en sy afstamming van grawe en hertoë en van Willem die Veroweraar wat sy bruid, Matilda, aan haar rooi hare troue toe sleep.

Die kamera zoem uit na 'n panoramiese skoot van Bonnie op Brugge se Marktplein, op die agtergrond die Belfort se bekende kloktoring. Sy sê: "Volgens ou rekords stam ek eerder uit 'n vertakking van 'n vrou wat Agnes geheet het, 'n halfsuster van Matilda, moontlik die produk van intieme eskapades tussen hulle pa en 'n onbekende diensmeisie. Dit blyk dat Agnes haarself omstreeks 1066 met die Slag van Hastings in Brugge bevind het."

Die kamera volg Bonnie met Breidel langs na die Burgplein, waar sy by die ou stadhuis met sy Gotiese fasade instap. Die volgende skoot van haar is met 'n ou register voor haar, 'n nabyskoot van die titel, *Lijst van stadsbeiaardiers van Brugge*, haar vinger by die reël, leesbaar op die skerm: *Hieronder de namen die gekend zijn van de opeenvolgende beiaardiers van Brugge, vanaf de 16de eeuw*. Die kamera zoem in op 'n paar toepaslike inskrywings: *1737 – 1750: Adriaan Leemans en hulpbeiaardier (1748 – 1750) Jean Leemans; 1750 – 1754: Jean Leemans; 1754 – 1785: Jeroom Leemans*.

Bonnie kyk in die kameralens en sê: "Leemans. Ek kom uit 'n geslag van Brugse klokkespelers."

Sy skakel die TV af en sit en dink. Dan vat sy haar iPhone en bel haar agent.

"Hoesit, Pooch, het jy Ebert se resensie gesien? Hoeveel Oscars het Meryl al gewen?"

"Meryl?" Poochie klink aan die slaap. "Weet jy hoe laat dit is, Bonnie? Dis halftwaalf die nag."

"En Angelina? Wat van Reese en Nicole?"

Pooch gaap hoorbaar, maar antwoord geduldig. Hy verdien groot geld uit die enigste A-lys-aktrise op sy boeke. Hy rammel die statistieke af, ken alles op die punte van sy vingers.

"Oukei," sê sy. "Desember as *The Dancer* in Brugge vrygestel word, dis dieselfde tyd as daai VN-ding in Brussel. Die internasionale konferensie met mense van regoor die wêreld, filmsterre, leiers van hulpagentskappe, vroue van presidente en staatshoofde en ministers, diplomate uit elke uithoek. Trakteer hulle een aand, vat hulle Brugge toe vir die première van *The Dancer*, dis skaars twee ure van Brussel af. En vat die klomp joernaliste saam wat die VN-funksie oor Dadaab se vlugtelingkamp dek. Sien wat ek bedoel, Pooch? Waar gaan jy groter publisiteit kry vir 'n fliek?"

"Ek sien. Goeie idee, Bonnie. Ek sal 'n paar somme maak, name neerskryf, die ateljee se bemarkingsmense gaan sien. Ek dink dit kan werk."

"Natuurlik sal dit werk. Die ateljee kan enigiets reël, Hollywood regeer die fokken wêreld, Pooch." Sy dink 'n oomblik, sê dan: "Nog iets. Ek soek 'n tatoe."

"Uhm . . . nóg een? Hoeveel het jy al, sewe?"

"Dalk 'n skoenlapper op my blad, wat's die simboliek van 'n skoenlapper? Nee, los die skoenlapper, wat van klokke?"

"Klokke?"

"My klokspelende voorouers. Of miskien 'n ballerina, klein en delikaat. En Pooch, sê vir die mense by Marchesa ek soek 'n silwer rok vir Brugge, sonder skouerbande en oop rug, sodat my nuwe tatoe kan wys."

"Desember is winter in Brugge, Bonnie, jy sal verkluim."

"O?" Sy bepeins dit 'n oomblik. "Binne sal dit warm wees, laat Marchesa vir my 'n sjaal ontwerp wat ek binne kan afhaal. Faux pels, soos van daardie Siberiese silwervosse, om by die rok te pas."

"Nog iets? Wat van Glenn?"

"Wat van hom?"

"Gaan hy saam?"

"Nee, skiet nog in Texas. Oukei, dis eers alles."

"Is jy ernstig oor die tatoe? Moet ek 'n afspraak maak by die tatoeëerder?"

"Ja, maar bring eers 'n kunstenaar sodat ons iets kan ontwerp, spesiaal vir Brugge."

## 27.

Ella kry die beeld net nie uit haar kop nie, van Harpo Marx pluk-kend aan sy harp op die toilet. Onder die wintertruie en serpe grou sy die klein Hermes uit die oregonkis, die lier wat haar pa kleintyd vir haar gegee het omdat hy op 'n polisieman se salaris nie 'n klavier of klavierlesse vir sy dogter kon bekostig nie. Net 'n tweedehandse kinderharp met nege snare waarop sy melodie en harmonie kon oefen, en solfeggio en ritme.

Met die lier het Ella haar verbeel sy is Orpheus, lourierkrans op die kop, spelend langs 'n waterstroom vir 'n gehoor van diere en voëls, meegevoer deur die soet klanke van haar snare. "Danny Boy" en "Ten Little Indians" tot vervelens toe.

Nou sit sy op die bad se rand met die lier in haar hande. Vermy die toilet, deksel toegeslaan, nie gereed vir Harpo se multitasking nie. Wat pas in 'n badkamer? Handel se "Passacaglia", Vivaldi se harpkonsert in D-majeur? Nee, iets anders.

Sy begin weer, Lady Gaga, neurie saam: "I want your love, I want your revenge, you and me could write a bad romance . . ."

Die musiek wat jy maak kom uit die hart en siel, nie uit die vingers nie, sê Suki.

Ella weet dis haar besoek aan Archie wat die paaiboelie in haar losgelaat het. Maar dis nie die ou man se skuld nie, sy eie pyn is nog te diep. Wanneer hy haar hand vashou en haar op die wang soen, soek hý krag, nie sy nie. En sy oë . . . Asof hy op niks kan fokus nie, asof sy oë na binne gekeer is, soekend in sy diepste wese na die redes vir alles wat gebeur het.

Op die rak in die sitkamer staan steeds die geraamde foto's van sy eens gelukkige gesin. Een van Milo, met sy glimlag wat die kuiltjie in sy wang bring met die ou litteken van die gloeiende bomskerf op die katedraal se trappe.

Toe Archie sien dat sy daarna kyk, sê hy: "Miskien sou dit die beste gewees het as hy destyds in Sarajewo . . ."

Sy het hom onderbreek: "Néé, Archie, dis jou seun. Die gebeure van daardie tyd is iets wat ons nooit sal verstaan nie. In Milo se gees het kragte geworstel waarvan ons onbewus was. Miskien het hy sélf nie daarvan geweet nie."

"Jy sit hier en dink goeie dinge van hom, en hy't jou met 'n mes bestorm?"

"Hy wou my nie leed aandoen nie, dit weet ek nou. Daarvan is ek seker. Hy't my teen Abel Lotz probeer waarsku."

"En die ander goed, hoe regverdig jy dit?"

"Ek regverdig dit nie. Ek dink net ons moet Milo se optrede nie probeer verklaar nie, want ons sal dit nooit verstaan nie. Hy was geseënd met ouers soos jy en Nella, met die liefde wat hy en Kaja in hierdie huis gekry het. Die skade was gedoen voor jy Milo leer ken het. Niemand, geen kind kan ongedeerd wees ná alles wat hy deurgemaak het nie. Hy't aangepas, maar daardie wond aan sy gees . . . Dit het nie genees nie, niémand kon dit genees nie. Dis al, dis soos ek daaraan dink."

"Jy't van hom gehou, nè?"

"Ek het. Meer as net van hom gehou, Archie. Ek wou vir Milo op my harp speel. Dis gevoelens . . . 'n vrou wat vir 'n man op 'n harp wil speel, wel, dis dieper gevoelens, dis méér as om net van hom te hou."

Archie het sy kop geknik. "Kaja reageer goed op die terapie."

"Praat sy oor hom?"

"Ja, ek't besluit dat geen onderwerp taboe gaan wees nie, ek moedig haar aan om oor Milo te praat. Ek dink dis goed vir ons al twee om oor hom te praat, om onsself te verseker dat hy steeds in ons harte is. Kaja moet dit weet, hulle was so geheg aan mekaar.

Hulle was as kinders op mekaar aangewese vir oorlewing. So iets vestig 'n spesiale band."

"Sy sal altyd broos bly. Milo was die sterk een."

"Dit was Nella se woorde ook: 'Kaja sal altyd broos bly.' Nou's dit net ons, ek en my dogter, nadat daardie inbrekers Nella van ons kom wegvat het. As dit nie vir hulle was nie . . ."

Archie het die sin gelos asof hy nie die krag het om dit te voltooi nie. 'n Oomblik so gesit, oë neergeslaan, en toe opgekyk. "Ek't gedink ek moet haar terugvat Sarajewo toe."

"Sarajewo toe? Nee, Archie."

"Net vir 'n kuier, 'n kort besoek, as deel van haar terapie."

"Om haar weer al daardie trauma van haar kindertyd te laat herleef? Is dit 'n goeie plan?"

"Nie te herleef nie, eerder al die ou spoke uit haar uit te kry van daardie verskriklike tyd in die Bosniese oorlog. Dis nou 'n mooi stad, ek sal dit ook weer wil sien. Ek was byna vier jaar daar gestasioneer. Milo het die grafte opgespoor van hulle biologiese ouers, kruise geplant. Miskien as ek Kaja vat, sal sy die nodige afsluiting kry. Ek dink dit sal haar herstelproses help, om weer die strate te sien waar sy en Milo eens probeer oorleef het, die katedraal waar hulle weke lank geskuil het, waar die bomskerf Milo getref het. Die grafte van haar pa en haar ma wie se bidsnoer Kaja nie uit haar hande laat gaan nie."

Ella het net geknik, gewens sy het die regte raad geweet vir Kaja.

"Miskien moet ek haar Parys toe ook vat," het Archie gesê, "haar gaan wys waar Milo se woonstel in Pigalle was. Was jý al in Parys, Ella?"

"Parys in die Vrystaat, ja. Milo het gesê . . ." Maar sy het haar sin ook half gelos.

"Dan kom jy saam. Parys toe. Ek en jy en Kaja."

"Archie . . ."

"Afgespreek. Wanneer kry jy verlof? En jy kan saamgaan Sarajewo toe ook as jy wil. Of jy kan in Parys bly tot ons terugkom, die stad op jou eie verken, die museums besoek, die winkels van die Champs-Elysées."

"Herder, Archie, ek't nie geld vir Parys nie." Kan skaars 'n nuwe bloes bekostig. Sy het opgestaan, haar skouersak opgetel.

"Jy kom saam, vergeet van geld," het Archie gesê toe sy haar hand uitstrek om hom orent te help.

"Miskien moet Kaja saam met my by Suki Wolski gaan harplesse neem, musiek is goeie terapie. Ek sal haar pols wanneer ek weer kom kuier. Hoe laat kom sy van terapie af?"

"Eers vyfuur, elke dag."

"Dan kom ek ná vyf, as dit oukei is?"

"Jy's altyd welkom, enige tyd van die dag of nag. En reël jou verlof vir Parys."

Nou sit sy in die badkamer en speel "Bad Romance" en verbeel haar sy sien 'n glimp van Milo wat haar glimlaggend en effe verwonderd uit die spieël oorkant haar beskou. Maar toe sy weer kyk, is hy weg.

Sy staan op, pak die lier terug in die kis en begin met die stapel ou koerante op die kombuistafel. Die prosessering van die Sleep Inn se kamer 110 het drie dae geduur, en nie 'n vierkante sentimeter van enige muur- of vloeroppervlak is oorgeslaan nie. Selfs die afvoerpype van die stort en wasbak is verwyder en laboratorium toe gestuur, en natuurlik dié van die bad met die ou bloedspatsels en klossies kathare.

Abel Lotz se hare is op die bed en in die stortafvoerpyp gekry, sy vingerafdrukke oral, hy het geen moeite gedoen om dit te probeer verdoesel nie. Die afdrukke en die trigologiese ontleding van die hare is vergelyk met die monsters wat in sy huis en galery gekry is, die ooreenstemming honderd persent.

Met die hulp van Rabie Saadi en die greinerige videobeelde by ontvangs is 'n nuwe identikit opgestel van Abel met 'n baard. Dis na polisiekantore landwyd versprei, ook na Interpol in Lyon, Frankryk, ingeval Abel weer landuit verkas soos die vorige keer toe hy uiteindelik in Burundi opgeduik het.

Danksy die hulp van hoofinspekteur Claude Kadende in Bujumbura en Ella se speurvernuf weet sy van die paspoort van A.G. Lippens waarmee Abel Suid-Afrika binnegekom het. En hy weet dat sy van die Lippens-paspoort weet, dus sal hy dit nie waag om daarmee uit die land te probeer vlug nie. Hy sal weet dat enige reisiger wat so 'n paspoort aanbied, onmiddellik alle rooi ligte sal laat flikker.

Sy het ook oor oorlede meneer Poppe Junior gewonder. Kon onthou dat sy pa trots vertel het hoe sy seun balsemtegnieke in Amerika gaan leer het en verskeie kere teruggegaan het vir op-knappingskursusse. Maar in die menere Poppe se huis of on-derneming is geen paspoort in meneer Poppe Junior se naam gekry nie, en Ella het ook sý naam na grensposte en Interpol laat deurgee.

By grensposte, sover, flikker nog geen ligte nie, wat haar laat vermoed dat Abel nog iewers in die land skuil. Maar waar? Hy het geen familie sover sy weet nie. Maar hy is terug op sy ou spore van velle slag, dis duidelik. En sy weet wat dit impliseer: sy be-langstelling in velle is nie beperk tot diere nie. Hoe lank gaan dit vat voor hulle weer die liggaam van 'n jong vrou kry met 'n ver-miste stuk getatoeëerde vel?

Sy blaai deur die koerante. Dit lyk of Abel elke dag 'n koerant gekoop het om die vordering van die ondersoek na hom te volg.

Wat sy eintlik in die koerante soek, weet sy nie, maar sy blaai elkeen sorgvuldig deur. Kry dikwels by Nagsluiperberigte die ge-krabbel van 'n pen, asof hy sy hand moes besig hou terwyl hy die berigte bestudeer. En dis al wat dit is: 'n onleesbare, niksseg-gende gekrabbel soos dié van 'n kleuter, strepe en kolle, grotes en kleineres. Op een bladsy net 'n wolk van stippels van sy penpunt.

Nietemin knip sy elke stukkie gekrabbel uit, druk dit in 'n lêer met plastiekkoeverte en merk elkeen met die datum van die koerant en die bladsynommer.

Sy blaai en skielik is daar die eerste herkenbare woord, hálf herkenbaar: *Arlag*. Of is dit *Abag* of *Obog*, dalk *Oilog*, of *Ortoj*?

Sy knip die berig uit, skuif dit in 'n plastiekkoevert in.

In die volgende koerant, bo by die titel, op dieselfde bladsy as 'n Nagsluiperberig, nóg herkenbare woorde. Dié kan sy uitmaak: *Coma Berenices* en *Mizar*. In Abel se handskrif, die letters wat effe vooroor leun. Sy kén sy handskrif, het dit bestudeer uit aantekeninge in sy galery en huis, alles vergaar in bokse in die bewyskamer.

Naas *Coma Berenices* en *Mizar* weer die strepe en kolle en 'n stippelwolk. Maar haar oë en volle aandag is op *Coma*. Wat beteken dit? Is dit wat sy dink dit is, soos haar pa in sy jare lange koma? 'n Vrou met die naam Bernice is in 'n toestand van bedwelming? Miskien is Abel ietwat disleksies, skryf *Berenices*, bedoel eintlik *Bernice*?

Die gekrabbelde syfers langs die naam lyk na 'n aanduiding van tyd of tydsduur. Miskien hoe lank sy al in 'n koma is, miskien hoe lank sy het om te leef: *12.76 h*. Tydsduur van 12 uur en 76 minute? Hoekom nie 13 uur en 16 minute nie? Nee, Abel sal nie só 'n eenvoudige skryf- of berekeningsfout maak nie. Tydsaanduiding? Dan moet dit ook tog 13h16 wees. En hoekom nie 'n datum nie?

En wat beteken +*21.83°* en *NQ3*? En 51.206534, 3.226762?

Die volgende oggend skandeer sy die gekrabbel en e-pos dit saam met 'n monster van Abel se handskrif na die polisie se forensiesewetenskap-laboratorium in Tshwane. Voor sy meer tyd aan die ontsyfering bestee, wil sy eers sien wat Grafologie daarvan uitmaak. Nie of dit Abel se handskrif is nie, maar van die spelling van die vreemde woorde.

Nege-uur om moord-en-roof se beskeie konferensietafel sê kolonel Sauls: "Oukei, lyk my die Heilbronondersoek staan stil. Wat het ons, adjudant?"

"Ek't Jake Diamond se verklaring oor hulle ete en die transkripsie van hulle gesprek. Hy sê hy't aan 'n storie gewerk dat Heilbron dalk betrokke is by 'n sindikaat in binnelandse sake wat ongemagtigde dokumente teen vergoeding uitreik."

"Jy bedoel vervalste dokumente?"

"Ek bedoel ongemagtig: outentieke ID-boeke en paspoorte met al die nodige veiligheidskenmerke, maar met vals name en foto's. Met Jake Diamond se verklaring kan ons 'n lasbrief aanvra en beslag lê op Heilbron se kantoorrekenaar. Ons probeer ook die mense opspoor wie se name voorkom in die stapels lêers uit die kluis in sy huis. Ons soek na al Heilbron se kliënte, alle applikante van dokumente wat deur sy hande gegaan het. Miskien het een 'n grief ontwikkel, soos die anonieme beller aan Jake Diamond."

"Moerse grief," sê Papi Asmal. "Hoekom die Colombian necktie?"

"Dis om 'n boodskap te stuur oor wat met verraaiers gebeur," sê Ella. "Hulle kon Heilbron iewers gaan begrawe het, in 'n ou mynskag afgegooi het, maar hulle wou hê hy moes gekry word, berigte in die koerante en op TV oor sy . . . das. Dit maak impak, stuur 'n sein uit."

"Goed, goed," sê Silas Sauls, "ons kry die sein, maar ons kry nie die moordenaar nie." Hy kyk na Ella. "Die vrou in Araratstraat, het julle die paneelwa van die munisipaliteit opgespoor wat sy vroegoggend daar gesien het?"

"Die nommer wat sy neergeskryf het, klop nie met enige nommer van enige munisipale voertuig nie. Dit klop met niks nie, dis 'n vals nommer."

"So, wat het ons, adjudant? Ons 't 'n kaal lyk met 'n Colombian necktie. Ons 't 'n joernalis se bewerings van korrupsie. En ons het 'n spul lêers en geld en 'n vuurwapen uit Heilbron se kluis. Hoeveel van sy kliënte het julle al opgespoor?"

"Twee."

"Twee? Dis al, net twee?"

"Mense wat onder die tafel besigheid doen, is nie gretig om met die polisie te gesels nie, kolonel. Ons het net telefoonnommers, geen adresse nie. En vir foonhuurders se adresse het ons lasbriewe nodig. Telkom en selfoondiensverskaffers verstrek sulke vertroulike inligting nie eens aan die polisie nie."

"Jy hoef nie die wet aan my uit te lê nie, adjudant, ek kén dit. Ek dink wat jy probeer sê, is dat jy net vermoedens het, sonder bewyse, dat Heilbron se lêers verbind kan word met die pleeg van 'n misdaad. Name en telefoonnommers en geldbedrae in 'n lêer beteken nie 'n misdaad is gepleeg nie. Is dit die rede hoekom jy nie lasbriewe kan kry nie, omdat jy nog nie 'n saak het nie?"

"Daar's ook nog die raaisel van die vermiste lêer, die een waaroor Heilbron sy vrou gebel en 'n bode gestuur het, die Dawah-lêer."

"En meneer Dawah, of mevrou Dawah, het ook verdwyn?"

Sy knik. "In geen telefoongids eens 'n van soos Dawah nie. Al wat ek kry – en dit het ek gegoogle – is Da'wah, van religieuse betekenis om Moslems en nie-Moslems uit te nooi om die aanbidding van Allah beter te begryp, met die hoop dat dit sal lei tot meer bekeerlinge vir Islam en die groei van 'n verenigde wêreldwye Moslemgemeenskap. Ek glo nie iemand het Heilbron deur da'wah tot Islam probeer bekeer nie."

"Het binnelandse sake rekords van enige dokument wat aan iemand met die van Dawah uitgereik is?"

"Nee, geen Dawah nie."

Kolonel Sauls kyk na Papi Asmal. "Ken jý so 'n van, sersant? Wat's dit, uit die Midde-Ooste, die Subkontinent?"

Papi skud sy kop. "Nog nooit gehoor nie."

Ella sien hoe die kolonel se nek begin verkleur, nooit 'n goeie teken nie, veral as hy sy oë op 'n ondersoekbeampte fokus.

"Miskien het Heilbron 'n spelfout gemaak, adjudant, Dawah geskryf pleks van Duval of Daweh of Dawal. Gaan soek weer, en moenie terugkom en net julle koppe skud nie." Hy kyk na Papi. "En jy, sersant, gaan melk jou informante, kry iets oor Duval of Daweh of Dawal. Hoekom moet ek julle handjies vashou?"

Kolonel Sauls staan op en stap uit.

Druipstert op pad terug speurkantoor toe sê Papi langs Ella: "Is dit oor my Indiese bloed?"

"Wat?" vra sy.

"Dat die kolonel dink ek behoort elke van in die Midde-Ooste en Subkontinent te ken. Dis soos om vir Tabs te sê: 'Hei, Tabs, jy's mos amaZoeloe, net die regte man om daardie geldwassers te gaan soek, hulle's mos van Nigerië of Somalië.' Wat weet ek van vanne in Libanon of Irak of Iran of Pakistan of Afganistan?"

"Dit gaan nie oor jou dêm ras nie, Papi! Dit gaan oor 'n moordondersoek, horses for courses. Jy't tog seker informante onder sulke expats, het jy nie?"

"Natuurlik het ek."

"Byvoorbeeld informante in die Pakistanse gemeenskap?"

"Uhm . . . nie eintlik nie."

"Nie éintlik nie? Maar ek het informante in Mamelodi, en ek's amaAfrikaner, nie amaZoeloe nie."

"Ek's ook nie Moslem nie, maar Hindoe . . . apostatiese Hindoe. En ek was nog nooit eens in Indië nie, my voorouers het al in 1893 in Durban aangekom. Vry sakemanne, nie van daardie ingeboekte slawe wat op die suikerplantasies kom werk het nie. Britse onderdane uit Gujarat in Indië, nie Gujrat in Pakistan nie."

"Oukei, ek hét dit so, Papi."

"Weet jy wie kom óók uit Gujarat? Mohandas Karamchand Gandhi."

"Een van jou goeie informante?"

## 28.

Die stem oor die foon sê: "Dis Lingevelder hier. Onthou jy my nog?"

"Jip," sê Jake.

"Ek't iets vir jou."

"O ja?"

"Op my boscam, die een wat ek van die suipplek na die hengel-poel verskuif het. Wil jy kom kyk?"

Jake sê ja.

Hy ry laatmiddag by Muldersdrift verby na die gasteplasie langs die Krokodilrivier. Terwyl meneer Lingevelder in sy kantoor die beelde op die skerm oproep, betrag hy die opgestopte koppe van 'n vlakvark en gemsbok teen die muur. Op die leiklipvloer lê die velle van 'n sebra en springbok.

"Hier's dit," sê meneer Lingevelder. "Skuif nader."

Op die skerm is die oopte tussen die bosse waar hulle die vorige keer oor die rivier gestaan en bespied het, wildspore diep uitge-trap in die modder op die oewer. 'n Duiker wat sku onder 'n bos verskyn, rondkyk, ore gespits, water toe loop, weer rondkyk, die kop laat sak, begin suip, dan omvlieg en met twee, drie spronge in die ruigtes verdwyn.

Nou drie vlakvarke, ongesteurd, nie waaksaam en gespanne soos die duiker nie. Maar lig dan, asof in gelid, hulle snoete uit die water, oë stip op die oorkantste oewer.

"Los die vlakvarke, kyk oor die rivier," sê meneer Lingevel-der.

Jake soek in die skaduwees van die bome, tussen die takke en blare van struike, sien dan die beweging wat nou die vlakvarke laat omspring.

"Wat's dit?"

"Wag," sê meneer Lingevelder.

Dan verskyn hulle: vier mans in kamoefleerdrag, geweer in die hand.

"Soldate?" vra Jake.

"Wag," sê meneer Lingevelder.

Beweging uit 'n ander rigting en nog vier verskyn, sluit hulle aan by die eerste groep. 'n Kort gesprek volg. Een kyk oor die rivier in die rigting van die versteekte boscam. Dan sluip hulle weg, verdwyn uit sig van die kamera, ingesluk deur die skaduwees en ruigtes.

Meneer Lingevelder laat die beelde terugspeel tot waar die man in die rigting van die boscam kyk, druk die pousetoets. "Lyk dit miskien vir jou of hulle paintball speel, hè?"

Jake beduie na die man se seilonderbaadjie. "Is dit handgranate wat daar hang? Die laaste keer dat ek 'n handgranaat gesien het, was as dienspligtige op Diskobolos. 'n Leeftyd terug, maar jy vergeet hom nie. Die gewere ken ek nie, ons het FN's gehad." Hy kan nie veel van die gelaatstrekke uitmaak nie. "Hoe breed is die rivier daar?"

"Die hengelpoel is breed, dertig meter of meer, nouer stroomop en stroomaf."

"Is daar krokodille?"

"Dis hoekom dit die Krokodilrivier genoem word, Jake. Natuurlik is daar krokodille."

"Kan jy op hulle gesigte inzoem?"

"Nee, die boscam kan nie zoem nie."

"Kan ek daar gaan sit met 'n kamera, kyk of ek 'n paar foto's kan neem, op hulle gesigte inzoem?"

"As jy baie tyd het, kan jy daar gaan sit. Hengel jy, wil jy 'n stok en aas saamvat?"

Jake kyk na die tyd van die video-opname onderaan die gevriesde beeld: 09:21:33. "Ek sal môreoggend kom, my kamera saambring."

"Ek's nie môreoggend hier nie," sê meneer Lingevelder. "Moet ingaan stad toe, voorrade gaan koop."

"Kan ek alleen gaan, gee jy om?"

Meneer Lingevelder lyk skepties. "Dis 'n tweespoorpad, hoë middelman, jy kan jou kar se sump moer toe stamp."

"Dis oukei," sê Jake, "nie my kar nie, dis die koerant s'n. Kan nie so 'n berig skryf sonder 'n foto met 'n herkenbare gesig nie. As ek foto's gekry het, sal ek na die buurplaas ry en gaan klop en vra wat aangaan. Moet hulle kant van die storie kry."

"Daai plek is afgesper. Hoë wildheinings, staalhek by die ingang, dis nie sommer vir gaan klop nie."

"Hulle moet tog iets hê wat mens kan lui, interkom vir besoekers."

"Die eienaars is baie privaat, hulle moedig nie besoekers aan nie. Sal jy die pad kry om by die hengelplek uit te kom? Dis soos ons laas gery het, so drie kilometer, dan hou die pad op en moet jy stap. Omtrent vyf honderd meter, maar jy sal die voetpad sien, dit loop tot by die oewer. Bring 'n kussing saam, en 'n boek, jy kan dalk lank wag. Seker jy wil nie 'n stok hê nie?"

"Sal 'n boek bring. Ek vang nie vis nie."

"As jy lus voel vir 'n bietjie oefening . . ." Meneer Lingevelder druk met sy vinger links teen die skerm, waar die modderspore uit die beeld verdwyn. "Jy kan dit nie sien nie, maar net hier links van die oopte is die groot wilger, onthou jy? Die dinghy is aan sy stam vasgemaak. Maar in godsnaam, as jy gaan roei, bly weg van die oorkantste oewer af, dis privaatgrond."

"Jy dink daai manne is op patrollie, om te keer dat iemand oor die rivier op hulle grond kom en kyk wat daar aangaan?"

"Ek weet nie, maar bly weg. Op die rivier kan jy roei, dis oop vir almal, behoort aan die staat. En moenie van die dinghy afval nie."

Jake kom teen donker by die *Rekord* aan. Hy sê vir die nuus-redakteur hy soek 'n kar vir uitslaap en 'n voorskot. Wil môre teen daglig al ry vir 'n storie, verwag om nie voor die middag terug te wees nie.

"Watse storie?" vra sy.

"Opvolg op meneer Heilbron."

"Die moord? Weer 'n voorbladstorie?"

"As ek goeie foto's kan kry. Kan Joe saamgaan vir steelfoto's?"

"Die hele dag? 'n Fotograaf kan nie heeldag sit en wag vir steelfoto's nie, gaan kry 'n mik-en-druk. En vat twintig rand uit die kleinkas vir kos."

"Twintig rand? Wat eet mens vir twintig rand? Nie eens 'n fokken hamburger nie."

"Vat vyf en twintig, en sorg dat jy die kwitansie terugbring. Waar's die storie?"

"Uit die stad uit."

Hy koop biltong en Coke by Checkers op pad huis toe en stel sy wekker.

Die opkomende son vang Jake by Honeydew, en halfagt sit hy op die groen gras met sy rug teen die wilger se stam. Hy pak sy proviand en boek uit die ou rugsak. Lig die digitale kamera op en bekyk die oorkantste oewer op die LCD-skerm terwyl hy aan die zoemlens verstel, inzoem en uitzoem.

Hy speel 'n halfuur met die kamera, eksperimenteer deur foto's te neem van voëls en klein diere op die oewer. Dan speel hy die foto's terug op die LCD-skerm. Dit lyk goed. As hy nie vandag mans in camo-klere kry nie, het hy darem 'n paar mooi voëlfoto's vir sy moeite.

Teen halfnege sit hy die kamera neer en eet van sy biltong. Die sout en koljander laat hom na die Coke gryp. Hy begin lomerig voel in die stilte langs die rivier, luisterend na die eentonige gesuis van sonbesies en tjirpende voëls. Hy eet nog biltong en skuif op sy stuitjie af, loer deur halfmas ooglede na die oorkantste oewer.

Dis middel November en gou warm. Nee, hy moet besig bly, kan nie sit en dut nie. Hy skuif regopper, sluk nog Coke en tel sy boek op. Begin lees aan *The Assassination of Jesse James by the Coward Robert Ford*, loer sporadies na die oorkantste oewer. Teen tienuur jaag sy vol blaas hom op. Hy besef hy het tog ingesluimer. Wonder of die patrollie al gekom het, hom daar teen die stam kon sien sit en slaap. Hy gaan staan agter die wilger en mik sy straal oor die wildemalvas water toe. Voel of hy 'n halfuur so kan staan, asof sy blaas nie wil leeg word nie. Hy staan en pis en kyk na die dinghy wat teen die wal opgetrek is. Dis met 'n nylontou aan die stam vasgeknoop, binne lê 'n lang, dubbele roeispaan.

Hy druk drie kerwe biltong in sy mond en hang die kamera om sy nek, trek sy skoene en sokkies uit, sit dit in die dinghy en rol sy broekspype op. Hy maak die tou los en voel die modder tussen sy tone opkrul toe hy die dinghy in die water instoot. Hy klim in die wiegende bootjie en druk dit met die spaan van die oewer weg. Laat dit dobber, geen sterk stroom nie, net 'n geringe vloei van die rivier wat hom stadig meevoer.

Hy dryf tot in die middel van die poel en bekyk die geelvinkneste aan die oorhangende takke, soek na tekens van krokodille. Betrag opnuut die oorkantste oewer, stuur die boot met die spaan nader vir 'n beter blik op die Sperrgebiet, dink aan Mohammed en die berg. Miskien kan hy 'n nabyskoot van hulle stewelspore kry, hulle plek van rendezvous op meneer Lingevelder se boscam.

Aan die oorkantste oewer klim hy uit die dinghy, sy voete glyend in die modder. Hy trek die bootjie teen die wal tussen die fluitjiesriet op sodat dit nie stroomaf verdwyn en hom gestrand laat nie. Kruip hande-viervoet teen die wal op, deur die varings en palmiete, en sien ses bene, broekspype in kamoefleerpatrone.

Hy lig sy kop op.

Die gewere rustend in die vou van elmboë, die lope afwaarts, nie op hom gerig nie. Drie gesigte sonder enige teken van emosie. Hy glimlag en sê: "Hallo, lekker dag, nè? Byt die vis?"

## 29.

Mevrou Nijs hou die foto vir hom. "Ek't dit saamgebring, gedink julle sal een wil hê, na ander polisiestasies wil versprei."

Wyksinspekteur Rik Coppens kyk na die aantreklike jong vrou, brunet, bruin oë, glimlaggend vir die kamera. Hy kyk op na die ander jong vrou langs mevrou Nijs oorkant sy lessenaar. "Hanne, dis jou naam?"

"Hanne Lampers," sê sy.

Hy skryf die naam in sy notaboek sodat hy nie weer vergeet nie, langs die naam *Margot Nijs*, mevrou Nijs se vermiste dogter.

"En Hanne, jy sê jy en Margot was Saterdagaand by die opera, daarna vir koffie. En dis die laaste wat jy haar gesien het, nadat julle koffie gedrink het."

"Buite 't Putje, dis waar ons mekaar gegroet het."

"En dit was hoe laat?"

"Net voor twaalf. Ek onthou op pad na my apartement het Sint Salvator se klok middernag geslaan."

Rik skryf dit neer, kyk na mevrou Nijs. "En Margot het nie by die huis aangekom nie. Hoe ver is dit van die Concertgebouw af?"

"Vyftien minute se stap van 't Zand tot by Walplein."

"Walplein?" Rik se pen bly hang in die lug oor sy notaboek. "Is dit waar julle bly?"

"Net ek en Margot, sedert my man twee jaar terug die hart-aanval gehad het. Sy werk by die toerismeburo in die Concertgebouw, dis hoekom ek weet hoe lank dit vat."

Rik onthou die verslag baie goed wat hy vir die hoofinspekteur opgestel het oor die raaiselagtige nagtelike ervarings van Gina White en Sue Petit, albei daar by Minnewater se omgewing. Hy het niks weer gehoor nie, vermoed die verslag lê iewers in die stadhuis in 'n burokraat se in-mandjie. Hy skud sy kop, wonder of hy spoke opja. Miskien het Margot Nijs ná die koffie besluit om by 'n kêrel te gaan kuier en oor te slaap vir die Sondag.

Mevrou Nijs sê: "Dis al Maandag en Margot het nog nie by die huis opgedaag nie. Sy moes vanoggend by die werk gewees het."

"Kon sy by iemand gaan kuier het?" vra Rik. "Familie, miskien vriende?"

"Jy bedoel 'n kêrel, inspekteur? Jy meen sy gaan saam met Hanne opera toe, hulle drink saam koffie agterna en dan gaan slaap sy middernag by 'n kêrel oor, vergeet van haar ma en haar werk?"

"Uhm . . . ek moet net na alle moontlikhede kyk, mevrou. Hét sy 'n kêrel?"

"Ja," sê Hanne, "in Brussel."

"En as hy naweke kom kuier, bly hy by ons," sê mevrou Nijs.

"En hy was nie die naweek hier nie, anders sou hy saamgegaan het opera toe." Rik dink 'n oomblik. "Watse opera?"

"Meyerbeer se *Robert le Diable*," sê Hanne. "Ken jy dit, inspekteur?"

Hy skud sy kop. "Nee, net gewonder. Nie baie operageselskappe besoek Brugge deesdae nie, nie soos vroeër jare nie. Oukei, ek het 'n foto van Margot, maar gee my 'n beskrywing. Hoe lank is sy, hoeveel weeg sy, sulke inligting, sodat ek dit kan versprei. Miskien kan ons iets in die plaaslike koerante sit, inligting vra van mense wat haar dalk iewers gesien het."

"Jy dink sy't weggeloop," sê mevrou Nijs. "Hoekom sal sy wegloop?"

"Het sy dalk die laaste tyd ontsteld gelyk? Iets genoem wat haar pla?"

"Sy is 'n opgewekte mens," sê mevrou Nijs. "Sy was nie ontsteld nie, sy't 'n goeie werk, sy't goeie vriende, sy geniet die lewe."

Hanne frons. "Is dit nie in die omgewing van Minnewater waar daardie ander twee meisies aangerand is nie? Ek't iets oor hulle gelees."

"Ons weet nie eens of hulle aangerand is nie, kon geen bewyse kry nie," sê Rik. "En Hanne, jy sê jy't niemand gesien wat agter julle aanloop nie? Niemand wat ná die opera rigting gevra het nie, miskien 'n verdwaalde toeris?"

## 30.

Die gewoel om haar laat Sajida ongemaklik voel. Sy is nie gewoond daaraan om die middelpunt van soveel opgewonde voorberei- ding te wees nie. In Kanigoram en in die madressa in Islamabad het sy tussen ander versmelt, op haar plek en onopgemerk haar gang gegaan, soos dit 'n goeie vrou betaam. Nie hier nie. In die groot huishouding van die Burki's word sy ineens op die hande gedra, is sy 'n prinses.

Eers was dit die hele gedoe om die regte uitrusting, spesiaal vir haar gemaak. Die styl moes gekies word, die ontwerp, die materiale, die versierings, die bykomstighede. Daarna al die ge- bruike en gewoontes van 'n tradisionele Moslemhuwelik wat sy moes nagaan en instudeer.

Vir die voorkoms van sy bruid, het sy agtergekom, ontsien Majid oënskynlik geen moeite of geld nie. Net die beste, al was hulle twee nog skaars 'n oomblik alleen in mekaar se geselskap. Sedert haar aankoms in Suid-Afrika het hy nog skaars tien woorde met haar gesels, en wanneer hy met haar praat, is dit in die teenwoordigheid van ander familielede.

Dis asof hy alles met afstandbeheer reël en doen, en van iewers 'n alsiende oog hou. Nadat sy op die ontwerp en materiale besluit het, is dit eers aan hom voorgelê vir goedkeuring. En sy ma sê hy dring aan op die volle huwelikseremonie, het 'n bruilofsbeplan- ner aangestel vir elke tradisie en gebruik, tik dit een vir een op haar vingers af. Die mangni: die amptelike verlowing; die mayun: die afsondering van die bruid vir haar verfraaiing vir haar bruide- gom; die bruid se dolki; die mehndi-party en tatoeëring van die bruid met hennaversierings; die baraat-prosessie; die nikah: die huweliksbevestiging, bygewoon deur net intieme familielede; die walima: die feestelike onthaal waarop familie, vriende en die gemeenskap die huwelik vier.

Eers met die eerste passing begin Sajida effe ontdooi, steek die geesdrif aan. Haar uitrusting is van amperwit charmeuse-sy, die bostuk geborduur, die romp met 'n meerminsnit en herhalende borduursel van die blommotief, agter 'n kapelsleep van haar heupe af, die dupatta van chiffon met ornamentele motiewe. Die hele uitrusting, ook die dupatta, is versier met Swarovski-kristalle, diamanté, kora, dabka, kamdani, badla en edelstene. Sy draai rond voor die lang spieël, lenig en elegant, haar vingers strelend oor die tekstuur van die charmeuse, die fynste van alle sy, al hoog geag sedert antieke Chinese dinastieë.

Die aand voor die troue, terwyl sy kyk na die delikate patrone van die hennatatoes aan haar hande en arms en voete en bene, die aroma van wierook in haar kamer, dink sy aan haar huweliksnag. Met 'n bonsing in haar keel wonder sy oor Majid se bed, daar in sy kamer in die ander vleuel van die Burki-woning. Hy lyk na 'n goeie man, sy hande sag, sy naels versorg. Aantreklik ook, en sy dink hy sal teer met haar wees wanneer hulle môreaand die eerste keer alleen is en hy haar in sy arms neem om sy huwelik te volbring met hierdie onskuldige maagd uit die berge van Suid-Waziristan. Miskien sal hy vir haar mooi woorde fluister en haar gerusstel en nie haastig wees nie, want hy sal weet dat dit haar eerste keer by 'n man is, dat sy haarself rein gehou het vir haar bruidegom.

Môreoggend sal sy haar in die bad glad skeer soos die hadiet voorskryf, en sy sal uptan-room van koerkoema, sandel, kruie en aromatiese olies aan haar vel vryf. Dan sal die vroue haar help aantrek, haar hare versorg, al die juweliersware hang en skik, die armbande en oorkrabbers, stringe van goud en edelstene om haar nek, aan haar hare en voorkop. Sy sal so mooi soos 'n Lollywood-aktrise vir haar bruidegom wees.

# 31.

Op sy derde besoek aan die Volkssterrenwacht Beisbroek kry Abel die gevoel dat van die personeel hom herken, selfs beïndruk is met sy kennis van die astronomie, hom uitsonder onder die besoekers. Die aandag staan hom nie aan nie, maar hy is nuuskierig. Hy is ongewoond aan die wondere van die noordelike sterrehemel, al die ontdekkings wat wag.

Hy word toegelaat om ná besoektye langer agter die Schmidt-Cassegrain-teleskoop deur te bring. In Suid-Afrika is net 68 van die 88 konstellasies sigbaar, die ander twintig het hom bly ontwyk. Nou verken hy ook die konstellasie Coma Berenices, of die Haarlok van Berenice. Oos van Coma Berenices lê Boötes, die Veewagter. Hy kan ook vir die eerste keer 'n groot teleskoop rig op die posisie van die vierdubbele ster Mizar in die konstellasie Ursa Major.

Abel is van plan om die sterrewag dikwels te besoek en sy bevindinge aan te teken vir sy kosmiese joernale. Hy sal ook graag 'n Oosterse sterrewag wil gaan besoek, soos die een in Samarkand. Maar hier, in die Noordelike Halfrond, begin hy reeds entoesiasties peins oor nuwe velontwerpe van konstellasies wat hy nou vir die eerste keer kan bewonder.

Hy klim die aand by die bushalte voor die stasie van bus 52 af en stap deur die ou dorp na sy ateljee in Boterhuisstraat. Hy dink dis 'n goeie naam: ateljee. In Johannesburg het hy 'n galery gehad, in Brugge het hy 'n ateljee.

Hy sluit die deur agter hom, klim op na die tweede vloer en skakel die plafonlig aan. Hy buk by die twee spanrame wat hy geprakseer het soos dié in sy huis in Doradopark waarop hy sy gelooide velle gestrek het om droog te word. Hy het ook die werktafel self aanmekaargesit: twee saagbokke en 'n paar steierplanke; die hardewarewinkel het dit selfs kom aflewer. Die planke het hy met metaalhegstukke aan die voetstukke vasgeskroef, en 'n stuk viniel oorgetrek as werkoppervlak.

Die twee konynvelle is reeds droog en klaar gebrei. Hy haal een van die raam af en strek dit op die viniel uit, sag soos seemsleer en deeglik behandel teen muf, fungi, bakterieë en goggas. Met 'n winkelhaak en skalpel sny hy sorgvuldig die ongelyke rande af tot 'n A4-reghoek. Hy frommel die vel in sy hande, druk dit teen sy wang, voel die tekstuur. Hy doen dieselfde met die tweede vel. Rol hulle dan individueel in sneespapier op en druk hulle in sy kartonkoker, kan nie wag vir Ignaz se beoordeling van sy werk nie.

Ja, hy moet aan homself beken: met die eerste snitte om die dun, delikate konynvel af te slag, was hy onseker, sy vingers tentatief met die skalpel. Met die tweede konyn het dit beter gegaan en het hy sy selfvertroue begin herwin.

Die volgende oggend lê hy die twee velle op Ignaz se ligtafel neer, staan terug en vra: "Wat dink jy?"

Hy kyk angstig toe terwyl Ignaz buk om die velle deur die loep te bestudeer.

"Mm," sê Ignaz 'n slag. Kom dan uiteindelik regop, verskuif die loep na bokant sy wenkbrou. "Nie sleg nie, Abel."

"Ek's nog bietjie verroes. Moes dalk meer aluin bygevoeg het."

"Ja, maar sal dit hou? Wat's die lewensduur, dis my vraag. Lyk 'n bietjie dun. Miskien het jy te veel geskraap, te veel met die puimsteen geskuur. Dit was die probleem met baie van die velle van 'de kleine huidenvetters' van die vyftiende eeu. Hulle velle was óf te dik óf te dun. Die Vuilvels, is hulle genoem."

Abel kan nie glo wat hy hoor nie. "Is dit jou opinie van my konynvelle? Jy sê ek's eintlik net 'n vuilvels?"

Ignaz keer met sy handpalms. "Dis nie wat ek bedoel nie. Ek probeer jou net leer, om nie dieselfde foute te maak nie. Miskien is jy net verroes, soos jy sê. Ek't mos die goeie gehalte van jou vorige werk gesien, jou daarvoor geprys."

Abel voel die geskarrel in sy kop, die gekrap van naels.

"Abel?"

Hoor die stemme en gille van vervloë spoke.

"Abel, hier's 'n glas water, is jy oukei? Kom sit."

Hy laat hom aan die elmboog na 'n stoel lei, gaan sit, vat die glas en sluk, mors water oor sy ken.

"Jy't my laat skrik," sê Ignaz, "dog jy kry 'n aanval. Voel jy beter, is dit hoë bloeddruk?"

Abel skud sy kop. Hy moet hom nie so ontstel nie, dis nie goed nie.

Hy voel hoe die orde stadigaan na sy kop terugkeer.

En hy dink: Ek sal haar vel vir jou bring, Ignaz, en jy kan dit op jou ligtafel deur jou loep bekyk en dit sal sonder vlek wees, saggebrei soos 'n doek van sy. Wanneer jy daardie vel in jou hande koester, sal jy vergeet dat jy my met 'n vuilvels vergelyk het. En wanneer jy dit bind as omslag vir my kosmiese joernaal, sal jy verras wees oor die vakmanskap wat die vel van jou dogter só delikaat kon looi en brei.

Ignaz gaan sit op die kroegstoel langs sy ligtafel. "Ek het 'n proposisie vir jou, Abel. Ek't bietjie gaan nalees, navorsing gedoen nadat jy daardie twee . . . uhm . . . spesiale velynvelle gebring het. Jy weet, dié met die tatoeërings van die pou en die haas, van jou donateurs?"

Abel swyg steeds, hou sy vriend dop – ás hy steeds 'n vriend genoem kan word.

"Ek lees in die Bibliothèque Nationale in Parys is 'n dertiende-eeuse Bybel wat oorgetrek is met peau de femme-perkament."

Dít bring 'n flikkering in Abel se oë. "Vrou se vel?"

Ignaz knik. "En die Franse skrywer Eugène Sue het glo sy *Mystères de Paris* in die vel van sy minnares laat bind."

Nou sit Abel aandagtig en luister. Hy het dan gedink die omslae van sy kosmiese joernale gaan so uniek wees. Wel, miskien steeds uniek. Met die ingelegte tatoeëermerke van astronomiese betekenis kon niemand hom voorgegaan het nie.

"Ons't gepraat oor die moontlikheid van oktavo-formaat vir jou joernale, nie waar nie?" gaan Ignaz voort.

"Ja," sê Abel.

"Dan sal die volgende brokkie jou interesseer. Steeds die Franse in Parys, waar die vel van vroueborste gebruik is vir die omslae van obsene boeke in Faubourg Saint-Germain. Soos 'n oktavo-uitgawe van die Marquis de Sade se *Justine et Juliette*. Kan jy dit glo? En luister hierna: 'n uitgawe van Mercier de Compiègne se *L'éloge des seins* is ook so gebind, met in die middel van die voorblad steeds die tepel."

Abel staar na Ignaz, verwerk die inligting. En die proposisie waarvan Ignaz gepraat het?

Dié kom langs die ligtafel orent, gaan soek op sy chaotiese skryftafel, tel 'n boek op. Abel vat dit by hom. Lees die titel en kyk vraend op.

"*Bruges-la-Morte*," sê Ignaz. "'n Seldsame uitgawe wat ek vir myself gekoop het. Wil dit in 'n nuwe omslag bind. Kyk, die ou linneband is erg verweer, besig om uit te rafel, ek moet dit konserveer."

Abel blaai deur die boek, kyk na die illustrasies. "Dis in Frans?"

"Die fliek waarvan Sofie gepraat het, *The Dancer*, is op hierdie boek gebaseer. Sy't mos gesê sy gaan vir ons kaartjies kry vir die première."

"Ek kyk nie eintlik flieks nie."

"Maar jy sal van hierdie een hou, as jy die storie ken."

"Ek verstaan nie Frans nie en ek lees nie stories nie."

"Jy hoef dit nie te lees nie. Kom, ek wil jou iets gaan wys. Ek dink jy sal van my proposisie hou."

Abel loop nuuskierig agter Ignaz aan teen die trap op na die derde verdieping. Hy sien dadelik die fotogalery raak toe Ignaz die deur vir hom oopdruk en opsy staan.

"Wie's sy?" vra Abel. Maar hy weet.

"Is sy nie pragtig nie?"

Abel wens hy het sulke foto's van sy moeder gehad. Hy sou sy huis ook so met haar foto's versier het, sy moeder se gesig op elke stukkie muur. Maar hy het nie foto's van haar nie, net een van toe hy klein was, 'n kiekie van hom tussen sy moeder en ouma Hannie. Dit moes hy in sy galery agterlaat met sy vlug.

Hy het darem lank sy moeder se régte gesig saam met hom gehad, selfs ná haar dood, daar op haar marmerbed in haar slaap-kamer. Hy kon na haar gaan kyk wanneer hy na haar verlang het.

Hy draai na Ignaz, sien die deernis waarmee hy na die foto's van sy dooie vrou kyk. Abel verstaan hoe Ignaz voel. Dan het hulle twee tóg 'n spesiale band: die intense verlange na 'n geliefde dooie vrou, en die ewige soeke na iets of iemand om daardie rou gat in die siel weer te vul.

"Dis nie eintlik wat ek jou wil wys nie," sê Ignaz. "My proposisie is in die spaarkamer, hier langsaan waar ek al Jute se klere en persoonlike besittings bewaar."

'n Kort gang, en by 'n toe deur soek Ignaz na 'n sleutel.

Hoekom sou hy sy spaarkamer toesluit? wonder Abel, maar hy vra nie.

Hy tree na binne en staar na die jong vrou op die bed. Sy lê slapend op haar rug onder 'n duvet, net haar gesig sigbaar, bleek, byna bloedloos teen die wit kussingsloop.

Vir 'n oomblik meen hy sy is dood. Dan beweeg haar kop, draai effens skuins met 'n sagte snik oor haar droë lippe, fyn verrimpel.

Hy betrag die gelaatstrekke van die vrou – die vorm van die lippe, van die ken en neus, die wangbene prominent soos dié van die vrou op Ignaz se foto's. Selfs die ligbruin hare, uitgesprei langs haar kop oor die kussing, lyk dieselfde. Moet ongeveer dieselfde ouderdom ook wees.

Hy kyk vraend om na Ignaz.

Dié glimlag en sê sag, asof hy die vrou nie in haar slaap wil steur nie: "Kon 'n tweeling gewees het, nè?"

Hy tree nader aan die bed en lig die duvet aan die een kant weg.

Sy het onderklere aan en Abel sien 'n boei om die dun pols, die ander ring van die boei aan die katelraam vas.

Hy loer weer vlugtig na haar gesig toe hy nog 'n sug en 'n snik hoor, die kop wat rol asof sy onrustig droom. Hy wag vir die oë om oop te flikker, die gil uit haar mond oor die twee mans langs haar bed.

"Sy slaap diep, sal nie wakker word nie," sê Ignaz en trek die duvet verder af, streel met sy vinger oor die merk aan die sagte, melkwit vel.

Abel leun nader. "Wat's dit? Lyk soos 'n . . ."

"Vat my loep, kyk of jy die ontwerp kan herken."

Die warm geur van haar vel is in Abel se neus toe hy oor haar buk. Sy beweeg weer onrustig, asof sy probeer wegskram van die intieme inspeksie, die vel van haar pols rooi geskaaf van die staal-boei.

Deur die vergrootglas bestudeer hy die delikate blou belyning van die tatoeëring, die arsering in mistige pienk kleurstof. Die werk van 'n vaste, ervare hand, 'n kunstenaar wat sy tyd gevat het, trots is op sy vakmanskap.

"Herken jy die ontwerp?" Ignaz se asem teen sy nek, 'n toon van opgewonde afwagting in sy stem.

Natuurlik herken Abel dit. Die konstellasie Lyra, hier in die noorde reg bo in die nagruim sigbaar, van die lente tot die herfs. 'n Klein konstellasie, maar sy hoofster, Vega, is naas Arcturus in Boötes die blinkste van al die Noordelike Halfrond se sterre.

"Dis 'n lier."

"A," sê Ignaz, "dis wat ek gedink het. Kan jy dit gebruik, as sy bereid is om dit te skenk?"

Abel knik. "Ja, dis perfek."

En Ignaz sal hom die moeite bespaar om self iemand te gaan

soek. Hy het gedink aan Sofie se arend, maar dié kan nou eers wag.

Ignaz sê: "I wish to tune my quivering lyre, to deeds of fame, and notes of fire."

Abel staar na hom en Ignaz sê: "Dis Byron."

Hy sal graag 'n elegante swaan ook wil hê, dink Abel, simbool van die konstellasie Cygnus. Brugge se kanale is juis so vol swane. En Ignaz het vir hom die aandoenlike storie oor die dorp se beroemde swane vertel: met die dood van hulle geliefde Maria het die Bruggelinge in opstand gekom teen die regime van haar wewenaar, hertog Maximiliaan van Oostenryk. Tydens sy kortstondige opsluiting in Huis Craenenburg op die Markt moes Maximiliaan hulpeloos toekyk hoe Pieter Lanchals, sy balju en getroue raadgewer, gemartel en onthoof word. Toe Maximiliaan sy heerskappy herwin, het hy 'n bevel uitgevaardig dat Brugge se kanale tot in alle ewigheid vol swane moet wees – langhalzen genoem, ter ere van Pieter Lanchals.

Ignaz herskik die duvet oor die slapende vrou, en Abel wonder of hy ketamien gebruik het. Vir Sofie sal hy sy beproefde Propofol uithaal.

Hulle stap in stilte uit. Abel hoor hoe Ignaz weer die deur sluit, en terug in die sitkamer verwonder hy hom opnuut aan die ooreenkoms tussen die twee vroue.

Af met die trap, en by sy ligtafel sê Ignaz: "Ek't weer oor jou joernale gedink, die omslae en papier en so."

"Ja?" sê Abel gretig. Die hersiening van sy astronomiese waarnemings is lankal afgehandel, en hy is tevrede en gereed vir Ignaz.

"Ek weet dis 'n baie spesiale projek vir jou en daarom wil ek spesiale papier aanbeveel, die beste wat beskikbaar is. Ek't gedink ons moet dit laat druk op Cavaliere, handgemaak uit romerige pulp van katoen en water. Maar nie sommer net water nie, suiwer bergwater afkomstig uit Amalfi se Valle dei Mulini. Italiaanse vakmanne het Antonio Cavaliere se ou resep verfyn – sy papier is in die Middeleeue gebruik vir die eksklusiewe skryfbehoeftes van pouse en notarisse in die plek van die algemene en minderwaardige skaapvelperkament. Ek het ook gaan eksperimenteer met lettertipes, en ek wil hierdie een aanbeveel, die Textura." Hy gee 'n proefstuk vir Abel. "Dis 'n moderne weergawe van 'n ou font, en leesbaarder as die Gotiese kalligrafie van Gutenberg se Bybel."

Abel bekyk die proefstuk en knik. Hy hou van Ignaz se voorstelle.

"Dit gaan 'n duur proses wees, veral die Cavaliere-papier . . ."

"Ek sal betaal. Het mos gesê ek verwag dit nie verniet nie."

"En die lier? Jy wil dit ook hê?"

"Ja."

"Jy hoef net vir die materiaal te betaal, nie die arbeid nie. Die arbeid doen ek gratis vir jou, my vriend. En jy sal nie teleurgesteld wees nie."

Hier kom dit nou, dink Abel, die teenprestasie, die proposisie.

"Ek's al langer as twee dekades nie meer in die besigheid van onthuiding nie, spits my toe op die binding self, die konservering van ou boeke. Dis 'n groot werk, verg vernuf en tyd. Jy't ook vernuf, dit kan ek sien aan die gehalte van die velyn wat jy bring. Daarom is my voorstel dat ons moet saamwerk. Jy kan die lier kry, maar vir mý boek se omslag moet jy die vel van haar dy oes. Dink jy sy sal instem?"

"Instem om haar vel te skenk vir boekomslae?"

"Ja, soos jou twee donateurs. Hulle't mos ingestem, jy't so gesê. Sal jy haar ook kan oortuig? Ek sal haar betaal, goed betaal, jy kan dit vir haar sê."

"Jy wil haar betaal vir twee stukke vel, en haar dan laat gaan?"

"Vel groei aan, veloorplantings word gedoen, sy sal gou herstel. Het jou donateurs al herstel?"

"Jy't haar ontvoer, Ignaz. En jy hou haar teen haar wil aan. Miskien moes jý dit eers met haar bespreek het, gevra het of sy bereid sal wees vir so 'n transaksie. Jy kon ook gesê het dit sal haar beroemd maak, TV-stasies en tydskrifte sal haar baie betaal vir onderhoude en foto's."

"Is dit wat jy vir jou donateurs gesê het?"

"Nee." Abel kan Ignaz se naïwiteit nie glo nie.

"Hoe het jy dit gedoen? Het jy dit vooraf met hulle bespreek?"

"Luister, Ignaz, dis nou te laat. Jy hou haar bedwelm en geboei hier bo in 'n kamer aan, en die polisie soek haar seker al."

Ignaz lyk opeens erg onseker. "Miskien moet ek haar los . . ."

"Het sy jou gesig gesien? Sal sy jou herken as jy haar los?"

"Ja. Wat moet ek doen, Abel? Ek het so lank na die regte een gesoek. Sy's ideaal, lyk nes Jute, jy't self gesien."

"Ontspan, ek dink ek het 'n plan."

## 32.

Majid kry die boodskap toe hy laat die oggend voor sy huwe-
lik uit sy badkamer kom. In die sitkamer van sy woonsuite wag
'n silwerskinkbord reeds met 'n glas lemoensap, vars vrugte en
roosterbrood met roereiers. Hy lees die teksboodskap en sluk aan
die sap.

Hy bel eers nadat hy klaar geëet het, sy drag vir die belang-
rike dag uitgelê, sy skoene blink. Sy skoene is áltyd blink. Volgens
hom word 'n man se voorkoms en stand opgemerk aan die gehalte
en toestand van sy skoene. Gewone leerskoene, maar glansend,
sonder skif of stof. En nie skoene van slang of volstruis nie, en
veral nie krokodil nie.

Hy vee sy mond met die wit damasservet af en druk 'n nommer
op sy sel se Speed Dial. Dit lui net twee keer, en hy sê: "Laat Faisal
kom, ek wil hom sien."

Hy en Faisal kommunikeer net van aangesig tot aangesig, en
toe dié 'n uur later voor hom sit, sê hy: "Jy weet wat vandag ge-
beur, nè?"

"Ek weet, die troue. Ek wou jou nie pla nie, maar ek moes jou
laat weet."

"Dis goed dat jy laat weet het, maar vandag gaan ek niks daar-
aan doen nie. Ek gaan die hele dag besig wees, dis 'n groot dag vir
my familie. Niks gaan dit ontwrig nie."

"Ek verstaan, Majid, en baie geluk."

"As ons klaar gepraat het, sit ek dit uit my kop uit, en vir die res
van die dag geen oproepe of boodskappe aan my PA nie, gehoor?"

"Ja, maar wat verwag jy van my?"

"Ek sal môre met jou praat, hou hom daar. Is hy veilig?"

"Hy's veilig, kan nie wegkom nie."

Majid dink 'n oomblik. "Hy't oor die rivier gekom? Wat's sy naam?"

"Jake Diamond."

"Die joernalis? Die een wat saam met Heilbron gaan eet het?"

"Ek't hom nie uitgevra nie, net sy naam en wat hy op ons grond maak."

"Wat sê hy toe?"

"Sê hy't kom visvang, sê die boot het oor die rivier gedryf. Hy't nie hengelgereedskap by hom gehad nie, net 'n kamera."

"Kamera? 'n Joernalis wat sonder 'n stok hengel?"

"Hy praat baie, sê hy wil met die baas van die plaas praat, vra wie die eienaar is."

"Geen gesprekke met hom nie, hoor. Waar's hy nou?"

"In die slaapkamer toegesluit. Moet ek vir hom kos gee?"

"Ja, gee hom kos, en hou hom daar tot môre. Ek wil eers trou, sonder verdere steurnis, dan sal ek aandag aan hom gee. Julle't hom nie hardhandig behandel en beseer nie?"

"Nee, hy makeer niks. Hulle gaan hom vermis, sy kar in die bosse kry."

"Wat het julle met die boot gemaak?"

"Net 'n dinghy, dis nog daar."

"Wat's op die kamera?"

"Voëls."

"Dis al, voëls?" Majid dink 'n oomblik. "Stuur iemand oor, kyk of daar besittings van hom aan die oorkant rondlê."

"Ek't hom die hele oggend deur die verkyker dopgehou, daar's 'n rugsak. Hy't gesit en lees en geslaap en voëls afgeneem."

"Kry die kar se sleutels by hom. Laat Tariq met die dinghy oorgaan om te gaan opruim en die kar plaas toe te vat."

"As iemand Tariq in die joernalis se kar sien, of hom voorkeer daar op Cradle Ranch, wat dan?"

"Dink aan iets, Faisal, hoekom vra jy my? Waar's jou brein?

Het Tariq nie 'n groot boshoed en 'n sonbril nie? Laat hy in die kar klim en die eerste pad hek toe vat, sorg dat hy die gastehuis en chalets vermy. Gaste ry rond, kyk na wild, word nie voorgekeer nie. En as iemand die kar sien, sal hulle dit herken, hulle sal weet Diamond is daar. Hoekom sal hulle sy kar voorkeer?"

Majid is iesegrimmig oor hierdie komplikasie. Wat weet die joernalis alles? Hoekom was hy daar by die rivier? Het Heilbron wel vir hom inligting gegee, al het hy dit ontken daar in die koelkamer, snot en trane oor sy wange? Soos die joernalis uiteindelik ook sal huil en pleit vir sy lewe terwyl hy valslik sy onskuld bely.

Maar dit sal eers moet wag, hy moet nou hierdie troubesigheid agter die rug kry.

## 33.

In die grafologiese resultate oor Abel Lotz se handskrif is die handskrifontleder 99.3% seker van haar bevindinge. Die eerste woord is *Coma Berenices*, die tweede *Mizar*, die derde *Orloj*. Die betekenis van die woorde is vir haar duister, maar haar posbeskrywing verg nie die uitleg van woorde of frases nie.

Ella dink háár posbeskrywing ook nie. Sy google en kry 'n konstellasie en 'n ster en 'n astronomiese klok.

Sy dink al drie klop met Abel se besondere belangstelling in die kosmos. Die gestippelde wolk kan sy nie verklaar nie, ook nie Abel se denke agter die gekrabbelde woorde nie. Sy dink niemand, nie eens Abel self, kan sy denke probeer verklaar nie. Tensy . . .

Wel, daar is geen menslike manier hoe hy na die konstellasie Coma Berenices óf die ster Mizar kon uitwyk nie, maar hy kon Praag toe vlieg om die Orloj- astronomiese klok te gaan besigtig. En daarvoor het hy 'n paspoort met 'n Schengenvisum nodig.

Voetwerk is die beproefde tegniek van enige speurder wat sy sout werd is, en sy bespreek die voetwerk met Stallie.

"Jy wil die passasierslyste laat nagaan van alle vliegtuie wat in Praag aangekom het sedert Abel die Sleep Inn verlaat het?"

"Ja."

"Wat van passasiers wat per trein in Praag aangekom het, of per bus, of per kar?"

"Tsjeggiese immigrasie sal rekords hê van elke besoeker wat 'n grens na hulle land oorgesteek het."

"Dis seker 'n paar miljoen mense, Ella! En op watter naam soek jy?"

Sy skud haar kop, voel magteloos. "Dis soos die naald in die hooimied, nè?"

"Jip," sê Stallie. "Europol en Interpol en Tsjeggiese immigrasie sal lag as hulle so 'n versoek kry. 'Wie soek julle eintlik?' sal die heel eerste vraag wees. 'Gee ons 'n naam.' "

"Ek weet, ek dink hardop. En jy help nie eintlik nie."

"Ek probeer. Hy kan enige plek wees, ingesluk deur die massas in Europa. En daardie gekrabbelde syfers, het jy dit ook al ontrafel?"

Sy kyk weer daarna: *12.76 h +21.83° NQ3*. "Dis die koördinate vir die posisie van die konstellasie Coma Berenices. Goed soos regte klimming en deklinasie en kwadrant – waarvan ek minder weet as van 'n hond se brekfis, en ek hét nie eens 'n hond nie. Stallie, Abel is of was in Praag, daarvan is ek seker. Hoe hy daar gekom het, weet ek nie, maar waar hy nou is, dáárin stel ek belang. Kan jy 'n bietjie buite die boks probeer dink?"

Geïrriteerd toe haar foon lui, raap sy die gehoorstuk op en blaf: "Neser."

"Ek's die nuusredakteur van die *Rekord*," sê 'n vrouestem. "Is jy adjudant Neser wat die Heilbrongeval ondersoek? Ek dog die ondersoekbeampte is 'n man."

Asof vroue nuusredakteurs kan wees, maar nie moordspeurders nie, dink Ella. "Ek is adjudant Neser, ja. Kan ek help?"

"Jy't Jake Diamond ondervra oor die Heilbronsaak, ek't gewonder of julle weer kontak gehad het?"

"Hy was hier en ons het gesels."

"Net die een keer?"

Nou vererg Ella haar. "Luister, as Jake Diamond nog iets te sê het, laat hy my self bel. So nie, bel die polisie se skakelafdeling, ek praat nie met die pers nie."

"Maar jy't met Jake gepraat."

"Ek't hom ondervra as ooggetuie in 'n misdaadondersoek. Die feit dat hy 'n joernalis is, is bloot toevallig. Bel die skakelafdeling."

Die gehoorstuk al op pad terug mik toe: "Hy's weg!"

Terug teen haar oor: "Weg? Wat bedoel jy weg?"

"Hy's Vrydagoggend hier weg op 'n storie, nie gesê waarheen nie, net dat hy dalk die hele dag uitstedig gaan wees. Dis nou al Dinsdag en hy's steeds nie by die werk nie. Dis nie soos Jake is nie."

"Wat sê sy vrou?"

"Hy's geskei, jare al. Ons het sy dogter in Modimolle gebel, sy't nie onlangs van hom gehoor nie. Seun sit in Perth."

"Die eks?"

"Die dogter sê haar ma is weer getroud, bly op Boknes, het haar pa tien jaar laas gesien."

"Bly hy alleen? Miskien lê hy siek in die bed."

"Ek stuur al van Saterdag af verslaggewers na sy woonstel toe. Die opsigter het gister oopgesluit, g'n spoor van Jake nie."

"Hoekom bel jy my? Gaan meld sy verdwyning by jou naaste polisiekantoor aan. Tensy jy bewyse het van 'n geweldsmisdaad."

"Ek't nie bewyse nie, maar daar was 'n oproep van ene meneer Lingevelder. Hy't 'n gasteplaas anderkant Muldersdrift en hy's vies oor Jake glo sy gasvryheid misbruik het. Met sy dinghy op die Krokodilrivier gaan roei en dit nie weer behoorlik vasgemaak nie, toe's die dinghy rivieraf, hy kry dit 'n kilo verder tussen takke vasgespoel."

"Oukei, so Jake het gaan roei en van die dinghy afgeval. Miskien het 'n krokodil hom opgevreet. Gaan meld dit aan by jou naaste aanklagkantoor."

"Hy't nie afgeval nie, adjudant, hy's weer met die kar weg."

"Hoekom het hy op 'n Vrydagoggend die behoefte gehad om langs die rivier te gaan sit?"

"Dis wat ek nie weet nie. Hy't net gesê hy gaan die Heilbron-storie opvolg, so dis hoekom ek jou bel."

Ella dink aan hulle gesprek hier in die kantoor, haar waarsku-wing aan Jake.

"Gee Lingevelder se nommer, ek sal met hom gesels. Jy's seker Jake het nie 'n flossie iewers opgetel nie?"

217

"Twee jaar voor sy aftrede die risiko loop van 'n tugverhoor ter wille van 'n los flos? Nie Jake nie."

Ella skryf Lingevelder se nommer neer en die nuusredakteur sê: "En adjudant Neser, terwyl ons nou gesels, hoe vorder jou ondersoek na Abel Lotz? Weet jy waar hy is?"

"Dankie, ek sal Lingevelder bel. Tot siens."

Ella plak die foon neer en vat haar beker om te gaan koffie haal. "Waar's Stallie?" Kyk na die beker in Papi Asmal se hand. "En jy vat die laaste en maak nie vars koffie nie?"

"Hy't gesê moord-en-roof is so stil, gaan gou sy hare laat doen."

Maar Papi moes die onweer op haar gesig merk, kategorie vyf op die Beaufortskaal en broeiend, en hy sê vinnig: "Stallie is na daardie twee seuns toe, die karpvangers wat op Heilbron se lyk afgekom het. Een van hulle se ma het gebel."

Ella meet vars koffie in die masjien af. "En jou informante, Papi, al iets opgelewer? Of is almal met stomheid geslaan, bang vir 'n Colombiaanse das?"

"Ek werk aan hulle, gee kans. Jy weet informante het selektiewe geheues. Jy moet die geheue bly olie, dit vat tyd en geld."

Sy skakel die koffiemasjien aan, stap met haar leë beker terug na haar hokkie terwyl die koffie filtreer, bel Lingevelder se nommer.

"Van moord-en-roof?" sê hy. "Is . . . is Jake . . .?"

"Net roetine, g'n rede om te vermoed Jake het iets slegs oorgekom nie. Ek't hom vroeër uitgevra oor 'n saak wat ek ondersoek, nou wonder ek of sy verdwyning daarmee verband hou, dis al. Die nuusredakteur sê jou hekwag het hom in die koerantkar sien uitry?"

"Ja, ou wit Toyota, *Rekord* in rooi teen die deur geskilder. Die hekwag onthou die bestuurder het nog vir hom gewaai."

"Het die hekwag met Jake gepraat?"

"Nee, die besoekersboek word net geteken deur inkomende gaste. As hulle uitry, word hulle nie weer voorgekeer nie, die hekwag skryf net die vertrektyd in die boek. Hy's kwart voor twaalf weg, het my nie eens kom groet nie. En my dinghy net so in die water gelos."

"Wat het hy eintlik daar langs die rivier gaan maak?"

"Uhm . . . weet nie eintlik of dit vir moord-en-roof bedoel is nie, miskien moet jy kom kyk. Dis die beelde op my boscam wat Jake so geïnteresseer het. Eers gemeen dis ouens wat mekaar met verf skiet, toe sy storie verander."

"En jy sien niks van Jake se verdwyning op jou boscam nie?"

"Dis die ding: ek het dit teruggevat na die suipplek toe. Pleks dat ek dit nog 'n dag daar gehou het, dan kon ek sien wat Jake alles aanvang. Maar hy't gesê hy gaan sy eie foto's neem, toe vat ek die boscam terug."

"Watse foto's?"

"Van die ouens tussen die bosse oorkant die rivier, op ou Van Blommenstein se plaas. Ek dink daar gaan iets snaaks aan."

Laatmiddag is Ella terug op kantoor met die digitale beelde van Lingevelder se boscam op 'n geheueskyf. Sy laai dit op haar rekenaar en bestudeer die beelde opnuut, raam vir raam. Roep vir Papi dat hy moet saamkyk.

Sy druk die pouseknoppie en hulle staar na die mans met kamoefleerdrag en gewere, sien selfs handgranate hang.

"Wat dink jy, Papi?"

"Camo-klere is nie onwettig nie. Wapens ook nie, solank dit gelisensieer is. En dit kan fopgranate wees, ouens besig met 'n oorlogspeletjie."

"Ek bedoel hoe lyk hulle vir jou?"

"Hoe lyk hulle?"

"Ja, man, kom hulle ook uit Gujarat, soos jy en Gandhi? As jy moet skat. Of uit Sri Lanka, dalk uit Pakistan of Afganistan?"

"Ons lyk vir jou almal dieselfde, nè?"

"Verskoon my onkunde, Papi, maar ek's nie 'n antropoloog nie, ek vra jou mening hier. Ek probeer die ras bepaal, nie omdat ek 'n rassis is nie, omdat ek 'n speurder is. Die ras is 'n leidraad en ek wil weet of daardie mans mongoloïed, negroïed, caucasoïed, asioïed, asteroïed of enige ander oïed is."

"Indiese of Pakistanse herkoms," sê Papi. "Die beelde is onduidelik, maar ek sal raai Pakistan."

"Dankie, was dit nou so moeilik? Nou vir nóg 'n raaiskoot. Druk foto's uit met die beste definisie en gaan wys dit vir mevrou Heilbron. Vra haar of sy een van die gesigte herken as dié van die bode wat die Dawah-lêer uit haar man se kluis kom haal het."

"Oukei, ek sal die foto's sommer ook vir my informante gaan wys, miskien begin ons nou op 'n spoor kom." Papi staan op. "Nog koffie?"

"Dis gaaf van jou, dankie. Swart, sonder suiker."

"Ek weet," sê hy en vat haar beker.

Stallie kom ingewals, plak hom op Ella se besoekerstoel neer, sy hare onversteurd sedert sy hom die oggend laas gesien het. Hy haal sy notaboek uit, vou dit oop, stoot 'n ziploc-sak met 'n stuk papier oor die lessenaar na haar toe.

"Die ma het dit in Kasper se sak gekry voor sy die broek in die wasmasjien gegooi het. Die seuns het dit by die dam opgetel, gedink dis 'n vreemde geldnoot. Skoon daarvan vergeet toe hulle die lyk sien."

Ella tel dit op, bekyk die etiket in die plastieksak, draai dit om. "Gom, was teen 'n boks of iets vasgeplak, of het aan 'n broekspyp of mou gekleef. Is dit 'n embleem van 'n hoender?"

Sy lees: *Cooperativa Carne, Av. Brigadeiro Faria Lima, São Paulo, Brazil. Produtos de frango halal.*

"Halaalhoender? Oukei, Stallie, kanse dat ons ander vingerafdrukke hierop gaan kry as die seuns en die ma s'n is seker nul, maar stuur dit nietemin vir afdrukke. En begin bel. Invoerders van vleisprodukte het permitte nodig, kyk of jy besighede kry wat halaalhoenders van Cooperativa Carne uit São Paulo invoer."

## 34.

So, dis hoe dit voel om 'n Lollywood-aktrise te wees, dink Sajida, die middelpunt van al die aandag en gekoer. Sy dink sy hoef nie terug te staan vir enigeen van hulle nie, en op die onthaal sê die ander vroue dit ook vir haar, dat sy mooier is as Veena Malik en Nadia Khan en Nirma en Reema.

Net op Majid se gesig is daar geen uitdrukking nie. Sy oë is strak, asof hy in 'n ander wêreld leef waarin net uitgesoektes toegelaat word. En sy is net sy bruid, nie 'n uitgesoekte nie, dít sal sy nog eers moet verdien.

Toe die gaste vroegaand uiteen begin gaan, voel sy Majid se hand op haar elmboog. Hy lei haar uit die deftige onthaalvertrek, op met die trappe na sy suite, waar sy nou as sy vrou saam met hom sal woon. Hy vra of sy die troue geniet het, of sy gelukkig is, of sy tee wil hê. Hy wys haar die sitkamer, slaapkamer en aantrekkamer waar haar nuwe klere reeds uitgehang is.

Sy kyk na die groot bed met die weelderige duvet en kussings in rooi, grys en swart, na die nagklere wat reeds uitgelê is, en sy besluit sy sal tog 'n koppie tee wil hê.

"Ek laat kom die tee," sê Majid, "jy kan dit daar in die sitkamer drink. Kyk TV as jy wil."

"En jy?"

"Iets het voorgeval, ek moet vir 'n ruk uitgaan. Weet nie hoe laat ek terug sal wees nie. Moenie wag as jy wil gaan slaap nie. Oor 'n dag of wat sal ek jou ons wildplasie gaan wys."

En hy is uit, die deur toegedruk voor sy kan antwoord. Sy staan daar en kan dit nie glo nie, alleen op haar huweliksnag.

Sy word in die nag wakker, sien dis ná twee, die bed langs haar steeds leeg.

Sy sien hom ook nie die oggend toe sy wakker word en later opstaan nie.

'n Motorbestuurder vat haar en haar ma lughawe toe. Hulle huil toe hulle mekaar groet, want hulle weet nie wanneer hulle mekaar weer sal sien nie. Sajida wuif toe haar ma wegstap vir haar vlug na Islamabad, en sy ry swygsaam saam met die bestuurder in die swart Mercedes terug Lenasia toe.

En Majid is steeds nie daar nie.

Jake is siek en sat vir vegetariese pizza; pizza en bottels water, drie dae al. En so verveeld, voel hy raak van sy kop af. Hoeveel TV kan mens kyk?

Oor die kamer kan hy nie kla nie. Ruim vertrek met 'n dubbelbed, drie leunstoele om 'n koffietafel, TV teen die muur, swaar gordyne voor die venster, lugversorger, en suite-badkamer met stort.

Die probleem is dat die deur van buite gesluit is en dat die venster aan die buitekant met swaar houtbalke bedek is. Hy het al een van die klein ruite gebreek en die balke probeer oopbeur. Het nie 'n aks beweeg nie, asof hulle aan die sandsteenmure vasgebout is.

En geen besoekers nie, behalwe die groot jafel wat een keer op 'n dag vir hom die pizza en drie bottels water bring. Die ou sprak g'n sprook, beduie net met 'n hand dat Jake moet trustaan wanneer hy die deur oopmaak, tatoes dansend op sy voorarms en biseps, nek soos 'n os.

Jake probeer hom uitvra: "Wat doen ek hier? Is ek 'n gevangene? Waar's ek? Verstaan jy Engels?"

Toe hy 'n slag naderstap, kry hy 'n stamp teen die bors, voel of 'n trein hom tref, val met sy rug teen die bed, tien tree agtertoe.

Hy merk geen wapen aan die jafel nie. 'n Man gebou soos 'n mastodon het seker nie wapens nodig nie, kan jou nek tussen sy duim en wysvinger knak, no sweat. Fes op sy kop en nog 'n tatoe op sy voorkop.

Jake raai die vent kom uit die onderwêreld van Mumbai. Maar die blou getatoeëerde inskripsie op sy voorkop, is dit Hindi? Lyk eerder na Arabies, dalk Persies. Hoe lyk Oerdoe? wonder hy, en bestudeer met elke besoek die merk teen die man se voorkop. Oor twee dae krap hy 'n nabootsing daarvan met 'n ruitskerf op die houtblad van die koffietafel uit: اقدوى

Hy hoor soms stemme iewers in die res van die huis, en buite mans wat geselsend verbystap. Hy probeer die taal uitmaak, maar dit kan net sowel Grieks wees. Beslis nie een van Suid-Afrika se elf amptelike tale nie.

Hy slaap en kyk TV en speel met sy vingers en wonder waar sy rugsak met sy goed is. Sou graag sy boek wou hê, om die tyd te verwyl.

Op die vierde oggend is daar 'n klop aan die deur.

Hy skuif orent teen die kussings, soek na die bedlamp se ska-kelaar, die kamer knaend in skemerte, al kan hy darem bedags lig deur die skrewe tussen die balke sien. Hy hoor die sleutel in die deur, verras dat die jafel skielik hoflik genoeg is om eers te klop.

Die deur gaan oop en 'n man in 'n netjiese pak klere verskyn. Dra bril, glad gehaar, dieselfde blas velkleur as die mastodon, lyk soos 'n suksesvolle prokureur of rekenmeester. En jonk, Jake skat sy besoeker so vlak in die dertig.

"Meneer Diamond, hoop die akkommodasie is gerieflik," sê die man op suiwer Afrikaans, maar nie sy huistaal nie; Jake herken die uitspraak as van die Subkontinent.

"Sal 'n slag 'n steak waardeer. Saam met 'n glas rooiwyn."

Die man glimlag nie. "Wat het jy op my grond kom soek?"

"Jy ken my naam, wie's jý?"

"Majid. Hoekom spioeneer jy op my grond?"

"Julle ontvoer my, hou my teen my sin aan. As ek polisie toe gaan, is jy in groot moeilikheid, meneer Majid. Jy kan in die tronk beland, ontvoering is 'n ernstige misdaad."

"Soos om iemand dood te maak, in dieselfde klas?"

"Ja, in dieselfde klas. Wat wil jy van my hê?"

"Dis wat ék probeer vra, meneer Diamond. Wat soek jy op my grond?" "Ek't langs die rivier ontspan, my boek gelees, voëls afgeneem. Ek's 'n voëlliefhebber. My boot het oorgedryf, dis al, ek het g'n gespioeneer nie."

"Ja, ek het die foto's op die kamera gesien. En jou perskaart in jou rugsak gekry." Meneer Majid sit dit op die bedkassie neer.

"Wat daarvan? Mag 'n joernalis nie voëls afneem nie?" Nou eers merk Jake die bekende figuur van die mastodon, leunend teen die kosyn van die oop deur.

"Nie sonder toestemming op ander mense se grond nie. Is betreding nie ook 'n misdaad nie?"

"Uhm..."

"Seker nie so ernstig as ontvoering of moord nie, nè?"

"Luister, meneer Majid, teen hierdie tyd soek die hele wêreld my al. Laat my gaan en ons vergeet van hierdie hele episode."

Jake dink dis 'n billike voorstel. Hy sal nie polisie toe gaan nie, maar wel 'n storie skryf oor gewapende mans in kamoefleerdrag wat hom ontvoer en wederregtelik aangehou het, 'n skets daarby van die mastodon se tatoe. Dit behoort die voorblad te haal, met die opskrif: JOERNALIS ONTVOER EN GEMARTEL.

"Jy't 'n berig geskryf oor die vermoorde amptenaar van binnelandse sake, nè?" sê meneer Majid in sy sagte, gemoduleerde stem.

"Oor 'n lyk wat gekry is, ja, maar eers later gehoor dit was meneer Heilbron." Jake voel goed dat die man weet hy's 'n gerekende joernalis.

"Dis eintlik waaroor ek met jou wil gesels, oor meneer Heilbron."

"O?" Jake dink aan die polisiefoto's, Heilbron kaal daar langs die dam, sy keel oopgesny. "Wat van hom?"

"Ek wil weet waaroor julle alles gesels het. Hoekom het jy hom gevra om vir jou dokumente te reël: trousertifikaat, ID, paspoort. Vir jou bruid. Fauzia, is dit nie?"

Jake verskuif op die bed, sy mond ineens droog. Hoe weet meneer Majid van die naam Fauzia? Net Heilbron weet van Fauzia, en adjudant Neser.

"Jou tong ingesluk, meneer Diamond? Wie is Fauzia?"

"Luister, meneer Majid, wat van ons akkoord? Jy laat my gaan en ek maak of niks gebeur het nie?"

"Ek het 'n ander voorstel: jy gesels eerlik en openlik met my oor julle gesprek, en ek sorg dat Tariq jou nie seermaak nie. Hoe klink dit?"

"Wat de fok moet ek jou vertel?"

"Die polisie was by jou, nè? Hulle sou jou uitgevra het oor meneer Heilbron, jy's een van die laastes wat hom daardie Vrydagmiddag lewend gesien het. Het jy 'n verklaring afgelê? Wat weet jy van meneer Heilbron se kliënte? Het meneer Heilbron die naam Dawah genoem? Het jy Dawah aan die polisie genoem?"

"Dawah?"

"Dink mooi, meneer Diamond. Moenie oorhaastig antwoord nie. Dis wat meneer Heilbron gedoen het: hy't nie mooi gedink oor sy antwoorde nie, en kyk wat het met hom gebeur."

O, donner, dis húlle wat Heilbron se keel afgesny het, dink Jake. En hulle erken dit openlik.

Hoekom?

Omdat meneer Majid nie van plan is om hom vry te laat nie, dis hoekom.

Al kans wat hy het, is om vir tyd te speel. Hier moet hy wegkom, anders is dit verby met hom.

Meneer Majid se koue swart oë soos dié van 'n reptiel op hom. "Ek sien jy begin ernstig besin oor jou posisie, meneer Diamond. Dis goed. Jy ken my nie, maar miskien kom jy agter dat ek nie met speletjies besig is nie. Het jy iets oor Dawah aan die polisie gesê?"

"Uh ... Dawah? Luister, ek's bietjie deurmekaar. Kan ek daar-oor dink, jou môre 'n antwoord gee?"

"Ek't gehoop ons kan dit vandag afhandel, tot 'n vergelyk kom. Gedink as jy eerlik met my is, los ek jou."

"Ek sál eerlik wees. Jy kan my maar laat gaan."

"As ek later spyt is dat ek jou gelos het ... wel, ek weet waar jy werk. Ek weet ook waar jy bly, in daardie woonstel in Cresta, agter die winkelsentrum, nommer 7, in die hoek. Die een met die groen gordyne voor die sitkamervenster."

Moer, dink Jake. Hulle het hom agtervolg en dopgehou. Hoe lank gaan dit al aan?

"O ja, en ek weet van jou dogter en jou twee kleinkinders. Haar man, Org, hy boer mos met beeste daar by Modimolle. Jy sien, meneer Diamond, jy dink Tariq gaan jou keel afsny, maar dit hoef nie te gebeur nie."

Jake kry nie 'n woord uit nie.

"Goed, tot môre dan," sê meneer Majid. "Ek's 'n redelike man."

Hy draai deur toe. Jake sak teen die kussings terug, voel of sy blaasspiere enige oomblik gaan meegee, voel of hy die bed gaan bepis.

Meneer Majid steek vas, draai terug. "Lende of filet?"

"Wat?"

"Die steak waarvan jy gepraat het. En hoe hou jy daarvan? Goed gaar of net geskroei?"

"Uhm ... filet, geskroei."

"En die wyn? Jy sê rooi ... merlot, pinotage? Miskien 'n goeie cabernet?"

"Cabernet."

"En Griekse slaai, is dit oukei?"

"Dis oukei ... dankie."

Meneer Majid draai om en stap uit.

Jake hoor die sleutel in die slot, vee die sweet van sy voorkop en bolip af. Jissus, praatjies oor lende of filet. Terwyl hy voel hoe Tariq sy keel oopsny en sy tong en slukderm uitpluk.

Maar miskien het hy pas grasie gekry. Die vraag is: kan hy die man glo? Wie beken 'n moord aan 'n joernalis en laat hom dan vry? Weliswaar met 'n kwalik bedekte dreigement van liggaamlike leed aan hom of sy dogter of kleinkinders as hy nie in sy spoor trap nie.

Hy strompel uit die bed om sy pynlike, vol blaas te gaan verlig. Draai dan na die badkamerspieël, staar na sy gesig wat lyk of dit in minder as 'n uur met 'n paar dekades verouder het, die grys baardstoppels, die verlêde haremop. Hy merk nou ook die rooi oog, leun nader aan die spieël, trek die onderste lid met 'n vinger af. Fokken bloedvate in sy oog gebars van stres. Laaste keer was tien jaar terug toe die balju hom met skeidokumente kom verras het.

Wens hy kon skeer, sy tande borsel.

Hy klim onder die stort in en oordink sy desperate situasie. Die naam Dawah. Dit gaan die deurslag gee in môre se ondervraging. Wie de moer is Dawah?

Onder die stromende water beplan hy sy strategie vir die volgende dag se ontmoeting. En voel effe beter. Maar net vir die onwis sal hy die res van die dag gebruik om na ontsnappingsmoontlikhede te kyk. Dit sal die eerste prys wees, om in die nag hier uit te kom en die polisie te gaan waarsku. Dit sal die hóóffokkenprys wees as hy stil-stil kan ontsnap en die polisie se reaksietaakmag sak voor dagbreek met helikopters op hierdie plek toe. Voor die bewyse van sy aanhouding opgeruim kan word.

Die deur of die dwarsbalke voor die venster, dis al uitkoms.

Tensy hy deur die plafon kan kom. Van die ou huise het mos plafonbord van houtvesel en gips, jy kan met die vuis 'n gat deurslaan. Ook die sinkdak van 'n ou huis sal nie probleme oplewer nie. Bietjie hefboomkrag met bene en skouers en sinkskroewe in ou houtbalke het nie 'n kans nie.

En hy hoef nie oorhaastig te wees nie, het die hele nag tyd. Kan sy ontsnapping stil en deeglik uitvoer en soos 'n kat in die donker verdwyn.

Jake is honger en in 'n beter luim toe mastodon laatmiddag die deur oopsluit. Tariq, het meneer Majid hom genoem. Die keelslagter. Die skinkbord kos is bedek onder 'n groot wit servet, net die bottel wyn sigbaar. Jake wil naderkom, maar Tariq beduie vir hom om te wag. Hy trek die servet weg en plaas die skinkbord op die koffietafel.

Jake sien die stomende stuk steak, knus in sy bloederigheid. Hy snuif diep aan die aroma, kyk na die slaai en na Tariq wat die kurk uit die bottel uittrek, 'n sagte plop!

"Tariq, dis mos jou naam? Dra my dank aan meneer Majid oor, 'n man van sy woord."

Tariq ignoreer hom, stap woordeloos uit. Die sleutel knars in die slot.

Jake gaan sit by die koffietafel, voor op die punt van die leun-stoel, beskou die klassieke Griekse slaai: tamatie, komkommer, rooi uie, soetrissie, swart olywe en feta, olyfolie en suurlemoensap, 'n sprinkeling origanum en dille, sout en growwe swartpeper.

Hy druk 'n olyf in sy mond en bestudeer die etiket van die cabernet sauvignon, oesjaar nogal 2003. Skink, lig sy glas op, skommel die wyn vir die neus, neem 'n beskeie teug, spoel dit in sy mond rond om die geur te versprei. Dan sluk hy, sluit sy oë, leun agteroor teen die rugleuning, a, die piepie van engele . . .

Nou vir die steak. Hy bekyk die mes, stewig met getande lem, so goed as 'n saag, die ou plafon het nie 'n kans nie.

Hy sny deur die sagte filet, druk die vurk in sy mond en kou stadig aan die malse vleis. Vir só 'n ete is hy bereid om drie dae lank vegetariese pizza te eet. Hy drink nog wyn, hervul sy glas.

Toe hy die laaste happie vleis deur die bloederige sous op sy bord vee, is net 'n kwart van die bottel oor. Hy leun agteroor en bring 'n goeie wind op, kry die nasmaak van uie en olyf en wyn. Skuif die bord en leë slaaibak weg, staar na die gordyne weggetrek voor die venster. Buite is nog net 'n laaste, grou skynsel van daglig sigbaar.

Effe lighoofdig van al die wyn sit-lê hy diep op sy stuitjie in die stoel, sy bene behaaglik voor hom uitgestrek, by die enkels gekruis. Die telling van sy slegte cholesterol is nou seker weer deur die dak.

Hy voel lui en lomerig, sy maag vol en sy kop newelrig. Miskien moet hy vir 'n halfuur of so dut voor hy sy ontsnapping aanpak.

Sy oë val toe en sy kop hang skeef, en 'n paar minute later begin hy diep en snorkend asemhaal, 'n lel kwyl uit die hoek van sy oop mond teen sy bestoppelde ken af.

## 35.

Sesuur wag Abel vir Antoon om te kom oopsluit. Vyf minute later stap hy by Ignaz se boekbindery in Dijver in, die strate nog donker en verlate in hierdie vroeë oggenduur.

Ignaz wag hom woordeloos by die deur in, druk dit weer toe.

Binne, op elke vloer, brand net 'n enkele dowwe lig, alle gordyne toegetrek.

Abel bestyg die trappe agter Ignaz aan tot op die derde verdieping. In die slaapkamer bekyk hy die jong vrou op die bed, nou sonder boeie, oë geslote en haar bors sag deinend.

Abel praat vir die eerste keer: "Wanneer het jy haar ingespuit?"

"Net . . . net voor jy gekom het."

Ignaz lyk senuagtig, vee oor sy gesig, sy hande bewend. Abel merk die twee vars, rooi hale oor sy wang, lyk soos krapmerke. Ignaz se hare is deurmekaar, 'n sak van sy jekker halfpad afgeskeur.

Abel vra nie uit nie. Een van sy donateurs het hom ook aangeval en gekrap. Hulle het die krag van tierwyfies.

Hulle buk weerskante van die bed en rol haar in die duvet toe.

"Vat die voete," sê Abel, en hy kry die koppunt van die duvet beet. Hulle lig haar van die bed af en sukkel teen die smal, steil trappe af tot op die grondvloer.

Hier sit hulle eers die vrag neer om asem te skep. Abel sweet en hoor Ignaz se gehyg, kop onderstebo met sy hande op sy knieë.

Abel maak die agterdeur oop, sleep die rommelhouer in en druk die deur toe. Dis dieselfde soort wheelie bin wat hy by die kerk gebruik, met 'n inhoudsmaat van 360 liter, groter as dié vir huishoudelike afval.

Hy maak die deksel oop, buk, kry weer die duvet beet en sê: "Voete eerste."

Hulle plaas die duvetbondel versigtig in die houer en hy laat sak die deksel en sleep die houer op sy wieletjies uit en laai dit agterin die paneelwa, die klein Peugeot Partner wat Ignaz gebruik om sy voorraad gelooide leer in Oudenaarde te gaan haal.

Hulle ry in stilte met die agterste dienspad uit tot in Eekhoutpoort, en dan deur die Middeleeuse labirint. Oral in die strate merk Abel hoe afleweringsvoertuie by bakkerye en kafees en winkels stilhou, hoe werkers voorraad op sypaadjies uitpak en indra, die leë bokse uitdra en in rommelhouers op wieletjies straat toe sleep.

Vyftien minute later hou Ignaz in Naalden stil, net verby die ingang na die Boterhuis-voetgangersteeg. Hulle kyk om hulle rond, sien hier geen voetgangers of nuuskierige oë nie. Laai die groen houer uit, en Abel sleep die vrag by Boterhuis in. Die geklikklak van die harde wieletjies oor die keistene galm in die stil oggend.

Abel sluit sy ateljee oop, sleep die houer in en druk die deur agter hulle toe.

"Met die trap op," sê hy.

Hulle lig die bondel dooie gewig moeisaam uit die houer en dra dit boontoe, lê dit op die vinielblad van die boktafel neer, nog vol skraapsels van weefsel en hare van die konynvelle. In die vertrek hang 'n vae aroma van wintergroen en ontbinding.

Terwyl Abel die duvet oopvou, merk hy hoe Ignaz sy toerusting beskou. Die Porti-Boy-suigpomp op die toonbank, die hidro-aspirator en rubberbuise met trokar en kanules in die watertrog, die bottels met vloeistowwe op die vloer teen die muur, die plastiekemmers, glashouers en die twee klein houtbalies, die spanrame en plastieksakke met soda-as, gemeng met 'n sterk konsentraat van die allerbelangrike natronsout.

Dan skuif Ignaz se blik na die bondels met lappe toegedraai op die vloer eenkant in die hoek. Soos twee vreemde pterosourus-eiers uit die Trias lê hulle daar.

"Dis my konyne," sê Abel, "besig om te mummifiseer."

"En dis . . . dis wat jy met haar gaan doen?" Ignaz se stem is 'n onsekere fluistering.

Abel bestudeer opnuut die gelaatstrekke en die vel van haar gesig. Nie onaantreklik nie, maar voldoen nie aan sy vereistes vir die gesig wat hy soek nie. Die vel lyk onversorg, soos iemand wat as tiener aan erge aknee gely het en steeds sukkel om dit onder beheer te hou.

"Sy . . . sy't my aangeval," sê Ignaz.

"Ja, jy kon haar nie permanent verdoof hou nie, nè?"

Ignaz knik. "Moes haar laat rondloop, badkamer toe gaan, oefening kry, anders is daar komplikasies, long- en hartprobleme, spierstyfheid, sulke goed."

"En bedsere. Ons wil nie die vel beskadig hê nie."

Abel voel die bekende bruising van opgewondenheid toe hy weer die lier aan haar sy bekyk. Hy streel met sy vingers oor die sagte vel. "Hoe lank was sy by jou?"

"Drie dae."

"Watse kos het jy vir haar gegee?"

"Energiedranke deur 'n strooitjie. Wou nie die kleefband van haar mond afhaal nie, bang sy gil, trek aandag."

"Twee dae op 'n dieet van vrugte en water is eintlik genoeg, dan's die vel al los, makliker om dit te vil." Abel toets die elastisiteit van haar vel tussen sy duim en wysvinger.

"Sy behoort twee, drie ure te slaap," sê Ignaz.

"Dis genoeg tyd. Jy sê jy soek die vel van die dy?"

"Gaan jy dit nóú doen?"

"Ja, nou. Wil jy help, my assisteer?"

Abel hou van die idee van 'n assistent. Hy het nog nooit hulp gehad nie, moes alleen sukkel, die vel lig en sny, lig en sny, met niemand wat die bloed kan dep sodat hy die lyne van sy snit kan volg nie. En altyd 'n waaksame oog op die gesig ingeval sy uit haar beswyming bykom van pyn.

"Jy't die hele nag gewerk, gaan jy nie eers slaap en uitrus nie?"

"Nee, ek's nou wakker, ek's gereed. Hou jy van musiek, Ignaz? Ek luister graag na musiek wanneer ek werk, dit kalmeer my hand met die skalpel, help my om te fokus. Sal jy omgee as ek iets van Paganini speel, Midori se vertolking van sy vier en twintig kapriese? Of verkies jy Rabin?"

Ignaz skud sy kop. "Maak nie saak nie, ek's nie 'n kenner van vioolmusiek nie."

"Midori dan."

Abel trek die duvet onder die liggaam uit, rol dit in 'n bondel en druk dit agter die vrou se rug in om haar sy met die tatoe van die tafel weg te lig. Dan stap hy na die CD-speler op die koffie-tafel langs sy leunstoel, soek die Midori uit die stapel CD's wat langsaan staan.

Oor sy skouer sê hy: "Ek dink vir haar eie veiligheid moet ons haar aan die tafel vasbind."

"Ek't nie die boeie saamgebring nie."

"Die kaste daar onder die toonbank, iewers tussen die gereed-skap is 'n rol kleefband. Om die bors en boarms, om die heupe en dan om die enkels, dit behoort genoeg te wees. Alles regom die tafel sodat sy stewig en stil kan lê."

Die eerste akkoorde vul die vertrek sag, en terwyl Ignaz besig is met die kleefband, bring Abel die staanlig met die skarnier-nek nader. Hy stel dit langs die tafel op, die skerp lig op die tatoeëermerk aan haar sy gerig.

"Gaan jy nie wag tot sy bykom nie?" vra Ignaz.

"Bykom?"

"Dat jy eers met haar kan gesels, haar vra of sy bereid is om die vel te skenk? Soos jou vorige donateurs?"

"En as sy bereid is, wat dan? Dan vil ons haar vel en vat haar agterna hospitaal toe? Of bel ons 'n ambulans om haar te kom haal? En wat sê ons vir die polisie? Dat die berigte in die koerante verkeerd is, dat sy nie ontvoer is nie, maar dat sy haar vrywillig kom aanbied het vir onthuiding?"

Ignaz kyk peinsend na die vrou op die bed. "Die koerante sê haar naam is Margot, Margot Nijs."

"Hmm," sê Abel, haal sy wit jas van die haak teen die muur af en trek dit aan.

"Wat gaan ons met haar doen wanneer ons klaar is?"

"Jy't nie daaraan gedink toe jy haar ontvoer het nie, of hoe? Wat het die ou in daardie boek van jou gedoen?"

Abel trek 'n laai oop en vroetel tussen sy instrumente, skuif 'n nuwe lem in sy skalpel. Hy haal ook sy pers kokipen uit.

"Hugues Viane?"

"Wat het Hugues gedoen?"

"Met die danseres? Hy't haar gevra om in sy vrou se ou rokke vir hom te poseer. Sy't grappe gemaak oor die oudmodiese rokke, gelag vir al die foto's van sy vrou."

Dít vind Abel interessant. "Sy't hom uitgelag, hom getart?"

"Sy't die dooie vrou se haarlok uit die glasfles gegryp en dit soos 'n boa om haar nek gedrapeer en hom bespot oor hy steeds so bly vaskleef aan die herinneringe van sy vrou."

Soos ek en my moeder, dink Abel, en soos Ignaz en sý dooie vrou.

"En toe?" Hy plaas die skalpel en 'n rol watte, 'n maatband en die kokipen op die vrou se kaal buik, steeds in haar onderklere.

"Toe, terwyl die Prosessie van die Heilige Bloed buite in die strate aan die gang is, verwurg hy sy minnares met sy dooie vrou se haarlok."

Abel kyk verras op. "Verwurg?"

Dis soos hy dit ook graag doen nadat hy hulle velle geoes het: sluit sy vingers om die nek en begin druk, ken al die druk-punte.

Hy meet by die wasbak koue water in 'n maatemmer uit en gooi dit in een van die houtbalies. Hy is baie bly oor die balies wat hy by die hardewarewinkel raakgeloop het. Hy het plastiekemmers, maar hy verkies die balies, nóóit 'n metaalhouer vir sy chemiese mengsels nie.

Hy meet 'n klein hoeveelheid gebluste kalk in die water af en roer die mengsel met 'n lang houtlepel totdat hy seker is dat die kalk opgelos het. Die alkalimengsel, weet hy, is nodig vir die oplossing van interfibrille proteïen en haarwortels in die epidermis van die vel. Die alkali veroorsaak 'n splitsing van die bundels kollageenweefsel en vergemaklik die looiproses, het Ignaz hom geleer, en dit sorg uiteindelik vir 'n delikate, gladde tekstuur van die eindproduk.

Hy wonder of Hugues se minnares gespartel het toe hy haar wurg. Sy was nie gesedeer nie, moet seker gestoei en geveg het terwyl Hugues die haarlok om haar keel vastrek en die bloedtoevoer en suurstof na haar brein afsny. Met sý donateurs is hy genadig, hulle is bedwelm, weet nie wat met hulle gebeur nie.

"Wat gaan ons met haar doen?" vra Ignaz weer.

"Toe sy dood is, wat het Hugues met sy danseres gedoen?"

"Al Brugge se kerkklokke het gebeier vir die Prosessie van die Heilige Bloed, en Hugues het by sy oop venster na die klokkespel gaan staan en luister." Ignaz beduie in die rigting van die konyne. "Gaan jy haar . . .?"

Abel oordink sy antwoord. Môre sal hy die balie met skoon water en melksuur uitwas en 'n nuwe mengsel aanmaak, dié slag met aluin, wassoda, tafelsout en olyfolie om die twee nuwe velle daarin te laat week. Daarna die proses om tydsaam en baie versigtig met 'n stompmes die fyn haartjies met hulle wortels en al af te skraap, ook alle klein verhardings soos puisies. Dan was hy weer die balie met skoon water en boraks, en bêre dit, gereed vir die volgende donasie.

"Wat dink jy moet ons met haar doen?" vra hy. In Suid-Afrika het hy die liggame van sy donateurs in Alberts Farm gaan aflaai, en dit het groot polisiesoektogte tot gevolg gehad, weke lank berigte in koerante en op TV.

"Ons kan haar in Minnewater se meer gaan los?"

"En hoop niemand sien hoe ons 'n liggaam in die water sit nie?"

Die sukses van die finale fase in die looi van hierdie twee velle wag in 'n plastiekbak in die vriesgedeelte van sy yskas: konynharsings. Dié sal hy ontvries, in die elektriese menger met eierwit en gliserien meng en dit in die velle invryf, hulle versigtig rol en brei en rek totdat elkeen volledig deurweek is met die tannienmengsel.

"Nee," sê Ignaz, "Minnewater sal nie werk nie."

"Sy verdwyn bloot. Sy's reeds drie dae weg. Niemand gaan haar ooit weer sien nie."

"Wanneer gaan jy haar . . . laat verdwyn?"

"As ons klaar die velle geoes het, voor rigor mortis intree."

Abel beduie Ignaz nader aan die tafel. "Ek't nie nog 'n jas nie."

Hy neem die maatband en koki en begin 'n reghoek om die tatoe van die lier afmeet.

"Trek jy nie handskoene aan nie?" vra Ignaz.

"Vir wat?"

"Higiëne, infeksie."

"Jy's besorg dat sy kieme in haar wonde kan kry?"

"Infeksie is 'n groot gevaar in operasieteaters, pasiënte kan sterf daarvan."

Ja, dink Abel, adjudant Neser was amper dood van sy onhigiëniese skalpel.

"Ek's bly jy's hier, Ignaz, nou kan jy sê presies hoe groot die vel vir my omslag moet wees. Onthou om voorsiening te maak vir inkrimping in die droogproses."

Hy maak merkies op die bleek vel met die viltpunt. "Hoe lyk dit, so iets? Te klein?"

"Lyk groot genoeg."

Abel meet weer. "Ja, dis net 'n raps groter as A4, behoort reg te wees, nè? Hou jy van die musiek? Dis die vyfde een wat nou speel, agitato."

Met vry hand verbind hy die hoekmerke met pers lyne, reg vir sy skalpel.

"Hoe lank gaan dit vat?" vra Ignaz.

"Nie lank nie."

Nou meet Abel 'n A4-grootte af van die binnebeen tot oor die bobeen. "Dis joune, Ignaz, jy moet sê of dit reg is."

Hy hoor niks nie, kyk op, sien Ignaz se oë verstar op die jong vrou se been.

"Is jy oukei, jy lyk bleek?"

"Ek's oukei," sê Ignaz, en Abel verbind die merke met pers lyne en druk die koki in sy jas se bosak.

"Hierdie is jou eerste menslike vel, en jy's nie seker of jy dit sal kan doen nie, nè?"

Ignaz knik net.

Abel tel die skalpel op. "Goed, ons kan begin. Slaap sy nog? Vat die watte, daar's nie baie bloed nie, maar daar is. Dep soos ek vorder, en lig die vel op sodat ek die weefsel kan lossny. Maar dit weet jy mos, jy kom mos uit 'n geslag huidenvetters, was ook 'n vuilvels soos ek."

Hy bring die skalpel nader, gereed om die lier te oes vir sy *Kosmiese Reise, Vol. III*, oor die konstellasies in die Noordelike Halfrond se diepste ruimte. Loer nog 'n slag na Ignaz, die watte gereed in sy hand.

Abel span die vel van haar sy tussen sy vingers.

Die skalpel se skerp, nuwe lem sny in die vel in. Geen bloed nie.

Dan begin die fyn snit rooi verkleur.

## 36.

Faisal begelei meneer Majid op 'n inspeksie van die buitegeboue;
Tariq is met die tien rekrute in die bosse vir hulle oefeninge en
patrollies. Faisal, eens lid van die Pakistanse Groen Barette, noem
dit die barakke. Dis waar die rekrute slaap en eet en waar hy en
Tariq hulle oplei om fedayeen en moedjahedien te word, vir hulle
video's wys van hoe die vyand beveg word met selfmoordbomme
en IED's, improvised explosive devices.

Teen sononder stap hulle terug huis toe. Meneer Majid is oën-
skynlik tevrede met wat hy sien. Faisal ook, want as meneer Majid
gelukkig is, is hy gelukkig.

Faisal merk haar op die veranda sit. Sy wag hulle met 'n glim-
lag in. Faisal dink sy is maklik die heel mooiste vrou wat hy nóg
gesien het. Daardie oë waarin skerfies lig blink en skitter soos op
die fyn fasette van geslypte smarag. En die lang hare, glansend
swart soos meneer Majid se skoene – nou bedek met 'n lagie stof.

"Wat gaan julle drink?" vra hy, sy blik steeds op haar daar op
die stoep, bene gekruis, knus agteroor in die stoel, krabbers aan
haar ore, 'n neksnoer, armbande om haar dun polse, ringe van
goud.

"Ek soek net 'n bottel water," sê meneer Majid, "en 'n glas met
ys. En bring 'n poetslap vir my skoene."

"En jou bruid?"

"Vrugtesap. Sy hou van lemoen, het jy lemoensap? Jy weet wat
om te doen?"

"Ja," sê Faisal en stap die huis binne terwyl meneer Majid mik
na die rottangstoel langs haar.

Faisal plaas 'n bottel water, ongeopen, op 'n skinkbord, en 'n glas met twee ysblokkies langsaan. Hy skink lemoensap en maak die pilhouertjie oop wat meneer Majid met sy aankoms in sy hand gedruk het. Skud twee kapsules uit, breek hulle oop en roer die poeier deeglik in die lemoensap in. Meneer Majid se opdragte was duidelik en Faisal het net geknik en nie uitgevra nie. Hy verstaan die opdragte en hy verstaan ook die redes en motiewe daarvoor. Wat hy nié kan kleinkry nie, is hoekom hierdie bruid, hierdie mooi vrou? Hy dra die skinkbord uit, hoor hulle sagte stemme. Die stoep is nou in skemering, die lug in die weste 'n bleek salmkleur. Agter die groen grasperke vlieg voëls kwetterend bome toe vir die nag. Alles lyk so normaal en rustig.

In sy slaapkamer haal Faisal die videokamera en driepoot uit sy kas. Hy hou daarvan om met die kamera te speel, hy reken hy is teen dié tyd al 'n bedrewe filmmaker. Hy neem die rekrute tydens hulle opleiding af en speel die opnames vir hulle terug sodat hy en Tariq hulle op foute kan wys, hulle kan leer om vegters te word.

Hy het ook daardie amptenaar met die krokodilvelskoene se laaste oomblikke vasgelê, en dit was nogal pret.

Nou het hy 'n nuwe video-opdrag gekry, en hy dink dit gaan ook pure plesier wees – as meneer Majid dit dan só wil hê. Maar ongetwyfeld gaan Tariq sy taak vannag méér geniet. Faisal sou nie omgee om vir hierdie spesifieke opdrag met Tariq plekke te ruil nie, maar Tariq is hopeloos met die kamera, kan dit skaars fokus en weet nie van in- en uitzoem vir dramatiese effek nie.

Hy stel die kamera op die driepoot op en hoor buite die gebrom van Tariq se kwad. A, hulle is terug, dink hy en stap uit om die opdrag met Tariq te gaan bespreek.

Toe hy terugkom, sit meneer Majid in die sitkamer voor die TV.

"Ek kyk net die nuus, dan gaan ek slaap," sê hy sonder om op te kyk. "Kom maak my wakker wanneer julle klaar is. Ek hoop dis voor middernag, ek moet nog terugry Lenasia toe. Wil 'n bietjie slaap inkry voor ek sewe-uur kantoor toe gaan."

"Ja, lank voor middernag," sê Faisal. "Ons moet ook dagbreek al in die stad wees."

"En jy vat twee rekrute saam, gaan inisieer hulle?"

"Ja, Tariq bly hier."

"Dis goed. En jy bestuur die HiAce?"

"Ja."

Meneer Majid staan op. "Goed, dan gaan ek bed toe. Sy's nog op die stoep, julle kan haar gaan haal."

Faisal kyk hom kopskuddend agterna. Só koel. G'n kwelling in die lewe nie, sal slaap soos 'n baba.

Hy sit die stoeplig aan en bekyk die slapende vrou, nou effe afgesak en skuins in haar stoel, ken op die bors, hare oor haar wang. Sajida, dis haar naam. Nie meer meneer Majid se bruid nie.

Hy gaan sit op sy hurke voor haar en skud haar aan die skouer. Haar kop rol, maar die oë bly toe. Hy voel die pols, dié klop sterk en ritmies. Hy begin haar juweliersware afhaal, behalwe vir die trouring, en ruik die geur van haar hare en die aroma van haar vel.

Kan homself nie help nie, vou sy handpalm oor haar bloes. Dis onwerklik, dink hy, dat hy, dat énigiemand dit ooit sou waag om 'n bors van meneer Majid se bruid te bevoel.

Tariq verskyn uit die donker op die stoep. "Kan jou hande nie van haar afhou nie, nè?"

"En jou beurt kom," sê Faisal.

Tariq grinnik en hulle lig haar op en dra haar binnetoe. By die deur van die slaapkamer vroetel Tariq met die sleutel, en hulle gaan in en lê haar op die dubbelbed neer.

"Bring die kamera," sê Faisal.

Hy begin haar bloes oopknoop en ontklee haar, ook haar onderklere. Hy staan terug en beskou haar en dink hoe jonk en broos sy so sonder klere lyk, so weerloos wanneer Tariq soos 'n wilde dier op haar losgelaat gaan word. Tariq met sy bultende spiere en groteske tatoes, sy skurwe hande en vuil naels, sy slegte tande en stinkende asem oor hierdie pragtige liggaam.

Agter hom sit Tariq die driepoot neer, druk die deur toe en sluit dit. Hy trek sy klere uit en sê: "Oukei, laat die pret begin."

"Wag," sê Faisal en skuif aan die driepoot, "laat ek eers die komposisie regkry."

"Wat van hom?" Tariq beduie na die slapende joernalis in die stoel.

"Hy's ver heen, los hom eers. Hy word eers later deel van die verhaal."

"Oukei, kan ek begin?"

"Onthou, Tariq, meneer Majid het gesê géén beserings aan haar nie, jy werk sag met haar. Hy gaan alles op die video sien, so jy hou jou in, jy's g'n maniak in 'n pornofliek nie, verstaan?"

"Oukei."

"Meneer Majid sê dit moet lyk of sy saamspeel, of sy vrywillig deelneem."

"Deelneem, so bedwelm?"

"Dis waar ek inkom, ek sal vir jou sê wat om te doen. Daar gaan baie onderbrekings wees."

Faisal begin met 'n panoramiese skoot om die plek en die drie akteurs in die kamer te bepaal: die vrou, die joernalis en Tariq. Dan zoem hy in, verby die slapende joernalis na die duvet op die vloer, op die trouring aan die vrou se vinger, die mehndi-tatoeërings aan haar hande en arms, die hennapatrone aan haar voete en enkels. Die kamera beweeg oor haar om haar naaktheid vir die kyker vas te lê: die bene, haarlose pubis, maag, borste, nek, vertoef op die gesig.

Nou lê 'n man langs haar, tatoe op die skouer en fris arm, sy vingers strelend oor haar lippe, wat vertrek asof in 'n glimlag, die hand af teen haar nek, oor haar kaal bors, weer langs haar nek en wang op, die vingers tussen die swart hare in, haar oë geslote asof sy die res van die wêreld wil uitsluit van die genot van die liefkosing.

Die lens begin weer uitzoem, die man se liggaam nou bo-op hare, tatoes op sy kaal rug, kru en vulgêr, in teenstelling met haar fyn en delikate mehndi's.

'n Nabyskoot terwyl hulle innig soen.

Faisal druk die pousefunksie, hy soek detail.

Hy gaan verstel een van haar hande agter op Tariq se rug, die versierde hand met die trouring strelend asof sy hom aanpor, 'n bewys dat sy vrywillig meedoen en dit geniet, bewys van haar owerspel.

"Raait," sê Faisal, "jou deel is klaar. Nou's dit die joernalis se beurt."

Hulle ontklee hom en lê hom langs die vrou neer. Tariq bly naby die bed staan, uit sig van die kamera, om Faisal se opdragte uit te voer om die twee willose liggame te choreografeer.

Eers weer 'n panoramiese skoot, dan inzoem op die wynbottel, die wynglas, die leë leunstoel, die twee nakendes op die bed asof slapend in die posisie van postkoïtale loomheid, sy op haar rug, hy op sy sy teen haar, sy gesig in haar nek, sy handpalm om haar bors gevou.

Die kamera zoem in op hulle gesigte om te wys dis steeds sy, dieselfde vrou, nou met 'n nuwe minnaar.

Die lens fokus op bloedvlekke op die laken, en zoem finaal uit.

Iewers in die nag skrik Jake wakker. Hy maak sy oë oop, lê versuf op die bed, 'n kreun oor sy lippe in die donker kamer.

Hy lig 'n hand na sy kop waar die gedoef-doef van 'n lugdrukboor sy skedel bokant sy linkeroog probeer binnedring, sy hele brein losskud. Waar is hy, wat het met hom gebeur?

Hy kreun weer, voel die vlammende suur van sooibrand in sy keel opstoot.

In sy gefolterde brein gaan 'n swart gordyn op 'n skrefie oop en hy onthou die steak, die cabernet wat hy soos 'n dors kameel gesuip het.

Nou vlieg sy oë oop, want hy onthou ook van sy ontsnapplanne.

Hy sukkel orent teen die kussings, hand klemmend aan sy kop, die pyn soos 'n gloeiende pookyster deur die oog waarin die bloedvate gebars het.

Hy moet hier uit! Hoe laat sou dit wees, hoe lank voor daglig? Die steakmes. Hy moet die steakmes kry vir die gat in die plafon. Met die bedkassie staangemaak op die koffietafel sal hy homself maklik by 'n gat in die plafon kan intrek soos hy beplan het.

Dan hoor hy die geluid, 'n sagte asemhaling. En die geluid is naby aan hom, iewers op die bed.

Hy strek stadig sy hand uit asof bang vir die pik van 'n slang, voel die liggaam, die vel warm en sag.

Hy pluk sy hand terug en soek na die bedlamp se skakelaar.

Knipper sy oë teen die lig, vryf met sy kneukels in sy oogholtes, dink hy droom toe hy die slapende vrou langs hom sien, hallusineer miskien van erge babelaas.

Hy kry gefokus en sien lang, swart hare op die kussing. Nou dwaal sy oë verder, oor die rug op hom gedraai, die heupe en boude, bene half opgetrek.

Dit dring deur tot sy suwwe brein: sy is kaal. Besef dan: ek óók.

In die leunstoel was hy volkome geklee, reg vir sy ontsnapping.

Wat de moer het gebeur? Geheueverlies ná 'n fuifdrinkery is nie ongewoon nie, ook nie so 'n massiewe babelaas nie. Maar fok, 'n kaal vrou in sy bed. Dis nie aldag nie, só iets sal hy onthou.

Starend na haar dring nog iets deur: die bloedvlekke op die laken.

Hy spring uit die bed, steier teen die bedkassie vas.

Maar sy haal asem, haar vel is warm, sy's nie dood nie, slaap net.

Besef dan: dis g'n bloed nie, dis wyn. Ja, hier staan sy glas, miskien nog 'n sluk oor.

Op die vloer onder die bed steek sy broek uit. Hy kyk daarna en gaan sit weer op die bed. Leun na haar oor, wonder of hy haar moet wakker maak, vra wat gebeur het. Merk nou eers die

ingewikkelde patrone van vreemde tatoeëermerke, delikate ver-
sierings aan haar voete en onderbene en aan haar hande en arms.

Gots, dink Jake, wat gaan hier aan?

Hy lê terug teen die kussings, probeer sin maak, kry geen sin
nie.

Hy struikel uit die bed badkamer toe, druk die deur toe. Spoel
sy gesig met koue water af, staan met sy hande teen die teëls
bokant die wasbak gestut, probeer orde in sy brein kry.

Hy knoop die handdoek om sy heupe en maak die badkamer-
deur oop. Skrik steierend terug, gryp na die handdoek om sy
lendene.

In 'n leunstoel sit meneer Majid in 'n vlootblou pak klere,
kraakvars wit hemp, poeierblou sydas, glansende swart skoene.
Agter hom staan Tariq in sy T-hemp en jeans, sy dik, getatoeëerde
arms voor sy bors gevou, fes op die kop.

Meneer Majid klik met sy tong. "Tsk-tsk, Jake. As ek my rug
draai . . ." Laat die beskuldiging in die lug hang.

Hy staan op en stap na die vrou se kant van die bed. Staan 'n
oomblik na haar en kyk, leun oor en draai haar op haar rug. Sy
sug diep, haar oë steeds geslote.

Sy slaap nie, sy is bedwelm, besef Jake.

Meneer Majid draai van haar af weg, steek sy hand in die
binnesak van sy baadjie, hou 'n foto na Jake uit.

Jake vat dit, sy ander hand om die handdoek geklem. Hy kyk
na die foto, lig dan sy blik na die mooi gesig op die bed, slierte van
haar gitswart hare oor een oog en wang, maar hy herken haar.

Op die foto is sy pragtig aangetrek, behang met juwele, 'n
amperwit uitrusting versier met glansende edelstene, haar wit
tande skitterend soos die blinkers aan haar rok waar sy vir die
kamera glimlag.

Nou verskuif sy blik na die man langs haar op die foto. Ook hy
is deftig geklee in tradisionele drag, sy arm by hare ingehaak. Hy
glimlag nie, sy oë swart en somber. Jake herken meneer Majid se
gesig.

Hy gee die foto met 'n diep frons terug.

"Die foto is 'n paar dae terug op ons troue geneem." Meneer Majid beduie na die figuur op die bed. "Dis my bruid daar. Haar naam is Sajida."

"Wat soek sy in my bed?" vra Jake.

Meneer Majid se oë stip op hom. "Dis wat ek ook graag wil weet. Het jy 'n verduideliking, Jake?"

"Toe ek wakker word, toe lê sy daar."

"Dis jou verduideliking? Ek kom wys my wildplaas vir my bruid, en kry haar in jóú kamer. Tsk-tsk."

"Waarmee is jy besig, meneer Majid?"

"En wat's dit daardie, is dit bloed op die laken?"

"Dis wyn," sê Jake.

"Julle het in die bed gesit en my wyn uitgedrink, jy en my bruid?" Kopknik na Tariq. "Is dit wyn, Tariq?"

Die groot man kom nader, vee met sy vinger oor een van die rooi vlekke, lek daaraan, hou sy kop skeef, lyk of hy die smaak probeer bepaal.

Hy skud sy kop. "Dis nie wyn nie, dis bloed."

"Bloed?" sê meneer Majid. "Is dít wat hier gebeur het, Jake? Ek gee vir jou steak en wyn en jy ontneem my bruid van haar maagdelikheid?"

Jake kan nie praat nie, dis asof sy tong sy hele mond vol lê.

Meneer Majid gaan sit in die stoel, leun agteroor en kruis sy bene. "Trek jou klere aan, Jake, en kom sit hier dat ons kan gesels. Ek's 'n besige man. Kom ons praat oor Dawah."

Vir Tariq: "Bring sy klere en bedek haar met die duvet."

Jake se oë volg Tariq wat aan sy kant van die bed buk, loer terug na die steakmes in die bord op die koffietafel. As hy by daardie mes kan uitkom, die lem van agter teen die sittende meneer Majid se keel kan kry . . . Hy span sy spiere.

Tariq smyt sy broek en hemp oor die bed in sy rigting en buk vir die duvet.

Jake spring na die koffietafel toe, struikel half oor die handdoek wat van sy heupe afval, gryp-gryp na die mes, kry die hef beet, sy ander arm om meneer Majid se skouers.

Tariq loer in hulle rigting, net vlugtig, gaan dan voort om die vrou te bedek.

"Oukei," sê Jake, "nou luister julle 'n slag na mý."

Onder hom op die stoel sê meneer Majid: "'n Mes, Jake, teen my keel?"

"Ek ken haar nie," sê Jake. "Weet nie hoe sy in my bed gekom het nie ... wíl nie fokken weet nie, het nie aan haar gevat nie!"

Tariq stap om die bed, trek aan die duvet soos iemand wat gesteld is op 'n netjies opgemaakte bed. Van die vrou is nou net haar gesig en hare sigbaar.

Meneer Majid sê: "Nie aan haar gevat nie?"

"Uhm ... net gevoel of sy leef, dis al."

Tariq kom orent, sy blik afwagtend op meneer Majid.

"En hoe voel sy, toe jy aan haar vat?"

"Wat?" sê Jake. "Luister, meneer Majid, sê vir ... sê vir Tariq hy moet badkamer toe gaan, homself daar gaan toesluit."

"Los die mes, Jake. Wat wil jy doen, my keel afsny?"

"Ek wil die sleutel hoor draai."

"Jy maak dinge net al hoe moeiliker vir jouself."

"Ek speel nie, meneer Majid. Voel jy die lem, dis 'n skerp lem? Sê vir Tariq om badkamer toe te gaan, nou!"

Meneer Majid praat in 'n vreemde taal met Tariq. Dié knik en begin stadig naderkom.

Jake sê: "Wat sê jy vir hom, wat doen hy?"

Tariq kom nader.

Jake druk die mes stywer teen meneer Majid se keel. "Bly staan, net daar!"

Meneer Majid sê: "Trek jou klere aan en kom sit dat ons kan gesels."

Tariq is nou skaars vier tree van hom af. Jake sê: "Ek sny ..."

Meneer Majid sê: "As jy wil sny, moet jy sny, Jake. Dis jou laaste kans. Wat gaan jy doen?"

Jake kyk af na die man. Hoe kan hy so kalm bly met 'n lem teen sy keel?

"Ek sal sny, meneer Majid, ek's nie bang om te sny . . ."

Dan, skielik, is Tariq op hom.

Sy vuis tref Jake soos 'n hamerhou teen die wang. Hy steier terug, val oor 'n stoel, sak teen die muur af, 'n gesuis in sy kop.

Hoor meneer Majid se stem: "Het jy regtig gedink jy kan iemand se keel afsny, Jake? Jy lees dit in boeke en kyk na Holly-wood-flieks en dink dis maklik om 'n ander mens dood te maak?"

## 37.

Ella het die musiekblad afgelaai, vir klavier geskryf, maar sy kom reg op die harp. Sy kry daardie melodiese jazzriffs nou uit die snare, al sukkel sy nog met "Clocks" se frenetiese einde.

Toe die nuus en weervoorspelling verby is, verander sy die TV-kanaal met die afstandbeheer, Suki se geleende harp tussen haar bene. Sy kyk na E! Entertainment vir flieknuus uit Hollywood, of daar nie 'n nuwe girlie movie aan die kom is nie. Gaan nie juis fliek nie, maar sy hou van 'n verstrooide girlie movie met 'n gelukkige einde. Sy huur soms 'n DVD by die videowinkel om die hoek vir 'n Sondagaand, om te vergeet van moord en doodslag. Dis wat sy soek, goedvoelflieks, nie nabyskote van intense, gefolterde gesigte nie. Sy sien nie nuwe girlie movies aan't kom nie, plaas haar hande weerskante van die snare, sing saam met Coldplay: "... am I a part of the cure, or am I part of the disease? "

Merk nou die aktrise Bonnie Lee op die skerm. Ella laat sak haar arms. Bonnie wys haar nuwe tatoe op 'n skouerblad, 'n swaan met 'n lang nek, die fyn belyning in swart ink, die arsering van die swaan se lyf in silwer. Dit lyk mos smaakvol, dink Ella, nie so 'n spektakel soos al haar ander tattoes uit haar wilder, jonger lewe nie.

Die aanbieder vra: "Hoekom 'n swaan?"

Bonnie Lee: "So grasieus, nè? Dis om my aan my herkoms te herinner."

Aanbieder: "Bonita Leemans, ja. Met Vlaamse bloed, ek het jou gesien op *Who Do You Think You Are?* En hulle praat van weer 'n Oscar-nominasie."

Bonnie Lee: "*The Dancer* word goed ontvang."

Aanbieder: "En jy gaan binnekort die première in Brugge bywoon. Val mos saam met die VN-konferensie oor die Somaliese vlugtelingkrisis?"

Bonnie Lee: "Desember in Brussel, ja. Ons hoop om met so baie glans by die première juis die aandag op Dadaab te vestig. Die kampdorp is in 'n krisis, het kapasiteit vir negentig duisend, maar nou al byna 'n halfmiljoen mense daar. Hulle wil nie teruggaan nie."

Aanbieder: "En julle gaan 'n Wie's Wie? van Hollywood in Brussel wees . . ."

Ella se sel begin lui. Sy sien die beller se naam en skakel die TV se klank af.

"Naand, kolonel. Weer by die huis uitgeskop?"

"Ella . . ." begin hy, maar sy herken Mara se stem op die agtergrond, die vrolike weduwee met wie die baas nie tot trou kan kom nie.

"Wat sê sy, kolonel?"

"Sy vra of jy al geëet het. Hou aan . . ." Weer Mara, en dan sê Silas: "Sy's bekommerd oor jou eetgewoontes, sê jy word te dun."

"Sê vir haar dankie, maar ek eet genoeg, sy moet liewer . . ."

"Luister, kom kuier vir haar, dan kan julle genoeg klets, ek's nie 'n middelman nie. Hoekom ek bel, ek kom jou oplaai."

"Nou?"

"Ja, nou. 'n Liggaam gekry."

"Weer langs die dam?"

"Nee, tref-en-trap, lyk dit."

"Van wanneer af hanteer ons tref-en-trap-ongelukke, kolonel?"

"Wanneer 'n bekende joernalis in Hillbrow getref-en-trap word, adjudant."

"Joernalis?"

"Jake Diamond van die *Rekord*."

"O hel," sê Ella.

"Presies my reaksie ook. Wag by die hek, ek ry nou. Hou aan."
Weer Mara se stem agter. "Mara vra of ek vir jou macaroni-en-kaas moet saambring?"

"Ja, dankie." Kan dit later vanaand opwarm wanneer sy honger terugkom.

Ella wag by die hek, die voordeur oop, gryp die bord toegedraai met kleefplastiek deur die karvenster en gaan plak dit op die kombuistafel neer. Draf uit, sluit die voordeur en hek, spring langs hom in, minder as twee minute dat hy hoef te wag, die ongeduldige kolonel Sauls.

"Wanneer is hy gekry?" vra sy.

"Vanoggend."

"En dis nou . . ." kyk op haar horlosie, "agtuur die aand."

"Dokter Koster het my gebel, tien minute gelede. Sê sy diener het eers laat die inskrywings afgehandel gekry van die dag se gewone slagting. Tussen die persoonlike besittings was 'n beursie met rybewys in, gesigfoto en naam: Jake Diamond. Dokter Koster is oud, maar nog niks verkeerd met sy geheue nie, het van die Heilbrongeval onthou. Hy sê vir my oor die foon: 'Het Ella nie gepraat van 'n joernalis wat sy oor die Heilbronmoord ondervra het nie? Diamond-kêrel van die *Rekord* ?' "

Ella knik. "Ja, 'n geselsery oor koffie. Terwyl hy dae moes wag vir die liggaam om te ontdooi. Gevra hoe ek vorder met die ondersoek. Ek dink dis toe dat ek Jake Diamond se naam genoem het."

"Jy en dokter Koster, julle drink graag koffie, nè? As ek nie toevallig weet hy's al byna vyftig jaar gelukkig getroud nie, sou ek sweer daar's iets meer as net koffie tussen julle aan die gang."

"Soos tussen ek en jy, nè, kolonel? Niks so sexy as 'n ou man met 'n boepie nie."

"Dokter Koster sê dit lyk of Diamond dronk was, in vanoggend se spitsverkeer voor 'n minibustaxi beland. Jy weet hoe ry hulle, g'n respek vir enige god of sy gebod nie."

"Dronk in die oggend? Dis nie hoe ek Jake beoordeel het nie. Miskien bietjie rof en onbeskof, maar oggendpelle met ou Johnnie Walker? Ek glo nie."

"Miskien deurnagpelle, kom ná 'n nag se gefuif in die skerp oggendlig uit, strompel van die randsteen af, sien nie die taxi aangejaag kom nie. Woeps!"

Ella kyk na Silas, vrywend met twee vingers oor sy netjiese moestassie, Mara se knipwerk, op sy brillense die weerkaatsing van 'n kaleidoskoop nagligte deur Hillbrow se mal strate. "Hy op slag dood?"

"Ja. Toevallig 'n polisiepatrollie in die omgewing, geen pols toe hulle hom kry nie. Hoe vorder jou ondersoek?"

Sy weet hy bedoel die Heilbrongeval.

"So-so. Ons vorder, maar nog baie voetwerk nodig. Mevrou Heilbron kon nie die bode op die boscamfoto's uitken nie. Ditto Papi se informante, hulle kyk na die foto's en skud hulle koppe. Papi sê dis vreemd, gewoonlik sal sy informante oe en aa, vir tyd speel. En wanneer hy die geld uithaal, die hande begin olie, dan het hulle ineens 'n wonderbaarlike geheue, herken hulle 'n naam of gesig op 'n foto. Dié slag help g'n geld nie. Skud hulle koppe en stap weg. Papi sê dis asof die stories van Heilbron se tong die vrees vir Satan in almal sit."

Silas ry agterom, na die diensingang van die staatslykhuis, die voordeur lankal gesluit vir die nag. Binne agter vensters brand nog ligte. Naby die dubbeldeur vir die in- en uitstoot van liggame op trolliebare is 'n agterdeur ongesluit. Wie wil immers by 'n lykhuis inbreek?

Dokter Koster kyk op toe hulle by sy kantoor instap. "A, my twee gunstelingdienaars van die gereg. Jake Diamond is nie aan natuurlike oorsake dood nie, maar dit weet julle: as 'n taxi jou tref, sterf jy nie natuurlik nie."

Silas knik. "Hillbrow se polisie sê die taxi het weggejaag. Daar was baie ooggetuies, almal op pad werk toe. Maar niemand wat die taxi se registrasienommer onthou nie, want almal se aandag was op die slagoffer. Al die ooggetuies is seker dit was 'n taxi, nege sê 'n gele, vyf sê 'n bloue."

"Soek 'n taxi met bloed aan die buffer, Jake Diamond het baie gebloei," sê dokter Koster.

"Ooggetuies sê hy't besope gelyk," sê Silas. "Het reg voor die taxi ingestap. Kon jy alkohol aan hom ruik, dokter?"

"Eerste ding wat ek gedoen het toe ek sy identiteit sien. Ja, ek't 'n snuf gekry, die man het 'n dop of drie ingehad. Kon dit ruik, al was hy toe al amper twaalf ure dood. Ek het solank bloed getrek, het gedink adjudant Neser sal wil weet in watter toestand haar belangrikste Heilbrongetuie ter siele is. Ek't toksikologie gevra vir voorlopige toetse, en spoedig. Later met die outopsie sal ek weer monsters wegstuur vir die hele kaboedel toetse wat die hof vereis. Koffie?"

Ella weet dis op haar gemik. Sy staan op, gee nie om om vir dokter Koster en kolonel Sauls koffie te maak nie. Sy skakel die ketel aan, net kitskoffie hier, en sê oor haar skouer: "Wanneer het jy met Hillbrow se polisie gepraat, kolonel?"

"Ná dokter Koster se oproep, net voor ek jou gebel het."

Sy soek die melk in dokter Koster se yskas, tussen fiole en glashouers met bloed- en weefselmonsters, elkeen sorgvuldig met 'n etiket in sy onleesbare handskrif gemerk. "Die vrou in Araratstraat, sy't gepraat van 'n paneelwa wat sy in die nag sonder ligte by die dam sien indraai het. Gemeen dis van die munisipaliteit, en die kleur: geel."

"Soos nege ooggetuies die tref-en-trap-taxi onthou?" sê Silas.

"Ek sal Jake vervroeg op my outopsieskedule," sê dokter Koster. "Miskien is daar iets aan sy klere, verf wat van die taxi afgedop het met die trefslag."

Silas vryf oor sy snorretjie. "Ek's seker Hillbrow se polisie sou ook na so iets gesoek het, dis prosedure by 'n tref-en-trap. Hulle sê wel daar was geen sleepmerke van bande nie. Dit klop met wat die ooggetuies sê. As 'n dronk man onverwags die straat instrompel, sal 'n bestuurder skaars tyd hê om só te rem dat sy bande sleep."

Ella deel die bekers koffie uit. "Met al die misdaad en geweld in Hillbrow het die munisipaliteit mos meer GKTV-kameras in die middestad laat installeer, veral in strate naby banke en OTM's, of hoe?"

Sy sien sy het al twee se aandag, en sê: "Dalk is daar 'n bank of OTM naby die toneel. Hoe laat verwag jy die uitslag van die eerste bloedtoets, dokter?"

"So nege-uur môre, kom hier aan as jy klaar is by Hillbrow se polisie. Wil julle hom nou sien, of kan ek gaan slaap?"

Silas staan op. "Nee, gaan slaap. Adjudant Neser sal die outopsie kom bywoon."

Op pad terug na haar huis toe sê hy: "Goeie idee van jou, Ella, die GKTV-kameras."

Sy sê: "Wanneer kan ek verlof kry?"

"Verlof? Met twee groot moordsake op jou lessenaar?"

Sy los dit, die saadjie is geplant.

Die volgende oggend is Ella sewe-uur by Hillbrow se polisie-kantoor. Die stasiebevelvoerder is nog nie in nie, ook nie sy adjunk nie.

'n Konstabel blaai in 'n voorvalleboek. "Tref-en-trap gister in Hillbrow? Hmm, ja, hier's dit. Dis sersant Mashaba, hy ondersoek dit."

"Kan ek hom sien?"

"Hmm, sersant Mashaba? Hy's nie in nie. Hy's af."

"Af?"

"Sy skof begin eers twee-uur, laat gewerk gisteraand."

"Kan ek sy dossier van die tref-en-trap sien?"

"Jy moet die stasiebevelvoerder vra."

"Maar jy sê hy's ook nie in nie."

"Hmm, kom twee-uur terug, kom sien sersant Mashaba."

Sy ry kantoor toe, te vroeg vir dokter Koster en die uitslag van die bloedtoetse. Hoop Stallie het iets uitgerig gekry met die etiket.

Stallie sê: "Ek't die name van sewentien besighede oor die

hele land wat halaalhoenders uit São Paulo invoer, elf van die Cooperativa Carne. Sewe van hulle is in Johannesburg, meestal Cash & Carry-winkels."

"Nou moet jy en Papi die pad vat na daardie sewe, ek soek name van eienaars, bestuurders. Gaan dwaal daar rond, kyk of julle gesigte herken wat ooreenstem met die gesigte op die boscam se foto's. Maar doen dit klandestien, tot ons iets het. Waar's Papi, dis al agtuur? Laat hy weer sy informante druk. Die etiket kom uit een van daardie winkels. En terwyl julle by die winkels rondkyk, hou julle oë oop vir 'n geel minibus of paneelwa, een wat dalk vir aflewering gebruik word."

Tien voor nege is Ella terug in dokter Koster se kantoor.

Hy haal 'n vel papier uit 'n koevert. "Twee substanse is in sy bloed geïdentifiseer: alkohol en scopolamien. Enigeen, veral in groot dosisse, kan vir 'n beskonke toestand sorg. Saam in 'n mengelsopie kan dit dodelik wees. Die effek van te veel alkohol ken jy."

Ja, moet erken sy hét al 'n glas wyn of twee te veel ingehad, maar in beheerde omstandighede, privaat saam met Bam.

Dokter Koster kyk na haar oor sy bril. "Word jy seesiek op 'n boot of in 'n kar, 'n vliegtuig?"

"Seesiek? Ja, vinnig op 'n boot."

"Dan's die kanse goed dat jy ook al scopolamien ingekry het, gewoonlik met 'n plakker agter jou oor."

"Jy bedoel . . .?"

"Ja, antikots. Op straat word dit as tablette verkoop, Devil's Breath, of sommer net die zombie drug. Tas jou spraak en sig aan, dwelmslawe gebruik dit vir die hallusinerende effek."

"En die woord zombie sê alles: jy's soos 'n slaapwandelaar, sonder jou eie wil."

"Presies. Soos ou Jake daar in Hillbrow. Wil jy bystaan by die outopsie?"

"Is dit nog nodig?"

"Jy's welkom, maar ek dink nie dit gaan verdere leidrade vir jou ondersoek oplewer nie. Ek dink ons weet wat sy dood veroorsaak het."

"'n Geel taxi."

"En ons weet nou wat die rede vir sy dronk toestand was."

"Die vraag is of hy die alkohol met scopolamien vrywillig ingeneem het. Of is hy doelbewus bedwelm?"

"En my outopsie gaan nie dáárdie antwoord vir jou gee nie."

Sy knik, druk die vel papier terug in die koevert, bly sit.

"Nog iets, Ella?"

"Niks met Jake te doen nie, iets persoonlik."

"Jy's swanger."

Sy lag. "Ek wens. Kolonel Sauls sê juis hy vermoed daar's iets meer as net koffie tussen ons twee."

"Ek wens," sê dokter Koster. "Wat's fout? Is dit jou pa?"

"Nee, hy's onveranderd, soos die laaste vyf jaar al. Dis Archie Boonstra. Onthou jy vir Archie?"

"Ja, ek onthou hom goed, groot stories in die media, hy was mos by die VN-vredesmag in Sarajewo gestasioneer. Ek't die outopsie op sy vrou gedoen, hartaanval tydens 'n inbraak by hulle huis."

"Archie wil . . ."

"Sy seun het die drie inbrekers gaan soek en uitgevat, nè? En amper vir jou ook."

"Archie wil hê ek moet verlof vat en saam met hom en sy dogter Parys toe gaan, hier voor Krismis."

"Dis mos twee aangenome kinders, oorlogswesies uit Sarajewo?"

"Ja, Milo en Kaja. Hy wil sy dogter terugvat Sarajewo toe, dink dit sal Kaja help, haar afsluiting gee ná Milo se dood."

Dokter Koster haal sy bril af, vryf oor sy oë. "Dit kan help, as dit op die regte manier gedoen word. En hy nooi jou saam?"

"Parys toe."

"Hoekom nie? Gáán. Gaan geniet jouself 'n slag. Jy't 'n woeste jaar of twee agter die rug, jy verdien dit."

Dis eintlik die soort goed waaroor 'n kind met haar pa moet

praat, sy advies vra. Haar pa kan haar nie help nie, en sy vertrou dokter Koster; nie 'n pa nie, eerder 'n oupa.

"Jy't nóg iets op die hart," sê hy.

"Ek dink Abel Lotz versamel menslike velle as omslae vir boeke."

Dokter Koster bepeins dit eers, knik dan. "Dis moontlik. Ja, noudat jy dit noem. Onthou jy die mates van daardie velle, so presies uitgemeet?" Hy sit 'n oomblik diep ingedagte, sê dan: "Antropodermiese bibliopegie."

"En dit is?"

"Menslike vel, en die kuns van boekbindery. Kom al uit die sewentiende eeu, baie voorbeelde daarvan. En jammer om te sê, maar mense in my beroep het hulle dikwels daaraan skuldig gemaak, miskien omdat dit vir hulle maklik was om op outopsietafels hulle hande op vel te lê. George Creek, 'n chirurg van Suffolk in Engeland, het in 1828 'n stuk van die moordenaar William Corder se vel gevil en dit self gelooi vir die omslag van 'n boek oor die opspraakwekkende Red Barn-moord op 'n jong vrou, was selfs baie trots op sy werk. En dokter John Stockton-Hough het ten minste ses boeke laat bind met velle wat hy in 'n hospitaal in Philadelphia van sy dooie pasiënte verkry het. Hy't 'n deeglike studie daarvan gemaak, het verklaar dat rugvel 'n growwer grein het, en dat die vel van 'n vrou se dy baie sag is. En dan's daar die geval van die agtienjarige John Horwood se vel . . ."

"Dankie, dokter, ek dink ek kry die prentjie."

Op die toneel van die tref-en-trap in Hillbrow is die polisie se afsperbaniere steeds gespan. Ella parkeer agter die patrollievoertuig en gaan vra of sersant Mashaba daar is. Hoor nee, die sersant kom eers twee-uur aan diens.

Sy merk die OTM, gaan staan op die sypaadjie, kyk op, sien die kamera aan 'n lamppaal.

Nou middestad toe, na Business Against Crime se sentrale beheerkamer in die Carltonsentrum. Hier moniteer operateurs

24/7 die meer as twee honderd GKTV-kameras in die sakekern, Newtown, Braamfontein en Hillbrow.

Ella verduidelik aan meneer Phiri, bestuurder van die BAC-beheerkamer. "Die tref-en-trap kan verband hou met 'n moord-saak. Kan iemand die video vir my terugspeel?"

"Kom, in my kantoor. Jy sê Hillbrow, gisteroggend?"

"Kotzéstraat, hoek van Quartz, omstreeks halfagt."

Sy vingers oor die toetsbord, 'n swart-en-wit-beeld op die groot skerm: sypaadjie vol voetgangers, eenrigtingstraat vol karre, die OTM prominent in fokus.

"Daar's hy." Sy leun nader, herken die figuur. Jake Diamond wat uit die sentrum op die sypaadjie verskyn, sy hare verfoes, sy klere of hy al 'n week daarin slaap, strompelend tussen die voet-gangers in.

"Is hy dronk?" vra Phiri.

Sy druk met 'n vinger op die skerm. "Hier kom die taxi nou."

"En hy's haastig."

"Alle taxi's is haastig."

Dan gebeur alles vinnig, net sekondes: die trefslag, die liggaam deur die lug, Jake wat bewegingloos bly lê.

"Oukei, stop net daar," sê sy. "Rol dit terug, begin weer waar hy uit die sentrum kom. Kan jy die speelspoed vertraag? Ek wil dit in stadige aksie bekyk."

"Tien raampies per sekonde, dis die stadigste."

"Watse sentrum is dit, wat's binne?"

"Twee verdiepings met winkels, restaurante, kitskosplekke. In die kelder parkering, die boonste verdiepings woonstelle."

"Hotel? Kroeë?"

"Nee."

"So hy't nie heelnag daar sit en drink nie."

"Tensy hy in 'n vriend se woonstel gekuier het."

Die video word hervat, Ella vooroor geleun, oë stip op die skerm. Nou kan sy die bewegings beter volg, byna raam vir raam, 'n stroom mense in en uit by die glasdeure.

257

Jake verskyn op die sypaadjie, lig sy hand na sy gesig om sy oë teen die skerp oggendson te beskerm. Stut homself met die ander hand teen 'n muur. Vee oor sy gesig, draai sy kop links, dan regs, asof besluiteloos oor watter koers hy moet inslaan.

Vryf weer oor sy oë en gesig. Begin na regs aanskuifel, kry 'n stamp van 'n haastige voetganger, maar kyk nie op nie, loop soos 'n zombie. Ander voetgangers tree uit sy pad, of steek hom wyd van agter verby, soos mense maak met 'n bedelaar, boemelaar of dronkie, afkeurende trek op die gesig.

Behalwe twee mans wat nou uit die sentrum kom. Hulle bly agter Jake, is nie haastig nie, drentel agter hom aan. Sonbrille op, kepse laag oor die gesigte getrek, hande in die sakke.

"Volg hulle hom?" vra Ella.

"Ja, kyk," sê Phiri, "daar's hulle nou teen hom."

Een man half agter Jake, die groter een langs hom. Raam vir raam sien sy hoe die groter man Jake byna onopvallend met 'n skouer tussen die voetgangers deur maneuvreer. Jake strompel al nader aan die straat, waar die karre in spitsverkeer van agter af in die eenrigting aangejaag kom.

"Stop," sê Ella. "Die een agter hom, het hy Jake aan sy broek se gordel beet?"

Phiri gaan 'n paar raampies terug. "Ja, probeer hom regop hou."

"Of hy hou hom teë, dat hy nie voor die karre instap nie."

Die stadige aksie begin weer. Die groot man kyk om, in die rigting van die aankomende verkeer.

"Hulle wag met hom daar op die randsteen," sê Ella.

Nou geen karre in beeld nie.

"Hulle wag dat die verkeerslig groen word," sê Phiri.

Jake vee weer met sy hand oor sy gesig. Wil begin aanloop, maar die hand aan sy gordel hou hom teë. Hy lyk gelate, asof onbewus van die twee mans by hom.

Die grote kyk weer terug, leun half oor om iets vir sy maat te sê.

Links op beeld verskyn die taxi se buffer en stomp neus.

Die agterste man los Jake se gordel, die grote gee Jake 'n stamp met sy heup en skouer. Die tydsberekening is perfek.

Jake verloor sy balans, sy regterhand grypend in die lug. Hy struikel van die randsteen af voor die taxi in.

Ella knip onwillekeurig haar oë. "Jammer, gaan bietjie terug, tot waar hy gestamp word."

Jake se voete soek vastrapplek. Hy strek sy linkerhand na die neus van die taxi uit asof hy dit wil keer. Die slag van die botsing slinger hom soos 'n pop deur die lug.

Die taxi se agterkant verdwyn uit sig.

Jake lê in die straat, sy bolyf oor die randsteen, 'n arm en been onnatuurlik verdraai. Voetgangers storm hand voor die mond nader, buk by hom, beduie en roep.

"Kan jy weer teruggaan, op die nommerplaat inzoem?" vra Ella.

Sy skryf die nommer en fabrikaat neer, Toyota HiAce.

"En nou die drywer se gesig?"

Onherkenbaar, net vae beelde van 'n gesig met sonbril en hoed, 'n skadublok agter die taxi se voorruit.

"Kan ek 'n kopie van die videovoer kry?" vra sy.

Forensies kan die gesigte van die twee op die sypaadjie vergelyk met meneer Lingevelder se boscam, kyk of daar ooreenkomste is.

## 38.

Sajida is huilerig. Sy verstaan nie wat aangaan nie. Maar iets het gebeur, dit wéét sy, iets met haar liggaam, dit kan sy voel. Sy onthou fragmente, deurmekaar flardes. Majid het haar sy wildplaas kom wys, dit onthou sy. Nou is hy spoorloos weg. In die huis is net die man wat sy as Faisal ken. Hy gesels nie, en wanneer hy praat, is dit kortaf, soos bevele.

Sy kan in die tuin gaan wandel, sê hy, maar net op die grasperke en langs die blombeddings. Waar die bosse en bome begin, is dit onveilig en verbode. Ook die buitegeboue en groot skuur agter die huis is verbode, so ook om met enigiemand anders te praat.

Deur 'n venster het sy 'n slag mans by die buitegeboue opgemerk, soldate miskien, in kamoefleerdrag en met gewere. In die huis is sy alleen, en Faisal, wat soos 'n spook verskyn en dan weer verdwyn.

Sy probeer onthou die gebeure toe sy Majid die laaste keer gesien het. Hulle het gister laatmiddag omtrent 'n uur uit die stad gery voor hulle die plaas bereik het. Teen skemer het hulle hier op die stoep na die ondergaande son sit en kyk. Dit was romanties, 'n warm aand, die voëls in die bome, die verwisseling van kleure in die weste terwyl die son sak.

Sy het vir Majid se verskoning gewag, of ten minste 'n verduideliking oor waarom hy nog nie die huweliksbed met haar kom deel het nie. Sy het gedink vanaand, hier in die huis op die wildplaas, sal hulle die huwelik volbring, en sy was bereid om haarself met oorgawe aan hom te gee.

Faisal het die skinkbord met vrugtesap gebring en water vir

Majid, en Majid het gesê hy hou van die rustigheid van die natuur om hom. Sy het gesê sy verkies dit ook bo 'n lewe in die stad; sy sal Kanigoram altyd bo Islamabad verkies.

Hy het gesê sy gaan nie terug Kanigoram toe nie en haar glas lemoensap aangegee. Sy het daarvan gedrink en gedink miskien gaan die sprokie van haar troue vanaand hervat word, ná die kort onderbreking van 'n paar dae. Majid het haar uitgevra oor die madressa Jamia Hafsa in Islamabad, en was geïnteresseerd oor die lesings wat sy daar gekry het.

Toe het hy begin uitvra oor haar pa en broers wat in die drone-aanval dood is. Ook oor Nasir wat saam met die Oezbeeks weg is om teen die infidelle te gaan veg. Sy was verbaas dat hy van Nasir weet.

Majid het vertel van sy pa wat in Afganistan gesterf het en van sy broers en neefs wat in djihad teen die Amerikaanse ver-oweraars veg. Hulle wat nie net hulle sondige gewoontes op Afganistan wil afdwing nie, maar ook op Pakistan en op al die Moslemlande in die Midde-Ooste. Hy het nie soos 'n bruidegom geklink nie, eerder soos 'n moedjahedien.

Sy kan onthou sy het later lomerig gevoel.

Vanoggend het sy in 'n vreemde slaapkamer wakker geword. Die kamer was deurmekaar en die bed het na sweet en vuil klere geruik. Op die koffietafel was vuil skottelgoed en 'n leë wynbottel en glas.

En toe sy die duvet wegtrek, was sy kaal. Die bed was bevlek met bloed en ook aan haar dye was taai bloed en sy was seer. Sy het verdwaas gewonder of Majid tóg die huwelik volbring het, haar van haar maagdelikheid ontneem en haar sy volwaardige vrou gemaak het.

Maar hoekom onthou ek dit nie? het sy gewonder. Hoe is dit moontlik dat ek geen herinnering het van so 'n belangrike daad nie? Is dit nie iets wat 'n vrou vir altyd onthou nie?

Die glas en wynbottel het ook nie geklop nie. Majid gebruik, soos 'n goeie, gelowige Moslem, geen alkohol nie. Wie sou dan die wyn gedrink het terwyl sy kaal in die bed slaap? En waar is haar klere?

Sy is badkamer toe met die duvet om haar lyf en toe sy uitkom, was Faisal in die kamer met 'n handdoek en klere vir haar. Hy het gesê sy moet stort en aantrek en uitkom sodat sy ontbyt kan eet.

Sy het lank onder die stort gestaan en haar privaatheid betas en het seer en gekneus gevoel. Sy het begin huil oor alles wat sy nie verstaan nie en die gevoel van angs in haar.

Geklee in die shalwar kameez het sy ontbyt gaan eet, kon skaars iets inkry. Faisal het vir haar gewys waar sy kan stap en waar dit verbode is.

"Waar's Majid?" het sy gevra.

"By sy werk. Noodgeval, hy moes dringend teruggaan."

"Wanneer kom hy my haal?"

"Ek weet nie."

"Wat het met my gebeur?"

"Wat bedoel jy?"

"Laas nag. Ek kan niks onthou nie. Het ek flou geword?"

"Ek weet nie, dis nie my saak nie," het Faisal gesê en weggestap.

Nou sit sy hier op die stoep en wonder en huil. As sy net kan onthou!

Sy skrik toe Faisal skielik agter haar sê: "Kom sit binne by die eettafel, ek't die rekenaar vir jou opgestel. Majid wil hê jy moet na iets op die rekenaar kyk."

"Hy't gebel?"

Faisal antwoord nie. Sy stap nuuskierig binnetoe en gaan sit by die tafel. Klik Play op die Windows Media Player wat hy vir haar op die skerm opgeroep het.

Die hoëdefinisie-video-opname begin en sy staar na die beeld en kan nie glo wat sy sien nie. Dit voel of alle bloed uit haar liggaam dreineer terwyl sy kyk, asof sy verlam daar sit, nie die krag het om enige ledemaat te beweeg nie, selfs nie kan asemhaal nie, 'n groot drukking op haar bors en in haar keel, net haar oë wat beweeg, die figure op die skerm volg, die vrou en die man op die bed, die tweede, slapende man in die leunstoel.

Sy herken die kamer, dieselfde een waarin sy wakker geword het, en sy sien nou wat met haar gebeur het, en verstaan dit nóg minder.

Die man by haar op die bed lig sy gesig vir die kamera, gryns met sy slegte tande asof hy haar tart. Teen sy voorkop ook 'n tatoeëring, en sy lees dit, verstaan die woord اقدوی – *vegter* in Oerdoe.

Die sekwens word onderbreek, en toe die volgende toneel begin, is dit weer sy, maar nou 'n ander man, 'n nuwe minnaar, dié een met die Kaukasiese gesig van 'n middeljarige infidel.

Die skerm 'n breukdeel van 'n sekonde swart, dan die derde toneel. Twee waardige mans, bebaard en bejaard, sit in 'n studeerkamer, agter hulle rakke vol boeke. Sy herken die gesig van molla Burki, sy herken die titels van die boeke.

'n Lyflose stem stel hulle aan die kyker voor: molla Burki en moefti Usman, geleerde in Islamitiese jurisprudensie, in gesprek oor die interpretasie van die sharia-wette aan die hand van die Koran en hadiete.

Dis of Sajida terug is in die lesingsaal by die Jamia Hafsa, maar die onderwerp van hierdie gesprek is zina, owerspel, meer spesifiek die voorskrifte wat van toepassing is op die straf vir owerspel.

Die vertellerstem sê: "Die straf vir 'n owerspelige man óf vrou, is dit geseling van honderd houe, of is dit rajm, steniging? Kom ons hoor wat die geleerdes sê."

Die moefti en die molla bespreek enkele spesifieke gevalle. Die eerste dié van Safiya Hussaini, geskeide Moslemvrou wat deur 'n getroude man swanger gemaak is. Die Islamitiese sharia-hof in Sikota, Noord-Nigerië, spreek die man vry weens 'n gebrek aan bewyse. Hulle bevind Safiya skuldig en lê 'n doodsvonnis deur steniging op.

Die tweede geval is Amina Lawal, 'n Moslemweduwee met 'n

buite-egtelike baba. Die sharia-hof in Funtua, Noord-Nigerië, spreek die man vry weens 'n gebrek aan bewyse. Hulle bevind Amina skuldig en lê 'n doodsvonnis deur steniging op.

Albei vroue se vonnisse word later deur die appèlhof tersyde gestel.

Moefti Usman sê: "Daardie twee sake het 'n skewe beeld oor Islam die wêreld ingestuur, asof hardvogtige antieke wette steeds toegepas en aangemoedig word."

Molla Burki: "Islam ontsê niemand van seksuele genot nie, maar predik seksuele kuisheid en beskou alle seksuele gemeenskap buite die huwelik as sondig, sonder onderskeid tussen owerspel en fornikasie, hetsy die partye getroud of ongetroud is."

Moefti Usman: "Die Koran se voorskrif in vers 24 (2) is duidelik: 'Gesel die vrou en die man wat skuldig is aan owerspel of fornikasie.' "

Molla Burki: "Is daar Islamitiese juriste wat dalk meen dat steniging, soos eredood, ook aanvaarbaar is? In die Bukharihadiete is tog vier inskrywings wat na steniging as straf verwys. Soos dié een: 'O Unais! Gaan na die vrou van hierdie man, en as sy bieg, stenig haar dan tot die dood. Unais het na haar toe gegaan en sy het gebieg. Daarop het hy haar met klippe doodgegooi.' "

Moefti Usman: "Dit kan uitgelê word as karo-kari, om iemand dood te maak ten einde die eer van die familie te beskerm. Karo-kari is 'n tradisionele kulturele gebruik en word vandag nog toegepas. Maar imam Soharwardy van die Islamitiese Opperraad van Kanada het so onlangs as Januarie 2012 'n fatwa uitgevaardig wat karo-kari verdoem. Dit was nadat 'n Moslemgpaar en hulle seun in Ontario lewenslange tronkstraf gekry het weens die moord op vier vroulike familielede in 'n geval van eredood."

Molla Burki: "In die Weste sal 'n fatwa daarteen uitgeroep kan word, nóóit in Pakistan of Afganistan nie. Pashtunwali is die erekode van die Pashtun en die fondasie waarop 'n familie of stam gebou word. Dáár sal 'n pa steeds sy eie vrou of dogter doodmaak of laat doodmaak om die familie se eer te beskerm.

En 'n man sy owerspelige vrou, selfs al is sy die slagoffer van 'n verkragting. Want onsedelikheid, ook verkragting, lei tot kalam al-nas, 'n geskinder, en bring skande oor 'n familie, en kan nie geduld word nie."

Moefti Usman: "Pleks van haar dood te maak, moet sy toegelaat word om haarself vry te koop van haar sonde en van die oneer wat sy oor haar hele familie en stam gebring het. Sy moet die kans kry om haar berou te toon deur die eerbare uitweg te volg. Nie om haar eie lewe te neem nie – want dis ook 'n ernstige sonde – maar om ter wille van die erekode haar eie lewe op te offer vir die Saak."

Molla Burki: "Ja, sy kan haarself daardeur reinig, en in die oë van die gemeenskap die eer van haar familie herstel."

Moefti Usman: "In die Paradys is 'n uitverkore plek vir moedjahedien wat vir die Saak sterf, en daar is niks wat 'n vrou verbied om 'n martelaar te word nie."

Molla Burki: "Soos die Profeet se eie weduwee A'isja in die Slag van die Kameel. Watter dogter sal nie die dood van haar pa wil wreek nie, watter suster nie die dood van haar broers nie, watter niggie nie die dood van haar ooms en neefs nie, watter vrou wil nie vergoed vir die oneer wat sy haar eggenoot aangedoen het nie?"

Sajida laat sak haar gesig in haar hande en haar skouers ruk.

Sy voel hoe iemand haar van die stoel ophelp. Faisal lei haar na die slaapkamer en help haar in die bed in. Bied haar 'n pil en 'n glas water aan. Sy sluk dit woordeloos en draai op haar sy, krul haar op. Hy bedek haar met die duvet en trek die gordyne dig toe.

Die deur klik sag toe en sy hoor nie die geknars van 'n sleutel nie, want sy is nie 'n gevangene nie, dink sy, net 'n gevangene van haarself en van wat met haar gebeur.

Toe sy wakker word, is die gordyne oopgetrek. Die dwarsbalke buite voor die venster is weg en sy kyk uit oor die tuin, na die aandskaduwees wat naderkruip.

Sy kry Faisal in die kombuis en sê: "Ek slaap nie weer in daardie kamer nie."

"Daar's nie 'n ander kamer vir jou nie."

"Dan slaap ek op die bank in die sitkamer."

Hy haal sy skouers op. "Slaap waar jy wil." Beduie na die yskas, stoof, kombuiskaste. "As jy honger is, help jouself."

"Is hier 'n telefoon?"

"Hoekom?"

"Ek moet Majid bel."

"Hier's nie 'n foon nie."

"Waar's my sel?"

"Ek weet nie van jou sel nie."

"Wanneer kom Majid?"

"Hy't nie gesê nie." Faisal se hande blink van die vet van die gebraaide hoender in die bord voor hom. Hy lek sy vingers af. "Dis halaal, ingevoer uit Brasilië. Ek hou van hoender."

"Kan ek e-pos?"

Hy skud sy kop, kouend aan 'n stuk hoender. "Geen internetkonneksie hier in die wildernis nie."

"Wat doen al die mans wat ek hier buite sien? Bly hulle hier?"

"Wil jy hoender hê? Kry daar in die pot, daar's rys ook."

Hy vat sy bord en stap uit. Sy hoor 'n deur klap.

Sy gaan sit op die stoep, die skemering nou volledig oor die werf; die groen grasperke en fleurige blombeddings vertoon alles grys. Die eerste sterre flonker in die hemel. Daar waar die Paradys is, daar waar 'n plek bespreek is vir 'n vrou aan wie 'n kans gegun word om deur selfopoffering te vergoed vir die oneer wat sy oor haar man en familie gebring het.

Sy sit op die donker stoep en voel die warm bries van die someraand teen haar vel en hare. Sy probeer herleef wat met haar gebeur het en dit voel soos 'n duisend jaar vandat sy en Majid saam hier gesit het. Maar dit was net vier en twintig uur gelede, laat gistermiddag toe Faisal die lemoensap vir haar gebring het en water vir Majid.

266

En dit was nog 'n sprokie, nie 'n nagmerrie nie, en sy wéét sy is nooit in staat tot só iets soos op die video nie. Kán dit nie doen nie, sál dit nooit doen nie. Hoekom sal sy?

Iets anders het gebeur, en sy dink die antwoord lê in die lemoensap wat sy gedrink het.

Maar hoekom?

In molla Burki se studeerkamer, die gordyne reeds toegetrek teen die aandskemering, kruis Majid sy bene. Hy bestryk die nate van sy broek en kyk op na sy mentor en saligmaker.

"Sy eet niks nie. Sy huil en sit op die stoep en leef in haar eie gedagtes. Faisal sê sy vermy daardie kamer en slaap in die sitkamer."

"Dis goed," sê molla Burki peinsend. "Laat sy maar broei, dis goed. Ons los haar nog twee dae so alleen, dan kan Faisal my kom haal."

"Ons het min tyd," sê Majid.

"Ek het nie baie tyd nodig nie. Maar sy móét eers op die dwalings van haar lewe gewys word."

Daarmee bedoel die molla die nagtelike gebeure soos op video gedokumenteer, weet Majid. Al was daardie "dwalings" sonder haar samewerking, selfs sonder haar bewustelike wete. Maar dis soos die erekode geïnterpreteer word. Of sy vrywillig tot fornikasie instem of die slagoffer van onsedelike aanranding is, is nie ter sake nie. Dit verminder nie die stigma nie, verklein nie die oneer nie, verhoed nie die tonge om daaroor te skinder en te wonder nie.

In haar geval is die sonde en skande des te groter: twéé mans het met haar gefornikeer, een boonop 'n infidel. En op die video lyk dit allermins of dit teen haar sin plaasvind. Daar is geen aanduiding dat sy teëstribbel en teen hulle veg en huil en uitroep om hulp nie. Inteendeel, dit lyk asof sy die wellus geniet.

"Sy sal verskonings hê, aanvoer dat dit teen haar wil was, dat sy nie kan onthou nie," sê Majid.

Molla Burki streel oor sy grys baard. "Dis die manier van die fluisteraar: hy fluister sy boodskap van onheil in die harte van mense, por hulle aan tot sonde."

Dis soos dit werk: breek eers die gees af, vernietig enige oorblywende weerstand tot net 'n dop oorbly. Majid dink die molla is uitgeslape om die skuld op shaytan te pak, op die duiwel en al sy djins, die fluisteraars van sondige begeertes.

"En sy sal my nie weer sien nie?"

"Nee, die verontregte eggenoot is diep seergemaak oor die skande wat sy jong bruid oor hom en die families gebring het. Maar die gekrenkte eggenoot soek nie wraak nie, beplan geen eervolle straf vir sy ontroue vrou nie. Tensy sy teruggestuur word Kanigoram toe . . . Dáár sal wraak wees, dáár is haar lewe nie veilig teen geseling of selfs steniging nie. Haar verraad teen die nagedagtenis van haar pa en broers wat martelare is vir die Saak, het oneer gebring oor almal in haar familie en oor die familie van haar eggenoot. Oor almal wat deur die eeue hulle lewe teen die vyand geoffer het en aan wie Allah die beloning in die Paradys gee. En nou word uitkoms aan haar gebied: om shaheeda te word vir die Saak."

Die proses van heropbou begin deur die sade te plant om haar eer en die eer van die families te herstel. En Majid het geen twyfel oor die uitslag daarvan nie. Wanneer molla Burki sy web om haar spin, sal sy kermend en berouvol aan sy voete lê. Die herinneringe aan haar pa en broers en al die ander sal soos 'n rou wond in haar gees wees, en sy sal by hom pleit om hulle martelaarskap te gaan wreek. Sy sal hom smeek om haar genadig te wees sodat sy ook die hoogste offer kan bring, en daardeur gereinig word van sonde om die Paradys te mag betree.

"Sy sal die uitkoms aangryp, daaroor twyfel ek nie," sê Majid.

In die gedempte lig van die leeslamp leun die molla na die penanttafel tussen hulle om die tee te skink. Hy lig sy koppie uit die skinkbord, laat rus die piering in die holte van 'n hand op sy skoot, in die stilte die rinkeling van sy teelepel in die koppie.

"Jy twyfel nie daaroor nie, Majid, maar twyfel jy oor iets anders?"

"Iets anders? Ek verstaan nie, molla."

"Dalk twyfel jy of dit die regte ding is wat ons doen. Of daar nie 'n makliker manier is nie."

"Niks wat ons doen, is maklik nie, molla. Ons doen wat rég is, dis al, nie omdat dit moeilik of maklik is nie. 'n Opoffering is per definisie moeitevol. Ons kon iemand anders gaan soek het, 'n ander vrou, dis waar. En ons sou haar gekry het, daar's baie wat hulleself sou kom aanbied. Dit sou ons . . . dit sou mý risiko verminder het, sou miskien makliker gewees het. Maar dis nie dieselfde nie. Dit sou net 'n gebaar sonder essensie wees, leeg en gestroop van betekenis. Wat is die sin dáárvan?"

"As ons haar beter geken het, sou dit nóg moeiliker gewees het," sê die molla. "En dis goed dat julle eers getrou het, dat jy haar hier in ons familie ingebring het, ver van haar land. Nie net omdat die huwelik die omvang van haar dwaling verswaar nie, maar ter wille van die allegorie. Want dis mos hoekom ons elke jaar Eid al-Adha vier, dan nie? Om Abraham se bereidwilligheid te gedenk om selfs sy seun te offer as daad van gehoorsaamheid aan Allah. En wanneer Sajida gereed is, wanneer sy ook háár plig besef, dan stuur ons tog iemand van ons eie vlees en bloed om die onregte teen ons mense te gaan vergeld."

"Dis soos ek dit wil hê, molla. Dis 'n persoonlike verrekening, daarom moet die uitdeler van die straf uit ons eie boesem kom."

Die molla plaas sy koppie terug in die piering en sê met sy sagte stem: "Dit gaan 'n wêreldwye trefkrag hê, daaroor het ons al ge-praat – dis hoekom jy die teiken gekies het. Is ons families teen daardie impak beskerm?"

"Sy het reeds verdwyn, molla. Die vrou met die naam Sajida bestaan nie meer nie. Op geen manier sal haar daad na enigeen herlei kan word nie, ook nie na haarself nie. Al kry hulle agterna iets . . . miskien DNS, waarmee sal hulle dit vergelyk? Hoe sal hulle haar ware identiteit kan uitken?"

"Wat van haar wasiyeh?"

"Ja, dié sal daar wees. Ons sal haar laaste woorde en wil op video vaslê en agterna aan die wêreld versprei, maar haar gesig sal onherkenbaar wees."

"En ek sal daardie testament opstel wat sy aan die wêreld sal voordra."

"Die plan is waterdig, molla."

Die molla knik en plaas sy leë koppie op die skinkbord terug.

Majid besluit om nie nou die wysigings te noem wat hy vir die plan oorweeg nie. Die molla het eers ander dinge wat sy gedagtes besig hou. Soos om Sajida se gees af te breek en dan weer soos klei na sy smaak te vorm.

Eers as dit bereik is, sal hy die molla weer kom besoek, hom oor 'n koppie flou tee inlig oor die geringe aanpassing: dat die teiken nie meer die politici en diplomate by die VN-funksie is nie, maar die ander groep by daardie rolprentvertoning, die arrogantes met die hoë profiele. Dié wat hulle verbeel hulle is onaantasbaar, dié wat hulle bose invloed soos 'n pes oor die aardbol versprei, onskuldige mense besmet, wegvreet aan goeie gelowiges se self-respek en agting vir hulle geloof en kultuur.

## 39.

Die mure van Ella se kantoorafskorting vertel die verhale – en vordering – van haar twee groot ondersoeke. Teen die muur links van haar lessenaar is die Nagsluiper-ondersoek, teen die muur regs, tussen haar en Stallie, die verwante Heilbron- en Diamond-ondersoek.

Op 'n wit melamienbord links het sy die opskrif met rooi Magic Marker geskryf: ABEL LOTZ. Nuwe leidrade is kripties in groen aangebring: Sleep Inn, Mitzi, Lippens, Praag, 51.206534, 3.226762, Fomalhaut, boekomslae, antropodermiese bibliopegie . . .

Onder die bord is foto's met duimdrukkers vas van al sy bekende slagoffers, ook twee tatoeëerontwerpe: een van 'n pou, verskaf deur Mia Vermooten se inkman in Rosebank, en een van 'n hasie, deur Emma Adams se tatoeëerder in Greymont.

Op die HEILBRON/DIAMOND-bord regs hou Ella daagliks met 'n geel viltpen tred van haar vordering, of gapings in haar vordering, onder DOEN.

Een van haar take is 'n besoek aan die wildplaas waar meneer Lingevelder se boscam die mans in paramilitêre drag oorkant die Krokodilrivier verfilm het. En waar Jake Diamond met 'n kamera gaan sit en wag het voordat hy skynbaar besluit het om onverklaarbaar die dinghy los te maak en in sy kar te klim en weg te ry. Jake en die dinghy is gekry, van die koerantkar nog geen spoor nie.

Die foto's op die Heilbrongedeelte bestaan uit 'n glimlaggende meneer Heilbron op 'n foto wat sy vrou uit 'n raam gehaal het, 'n bevrore meneer Heilbron langs die dam met sy bisarre tong-das, greinerige foto's van die boscam, duideliker foto's van die GKTV-kamera in Hillbrow, die identikit van die bode wat me-vrou Heilbron beskryf het met die topi en swart smeermerk, of tatoe, teen sy voorkop, en 'n foto van die Brasiliaanse etiket vir ingevoerde halaalhoenders.

Op die Diamondgedeelte is 'n foto van Jake wat Ella by sy koe-rant gekry het, Jake se liggaam langs die sypaadjie waar die taxi hom getref het, die GKTV-foto's van die taxi.

Sy het nou ook die volledige uitslag van die forensiese onder-soek na die bandafdrukke by die Westdenedam. Dit blyk die wielsporing van die voertuig is lanklaas gedoen, of nie behoorlik nie, want een band loop aan die buitekant af. Ook die balans van die band en die lugdruk laat veel te wense oor: op die loopvlak is 'n gladde kol waar riwwe verslyt het. Sy weet dat slytasie en ander eienskappe 'n unieke afdruk van 'n spesifieke motorband gee, byna nes 'n mens se vingerafdrukke. Sy is spyt dat forensies nie 'n latente bandafdruk op die toneel van Jake Diamond se tref-en-trap kon kry om te vergelyk met hierdie een by die dam nie.

Die bandfoto's kom met duimdrukkers teen die partisiemuur tussen haar en Stallie.

Forensies het die foto's van die boscam en GKTV-kamera ver-gelyk en ooreenkomste gevind in die gelaatstrekke van die twee mans wat Jake op die sypaadjie voor die taxi ingeboelie het. Die gesig van die taxibestuurder is op al die GKTV-beelde in diep skadu gehul, selfs nadat die PhotoShop-kunstenaars dit probeer manipuleer het. Nie een van die twee op die sypaadjie het 'n merk teen die voorkop nie, maar hulle lei nietemin tot verskillende teorieë wat Ella wil toets.

Dis immers 'n speurder se werk om 'n teorie te ontwikkel en dan te kyk of leidrade en bewysstukke daardie teorie ondersteun. So nie, is die teorie ongeldig en moet 'n nuwe teorie ontwikkel word. Die probleem is dat baie speurders 'n teorie bedink en dan net na spesifieke leidrade en bewysstukke gaan soek wat hulle teorie ondersteun. Hulle laat hulle lei deur die teorie, nie deur die leidrade en bewysstukke nie.

Ella sê oor die partisiemuur: "Stallie, drink jy bier?"

"Ja, nooi jy my uit?"

"Nee, ek toets 'n teorie."

'n Speurder met 'n eng uitkyk sou nou redeneer: A. Elke bierdrinker is 'n rugbyspeler. B. Stallie drink bier. C. Stallie is 'n rugbyspeler.

"Watse teorie?" vra Stallie.

"Dat Jake Diamond op daardie plaas oorkant die Krokodilrivier aangehou is voor hy voor die taxi ingestamp is. Kom."

"Waarheen?"

"Cradle of Humankind, op die R540. Bring jou padkaart."

"Padkaart? Uit watter eeu kom jy, Ella, tyd van die ossewa? Al gehoor van GPS?"

"Vra vir generaal Pitso hoekom sy polisiekarre nie GPS het nie."

Stallie verskyn om die afskorting langs haar lessenaar. "Kry vir jou 'n slimfoon met GPS."

"En waarmee betaal ek vir 'n slimfoon, uit my polisiesalaris?"

"Só een, die nuwe iPhone. Jy bly in Westdene?" Sy vingers wikkel op die toetsbord van sy foon. "En voilà! Hier's jou koördinate."

Hy hou die skerm na haar en sy lees die breedtegraad 26°10'11" suid en die lengtegraad 27°59'11" oos.

Sy neem haar skouersak van die vloer langs haar stoel en kom orent, oë stip op die ABEL LOTZ-bord, die gekrabbelde syfers wat sy van 'n ou koerantbladsy oorgeskryf het: 51.206534, 3.226762.

"Stallie!"

Hy is al op pad uit. "Wat?"

"Wat's hierdie, ook koördinate?"

Hy bekyk dit. "Ja, desimale lengte- en breedtegraad. Google dit."

"Jy bedoel, tik net die syfers in?"

"Ja, as ek reg is dat dit desimale grade is."

Sy gaan sit weer voor haar rekenaar, maak Google oop en tik die syfers in.

'n Klein kaart met straatname verskyn op die skerm. Sy klik op 'n groen merker. 'n Groter kaart verskyn. Sy staar na die naam van die stad, en die straat wat nou met 'n pienk merker aangedui word. "Brugge, Dijver?"

"Met watter ondersoek is jy nou eintlik besig: Heilbron, Diamond of Abel?" vra Stallie oor sy skouer.

"Al drie."

"Hoe kan jy aan die los drade van drié sake dink? Jy moet op een fokus, kan nie jou gedagtes die wêreld vol laat vlieg nie. O, ek't vergeet, jy't mos 'n sesde sintuig."

"Ek's besig met multitasking. Jy moet dit probeer, mans kan dit ook doen," sê sy op pad parkeergarage toe, gedagtig aan Harpo Marx.

Hulle kies koers na Muldersdrift, Ella agter die stuur.

"Het jy gesien," vra Stallie uit die bloute, "hulle voorspel sy gaan weer vir 'n Oscar benoem word?"

"Wie?"

"Bonnie Lee, wie anders? En sy gaan dit wen ook, haar tweede. Sy't 'n nuwe tatoe van 'n swaan op haar blad, ek't nou die aand op TV gesien. Sê sy's in Desember by daardie VN-funksie in Brussel."

"Stallie, aktrises is nie eintlik my ding nie."

"Wat's jou ding, akteurs? George, is hý jou tipe?"

"Ja, mooi man, maar nie my smaak nie, te glad, glibberig."

Sy verminder spoed. "Die hek moet hier iewers wees, aan die regterkant. Meneer Lingevelder sê die huis is nie van die pad af sigbaar nie."

Hoë wildheining aan die regterkant, met lemmetjiesdraad wat 45 grade op hoekystersstutte na die pad se kant oorhang. Die eienaar is duidelik gesteld daarop om sy wild binne te hou en onwelkome besoekers buite, dink Ella.

"Daar's 'n hek, so twee honderd meter vorentoe," sê Stallie.

Ook die hek is ongasvry, die soort pyp-en-staaldraad-kon-
struksie waarmee toegang tot 'n nywerheidswerf afgesper word,
of die ontspanningsterrein van 'n tronk. Die enigste aanwysing is
'n geel bord met die simbool van 'n rooi blits en die waarskuwing:
NO ENTRY – GEEN TOEGANG – PHUTHA.

'n Slotmeganisme wat waarskynlik vir C-Max ontwerp is. Ag-
ter die hek verdwyn 'n tweespoorpad kronkelend tussen akasias
en kameeldorings in.

Ella parkeer op die grondskouer van die teerpad. "Hier gaan
ons nie inkom nie."

Stallie knik. "Net met 'n lasbrief, ás ons goeie rede het en die
eienaar kan opspoor."

"Oukei, dis jou volgende taak: gaan soek die geregistreerde
eienaar by die akteskantoor. Dan kan ons aan 'n motivering vir 'n
lasbrief begin werk."

Sy klim uit en stap oor die pad na die hek toe, Stallie agter-
na.

"Het 'n oorlogstenk nodig om hier deur te kom," sê hy.

Val byna oor haar toe sy skielik buk, die afdraaipad op haar
hurke sit en beskou. "Wat sien jy?"

"Spore, Stallie, dis wat ek sien. Karspore en skoenspore. Die
mense wat hier in- en uitgaan, het hulle eie sleutels. Bel vir Jimmy,
vra of hy twee forensiese manne kan stuur. Hulle moet hierdie
karspore vergelyk met dié wat by die dam gekry is, en soolspore
van 'n Rustic Camo-stewel. As daar ooreenstemming is, het ons
grondige rede vir 'n lasbrief."

"En as die eienaar hier aankom?"

"Wat daarvan? Die spore is nie op sy grond nie, sy grond begin
eers agter die hek. Die spore is op staatsgrond, serwituut vir 'n
provinsiale pad. Bel vir Jimmy."

Terwyl hulle in die kar wag, sê Stallie: "Hoekom sou hy be-
langstel in die koördinate vir Brugge?"

"Abel? Hoekom sou hy belangstel in die koördinate vir Betelgeuse of vir die konstellasie Coma Berenices? Wie verstaan wat in Abel se kop aangaan? Miskien beplan sy dwalende brein 'n reis Betelgeuse toe. En met die GPS app op jou slimfoon kan jy hom dalk help om die kortste roete uit te werk."

"Ouch, eina!"

"Kan jy my sak daar agter bykom? Krap bietjie vir my sel, dis 'n oue, was saam op die Groot Trek."

Hy gee die sel vir haar aan en sy aktiveer 'n nommer op die Speed List.

"Archie? Daardie uitnodiging Parys toe, ek dink tog ek sal dit kan maak. Baie opgehoopte verlof."

"Dis goed, anders sou jy onbetaalde verlof moes vat. Ek het klaar drie plekke voorlopig bespreek, kon nie wag nie, die vliegtuie is vol."

"O. Maar ek betaal vir myself."

Hy ignoreer dit, vra: "Het Milo jou ooit van sy Paryse vriend vertel, van Joël?"

"Die bistro-eienaar? Ja, hy het."

Die Bistro Yoni is om die hoek van Milo se kelderwoonstel in Pigalle waar hulle sou bly wanneer sy by hom in Parys sou gaan kuier. Hy wou haar aan Joël voorstel, vir haar die Louvre en Musée de l'Erotisme gaan wys, haar uitvat vir gebraaide kwartelborsies in 'n sous van salotte, artisjokke en chanterelles.

"Ella?" sê Archie.

"Uhm . . . ek's nog hier."

"Joël sê hy't slaapplek vir jou en Kaja, julle kan by hom bly. As jy nie omgee om 'n kamer met haar te deel nie? Hy't vir my plek gekry in 'n klein hotel net af in die straat."

"Dis wonderlik, Archie, en ek sal my deel bydra." Sodra sy haar knieë voor die bankbestuurder nerfaf geskuur het vir 'n lening.

"Gaan jy saam Sarajewo toe?"

"Nee, dit los ek vir julle twee. Dis julle pelgrimstog."

"Ons 't gedink om vier dae in Parys te bly, die trein Sarajewo toe te vat vir so twee of drie dae, en dan terug Parys toe. Hoe lank wil jy bly, tien dae soos ons gepraat het? Dan kan ek die vlugte bevestig?"

"Ja, tien dae is genoeg."

Sy groet en lui af.

"Herre, Ella, jy gaan in Parys kerjakker? Weet die kolonel?"

"Nee, ek sal hom môreaand inlig."

"Hy gaan 'n gasket blaas."

"Nie voor Mara nie, sy't my genooi vir ete. Ek sal die kolonel oor ete inlig, met Mara aan my kant. Ek sal voorstel dat jy en Papi die Heilbronsaak oorvat terwyl ek gaan kerjakker."

**40.**

"Margot Nijs is al byna 'n week weg," sê Rik Coppens vir sy vrou. "In Brugge raak mense nie bloot weg nie. In Brussel miskien, en in Antwerpen en Amsterdam en Rotterdam, nie hier nie. Hier raak skaars 'n fiets weg."

"Ouers dink hulle ken hulle kinders," sê Aaltjie. "Hulle gló hulle ken hulle kinders. Maar hoe weet ons regtig wat in hulle koppe aangaan? En sy's nie meer só jonk nie, elke vrou het geheime wat sy nie eens met dié naaste aan haar deel nie."

Rik kyk van die TV na sy vrou op die sofa, besig met die breinaalde aan 'n halfklaar wolkombers. "Wat sê jy, Aaltjie? Steek jy iets vir my weg?"

"Miskien." Haar oë op die TV, die naalde klikkend tussen haar vingers, rol nog wol van die bol by haar voete af. "Mans hoef nie álles te weet nie."

"Soos wat?"

Dertig jaar getroud en dog hy ken haar soos die palm van sy eie hand. Weet van watter boeke en flieks sy hou, wat haar laat lag en huil, watter kos haar sooibrand gee, en konstipasie, wat hy moet sê en hoe hy moet vat om een keer 'n maand, wel, een keer in 'n blou maan, haar estrogene op te warm.

Nou sit sy net daar met 'n sweem van 'n glimlag wat hy nie kan kleinkry nie, en hy sê weer: "Hè, soos wat? Watse geheime?"

"Miskien het Margot iemand in 'n kafee of kroeg ontmoet, jy weet, so 'n toevallige ontmoeting tussen twee vreemdelinge. Dis nie onmoontlik nie, sulke goed gebeur."

"In flieks, ja," sê Rik.

"Hierdie lang, aantreklike man vra vir haar of hy vir haar koffie kan koop, of 'n bier, sê hy's vreemd in die dorp, op besigheid, vra haar waar hy na Hans Memling se skilderye kan gaan kyk."

Is dít Aaltjie se geheime begeerte: 'n lang man wat haar met koffie probeer verlei? Is dit sý skuld dat hy sy kort pa se gene geërf het? Wel, net korterig, en met die jare ook meer jaarringe om die lyf gekry, soos 'n goeie ou eik. En wat is fout met korterig?

"So, jy dink sy't die pad gevat saam met 'n vreemdeling? Jou scenario is: sy woon saam met haar suster 'n uitvoering van *Robert le Diable* by, en besluit op pad huis toe om saam met 'n lang man weg te loop van haar vervelige bestaan in 'n ou dorp met baie kariljons?"

"Ja, kom ons praat eers oor *Robert le Diable*," sê Aaltjie. "Jy't mos beloof om my te vat as hulle kom, dan nie?"

"Uhm . . ."

"Jong meisies hou van opwinding, Rik. Hulle wil hulle drome gaan uitleef, wil avontuur gaan soek."

Hy skud sy kop. "Dis nie wat haar ma sê nie. Dis ook nie wat Marc Dutroux se slagoffers gesoek het nie."

"Hulle was blote kinders, Margot is 'n jong vrou."

"Hy't een vir tagtig dae in sy huis aangehou en niemand kon haar kry nie."

"Maar sy's tog gered?"

"Vier ander nie, hulle is in grafte in sy agterplaas gekry. Ek wil nie vir Margot Nijs uit 'n gat in iemand se tuin gaan opgrou nie."

"Dis uit jou hande uit, jy't jou plig gedoen, die verslag is by Witzel."

"En wat doen Witzel-hulle? Hulle sê ek is paranoïes, sien 'n Dutroux om elke hoek. Hulle sê die eenheid vir vermiste persone werk volstoom om elke vermiste in die land te probeer opspoor, 602 is al langer as tien jaar vermis. Net verlede jaar is nog 1 177 Belgiërs as vermis aangemeld."

"Ek gaan vir ons tee maak," sê Aaltjie en druk haar naalde in die kombers.

Hy dink: sy weet ná dertig jaar dat as hy dié tyd van die aand koffie drink, hou die kafeïen hom die hele nag wakker.

"En jy't net die een leidraad, nè? Die vrou wat gebel het toe sy die storie in die koerant lees."

Hy knik. "Dis al. Die voertuig wat sy laatnag stadig in Walplein sien ry het, 'n bestelwa, het dit vir haar gelyk. Nog gewonder wat dit kom aflewer, daardie tyd van die middernag. Maar weet jy hoeveel afleweringsvoertuie is hier in Brugge? En sy kon nie eens die nommer of fabrikaat uitmaak nie, dink dit was blou, kan ook silwer wees. Ek't vir haar foto's gaan wys van 'n VW Caddy en Fiat Dobló en Citroen Picasso en Peugeot Partner . . . sy ken nie die verskil tussen 'n Ferrari en 'n Mini Cooper nie."

Abel trek die sak gips en die rol swart politeenplastiek in die groen wheelie bin van die hardewarewinkel na sy ateljee in Boterhuis, dankbaar dat Ignaz nog nie sy rommelhouer kom opeis het nie. Hy vermoed Ignaz het 'n nuwe een aangeskaf.

In sy sitkamer op die boonste verdieping rol hy die dik plastiek op die vloer uit, van dié soort wat bouers as voglaag gebruik. By die wastrog meet hy koue water in 'n plastiekskottel uit. Hy gooi die voorgeskrewe hoeveelheid gips in die water en roer tot al die poeier in 'n dik room opgelos is.

Nadat hy die oorskotte met balsemvloeistof behandel het, het hy dit in natrondeurweekte lappe toegedraai. Nou knip hy stroke gaas, week dit in die gipsmengsel en begin die eerste konynkokon op sy boktafel met die gipsverbande toedraai.

Hy wend verskillende lae aan, en polys uiteindelik die gips oor die laaste verbandlaag met sy palms tot 'n gladde tekstuur. Hy vermoed die hitte – vrygestel in die eksotermiese chemiese reaksie wanneer die gips begin bind – sal verdere uitdroging van die weefsel bevorder.

Die droë gips wil hy later met fyn skuurpapier afwerk, miskien selfs so fyn as 'n P1500-grein. Hy bepeins nog die finale afronding van hierdie eerste drie artefakte vir sy beoogde ateljee op die grondvloer. Die uiteindelike tekstuur en voorkoms is esteties baie belangrik. Vir die twee konyne oorweeg hy om die droë gips met verdunde PVA te seël en hulle dan met glansende emalje te verf, dalk 'n neonoranje.

Oor die vrou het hy min twyfel, weet presies wat hy met háár gaan doen. Dit het omtrent twee uur gevat om haar are met die Porti-Boy en haar holtes met die hidro-aspirator te behandel. Maar spiere begin eers drie tot vier uur ná dood verstyf en sy was nog soepel toe hy haar met die natrondeurweekte gaas toedraai, eers haar arms en bene afsonderlik. Daarna het hy haar opgekrul, haar knieë tot onder haar ken opgetrek, haar arms om haar skene gevou, en haar styf met die verbande in hierdie fetusposisie toegewikkel. Ses, sewe lae sodat sy uiteindelik ook die vorm van 'n groot ovaalvormige kokon aangeneem het.

Háár droë gips wil hy met skellak verseël en dan afwerk met drie lae koperkleurige emaljeverf. Die uiteindelike tekstuur, hoop hy, sal lyk soos die bronsbeeld van Maria van Boergondië op haar sarkofaag, glansend en skitterend. Miskien sal hy haar ook op 'n voetstuk van blinkgepoleerde swart marmer monteer vir sy beoogde ateljee.

Die sagte sug van genoegdoening oor Abel se lippe onderbreek vir 'n oomblik die geneurie diep agter in sy keel saam met die klanke van die viool.

Hy dink aan die ateljee wat hy vir die grondvloer beplan, sien voor sy geestesoog die outentieke Afrikamaskers teen die mure, versier met vere en gevlegte haarlokke, klewend aan die gekerfde hout nog die roet van stamvure, die sweet en velolie van dansende, ongewaste liggame.

En van die oewers van die Amasone en die voetheuwels van die Andes die gekrimpte kopvelle, kompleet met hare en gesigte, die tsantsas van die Shuar en Huambisa en Aguaruna.

Hy dink dit sal gepas wees om ook die eerste vier eksemplare van sy *Kosmiese Reise* in sy ateljee uit te stal, in die middel van die vloerruimte, op 'n sentrale pedestal in 'n kis van kristalglas, gebind in sysagte maagdeperkament, vergulde titels en randversierings wat die prominente ontwerpe omraam, die simbole vir die konstellasies Pavo, Lepus, Lyra en Aquila.

Die arend het hy nog nie, maar hy is seker hy sal dit hê wanneer sy nuwe ateljee ingewy word. Miskien selfs 'n vyfde een: Cygnus. Sal dit nie wonderlik wees om ook die Cygnus te hê nie?

Hy volg juis die groot nuus op 'n plaaslike TV-kanaal: die aktrise wat Brugge toe kom vir die filmpremière, die een wat Ignaz en sy dogter so gaande het. Die film het die hele dorp in beroering, die storie uit Ignaz se boek oor die man wat verlief raak op die losbandige danseres wat hom aan sy dooie vrou herinner.

En op TV wys die aktrise haar nuwe tatoeëring vir die hele wêreld, noem dit 'n lankhals, sê dit herinner haar aan haar Vlaamse wortels, as nasaat van 'n klokkespeler van die Belfort.

As hy dáárdie swaan op sy boktafel kan oes!

En natuurlik haar gesig ook.

Hy bestudeer ook haar gesig op TV, koop tydskrifte as hy haar op 'n voorblad sien. Hy bestudeer die proporsies van haar gelaatstrekke: die fisionomiese verhouding tussen oë, neus, wangbene, mond, ken. Natuurlik word sulke vroue deur lense met 'n sagte fokus afgeneem, en hulle gebruik grimering om vlekke en glesse en makulasies en ontstekings van die vel te verberg; die tekstuur van haar vel sal hy eers van naby onder sy loep kan waarneem.

O, hoe sekuur en tydsaam en delikaat sal hy nie háár gesig oes nie.

Natuurlik kan hy daardie gesig nie saam met die tsantsas uitstal nie, iemand kan dit herken. Maar haar mummie sal in sy ateljee wees, binne-in haar gipskokon.

Vir haar gesig wil hy 'n paspop van polistireen gaan koop, een met net 'n kop en nek soos dié vir haarpruike. Ja, nadat hy die vel sag gebrei en gelooi en die nate van haar kopvel weer onder die hare toegewerk het, sal hy haar gesig oor die popkop trek en daar teen die muur plaas waar sy moeder se Idia en die afgeslagte regter hang.

En Sondae, of saans wanneer hy nie nagskof werk nie, wil hy haar gesig oor syne aantrek en haar heuningblonde hare uitborsel en sy musiek aanskakel. Dan sal hy hier in sy stoel kom sit om met sy moeder te gesels, die mooi dogter wat sy so begeer het.

Maar eers die Aquila. En wanneer Ignaz die vel met die arend-tatoe hanteer en koester en as boekomslag bind, sal hy wonder of sy sommelierdogter saam met 'n ryk gas van die Kempinski gedros het. Hy sal wonder wanneer kry hy dan 'n sms of e-pos van haar, of miskien 'n outydse poskaart met 'n bekoorlike glansfoto van die Faroëse Eilande.

Want die arend sal hy nie herken nie. Hy sal onbedoeld die vel koester afkomstig van sy eie dogter se kruis.

## 41.

Die naaister in die Oosterse Plaza in Fordsburg kry 'n rowwe skets met die opdrag om 'n snyerspatroon vir die kledingstuk te ontwerp. 'n Eenvoudige stuk, sy is ervare en kan dit amper toe-oë ontwerp en sny en naai. Toe sy vra wanneer die klant kom sodat sy die mates vir haar patroon kan neem, word 'n paspop gebring.

Die naaister is verbaas oor die kleremakerspop met borste, en word meegedeel dat dit vantevore gebruik is vir 'n spesiale ontwerp vir 'n handgemaakte bloes vir dieselfde klant. Dat die bloes van duursame, amperwit charmeuse-sy gemaak is, met pragtige borduurwerk en omboorsels van salmpienk, en ses honderd skitterende kraletjies elkeen met die hand aangewerk, word verswyg.

Hierdie onderbaadjie is sonder glinster of glans, nie van chiffon of georgette of organza nie, maar van gewaste denim van sterk keperweefkatoen waarop die naaister haar papierpatrone aftrek en die pante uitsny. Sy pas dit aan die pop, steek dit met spelde vas en stoot dit dan onder die stewige naald van haar naaimasjien in om die growwe materiaal met sterk gare te stik.

Die onderbaadjie het nie knope of 'n ritssluiter voor nie en sal oor die kop aangetrek word. Een van die spesiale opdragte is watteersel aan die skouerbande sodat dit gerieflik sal pas sonder om die skouers te skaaf, selfs al is die sakke vol. Want dis die ander vreemde versoek: al die sakke van wisselende maar spesifieke groottes. Wat haar veral laat frons, is die binnesakke vir die onderbaadjie. Binnesakke aan 'n man se baadjie of jas is algemeen, maar binnesakke aan 'n onderbaadjie?

Onder elke bors kom 'n diep buitesak, en ook twee aan die rugkant. Die voorste en agterste binnesakke word direk aan die binnekante daarvan aangebring. Al die sakke word van velcrorepe voorsien om dit dig toe te hou. 'n Denimgordel word aan die soom van die kledingstuk vasgewerk, met 'n tong van velcro sodat dit styf om die middel vasgetrek kan word.

Die onderbaadjie se ontwerp herinner die naaister aan die moulose reddingsbaadjies, gewoonlik in 'n neonkleur, wat op plesierbote gedra word, hierdie een net minder lywig sonder die vlotterskuim. Dit vat haar net twee dae voor sy dit aan 'n hanger by die ander voltooide bestellings agter in die werkkamer hang.

Faisal sit die vier inkopiesakke langs Sajida op die bank neer. "Hier's klere, Sarita het dit gaan koop, sy sê dit sal pas. Gaan trek dit aan, kyk of jy daarvan hou."

Sajida kyk na die Woolworths-sakke, maak een oop en haal twee T-hemde uit, een ligblou, die ander ligpienk. In die tweede, groter sak is twee pare jeans, in die derde Nike-tekkies en twee pare wit sportsokkies. Die derde plastieksak is gemerk *EasySave*, binne 'n onderbaadjie van denim.

"Jeans?" vra sy.

"Gaan trek dit aan. Jy's klaar met shalwar kameez, jy dra nou Westerse klere. Los die onderbaadjie hier."

Hy kyk haar agterna. Sy is terug in die slaapkamer waar die video geneem is, want dis 'n belangrike deel van wat molla Burki haar reinigingsproses noem. Faisal kan aan ander woorde dink om dit te beskryf. Soos kondisionering. Beheer oor haar denke en emosies. Breinspoeling. Gedragsmanipulasie.

Wat molla Burki haar reiniging noem, om haar gedagtes en siel van sonde te suiwer, het amper twee weke gevat, en Faisal was ooggetuie van die proses. Tariq het die molla soggens uit die stad gebring en hom saans teruggevat.

Bedags het Faisal die reiniging bygewoon, op die agtergrond, sy teenwoordigheid met 'n tweeledige doel. Een was om die molla te beskerm as sy dalk dol sou raak, besete van shaytan se fluisteringe en molla Burki se prewelinge. Die tweede was die bedreiging wat sy blote aanwesigheid by haar moes inboesem as sy nie met die molla wou saamwerk nie. Dit was ook sy taak om haar elke aand met scopolamien in te spuit, net 'n ligte dosis om haar verwardheid te versterk.

Die proses het Faisal gefassineer, hoe die molla dit regkry om haar gees met sy monotone stem te sloop, haar wil en denke as't ware steen vir steen af te breek. Ongeroer deur haar trane en smekings, sy sagte stem soos 'n stroom heilige water wat haar weerstand wegkalwe en haar sondes en boosheid en skuld aan haarself blootlê.

"Die sonde en oneer lê nie net in wat jy doen en sê nie, Sajida, die kiem van boosheid groei in jou gedagtes, in wat jy dink en begeer. Het jy daar in Islamabad sulke begeertes gehad terwyl jy na mans op TV kyk, na daardie aktrises skaamteloos onbedek in tydskrifte? Begeer jy om ook só te wees, jou te versier en jou klere uit te trek en jou liggaam te vertoon vir oë vol wellus?"

Faisal het na die molla gestaar, verras dat die heilige man van daardie aktrise weet. Hy het die tydskrif uit Indië laat kom met die gewraakte halfnaakte foto's van die Lollywood-aktrise Veera Malik. Met die tatoe *ISI* teen haar linkerboarm (afkorting vir Inter-Services Intelligence, die Pakistanse veiligheidsdiens) het hy gedink sy lyk sexy, maar in Pakistan was die hel los.

Sajida het gehuil "Ek's jammer, ek's jammer" sonder om te sê waaroor sy jammer is. Dit was ook nie nodig nie. Al wat van haar verwag is, was 'n belydenis van sonde, om haar boosheid te besef en haar berou te bely.

Die finale breekpunt was skouspelagtig, die patetiese mens-like ruïne wat oorgebly het. En toe, in dié toestand van depres-sie en verlatenheid, kom die molla se eerste simpatieke gebaar: 'n helpende hand na haar uitgereik wat sy soos 'n drenkeling aangegryp het.

"Bieg oor jou sondes, en die skuldgevoelens en jou geestelike pyn sal verlig word," het die molla gesê, en nogmaals aangehaal uit sy religieuse geskrifte. "Ja, daar is vir jou uitkoms, Sajida, jy is nie verdoem nie. Nie net uitkoms nie, maar ook die kans om jou skandes en jou sondes reg te stel. Maar alles hang van jouself af, jy is vry om te kies, jou toekoms is in jóú hande. En dis nie 'n moeilike keuse nie, dis tussen die duisternis van die hel waarheen jy op pad was, of die lig van die Paradys. Wat is jou keuse?"

Dit was op die tiende dag van haar reinigingsproses, en vir haar finale konfessie en hergeboorte het sy gesê: "Ek kies die pad van goedheid, die pad van vrede met myself, die eerbare pad. Ek wil my lewe offer vir die saligheid en vir dié wat vir die Saak gesterf het en in die Paradys op my wag. Laat ek hulle dood gaan wreek en my by hulle aansluit."

Op haar knieë voor die molla het hy haar hande gevat en gesê: "Allahu Akbar!"

En sy het dit hardop herhaal, haar gesig na die molla opgelig: "Allahu Akbar!"


Sajida kom in, geklee in jeans, die ligblou T-hemp en tekkies. Met haar groen oë en ligte vel lyk sy soos enige jong Westerse meisie, hip en mooi en effe eksoties.

Faisal hou die onderbaadjie na haar uit. "Pas dit aan."

Sy trek dit aan. Dit pas perfek.

Hy gaan haal die kombuisskaal en 'n plastiekhouer in die kombuis, die inhoud swaar, moet dit met albei hande dra. Hy het die metaalwassers vir dakskroewe by twee verskillende harde-warewinkels gaan koop, en weeg dit nou: 9,2 kilogram. Hy gooi van die wassers in die plastiekhouer terug tot 4 kilogram op die skaal oorbly. Hy wink haar nader, verdeel die wassers in elk van die twee sakke op haar bors en druk die velcro vas.

"Hoe voel dit?"

"Swaar," sê sy.

"Ons begin met vier kilogram tot jy daaraan gewoond is. Oor 'n paar dae ses kilogram, dan agt."

Sy knik.

"Jy dra die onderbaadjie met die wassers vandat jy soggens opstaan tot jy saans gaan slaap."

Sy knik.

"Jy loop daarmee, jy sit daarmee, jy eet daarmee en jy pis daarmee. Oukei?"

"Oukei."

"Oor drie weke moet dit vergete wees, tweede natuur. Selfs met agt kilogram moet dit deel van jou wees, soos jou klere." Hy klik die deksel van die houer met die orige wassers toe. "Wil jy 'n tatoe hê?"

"Watse tatoe?"

"Ek weet nie, enigiets, soos Veera Malik s'n?"

"Nee."

"Sy sê daardie kaalfoto's van haar is gemorph, glo jy dit?"

"Dis nie my saak nie."

Hy kyk hoe sy aan die sakke met wassers druk, haar borste stuwend teen die denim. Die borste wat hy daardie aand vlugtig betas het, later ontbloot bewonder het terwyl hy die videokamera hanteer het, ingezoem het op haar naaktheid.

Hy dink Majid is diep gelowig om so 'n mooi bruid vir die Saak op te offer. As hy Majid was, sou hy haar eers vir 'n paar maande geniet het, met haar gespeel het, en haar met hóm laat speel het.

Nou te laat, en dis Majid se verlies. Sy opdrag was egter duidelik: hande af. Die misbruik van haar liggaam was net die eerste stap in die proses; die fokus het van die liggaamlike na die geestelike verskuif, en dis waar dit nou moet bly.

Faisal het nie 'n probleem daarmee nie, hy kan sy fokus so instel, al flits onwillekeurige beelde van haar naakte liggaam op die bed soms deur sy kop. Die probleem is Tariq. Hy ken Tariq, hulle is bloedbroers, het saam grootgeword. Tariq word gedryf deur laer instinkte, en hy het haar naakte liggaam nie net gesien en bewonder nie, maar dit self ervaar en geniet. Hy sou haar die hele nag op die bed misbruik en mishandel het as Faisal hom nie gekeer het nie.

Sedertdien is Tariq se blik pal op haar. Wanneer hy by die huis inkom, volg sy oë, slu en donker, elke beweging van haar liggaam.

Faisal trek die gordyne toe, skakel die skootrekenaar op die eettafel aan en soek na die eerste van ses video's op die Playlist. Die video's is 'n kompilasie van videostrome wat sorgvuldig uitgesoek is, van YouTube af, djihadi-webwerwe, aanlynnuuskanale, insetsels verkry van Islamitiese TV-stasies soos Duniya en Express en QTV in Pakistan, Aljazeera, Huda en Alafasy.

"Sajida!" roep hy. "Kom sit hier langs my, dis tyd vir jou eerste les. En van nou af praat ons net Engels, geen Pashto of Oerdoe meer nie, dis molla Burki se opdrag. Ons roetine vir die volgende drie weke: ons gaan flieks kyk, elke dag. Hou jy van flieks?"

"Watse flieks?"

"Spesiale flieks. Ek's jou leermeester, ustad-e-fedayeen, dis die titel wat die molla aan my toegeken het. Die molla het groot vertroue in my, en groot verwagtinge dat ek jou reg sal leer, maar veral dat jy 'n goeie student sal wees, soos jy 'n goeie student was in die madressa Jamia Hafsa. Die molla sê as daar probleme is, moet ek hom laat weet, dan kom gee hy vir jou 'n les in reoriëntering. En vir daardie les sal hy Tariq saambring. Jy wil nie 'n les van Tariq hê nie, nè?"

Sy skud haar kop. "Qari Hussain was ustad-e-fedayeen."

"O, jy weet van Qari?"

"Hy was 'n Masoed, saam met Baitullah in Kotkai."

"En jy weet wat van hulle geword het? Die drone wat eers vir Baitullah op die dak van sy huis flenters geskiet het, en 'n paar jaar later het 'n CIA-drone ook vir Qari gekry."

Faisal weet ook hoe Baitullah en Qari hulle geld gemaak het. Hulle het seuns en meisies van twaalf en dertien jaar oud in die stamgebiede gaan werf, gespog hulle kan sulke kinders binne ses uur herprogrammeer tot fedayeen. Het hulle dan vir ses duisend dollar 'n kop aan die Taliban verkoop vir selfmoordbomdraers.

Die Westerse koerante skryf graag sulke stories, dink hy. Maar skryf hulle ook oor daardie moordenaars wat in Washington sit, by die CIA in Langley, by Creech in Nevada, en soos in videospeletjies hulle drones stuur om sy mense in Waziristan te gaan doodmaak?

Hy sê vir Sajida: "Jy ken die name van Qari Hussain en Baitullah Mehsud, maar ken jy die name van daardie lafaards wat die Hellfires op jou pa en jou broers afgevuur het? 'n Bom van 45 kilogram bedoel vir tenks en grotbunkers word gebruik vir 'n groep onskuldige begrafnisgangers in Kanigoram, maar húlle name word nie genoem nie. In die koerante en op TV sien jy die gesigte van ons helde en martelare, en hulle word barbare en monsters en demone genoem omdat hulle opstaan om te veg vir hulle land en hulle mense en hulle Saak, soos ons voorouers eeue terug al gedoen het. Maar sien jy foto's van daardie lafaards wat duisende kilometer van die slagveld af in hulle sagte stoele sit, lugversorging in hulle kantore, en die knoppies druk wat hulle drones instuur teen ons stammense, arm en onskuldig, in Mir Ali en Datta Khel en Wana en Kanigoram? Wil jy nie die gesigte sien en die name ken van daardie moordenaars van jou pa en broers nie?"

Sajida antwoord nie, haar oë neergeslaan.

Faisal teug 'n slag diep, klik op Play en sê: "Dis Hasna. Sy's shaheeda, nou in die Paradys, waar jou plek ook wag."

Hulle kyk na die video van Hasna se wasiyeh, haar laaste wilsbeskikking, haar oë stip op die lens van die kamera, haar stem sag en beslis asof sy haar monoloog van vyftien minute vooraf ingestudeer het. Aan haar liggaam die onderbaadjie met die plofstof. Weerskante van haar sit twee mans met gewere voor die bors gekruis, tulbande om hulle koppe en gesigte gedraai sodat net hulle oë sigbaar is. Op die agtergrond 'n groot plakkaat met sketse van groen voëls – 'n toespeling op die voëls wat elke martelaar in die Paradys besorg.

Hasna bid en loof die deugde van martelaarskap en verdoem

die Westerse vyand. Sy vertel van haar gehoorsame jong broer, vyftien jaar oud, vir wie almal so lief was, wat self so vol respek vir sy familie was, wat eendag 'n geleerde en vername man sou word. Maar hy het gesterf, net een van die meer as duisend onskuldige mans, vroue en kinders wat al in Amerikaanse aanvalle in die stamgebiede van Pakistan dood is.

"Nou gaan ek en my broer in die Paradys herenig word," sê Hasna.

Dan volg 'n webcam-insetsel uit 'n kar, van Hasna wat weg- stap in 'n stowwerige straat in die rigting van 'n Amerikaanse militêre kontrolepunt, vermoedelik in Afganistan. Sy is geklee in 'n shalwar kameez wat die onderbaadjie verberg. Sy trek die dupatta as sluier om haar neus en mond, en dit lyk asof sy met haar elmboë verskuif aan die swaar las van die onderbaadjie. Soldate kom nader, keer haar voor, outomatiese gewere gereed in hulle hande.

"Allahu Akbar!" roep die stem van die man met die webcam in die kar wat haar kom aflaai het.

Op die video is 'n helder flits, 'n gedempte plofslag, dan rook en stof terwyl die kar vinnig wegry.

Faisal se sel begin lui. Hy staan op en stap weg, die foon teen sy oor. "Wat's dit, Tariq?"

"Hier's twee mans by die hek."

"Wil hulle inkom?"

"Nee, sê hulle is van die polisie se forensiese afdeling, besig met 'n ondersoek."

"Besig met 'n ondersoek, maar wil nie inkom nie?"

"Ek't gevra waar's die lasbrief. Hulle sê hulle't nie 'n lasbrief nodig vir 'n ondersoek op staatsgrond nie."

"Watse ondersoek? Het jy gevra?" Faisal loer terug na Sajida by die rekenaar.

"Sê inligting oor 'n lopende ondersoek is vertroulik."

"Maar wat dóén hulle?"

"Hulle't kameras, neem spore af op die grondpad tussen die

hek en die teerpad. Nou't hulle gips of iets, maak afdrukke van die spore. Wil jy met een praat? Moet ek die sel deur die hek vir hom aangee?"

"Nee." Faisal loop kombuis toe, sy blik deur die venster op die buitegeboue, op die garage met die HiAce en die joernalis se ou wit Corolla. "Vra hulle jou uit, is hulle nuuskierig?"

"Nie eintlik nie, wou net weet of dit my eiendom is. Ek't gesê nee, ek's die opsigter, ry met die kwad om die heinings te inspekteer en uit te kyk vir wilddiewe."

"Hulle't jou nie gevra of jy dalk 'n HiAce sien in- en uitry het nie?"

"Nee."

"Oukei. Moenie praatjies maak nie, sit daar op jou fiets en kyk wat hulle doen. As hulle klaar is, maak seker hulle is weg en kom dan terug."

Faisal lui af. Watter leidrade sou die polisie na die hek gelok het? Maar as hulle nie 'n lasbrief het nie, is daar g'n rede vir paniek nie. En al spore wat hulle gaan kry, is van die Merc wat die molla elke oggend gebring en weer elke aand weggevat het. Die Merc se bande sou al die ander spore doodgetrap het.

Dis sekerlik nie nodig om Majid te laat weet nie. Om nou met die HiAce en die Corolla uit te ry, selfs in die nag om elders van hulle ontslae te raak, is nié 'n goeie plan nie. Wat as die polisie besluit op padblokkades, of iemand sit die hek met 'n verkyker en dophou, wagtend op die verskyning van 'n HiAce of Corolla?

Die beste is om laag te lê, nie hase op te ja nie.

## 42.

Ella kom nie by die bankbestuurder uit nie, vermoed hy is net beskikbaar vir kliënte wat 'n miljoen of meer wil leen. Sy wag haar beurt geduldig af, skuif elke halfuur (so voel dit) 'n sitplek nader aan die voorpunt, na die ry glasafskortings waar 'n konsultant haar uiteindelik in kruisverhoor neem oor die toestand van haar lopende rekening.

"En jy wil die geld vir 'n oorsese vakansie gebruik?"

"Ja."

"En hoe gaan jy dit terugbetaal?"

"Uit my salaris."

"En dis hierdie bedrag wat elke maand gekrediteer word?"

"Ja."

"En jy't die somme gedoen, gekyk of jou begroting klop?"

"Ek het."

"En jy dink jy sal dit kan maak, met die rente elke maand op die persoonlike lening? Ons noem dit 'n leefstyllening – geld wat jy leen vir persoonlike genieting. Kan jy enige kollateraal aanbied?"

"Wel, ek kan my huis aanbied. Dis klein en in Westdene, maar seker omtrent agthonderdduisend werd, as kollateraal vir 'n lening van veertig duisend. Ek't ook 'n klein belegging. Sien, daardie debietorder wat elke maand afgaan, dit word oorgeplaas na my belegging."

"O, jy't meer as een rekening? Ja, hier's dit, dis tog gekoppel, ek't dit misgekyk. Geldmarkfonds? A, maar dis 'n goeie bedrag, hoekom gebruik jy dit nie vir jou reis oorsee nie?"

"Dis my neseier. Ek raak nie daaraan nie al krepeer ek, dis hoe my pa my geleer het. Dink jy as ek eendag aftree, sal ek van 'n polisiepensioen alleen kan leef?"

"Uhm . . . jy's nog jonk, trou dalk nog met iemand wat sal help om vir die oudag sorg?"

Die mans saam met wie ek wil oud word, gaan almal dood, dink sy. Fokken Bam. Fokken Milo.

"Luister, gaan jy my help of nie? Ek sit al amper twee ure hier in die bank, en as ek langer van die kantoor af wegbly, het ek netnou géén salaris om die dêm leefstyllening terug te betaal nie."

"Goed, vul hierdie vorms in. Ek bel jou binne twee dae om te sê of die lening goedgekeur is."

"Jy bedoel daar's 'n moontlikheid dat my aansoek afgekeur kan word?"

"Dis moeilike tye, juffrou Neser. Die wêreldwye resessie bly sleep, banke kry swaar."

Sy byt 'n antwoord terug, oor die bank se CEO wat onlangs op 'n veiling 'n wynplaas buite Stellenbosch gekoop het, tjek uitgeskryf vir iets soos sestig miljoen. Vul die vorms in en stoot dit oor die toonbank.

Sy stoom toe sy uitstap, blaf toe haar sel lui: "Wat, Stallie?"

"Die plaas behoort aan Xtreme Adventures CC, sê die akteskantoor."

"Jy't die name en adresse gekry van die beslote korporasie se vennote?"

"Ja, twee broers, Majid en Adil Burki. Majid is ook die besturende direkteur van die EasySave-winkelgroep, Adil streekbestuurder van EasySave in KZN. Waar's jy, Ella? Die baas soek jou."

"Hy kan my bel, hy hét my nommer. Is Papi terug op kantoor?"

"Sit hier en koffie drink. Jy op pad?"

"Ja, wag net daar. En maak vars koffie."

Op pad bedaar haar bui. Miskien kry sy tóg die Heilbron/Diamond-saak opgelos voor sy op die vliegtuig klim Parys toe. Groot las van haar skouers af sodat Abel haar onverdeelde aandag kan kry.

By die speurkantoor in, die aroma van vars koffie in haar neus, lees sy vinnig 'n e-pos van Jimmy Julies oor die forensiese uitslag van band- en skoenspore by Xtreme Adventures se toegangshek. Sy skink koffie en sê vir Papi en Stallie: "Kort bid-uur, asseblief." Hulle kom sit oorkant haar by die konferensietafel.

"Oukei," sê sy, "ons vorder darem. Forensies het nie ooreenkomste gekry met die afgeloopte band nie, te veel ander karspore. Wel die afdrukke van 'n paar Rustic Camo-stewels wat ooreenstem met van die spore by die dam."

"Wat van die ou op die Honda-kwad?" vra Papi. "Kon die forensiese manne sy gesig sien, miskien 'n tatoe aan sy voorkop?"

"Nee, hy't 'n valhelm opgehad. Wat het jy en jou informante met die hoenderetiket uitgerig?"

"Die QR code." Papi haal die etiket uit die ziploc-sak. "Sien die matriks hier onder? Wel, dit kan met 'n selfoon-app gelees word. Die amptenaar by gesondheid wat die invoerpermitte vir rou vleis uitreik, kon met dié kode die geskiedenis van die besending hoenders opspoor, eindbestemming EasySave Cash 'n Carry in Moroka, Soweto."

Ella kyk na Stallie. "Majid Burki se winkel, vennoot van Xtreme Adventures?"

"Jip," sê Stallie.

"Jip," sê Papi.

Ella knik. "Ek dink ons het meer as genoeg vir 'n landdros om 'n lasbrief uit te reik. As ons daardie taxi of paneelwa op die Xtreme-plaas kan kry, miskien selfs Jake se Corolla . . ."

"Adjudant, jy's uiteindelik terug by die werk." Ineens kolonel Sauls se spreekwoordelike groot skaduwee oor die drie biduurgangers. "Wil julle nie onderbreek nie, maar wanneer jy klaar is, adjudant, my deur staan oop."

Hy draai om, steek vas, sê: "En bring 'n vars beker koffie saam, dit kan 'n tydjie vat."

Sy lig haar wenkbroue vir Stallie en Papi toe die baas wegstap. "Wat kan dit wees?"

"Wil miskien jou vroulike advies vra oor sake van die hart," sê Stallie.

"Nee, hy lyk gestres. Ek dink hy gaan jou verlof kanselleer, te min hande vir al die werk," sê Papi. "Jou Paryse trip is moer toe."

"Oukei," sê Ella, "laat ek gaan hoor wat die baas pla. Sal hom sommer vra vir 'n lasbrief vir Xtreme Adventures."

Op pad na die kolonel se kantoor val haar oog op die inkomende e-pos op haar rekenaar: kaptein Buthelezi van die Suid-Afrikaanse skakelkantoor van Interpol in Tshwane. Die naam van 'n passasier oor wie sy navraag gedoen het, is op die Tsjeggiese immigrasierekords opgespoor: A.G. Lippens, met 'n Belgiese paspoort op 'n vlug uit Nairobi na Praag se Ruzyně-lughawe. En jammer oor die vertraging.

Ella se vreugde oor haar goeie raaiskoot word oorskadu deur teleurstelling. Hoe kon ons sy vertrek uit Suid-Afrika gemis het? wonder sy radeloos.

Kolonel Sauls wink haar in. "Maak toe en kom sit."

"Ek dink ons het 'n deurbraak gemaak met die Heilbronsaak," sê sy. "Ons is gereed vir 'n lasbrief en die eerste ondervragings."

Sy verswyg eers die Lotzsaak, nou inligting uit twee bronne wat bevestig dat Abel in Europa is, beslis in Praag aangekom het. Vermoedelik daarvandaan België toe is, as sy sy gekrabbel op 'n ou koerant kan vertrou.

Die kolonel haal sy leesbril af, gooi dit met 'n kink van 'n dik gewrig op sy papiere, knie sy oë en sit agteroor. "Ja, die Heilbronsaak . . . daar's 'n komplikasie."

"Wat's fout?"

"Ek't jou gewaarsku dat ander agentskappe dalk in jou ondersoek sal belangstel? Ek dink ek't die Valke genoem, en SSA."

State Security Agency: die alsiende, alwetende, alomteenwoordige Big Brother.

"Ja, kolonel het. Het hulle inligting?"

Hy knik. "Maar ek dink nie hulle inligting gaan óns help met die Heilbronmoord nie."

"Nou wat dan?"

'n Klop aan die deur voor hy kan antwoord.

Hy gaan maak oop, nooi die besoeker in na die stoel langs Ella, stel hulle aan mekaar voor: adjudant Neser en meneer Quinn.

"Meneer Quinn is van die SSA se DB," verduidelik die kolonel toe hy weer gaan sit.

"Domestic Branch," sê Quinn toe hy haar vraende gesig sien.

"Meneer Quinn het hierdie vergadering aangevra," sê Silas Sauls, "en die moeite gedoen om van Tshwane af te ry om sy saak te kom stel en ons samewerking te vra."

"Quinn. Dis hoe almal my ken, net Quinn. En in die wêreld waarin ek beweeg, stel ek nie gewoonlik 'n saak nie. Maar my direkteur-generaal is gesteld op protokol en goeie verhoudings, veral gesteld op samewerking tussen al die agentskappe wat oor die veiligheid van ons land waak en verseker dat die landsburgers die wette nakom."

Hoë stemtoon vir so 'n groot man, dink Ella, waarvoor hy probeer vergoed met 'n infleksie van selfgenoegsame sosiale status.

"En mý werk," sê sy, "is om gewelddadige oortreders van daardie wette aan te keer."

"Adjudant," sê kolonel Sauls berispend, "gee meneer Quinn ... gee Quinn kans."

"Dis oukei," sê dié. "Ek waardeer die adjudant se geesdrif vir haar werk. Ons het helaas te min daarvan in ... uhm ... sekere van ons agentskappe."

Sy verkyk haar aan sy mond: die tandestokkie tussen die perserige lippe, hoe sy woorde moeiteloos verby die wippende tandestokkie tussen sy lippe uitglip. Sy wonder of dit 'n truuk is wat spoke geleer word: om mense met tandestokkies te mesmeriseer. Loer na kolonel Sauls se muurhorlosie waarop die tyd aanstap as sy vandag nog 'n lasbrief onderteken wil kry om Xtreme Adventures te gaan visenteer.

"Dis nie ons gebruik om diepliggende motiverings op te dis

vir 'n versoek nie," sê Quinn, "en in hierdie geval is dit 'n opdrag eerder as 'n versoek."

"Watse opdrag?" vra sy.

"Die oorhandiging van die Heilbrondossier."

"My moordsaak?" Sy gluur hom aan, wend haar dan vir hulp na haar baas. "Kolonel?" Terug na Quinn. "Julle is nie wetstoepassers nie, julle het nie bevoegdheid vir arrestasie nie."

"Nee, maar die DPCI het wel," sê hy met 'n sweem van 'n glimlag.

"Jy bedoel . . .?"

"Korrek, die direktoraat vir Priority Crime Investigations – ek en die Valke werk saam aan hierdie saak. Dis nie 'n gewone misdaadondersoek nie, Neser. Soos ek vir Sauls oor die foon gesê het: die president het opdrag gegee dat hy persoonlik ingelig word oor die verloop van ons ondersoek. Die magte wat hier bedrywig is, is ver verhewe bo die kop van . . . wel, van moord-en-roof."

Bo die kop van 'n geringe adjudant-offisier met klein boobies, dís wat Quinn bedoel, en nou skop haar steeksheid in.

"Só, ek doen die werk, en julle vat net oor. Het jy gesien hoe daardie man lyk, hè, Quinn? Sy tong by sy keel uit, sy vrou in 'n toestand? Het jy gesien hoe Jake Diamond lyk ná die tref-en-trap? Het sy dogter uit Modimolle in jou kantoor kom huil en pleit dat jy haar pa se moordenaars aan die hof moet uitlewer sodat hulle hul verdiende straf kan kry? Dat geregtigheid geskied, en veral dat gesién word hoe geregtigheid geskied?"

Hy verplaas die tandestokkie na sy ander mondhoek. "Ek verstaan hoe jy voel, Neser. En nee, ek't nie Heilbron en Diamond se outopsiefoto's gesien nie. Ongelukkig moet ek bely: hulle is vir mý onbelangrik. As ek myself toelaat om soos jy net daardie twee slagoffers raak te sien, ontgaan die groter prentjie my, kyk ek my vas teen die bome, sien ek nie die bos nie."

"En in die bos is wát?"

"'n Organisasie wat 'n daad van terreur op Suid-Afrikaanse grondgebied beplan. Dalk teen 'n Westerse ambassade, dalk teen besoekers aan internasionale konferensies of ekspo's wat hier gehou word. Ons moet voortdurend bedag wees op sulke moontlike teikens."

Sy lig haar wenkbroue doelbewus skepties. "Móóntlike teikens?"

Kolonel Sauls leun vorentoe in sy stoel. "Quinn, ek dink nie dis te veel gevra om adjudant Neser ook in die prentjie te bring nie. Sy sal jou posisie beter begryp as sy ook die bos sien pleks van net die bome, of hoe?"

Quinn haal die tandestokkie uit sy mond, bestudeer dit, druk dit terug en sê: "Goed, en ons almal verstaan die vertroulikheid van hierdie gesprek?"

Hy kyk na haar, sy knik.

"Dankie. Laat ek begin met enkele voorbeelde om te illustreer waarmee ons hier te doen het. Eerstens al-Rashid, een van dosyne groeperings en organisasies wat kort ná 9/11 deur die Amerikaanse departement van buitelandse sake as ongewens gelys is. Al-Rashid word daarvan verdink dat hy 'n netwerk van internasionale Islamitiese terreurgroepe finansier en ondersteun deur middel van 'n trust. Die trust is in Karatsji, Pakistan, gestig, oënskynlik vir welsynsprojekte. Uit CIA-dokumente blyk dit al-Rashid kry sy fondse van zakat – dis donasies – uit Pakistan, die Midde-Ooste . . . en hoofsááklik uit Suid-Afrika. Die CIA noem al-Rashid een van die belangrikste bronne van inkomste vir Osama bin Laden se al-Kaïda . . ."

"Wyle," sê Ella.

Hy loer na haar. "Wyle Osama. Nadat die Amerikaners die trust gelys het, is druk toegepas totdat Pakistanse banke alle rekenings van al-Rashid bevries het, hoewel die trust volhou dat sy aktiwiteite beperk is tot geld- en regshulp aan gevange Moslemmilitante, hulle naasbestaandes en humanitêre projekte."

"Soos?" vra Ella.

"Die trust het 155 bakkerye van die VN se World Food Program oorgeneem, en al-Rashid het aangevoer dat hy ook 2000 naaimasjiene na Afganistan gestuur het om werk te verskaf aan oorlogsweduwees. Verder was hulle betrokke by die vestiging van 'n netwerk van madressas en die bou van twintig moskees langs die hoofweg tussen Kaboel en Kandahar in Afganistan. Volgens die CIA het al-Rashid se Deobandi-madressas in Pakistan egter as werwingsentra vir moedjahedien gedien.

"In Oktober 2003 lys die Amerikaanse tesourie nog 'n trust, al-Akhtar, ingevolge Executive Order 13224 as 'n SDGTE – Specially Designated Global Terrorist Entity. Dieselfde motivering: al-Akhtar se beweerde betrokkenheid by die finansiering en ondersteuning van internasionale Islamitiese terreurgroepe. Al-Akhtar is in Gulshan-e-Iqbal, Karatsji, geregistreer as humanitêre hulporganisasie vir die voeding, kleding en onderrig van kinders van godsdienstige martelare, maar word verbind met die terreurgroepe Jaish-e-Mohammed, Harkat-ul-Mujahideen, Lashkar-e-Taiba, Lashkar-e-Jhangvi en die lede van 'n al-Kaïda-sel wat aanspreeklik was vir die ontvoering en onthoofding van Daniel Pearl, joernalis van die *Wall Street Journal*. Volgens die CIA het al-Akhtar in Maart 2002 al die aktiwiteite van al-Rashid oorgeneem. Benewens finansiële ondersteuning verleen hulle ook logistieke steun aan Islamitiese ekstremiste, soos met reis- en verblyfreëlings."

Hy kyk na Ella. "Vrae?"

"Nee."

"Goed, dan gaan ons voort. Die Amerikaanse departement van buitelandse sake lys ook die Rabita-trust in September 2001 as een van 'n netwerk van sogenaamde welsynsorganisasies wat terreurgroepe befonds onder die dekmantel van humanitêre hulp. Die hoofdoel van Rabita is om die Islamitiese godsdienstige kultuur uit te brei om internasionale Moslemeenheid te bewerkstellig."

"Dis Da'wah, dan nie?"

Hy lyk effens verbaas oor haar kennis.

"Korrek. Volgens die CIA was die Saoedi-sakeman Wael

Hamza Jalaidan tydens die 9/11-aanvalle die sekretaris-generaal van Rabita. Jalaidan was ook 'n stigterslid van al-Kaïda, saam met sy Saoediese landgenoot Osama bin Laden ... wyle Bin Laden. Die res van Rabita se bedrywighede, of die skyn van sy humanitêre hulp, stem min of meer ooreen met dié van al-Rashid en al-Akhtar.

"Nou die volgende trust. Die Amerikaanse tesourie lys die Dawah-trust in April 2010 as organisasie wat geldelike hulp verleen aan verskeie terreurgroepe wat in Pakistan bedrywig is, soos Haqqani. Ook groepe onder die sambreel van die Tehrik-i-Taliban Pakistan, of TTP, wat aanvalle doen op Amerikaanse en geallieerde basisse in Afganistan met die hulp van buitelandse insurgente, veral Oezbeeks wat in FATA skuil.

"Die Dawah-trust is in 2005 in Islamabad as welsynsorganisasie geregistreer. Die vermoede is dat Dawah die aktiwiteite oorgeneem het van al-Rashid, al-Akhtar en Rabita nadat hulle rekenings bevries en werksaamhede opgeskort is. Dawah se bedrywighede is baie meer kovert as die vorige drie, maar die Amerikaanse tesourie noem die name van twee tussengangers wat donasies van miljoene rande uit Suid-Afrika na Dawah se welsynsprojekte in Pakistan kanaliseer.

"Latif Faisal Babul is bekend as die rekenmeester. Hy't dikwels tussen Suid-Afrika en Pakistan gependel en groot bedrae geld inbetaal in bankrekenings van die Dawah-trust in Karatsji, Lahore en Islamabad. Tariq Abbasi is die sogenaamde reisagent. Hy help met reisreëlings vir jong Suid-Afrikaanse mans van Pakistanse afkoms wat na die FATA-gebiede reis, vermoedelik vir opleiding as moedjahedien en selfs fedayeen – selfmoordbomdraers."

Kolonel Sauls sê: "Het julle foto's van hulle?"

"Nee," sê Quinn.

Ella sê: "En ek aanvaar Latif Faisal Babul en Tariq Abbasi het soos mis voor die son verdwyn sedert die Dawah-trust in April 2010 deur die Amerikaners gelys is?"

"Nee, ons het 'n vermoede waar hulle is. Immigrasie het rekords dat Babul en Abbasi op 3 Junie 2008 met Pakistanse paspoorte op 'n PIA-vlug op O.R. Tambo aangekom het. Alle dokumente in orde, deel van 'n toergroep met hotelbesprekings op die Tuinroete, in Kaapstad en in die Krugerwildtuin. Immigrasie het egter geen rekords dat Babul en Abbasi die land weer saam met die toergroep verlaat het nie. Ons vermoed die vermiste Dawahlêer bevat inligting dat meneer Heilbron ongemagtigde Suid-Afrikaanse paspoorte vir Babul en Abbasi voorberei het. En fluit-fluit, dis my storie. Sien jy nou die bos, Neser?"

"Soort van."

"Soort van? Wat pla jou nog?"

"As die kolonel instem tot 'n lasbrief, kan ek Babul en Abbasi dalk môre al vir jou gee. Maar ek vermoed jou belangstelling lê nie soseer by hulle nie, nè?"

"Nee, hulle is die spreekwoordelike bome waarvan ons praat."

"Nie vir my nie. Hulle is waarskynlik die moordenaars van menere Heilbron en Diamond. En ek weet waar hulle wegkruip en as moordspeurder is dit my taak om moordenaars aan te keer."

"En dis hoekom ek vandag van Tshwane af Johannesburg toe gery het, Neser, om jou dossier te kom oorneem. Om te keer dat jy soos 'n . . . uhm . . . kalf in die wingerd instorm en 'n operasie bederf waaroor ons al twee jaar lank baie delikaat en baie klandestien inligting versamel. Jy soek tentakels, ons soek die kop. Soos hulle van die fedayeen sê: Vang een selfmoordbomdraer en jy stop een ontploffing; vang die hanteerder en jy stop 'n dosyn ontploffings. 'n Vorige direkteur-generaal van Pakistan se federale ondersoekagentskap het dit só beskryf: 'Pakistan is 'n eenstopwinkel. Die idees en logistiek en kontant kom uit die Golf en van oorsee; die bommakers kom uit Saoedi-Arabië en Egipte; die ekstremiste wat die teikens uitsoek en die aanvalle beplan, kom uit Afganistan, Irak en Oezbekistan; die stamgebiede lewer die jeugdige martelare. En al hierdie bestanddele vir chaos en dood kom bymekaar in die eenstopwinkel.' Pakistan is vol sulke eenstopwinkels, en ons vermoed daar's nou een in Suid-Afrika ook. Ons weet nog net nie waar nie en ons weet nie wat sy teiken is nie."

"Laat ek Babul en Abbasi arresteer," sê Ella, "en julle kan hulle ondervra. Ek's seker julle ken die tegnieke om inligting uit aangehoudenes te kry. Dalk gebruik julle dieselfde metodes as die Britte in Paddington Green, of die Yanks in Abu Ghraib en Bagram, in Guantánamo of Thomson."

Quinn verskuif ongemaklik in sy stoel. "Het julle nie koffie hier nie, Sauls?"

"Kitskoffie. Tensy jy 'n speurder is, dan kry jy filterkoffie."

"Kitskoffie is reg."

Kolonel Sauls maak of hy uit sy stoel probeer kom om die elektriese ketel onder die muurhorlosie aan te skakel.

Ella sê: "Ek sal maak." En voeg by, net ingeval een sou dink dit word eintlik van haar verwag omdat sy 'n vrou is: "Ek's verreweg die jongste hier."

Terwyl sy by die ketel en bekers besig is, hoor sy agter haar Quinn se stem.

"Ek is sélf 'n Moslem, nie so godvrugtig as wat dalk van my verwag word nie, maar ek probeer. Ek verstaan die frustrasies en sentimente van my medegelowiges."

Sy sê oor haar skouer: "Jou naam is Quinn? Jy's 'n Ierse Moslem?"

"Maleise bloedlyn. Quinn is net 'n naam."

"Ek sien. Suiker en melk, Quinn?"

"Drie suiker, geen melk nie. Soos in alle gelowe, ook die Christendom, word óns Saak groot skade aangedoen deur godsdienstige fundamentaliste. Ek hoor die kritiek en ek ken die afwysende stereotiperings. Daardie soort goed gaan sit nie lig in 'n mens se klere nie, jy weet. Nie alle Moslems is terroriste nie, nes alle Jode nie skelm is, of nie alle Afrikaners rassiste is nie. Dis die vrot appels wat hierdie tiperings bevestig, want dis ongelukkig hulle wat die nuus maak."

Hy vat die koffie by haar, roer, slurp langs die tandestokkie

303

verby. "Nee, enige arrestasie sal die beplanners en hanteerders nou na hulle gate toe laat skarrel. Hulle is nog taamlik rustig, dink hulle kom weg met twee moorde. Ons wil dit so hou tot ons reg is om toe te slaan."

"En as julle te lank wag voor julle toeslaan?"

"In ons werk het ons twee wagwoorde: geduld en tydsberekening."

"Klink vir my na 'n risiko, nie wagwoorde nie," sê sy.

"Adjudant Neser glo aan die tegniek van gooi 'n klip in die bos en as iets uitspring, kap die kop af," sê kolonel Sauls. "Ek't haar daardie tegniek geleer. Ons sit nie en wag vir die volgende slagoffer nie, ons werk is ook proaktief, ons probeer om lewens te red."

"Dit verstaan ek, Sauls," sê Quinn. "Dis die werk van wetstoepassers. Maar ék is 'n bewaker van die veiligheid van die staat. Vir die groter saak is kleiner offers soms nodig."

"Die terreurdaad wat julle verwag, is dit van dieselfde sel wat die Amerikaanse ambassade in Tshwane vir 'n week laat sluit het?"

"Neser, jy wéét mos ek kan nie sulke spesifieke inligting vir jou gee nie."

"Oukei, maar jy kan seker sê, in die algemeen: praat ons van motorbomme, gekaapte Boeings, selfmoordbomme?"

Hy plaas die leë koffiebeker op die kolonel se lessenaar, leun terug in sy stoel.

"Jy's soos klitsgras. Ons ondersoek alle moontlikhede. Selfmoordbomme is die moeilikste om op te spoor en te keer, enigeen met 'n groot jas of jekker of rok kan 'n bomdraer wees, hoe weet jy? Veral 'n vrou, boepie onder haar klere, is sy 'n paar maande swanger, of is dit 'n bom om haar lyf?

"Samira Ahmen Jassim het tagtig vroue in Irak vir selfmoordaanvalle gewerf. Agt en twintig het reeds in sulke aanvalle gesterf voor Jassim aangekeer en ondervra is, trots op haar bynaam, Um al-Mumenin, moeder van die gelowiges. Hoe word 'n vrou oortuig om haar eie lewe op te offer? Dis maklik, sê Jassim oor haar werwing van vroue: 'Eers reël ek dat 'n potensiële bomdraer verkrag word. Verkragting is 'n groot oneer vir 'n vrou in ons patriargale gemeenskap. Vroue moet maagde wees wanneer hulle trou en moet streng monogamies tydens die huwelik wees, so nie word hulle verwerp en gestraf. Of aangemoedig om hulleself om die lewe te bring ten einde die familie-eer te herstel.' Gaan lees self op die internet wat Jassim sê.

"Menake, 'n Sri Lankaanse vrou en selfmoordbomdraer, stem saam. Sy is gevang op pad om die eerste minister te gaan opblaas. In 'n tronkonderhoud voor haar teregstelling sê sy aan *Marie Claire*: 'Verkragting is iets wat alle vroue deel voor hulle instem om 'n teiken met 'n selfmoordbom te gaan opblaas. Verkragting maak van ons bedorwe goedere, en as menslike bomme word ons dan deur vuur gereinig.'

"Die eerste selfmoordbom was in Mei 1991 toe Thenmuli Rajaratnam, 'n verkragte jong vrou, Rajiv Gandhi van Indië vermoor het. Sy het 'n blomkrans om die premier se nek gehang en hom, haarself en nog sewentien omstanders opgeblaas."

Quinn steun toe hy uit die stoel orent kom.

"Dis al?" sê Ella.

"Dis genoeg," sê hy. "Die oorhandiging van die Heilbron-dossier is 'n simboliese gebaar. Dit beteken die einde van jou ondersoek, Neser. Kolonel Mbisi van die Valke sal jou môre kontak vir 'n afspraak sodat jy jou inligting – alle leidrade, bewysstukke, gedagtes, vermoedens, suspisies, wat ook al tersaaklik is – met hom kan deel."

"Net so?"

"Ander speurders sal dankbaar wees om van so 'n werklas verlig te word. Julle is mos toegegooi onder dossiere, dan nie?"

"A, Parys, hier kom ek!" sê sy.

"Parys?" sê die baas.

## 43.

Bonnie loer skuins oor haar skouer, betower deur die beeld in die spieël. Sy beweeg haar linkerarm, by die elmboog gebuig, in klein sirkels en met elke rol van haar skouerblad lyk dit asof die swaan grasieus haar lang nek beweeg. Lyk nie soos 'n blote tatoe nie, die arsering gee diepte en dimensie, sodat met elke delikate, soepel beweging van bladbeen en spiere dit lyk asof 'n lewende miniatuurswaan in haar skouer nestel.

Sy het selfs al in 'n TV-onderhoud gespog met die pragtige klein swaan wat op haar vel leef, spesiaal 'n bloes met 'n lae rug aangetrek, die spaghettibandjies vir die kamera weggetrek.

Nou, in die sagte salmkleurige lig van haar ruim badkamer, asof die weelderige Etowa-marmer op die vloer en teen die mure self die ligbron is, bestudeer sy die res van haar liggaam. Sy toets die tekstuur van haar vel met 'n vingerpunt, streel met haar palms oor die effense ronding van haar magie. Draai weer skuins om te soek vir 'n afsakking van haar boude, tevrede dat die vreesaanjaende werking van swaartekrag nog gestuit kan word deur haar daaglikse oefenroetine saam met haar persoonlike fiksheidsinstrukteur.

Sy trek gerieflike, los huisklere aan, hoef haar nie vir Poochie se besoek op te tof nie. Toe sy uit die slaapkamer kom, hoor sy die opgewonde kinderstemme elders in die huis, die au pair nog besig met die drie se aandete.

Haar selfoon lui; dis Glenn uit sy woonwa by die filmstel in Texas. Sy kan voor haar geestesoog die openingstoneel van *The Searchers* sien: Glenn verskyn in cowboydrag op sy perd oor die groot prêrie – 'n toneel wat David Lean onbeskaamd uit Wayne se ou *Searchers* nageboots het vir die woestynaankoms van Sherif Ali in *Lawrence of Arabia*.

"A man's gotta do what a man's gotta do," rasper Glenn se stem in haar oor.

"Jy't 'n onvergeetlike aanhaling gekry! Ook Wayne s'n?"

"*Hondo*, 1953. Hondo Lane het eintlik gesê: 'A man ought'a do what he thinks is best.' Almal onthou mos John Wayne se beroemde aanhalings, al haal hulle dit verkeerd aan. Ek't die regisseur oortuig om dit te laat herleef."

"Gaan jy betyds terug wees?"

"Wanneer vlieg jy?"

"Glenn, ek't die datums al honderd keer vir jou gegee."

"O, dan's dit hier iewers. Ek sal betyds terug wees. Nog twee weke, dan kom ons huis toe, skiet die res in die ateljees in LA. Wat's die datums, het jy gesê?"

"Die VN-konferensie is op 20 en 21 Desember in Brussel, die première op 22 Desember in Brugge. Het jy dit nou? Ek en Pooch sal betyds terug wees vir Krismis. Ek't al die geskenke gekoop. Gaan ek jou sien voor ek vlieg, as jy eers oor twee weke terug is?"

"Hang af, as hier nie verdere vertragings is nie, klaar agter met die skedule. Hou jy daarvan?"

"Waarvan?"

"Jissus, Bonnie, van die fokken aanhaling."

"Ja, ek hou daarvan." Rol haar oë, dog hy bedoel die swaan op haar blad. "Glenn, ek moet gaan, Pooch is hier. Praat weer môre met jou."

Sy druk die afstandbeheer vir die veiligheidshek om Poochie se Porsche in te laat. Hulle moet die program vir haar besoek aan België deurgaan, haar tydskedule haarfyn beplan soos vir 'n vorstelike troue. Sy vertrou Poochie, hy is deeglik, ken haar behoeftes ná al die jare. Maar sy laat geen reëlings aan iemand anders oor voor sy dit nie self goedgekeur het nie.

Hulle sit langs mekaar aan by die groot tafel met die dokumente voor hulle, glase en 'n wynbottel gereed, die TV aan op CNN.

"Het jy uitgevind van die skildery, Pooch? Die Vlaamse Primitief? Wat's daardie een wat ek soek, hulle noem dit die mees volmaakte uitbeelding van 'n sterfte?"

"*Dood van die Maagd.*"

"Ja, daardie een, hoeveel kos hy?"

"Bonnie, die ding hang in die Groeningemuseum. Dis nie te koop nie, dis 'n nasionale kunsskat."

"Ek't die skilder se naam vergeet. Miskien is daar iets anders van hom te koop? Maar ek hou van daardie een, al die bloue, die uitdrukkings op die gesigte om die blou maagd se sterwensbed. Het jy kunshandelaars gekontak, kunsafslaers? Wat sê Sotheby's en Christie's?"

"'n Handelaar in Hoogstraten spesialiseer in Middeleeuse kuns, het byna twee miljoen dollar vir 'n altaartriptiek van Van der Weyden betaal. Dit was namens 'n kliënt wat dit in Vlaandere wil hou – hulle haat dit as buitelanders hulle Primitiewe uit hulle land vat."

"Oukei, maar bly soek. Ek wil iets met blou hê, moet inpas by die sitkamer se dekor."

"Koop dan 'n blou Tretchikoff. Vir veertig duisend dollar kry jy die oorspronklike *Two Roses in Blue*, pleks van twee miljoen vir 'n blou Primitief."

"Ek soek nie 'n Tretchi nie, ek soek 'n Vlaamse Primitief." Sy loer na Poochie langs haar, sy drie kenne trillend. "Dis nogal iets, hè, Pooch?"

"Wat?"

"Om miljoene te kan uitgee op 'n Primitief, iemand uit die Highway to Heaven Trailer Park. Dink jy Hilary het 'n Primitief? Sy kom ook uit 'n woonwapark, by Lake Samish in Whatcom County, en het al twéé Oscars."

"Jou tweede een is op pad."

Sy druk met haar vinger op die Bruggeprogram. "Luister,

Pooch, ek dink jy moet hier tyd maak vir die Onze-Lieve-Vrouwekerk, ek wil weer na Maria van Boergondië se praalgraf gaan kyk. Ek slaap mos in die Kempinski, die ou Prinsenhof waar Maria dood is? Sy roer my, met daardie hart van haar seun by haar voete begrawe. En nog iets: kan jy reël vir 'n priester?"

"Om wat te doen?"

"Om my konfessie aan te hoor."

"Wanneer laas was jy in 'n kerk, Bonnie? Jy kom nooit in 'n kerk nie en nou wil jy gaan bieg!"

"As kind was ek gereeld in die St. John Berchman in Chicago, voor my pa weggeloop het en ons in die woonwapark moes gaan bly. Hoe kan ek nóú kerk toe gaan, die paparazzi soos 'n swerm aasvoëls agter my en die kinders aan? Die volgende dag foto's in die skinderkoerante, my kaal borste uit *The Dancer* langs my kerkrok, groot swart opskrif: 'Slet in fliek, vroom in die kerk'. Hoe sal dit lyk, hè?"

Pooch bly stil, soos hy dikwels maak as hy nie 'n argument kan wen nie.

"Sal jy dit kan reël, 'n priester vir 'n private konfessie? As ek 'n kwart miljoen vir die kerk skenk?"

"Alle konfessies is privaat en vertroulik."

"Ek bedoel na-ure, wanneer die kerk sy deure vir die nag sluit en almal weg is. Volkome privaat, net ek en die priester in daardie ou biegstoel met al die gekerfde beelde van die heiliges. Ek soek nie 'n sirkus van my konfessie nie."

"As jy bereid is om 'n donasie aan die kerk te gee, is ek seker dit kan gereël word."

## 44.

Abel spoel sy vars perkament met die liertatoe onder die kraan af, frommel dit tussen sy vingers, strek dit oor sy palm, hanteer dit delikaat soos goudblad. Plaas dit op 'n vel kladpapier op sy tafel en bestryk dit met 'n sagte spons om van die meeste klammigheid ontslae te raak. Dan begin hy die klein kaaimanklemme aan die ongelyke rande van die reghoekige huid vasknip en strek dit aan die spanraam vir die natuurlike lugdroogproses.

Hy staan tru en beskou sy handewerk met 'n kritiese oog. Hy dink dis die suksesvolste perkament wat hy nóg gelooi het, miskien omdat Ignaz hom 'n klein huidenvetter genoem het, 'n vuilvels. Hy was besonder tydsaam en deeglik daarmee, en nou is dit onverbeterlik.

Hy begin die tweede perkament onder die kraan was, dié een sonder tatoeëring, en ook dit is pragtig. Later wanneer albei droog is, sal hy die finale afwerking met die puimsteen doen, versigtig om die perkamente nie té dun te skuur nie. Dan die rande met sy skalpel en winkelhaak gelyk sny.

Hy dink Ignaz gaan besonder ingenome wees met die velyn vir sy boekomslag, afkomstig van die dy van die jong vrou wat hom soveel aan sy dooie vrou herinner het.

Ignaz wou nie weer die ateljee hier in Boterhuis besoek sedert die oggend toe hulle die twee velle geoes het nie. Hy wil Ignaz gaan besoek en hom vra om vir sy ateljee ook 'n ligtafel te prakseer sodat hy met die finale verwerking kan soek vir onsuiwerhede.

Abel sien dis al amper vieruur, tyd om gereed te maak vir sy nagskof. Hy stort en bestee aandag aan die skeerproses van sy geskende gesig.

Hy smeer sy toebroodjies en maak koffie en besluit op weer eens 'n geringe ompad na die Onze-Lieve-Vrouw. Dis daardie onsigbare arend wat hom terg en lok; hy breek sy kop met planne om haar te oortuig om haar arend aan hom te wys. Dis erg frustrerend, kan haar kwalik gewelddadig dwing om haar kruis aan hom te ontbloot, want wat dan as die tatoeëring onherkenbaar as Aquila is? As die belyning nie delikaat gedoen is nie of die arsering geklad is? As dit eerder lyk soos 'n simbool vir Volans, of Grus, of erger, soos een vir Musca?

Wat as daar ontsteking in haar dermis was van naalde en ink wat te diep ingesteek is? Wat as hy haar gewelddadig dwing om dit te wys en haar tatoe voldoen nie aan die hoë vereistes wat hy vir die omslagontwerpe van sy kosmiese joernale stel nie? Moet hy dan net verskoning vra en haar laat gaan?

Kan haar kwalik mummifiseer sonder dat sy 'n veldonasie gemaak het. Hy is nie 'n ongevoelige moordenaar nie. Hy sal nie 'n enkele lewe beëindig as hulle instem nie; dis nie wat hy wil doen nie, dis hulle éie skuld, hulle dwing hom tot sulke dade.

Hy draai uit Sint Jakobs regs in Goudmunt. Dis net omtrent vier honderd meter van Boterhuis na Prinsenhofstraat, skaars vyf minute se stap. Hy loop dié roete dikwels, verby die Kempinski met sy ronde toring waar Maria eens gewoon het, versorg en bedien deur 'n leërskare lyfknegte en kameniers, en nie één kon keer dat sy sterf nie.

En nou is haar versorging oorgelaat aan 'n poetser, en Abel dink sy is in goeie hande; hy versorg Maria soos hy sy eie moeder versorg het.

Maar dis nie Maria wat hom na die Kempinski lok nie, en hy maak met elke besoek seker dat hy insmelt by verbygangers en groepe toeriste wat met klikkende kameras die elegansie van die hedendaagse Dukes Palace Kempinski bewonder en die ou Boergondiese praal herleef. Toeriste word selfs binne toegelaat om die gerestoureerde paleis te aanskou en af te neem, die argitektuur en Middeleeuse fresko's teen die mure.

Aan die agterhoede van 'n samedromming uit 'n toerbus is Abel se oë soos altyd soekend, al weet hy sy sal binne wees. Oor die take van 'n sommelier is hy onseker, net dat dit met wyn te doen het. Hy laat hom meevoer na die opulente foyer en soek na haar, maar voel gou ontuis tussen sulke weelde, besluit om pad te gee voor hy aandag trek.

Hy draai om en mik vir uitgaan, en daar kom sy uit by 'n deur met die naambord *Bar Atelier*.

Hy verstyf, trek aan die rand van sy slap hoed. Agter die amber lense knipper sy lui oog. Hy twyfel of sy hom sal herken, twyfel of sy haar selfs aan hom sal steur. Min vroue steur hulle aan hom, vermy hom gewoonlik.

Hy staan asof versteen, wag dat sy verbystap, anderpad kyk, maar dan steek sy vas en draai na hom toe. "Abel?"

"O," sê hy, "dis jy."

"Sofie, ja."

"Ek weet, ek . . ."

"Het jy ook kom kyk waar Maria gebly het?"

"Uhm . . . ja. Gaan hulle my uitjaag?"

Sy kom staan by hom. "Nie as ek by is nie. Moet ek jou 'n bietjie rondwys? Het my pa gesê ek't vir julle kaartjies vir die première gekry?"

Hy knik. "Ek moet gaan."

"Sy kom hiér bly."

"Wie?"

"Bonnie Lee van *The Dancer*. Sy en haar geselskap het 'n suite en twee kamers bespreek."

"Die aktrise met die swaan?"

"Jy't dit ook op TV gesien? Ja, sy kom bly hier vir twee nagte, is dit nie wonderlik nie? Ons het die Filips de Goede-suite vir haar agent aanbeveel, dis die grootste een. Maar hy't gesê sy verkies die Maria van Bourgondië, dis groot genoeg vir haar alleen."

"Ek moet gaan werk," sê Abel.

"Nog nagskof in die Onze-Lieve-Vrouw?"

"Ja."

"Jy en Maria is al huisvriende." Sy lag. "Ek gaan kyk graag na Michelangelo se *Madonna en Kind*."

"Ek hou van Isenbrandt se vrou van sewe smarte."

"Haar kan ek nie onthou nie. Sal jy haar vir my gaan wys?"

Hy knik, kry opnuut die gevoel van die aand in die restaurant, dat sy haar oor hom ontferm, 'n deernis vir hom het soos vir 'n siek ou hond. "Hulle maak sesuur die deure toe."

"'n Halfuur voor jy begin werk, is genoeg vir sewe smarte én Michelangelo, dan los ek jou. Sesuur is ek al weer uit."

Hy stap tevrede weg, voel opgewonde oor die vooruitsig op 'n ontmoeting met Sofie. Wie weet, binnekort sal hy uiteindelik tog daardie tergende, ontwykende Aquila op haar kruis kan besigtig.

Boonop weet hy nou ook waar daardie aktrise gaan slaap, vir twee nagte alleen in haar hemelbed in die Maria-suite. Hy neurie sag op pad kerk toe, sien uit na sy nagskof, al die vrome heiliges met wie hy kan gesels, die geverfde, somber gesigte teen die ou mure, die beelde en ikone en relikwieë, die galming van sy slepende voete oor die eeue oue grafvloere, al die skaduwees in die kolossale binneruimtes, sy skemerwêreld waarin niemand hom versteur nie, sy heiligdom waarin hy sy gedagtes en herinneringe en begeertes kan loslaat.

Hy geniet veral die roetine van sy werk, in roetine voel hy die veiligste.

Al besef hy dat dit juis sy roetine was wat daardie adjudant Neser in Johannesburg op sy spoor gebring het. Hy moes nie in die roetine verval het om sy donateurs almal op Alberts Farm te gaan aflaai nie. Maar hy kon dit nie verhelp nie, dis soos hy is.

Sy werk hier in die kerk is dieselfde, hy het 'n roetine gevestig, begin elke aand op dieselfde plek met sy poets- en skoonmaakwerk. Eindig drie-uur elke oggend by die biegstoel in die breë wandelgang oorkant De Baenstkapel. Sluit sy werk soggens om vyfuur af met die poetslap oor Maria se glansende bronsgesig en biddende hande. Gaan bêre sy skoonmaakgoed in die pakkamer, tussen die sakristie en die ou kerkmeesterskantoor. Ledig die vullishouers met gefrommelde papiere, broodkorsies, koeldrank-blikkies, kitskoshouers – al die rommel wat toeriste en personeel agterlaat – in swartsakke. Pak die sakke in die wheelie bin, gaan plaas weer elke vullishouer op sy plek in die kerk. Trek die wheelie bin na die agterste diensdeur en staan daar en wag vir sesuur.

Wanneer Antoon die deur van buite kom oopsluit, lig Abel die deksel op sodat Antoon binne kan kyk. Dis wat die kerkfederasie voorskryf, een van die veiligheidsmaatreëls, want die kerk is vol onvervangbare kunsskatte.

Een oggend pas nadat Abel daar begin werk het, het Antoon gesê: "Ek moet kyk dat jy nie Michelangelo se marmerbeeld in jou wheelie bin uitdra nie." En vir sy eie grappie gelag.

Abel het nie saam gelag nie, net gevra: "Het ou Jeroom ooit iets waardevols uitgedra?"

"Nee."

"Maar ék lyk vir jou soos 'n kerkdief?"

Hy lig steeds elke oggend die deksel vir Antoon op, al kyk die toesighouer skaars meer daarna.

Om kwart voor ses, pas ná sy gelukkige ontmoeting met Sofie by die Kempinski, stap Abel by die hoofingang in. Die kerk is nog vol drentelende besoekers. Hy gaan bêre sy kosblik en termos in die pakkamer en kry sy skoonmaakgoed gereed.

Om sesuur, wanneer die laaste besoekers uitstap en net die personeel agterbly vir die opruiming, gaan sit hy graag vir tien minute op een van die gemeentestoele agter in die dertiende-eeuse Gotiese skip van die kerk.

Dié tien minute is sy stiltetyd, sy blik dwalend oor die pype van die ou orrel na die drie ogivale, gekleurde vensters ver agter die hoogkoor, na die hoë balustrades van die triforiums weerskante, na die gewelfde plafon waar die gekruisigde Jesus vier, vyf ver-diepings hoog aan sy reuse-triomfkruis bokant die orrel hang.

En wanneer die musiek afgeskakel word, die Gregoriaanse gesange stil word, is dit tyd om op te staan, sy skoonmaakgoed te gaan haal. Al die besoekers weg, en binne 'n halfuur ook alle personeel, en dan is die hele ou kerk net syne, vir die hele nag.

Vir vannag het hy 'n goeie plan bedink. Lank daaroor gepeins, want hy neem selde impulsiewe besluite. Hy wil vannag al ses Paganini se concerto's oor die kerk se luidsprekers speel. Sal dit nie wonderlik klink in hierdie groot akoestiese ruimtes nie?

Eintlik net vyf wat volledig behoue gebly het, die sesde is later gerekonstrueer met die ontdekking van 'n solovioolstuk en 'n verwerking vir die kitaar.

Bedags, die hele dag deur, is dit net die Gregoriaanse gesange in die kerk, en Palestrina se komposisies, al sy misse en offertoria, sy madrigale en motette, honderde van hulle, en sy lofsange vir Maria, en al sy klaagliedere.

Maar eers Antoon se laaste opdrag: maak seker hier is nie nog verdwaalde besoekers nie. Ou Jeroom het glo een aand op 'n biddende vrou op haar knieë in die Kapel van die Kruis afgekom, 'n ander aand op 'n toeris uit die Oekraïne in die Lanchals-kapel. Ou Jeroom moes elke keer vir Antoon op sy sel bel om die diensdeur te kom oopsluit om die mense uit te laat.

Abel stap op sy inspeksieroete deur die kerk, kopknikkend of groetend met 'n sagte stem na personeellede op pad uit, almal vriendelik, almal met 'n uitdrukking van erbarming op die gesig, vermoedelik onder die indruk dat meneer Lippens 'n bietjie saf in die kop is.

Hy drentel deur die suidelike kooromgang, loer by al die straalkapelle in, om die apsis waar hy die vrou van sewe smarte vir Sofie wil wys, en terug om die koor met die noordelike wandelgang verby die private kapelle. Naby die groot biegstoel steek hy vas, sy oë op die deur van De Baenstkapel, die laaste een aan die regterkant van die wandelgang.

Die deur is groter oop, nie net die skrefie waaraan hy gewoond is wanneer hy in die biegstoel sy toebroodjies sit en eet nie.

Hy tree nader en trek dit oop.

Die jong vrou kyk om van die altaar waarop sy die votiewe kerse aangesteek het.

"Dis toemaaktyd," sê hy.

"Wie's jy?"

In haar hand is 'n pen. Hy wonder wat sy in daardie boek van haar skryf, oop op die granietblad.

"Wat doen jy hier?" vra hy.

"Is jy 'n priester? Jy lyk nie soos een nie, waar's jou toga?"

"Ek's die poetser."

"Wat makeer jou gesig?"

"Dis al halfsewe."

"Wat daarvan?"

Nou beskou hy háár gesig, die swart grimering aan haar lippe, die oë in donker maskarakaste, die swart hare spigtig gejel.

"Is dit jou familiekapel?"

"Nee."

"Jy moet gaan. Miskien is daar nog iemand wat jou kan uitlaat."

"Jy's 'n skoonmaker en gee bevele?"

"Sesuur is sluitingstyd, dis al wat ek sê."

Teen haar nek 'n merk soos 'n spinneweb.

"Ek's nog nie klaar nie. Ek sal gaan as ek klaar is."

Hy hoor die astrantheid in haar stem. Sy draai van hom weg, terug na haar boek.

Nou sien hy dis nie 'n pen tussen die vingers met die swart naels nie. Hy tree nader, leun oor. Sy is besig met 'n houtskoolskets.

"Wat's dit?" vra hy.

"David se *Transfiguratie*," sê sy sonder om om te kyk, "eers bekend as *De verheerlijking op de berg Thabor*."

"Gerard David, die Primitief?"

Nou draai sy haar gesig na hom toe. "Jy's 'n skoonmaker en jy weet van skilderye?"

316

"David is my gunsteling. Ek het 'n afdruk van sy *Onthuiden van Corrupt Rechter Sisamnes*."

"Ek ken dit."

"Wil jy dit sien? Dis in my ateljee."

"Jy's 'n kunstenaar wanneer jy nie poets nie?"

"Soort van." Hy peins 'n oomblik, bestudeer die onversorgde vel van haar gesig in die kerslig. "Wil jy na Paganini luister?"

"Wat?"

"Paganini se ses . . ."

"Wie's fokken Paganini?"

"Hemelse musiek," sê hy en betrag die rye blink metaalvratte aan haar ore. Klein goue ringe in een wenkbrou en 'n neusvleuel, ook een aan haar lip. Nog 'n metaalknop soos 'n etterende puisie net onder die onderlip.

Sy is die soort vrou teen wie sy moeder hom so gewaarsku het. Uit die Bybel uit, Jesaja 3 vers 19 oor oorversiersels en armbande, vers 21 oor vingerringe en neusringe . . .

Sy druk haar houtskoolpotlode en sketsboek in haar sak.

"Jy weet nie wie Paganini is nie en jy vervloek hom?" sê hy.

Sy kom staan voor hom. "Gee pad dat ek kan uitkom." Probeer by hom verbydruk. "Fokken creep!"

Hy voel die opwelling in sy maag, hoor die sagte geritsel in sy kop, soos 'n dier wat uit 'n sluimering begin ontwaak.

"Jy weet nie wie ék is nie en jy noem my 'n f-creep?"

"Waar's jou baas? Gaan roep jou baas."

"Jy wil met Antoon praat?"

"Is dit jou baas, Antoon? Ja, ek wil met hom praat."

"Hoekom?"

Sy probeer weer by hom verbyskuur, langs sy ronde buik en heupe verby. "Oor jy my bangmaak."

Hy voel haar liggaamshitte teen hom, ruik haar bedompigheid. Hy strek sy hand uit na die web teen haar nek. "Jy mismaak jouself, jy skend die tempel van God."

Haar knie kom so onverwags en vinnig op dat hy nie kans het

317

vir padgee nie. Dit tref hom vol op die maag. Hy hik en gee twee treë terug.

Sy storm by hom verby.

Sy hand skiet uit en kry die kraag van haar jekker beet. Sy struikel en hy pluk haar terug. Toe die eerste gil uit haar keel kom, druk hy haar teen hom vas, en sy ander hand smoor haar krete. Hy voel hoe sy stoei en skop en mompel. Sy palm is nat van haar spoeg en hy voel die metaal aan haar neus en lippe teen sy vel.

Sy timmer met haar vuiste teen sy skouers en sy vingers klem om haar neus en mond, sy naels in haar vel in asof hy haar gesig wil afskeur. Sy gryp na sy hare en gesig en hy weet dis die paniek van iemand wat veg om suurstof te kry.

Hy plaas meer drukking oor haar neus en mond, sien die wit oë groot en pleitend in die swart oogkasse. Hy steur hom nie daaraan nie, ook nie aan haar grypende hande en skoppende voete nie.

Dit sou makliker gewees het, dink hy, as hy sy regterhand kon gebruik, die een wat haar nou om haar skouers so styf teen hom aandruk. Dan sou hy die vingers van sy regterhand om haar dun keel met die web kon kry, sy sterk duim aan die een kant, middelvinger aan die ander kant, om saam die drukpunte op die twee nekare te vind wat die bloedvloei na die brein afsny en die vloei van suurstof na die longe. Net tien sekondes, dan sou haar liggaam slap in sy arms lê.

Nou vat dit langer. Sy sal eers haar bewussyn verloor as al die suurstof in haar longe en bloedstroom verbruik is.

Maar wag, die spartelings begin verflou.

Nee, hy kan nie die kans waag om haar te los nie, kan nie toelaat dat sy weer gil nie, dat 'n laat werker haar dalk hoor nie.

Hy staan lank met haar so in hierdie omhelsing, totdat hy die fladdering van die ooglede sien. Toe haar oë sluit en haar liggaam warm en bewegingloos teen hom lê, verslap hy sy greep. Haar kop val vooroor en hy laat sak haar op die klipvloer van die kapel.

Hy leun by die deur uit, loer in die wandelgang op en af. Druk die kapel se deur agter hom toe en stap na die pakkamer vir sy skoonmaakgoed. Onderweg merk hy dat die laaste personeellid weg is, die kerk leeg.

Hy bring die lappe en bind haar arms en bene vas, snoer haar mond vir wanneer sy later haar bewussyn herwin.

Nou gaan hy na die ou kerkmeesterskantoor wat as Antoon se kantoor ingerig is. Hier is die GKTV-skerms en alarms vir die druk- en bewegingsensors wat die waardevolle kunswerke in veral die museum beskerm, asook die oudiotoerusting. Hy druk sy iPod-konneksie in die musiekrekenaar se USB-poort. Besluit om met die tweede konsert te begin, die poëtiese La Campanella, Accardo wat elke keer met sy weergawe van die eerste beweging se cadenza trane in Abel se oë bring.

Drie-uur die oggend maak hy De Baenstkapel se deur oop, tree oor die liggaam, haar oë oop, gesmoorde geluide agter in haar keel.

Hy steek 'n paar kerse aan en gaan sit oorkant die wandelgang in die biegstoel en eet sy toebroodjies, drink sy koffie en luister na sy musiek. Nog nooit is Paganini se viooltone in só 'n massiewe ruimte vrygelaat nie, om te galm en te bons en elke donker hoek met sy bravura te vul.

Hy hoop sy luister daar op die vloer na die wonderlike musiek. Maar sy instink sê sy hoor dit miskien, maar sy luister nie, sy waardeer dit nie.

Ineens voel hy so eensaam hier, so verlate. En hy weet dis sy, dis háár teenwoordigheid wat hom so beroof laat voel van die groot stilte van die kerk en die menigte stemme wat snags met hom praat.

## 45.

Faisal sit langs Sajida voor die rekenaar, sy aandag nie by die beelde waarna sy so aandagtig staar nie. Sý gedagtes is by 'n ander saak, en hoe meer hy daaroor dink, des te groter sy tweestryd: moet hy vir Majid sê, of moet hy nie?

Hy staan op, loer vlugtig na haar, die denimonderbaadjie nou gelaai met ses kilogram se wassers. Stap kombuis toe vir 'n glas water, sy selfoon in sy hand. Majid se opdragte is duidelik: hy wil van álles weet, hoe gering ook al. Hy beheer elke aspek, laat niks aan toeval oor nie, gebruik die woord mikrobestuur, al ken Faisal 'n beter beskrywing vir Majid: control freak.

Nog 'n opdrag van Majid is geen elektroniese kommunikasie met hom nie, selfs nie in 'n krisis nie. Verál nie in 'n krisis nie. Geen oproepe direk na hom wat nagespeur kan word nie, geen e-pos of kubergesprekke wat deur sleutelwoorde gemoniteer kan word nie. Slegs persoonlike kommunikasie, van aangesig tot aangesig, in die veiligheid van sy kantoor.

Faisal besluit dis tyd vir 'n persoonlike gesprek met Majid. Hy reken dis beter om spoke op te ja as om agterna Majid se wrewel te voel, of erger, Tariq se lem teen sy keel. Hy sluk die water en voel beter noudat hy die besluit geneem het om Majid in te lig oor die polisie by die hek. Nou net die logistiek uitwerk om by die EasySave in Soweto te kom.

Vervoer is 'n probleem sedert die polisie se besoek by die hek. Vroeër kon Faisal met die HiAce ry, of Tariq om een keer 'n week kosvoorraad in Moroka te gaan haal. Nou is die HiAce 'n risiko, ook die joernalis se Corolla.

Faisal bel vir Pinkie Paahla by sy skrootwerf in Pimville, het al vroeër besigheid gedoen met Pinkie se chop shop.

"Dis dringend, Pinkie. Stuur 'n paar van jou manne dat hulle 'n HiAce en Corolla kom opsny. Ja, vandag nog. En laat hulle met 'n toegeboude trok kom om die stukke weg te vat. Ek wil saamry terug tot in Pimville. Het jy iets daar wat ek vir 'n paar dae kan leen? Niks fensie nie, maar padwaardig en geregistreer vir as die spietkops my voorkeer?"

Die volgende middag stap Faisal by EasySave in. Drie veiligheids-hekke en elektroniese deure moet vir hom oopgesluit word voor-dat hy uiteindelik in Majid se kantoor sit.

"Forensiese ondersoekers by die hek? En dis al drie dae terug?" Majid se stem is gevaarlik sag.

Faisal is 'n man wat vir g'n duiwel stuit nie, maar Majid se soort het hy nog nooit teëgekom nie. Daardie koue oë, die sagte tong skerper as 'n mes en 'n hart van klip. Selfs bereid om sy eie bruid vir die Saak te offer.

"Die wrakke is al by Pinkie, onherkenbaar," sê Faisal. Majid knik. Faisal voel beter, begin ontspan.

"Hoekom by die hek? Wat het hulle na die hek toe gelei?" vra Majid, sy blik deur die glasafskorting op sy besige koninkryk on-der in die winkel.

Faisal haal sy skouers op. "Hulle soek die joernalis se karspore, dink ek."

"Hulle soek bewyse vir 'n lasbrief, dis wat ék dink. Maar dis al drie dae. Hoekom wag hulle?"

"Miskien het hulle niks gekry nie."

Majid leun vooroor, sy swart oë stip op Faisal. "Gaan ruim op. Hoeveel rekrute het julle daar, tien? Plus jy en Tariq?"

"En die vrou."

Majid ignoreer dit. "Jy ry nou terug en gaan ruim op. Geen te-ken van die HiAce of Corolla nie, geen oliekol en geen spoor nie. Al vee julle met 'n besem die hele pad van die hek af werf toe."

"Dis vier kilometer."

"Al is dit veertig, laat dit vee. En laat die rekrute die garage skoonmaak en die buitegeboue waar hulle slaap. Laat hulle oppak, raak ontslae van alles, asof daar nooit iemand in daardie anneks geslaap en geëet het nie, geen vingerafdrukke in die buitegeboue nie. En veral geen karspore van 'n HiAce of Corolla nie. Verstaan jy wat ek sê, Faisal?"

"Ek verstaan."

"Goed. En as alles skoon is, laat Tariq hulle vannag nog Magaliesburg toe vat."

"Oukei."

Hulle sal 'n paar keer met Pinkie se skedonk moet ry om die tien rekrute na Majid se ander plasie te herontplooi.

"Intussen maak jy en die vrou die huis ook skoon, veral daardie slaapkamer. Ek wil geen haar of vlek of vingerafdruk van die joernalis daar hê nie. Ook nie van die vrou nie, is dit duidelik? Julle vee die hele huis skoon, binne en buite, verbrand die beddegoed en handdoeke, spoel die afvoerpype van die stort en wasbak met seepsoda uit, skrop die teëls, suig die matte, vee die meubels met stoflappe af."

"Jy verwag hulle gaan 'n lasbrief kry en 'n forensiese span instuur?"

"Hulle ondersoek twee moorde en het iewers leidrade gekry. Ek't vir julle gesê, vir jou en Tariq, ek soek skoon werk sonder leidrade. Julle't iewers 'n spoor gelos en adjudant Neser het dit raakgesien."

"Adjudant Neser?"

"Lees jy nie koerant nie, Faisal? Weet jy nie dat sy die ondersoekbeampte is in sowel die Heilbron- as die Diamondsaak nie?"

"Ek kry nie koerante op die plaas nie. Neser is 'n vrou?"

"Nou is daar nog één belangrike vraag, of hoe?"

"Uhm . . . hoekom dieselfde ondersoekbeampte vir die twee sake?"

"Ja, en dit bring ons by net één logiese gevolgtrekking, nè?"

"Sy meen daar's 'n verband tussen die twee?"

"Dis reg, Faisal, dis presies my afleiding ook. Sy't 'n spoor gekry, letterlik én figuurlik. Ek weet nie of daardie spoor teruglei na my nie, ek hoop nie so nie. Maar ek dink sy is slim genoeg om reeds te weet aan wie die plaas behoort."

"Ons het nie spore gelos nie, Majid."

"Wel, dan's ek bly. Want as sy hier aankom met 'n lasbrief, wil ek vir haar sê my boeke en my besigheid en my plaas is oop vir almal om te sien. Ek wil vir haar sê ek gee my volle samewerking, ek nooi haar uit om die plaas te gaan besoek, almal saam te vat wat sy wil – moordspeurders, forensies, misdaadtoneelbestuur, bloedhonde, kadawerhonde, semenhonde, die hele spul. Ek wil vir haar sê as daar iets onderduims op my naweekplaas aangaan, wil ek dit weet. Want dis die plek waar ons familie en vriende gaan ontspan en ek soek geen onwettighede daar nie. Ek's 'n gehoorsame burger van hierdie land, ek betaal my belasting, ek gee kos vir die armes en vyf keer op 'n dag bid ek salat. En ek stem vir die ANC. Sien wat ek bedoel, Faisal?"

"Ek sien."

"En as hulle soontoe gaan en die plek met 'n fynkam en vergrootglas deursoek, wil ek gerus wees dat Faisal en Tariq nie wéér spore gelos het nie. Kan ek gerus wees, Faisal?"

"Jy kan, Majid."

"Dankie. Nou die ander saak . . . die vrou, is sy gereed?"

"Sy's gereed en gretig, sy wil haarself verlos."

"Vra sy uit?"

"Sy kyk na die video's, sy vra nie uit nie."

"Sy's nie nuuskierig oor wat met haar gaan gebeur nie?"

"As sy is, wys sy dit nie. Sy weet wat van haar verwag word, net nie hoe en wanneer nie. Sy's gelate en gereed."

"Nog net vier dae. Jy kan haar vir nog vier dae besig hou? Wat's die gewig van haar onderbaadjie nou?"

"Ses. Van môre af agt kilogram. Ná vier dae sal dit haar nie meer pla nie."

"Dis goed."

Majid vroetel tussen die dokumente op sy lessenaar en oorhandig 'n vel papier. "Hier's haar wasiyeh, die molla het dit opgestel. Ek dink sy sal daarvan hou, die verwysing na haar pa en broers en al die ander martelare in haar familie wat vir die Saak gesterf het. Laat sy dit leer en elke dag vir jou voordra totdat sy dit uit die vuis kan opsê. Vrydag, oor vier dae, stel jy weer die videokamera vir haar op om haar wasiyeh voor te dra. Dan sê jy vir haar 'n uur nadat sy in die Paradys aangekom het, sal die hele wêreld van haar dapper optrede weet. Haar optrede – nie haar naam of identiteit nie – sal onthou word saam met dié van die ander dapper shaheeda."

"Uhm . . . ek hou haar daar op die plaas, al kom die polisie voor Vrydag die plek deursoek?"

"Ja, julle is 'n egpaar, pas die plek vir die Burki-familie op. Tariq is die handlanger, inspekteer die heinings, sorg dat wilddiewe buite bly. Moet ek ook vir jou sê hoe om die onderbaadjie te versteek, en die skootrekenaar, die kamera en video's vir die rekrute se opleiding? Wat om met die dakwassers te doen?"

"Nee, ek sal daarvoor sorg. Niemand sal dit kry as hulle kom nie."

"Nie eens 'n snuffelhond nie?"

"Nee."

"Goed, dan kan jy gaan. Dis nog net vier dae, probeer om my nie teleur te stel nie."

Faisal kom by die huis in en hoor die bekende klanke, die monotone videovoordragte van die gedoemdes waarna Sajida kyk. Hy steek vas. Haar plek voor die rekenaar is leeg.

Paniek is vir hom 'n vreemde emosie, maar dis wat hy nou ervaar. Die eerste gedagte wat hom binneskiet: sy het gevlug. Sy is uit die huis die bosse in, rivier toe. Sy moet hulle dopgehou het, gesien het in watter rigting die rekrute loop.

En hy het Tariq duidelik opdrag gegee om haar nié alleen te los nie.

Waar is Tariq?

Hy storm deur die huis, stamp deure oop.

Kry haar in die slaapkamer. Sy sit op die kant van die bed, laken om haar skouers, klere op die vloer, ook die denimonderbaadjie met die wassers.

Sy kyk nie op nie.

Hy sien die bloed aan haar lip en traanstrepe oor haar wange en rooi kneusmerke om haar polse soos sy die laken onder haar keel vashou.

"Tariq?" sê hy.

Sy antwoord nie, huil nie, staar net roerloos na die vloer.

Sy ruk weg toe hy sy hand uitsteek om haar op te help.

"Gaan stort," sê hy en druk haar badkamer toe.

Hy stap uit en kry Tariq in die garage, op sy hurke by die kwad, vroetelend aan die vonkproppe.

## 46.

Vrydagmiddag maak Ella haar lessenaar skoon. Vee die HEIL-BRON/DIAMOND-bord af, die partisiemuur onder die bord reeds leeg, al haar foto's, sketse en diagramme oor die twee sake in 'n EXHIBITS-boks gepak. Kopieë daarvan in 'n lêer wat sy aan kolonel Mbisi van die Valke oorhandig het.

Soos wyle Pontius kan sy nou net haar hande in onskuld was. As sy toegelaat is om haar werk te doen, was daar nou ten minste twee verdagtes in 'n sel, amptelik in kennis gestel van die moordaanklagte teen hulle, en was sy besig om 'n dossier vir die staatsaanklaer voor te berei. Daarvoor sou sy selfs bereid wees om haar Paryse reis te kanselleer, of ten minste uit te stel.

Die ligpunt is dat die bankamptenaar gebel het. Laat dit klink soos 'n moerse guns: hulle sien kans om 'n leefstyllening aan haar toe te staan.

En Maandag is sy op die vliegtuig saam met Archie en Kaja, Kersfees terug by haar ma en pa op Bela-Bela, en op 2 Januarie terug by die werk.

Só beplan sy haar onmiddellike toekoms toe Silas sy aansienlike sitvlak op haar lessenaar kom neerplak.

"Jy maak skoon, nè, los ons alleen hier?"

"Ja," sê sy, "hulle kan vir 'n slag hulle eie koffie maak."

"Nou net 'n oproep van Quinn gehad. Sê hulle't gisteraand 'n lasbrief gaan uitoefen."

Sy kyk op. "Ja?"

"Op die eiendom van Xtreme Adventures langs die Krokodilrivier."

"En? Geen spoor van enigiets gekry nie, raai ek?"

"Sover niks nie, onbesproke skoon. Hulle is steeds op die toneel, kolonel Mbisi en sy span Valke, Quinn ook. Volle samewerking van die eienaar en sy personeel."

"Hoeveel personeel?"

"Drie. Egpaar in die huis, buite 'n koejawel op 'n kwad. Jeans, T-hemde en tekkies, g'n Rustic Camo-stewels nie. Nie een van die twee mans se gesigte stem ooreen met die gesigte op die boscam of Hillbrow se GKTV nie."

"Maar die kwadryer, het hy sy valhelm afgehaal, of net die gesigskerm opgelig? Kon hulle na sy voorkop kyk? Het hulle vingerafdrukke van die twee gevat, en DNS?"

"Ek't nie gevra nie, dis nie meer ons saak nie. Jy dink steeds dis Babul en Abassi, nè?"

"Ek dink Babul en Abassi sit agter die dood van J.C. Heilbron en Jake Diamond, ja. En hulle werk duidelik nie alleen nie, dis nie een van hulle wat Jake voor die taxi ingestamp het nie. Maar ek dink nie hulle is die breins nie. Die breins is Majid en Adil Burki, eienaars van Xtreme Adventures en van EasySave wat halaal-hoenders uit São Paulo invoer. Quinn sê niks oor die manne in kamoefleerdrag met gewere en handgranate nie?"

"Niks nie. Majid Burki sê jongkêrels in kamoefleerklere speel soms 'n bietjie paintball daar, almal familielede en vriende van familielede. Dis 'n naweekplek vir sy familie, om van die stad te ontvlug."

"Quinn en die Valke het 'n week gewag voor hulle gaan toe-slaan het. Hoekom? Ons kon hulle betrap het die dag ná die stewelspoor gekry is, voor hulle kon opruim."

"Quinn sê die stewelspoor beteken niks nie, baie avontuurlustige mans dra Rustic Camos."

"Ook die moordenaar wat Heilbron se keel afgesny en sy lig-gaam by die Westdenedam gaan aflaai het, en 'n hoenderetiket en stewelspoor agtergelaat het? Dieselfde etiket wat dui op 'n besending hoenders vir EasySave, en 'n Rustic Camo-spoor by

Xtreme Adventures se hek? Quinn glo aan toeval? Hoe lank is jy al 'n speurder, kolonel? Veertig jaar?"

"Omtrent."

"In dié veertig jaar, hoeveel Rustic Camo-spore het jy op misdaadtonele gekry?"

"Uhm ... dis 'n nuwe ding, daardie stewels."

"Tien jaar oud, dis wat hulle webwerf sê. Hoeveel Rustic Camo-spore het jy die afgelope tien jaar gesien?"

"Daar's die renosterskieter ..."

"Behalwe vir die veearts, hoeveel ander?"

"Uhm ..."

"Jy sit net daar, kolonel, laat Quinn oor ons loop. Dit was mý saak, ek kon dit opgelos het."

"Jy't gehoor wat Quinn sê, sy wagwoorde van geduld en tydsberekening?"

"Quinn se moer, kolonel." Sy smyt penne en potlode in 'n laai, lêers in 'n ander. "Ek kyk nie meer rugby nie, maar 'n haker het my iets van rugby geleer, gesê jy vat die punte as jy die kans kry. Jy wil éérs die wedstryd wen, daarna die bonuspunte soek. Quinn en Mbisi is gierig, het eers die bonus probeer kry en toe die wedstryd verloor, sit met boggherol." Stamp die laai toe. "En ekskuus vir my Frans."

"Ella ..."

Sy staan op. "Nou gaan ek huis toe om te gaan draf, daarna gaan ek by Suki Wolski harp oefen. Dan maak ek my eie bottel wyn oop en kyk weer na *Bridesmaids*."

"Quinn se opdragte kom direk van die minister af, en die minister s'n uit die president se kantoor. Niks wat ek sê, sou enige verskil maak nie."

**47.**

Abel wag binne by die diensdeur, die plastieksak met sy kosblik en termos op die deksel van die groen wieletjieshouer, die Paganini-CD in sy baadjiesak. Buite hoor hy die sleutel in die slot; die deur kraak oop.

Hy buk agter die deur in, wikkel dit heen en weer. "Die skarniere kort olie, sal jy WD-40 kry, Antoon? Van die ander skarniere kort ook, veral van die private kapelle." Tel sy plastieksak op en lig die deksel vir inspeksie. "Dis nie reg dat kerkdeure so kraak nie."

Hy sien Antoon se oë op die gewraakte deur, net vlugtig op die swartsakke. Abel laat sak die deksel.

"Ek sal olie kry. Hoe was jou nag?"

"Oukei." Abel sleep die houer uit in die donkerte van die vroegoggend, trek sy baadjie om hom vas. "Luister, Antoon, kan ek die wheelie bin leen? Ek't gemors by my huis wat ek moet verwyder, bring dit vanaand terug?"

"Ja, vat dit." Antoon sluit weer die deur, mik na sy kar in Kerkhof-Zuid, die doodloopstraat agter die Onze-Lieve-Vrouw.

"Ek kan nie Saterdagaand kom werk nie," sê Abel agter hom aan.

Antoon steek vas. "O?"

"Het 'n afspraak, sal dit kom inwerk."

"Gaan jy dalk na die groot première toe? Die hele dorp is daar, dié wat kaartjies kon kry."

"Saam met 'n vriend, sy dogter het vir ons kaartjies gekry."

"Geniet dit." Antoon klim in sy kar. "Sien jou môreoggend," en klap die deur toe.

Abel trek die wieletjieshouer na die stortbak op die hoek, haal twee swartsakke uit en gooi dit in. Hy sleep die swaar houer agter hom aan, regs in Mariastraat, dan in Heilige Geest, om die Sint Salvatorkatedraal, oor die winkelstraat Steen waar die afleweraars reeds bedrywig is en ander groen houers uit restaurante en kafees sypaadjie toe gesleep word. 'n Mistige reën val in die koue, grys oggend, en Abel is skaars bewus van die eentonige rikketik van sy houer se wieletjies.

Hy steun sag toe hy die houer by die twee kliptrappies optrek na sy voordeur in Boterhuis, skakel die lig aan. Opnuut 'n gehyg en gesteun terwyl hy die houer agteruit en stampende teen die houttrap optrek.

Bo lig hy die inhoud met sy kort, sterk arms op die tafelblad, en eers dan gaan sit hy in sy leunstoel en haal diep asem. Hy vee die sweet van sy voorkop af, starend na die kunsafdruk teen die muur oorkant die tafel, naas die Idia-masker die enigste versiering in die koue vertrek: Sisamnes kaal op 'n houttafel, net 'n klein wit doek om sy lendene, duidelik by sy bewussyn, sy oë oop, sy mond vertrek van pyn. By sy koppenent staan 'n groep van elf mans en toekyk, vername menere, te oordeel na hulle kleredrag. Een het 'n flambojante wit veer in sy rooi hoed; 'n ander een, waarskynlik die kokkedoor, dra 'n geborduurde toga, vingers vol ringe, septer in die hand.

Maar hulle is net die ooggetuies van die voltrekking van Sisamnes se vonnis, met rieme aan sy enkels en polse uitgespalk. Om die tafel is vier huidenvetters besig om Sisamnes se vel los te sny. Een kerf aan sy regterelmboog, 'n ander een is besig met die borsvel, nog een met die linkerarm. Die vierde het al byna die hele linkerbeen se vel losgesny en is besig om dit van die hak af te trek, soos 'n mens 'n sokkie uittrek.

Regs bo in die hoek van die skildery is die kunstenaar se visioen van Sisamnes se uiteindelik volledig gelooide vel, soos 'n skootkombers oor die rugkant van 'n ornate leunstoel gedrapeer.

Abel kom orent, leun by die wieletjieshouer in en kry die skouersak en sketsboek.

Lies Walleyn, student in Middeleeuse Kuns aan die Koninklike Akademie vir die Skone Kunste in Gent. Hy bestudeer die sketse. Die student uit Gent is heel talentvol, maar hy hou nie van haar nie, ook nie van die tekstuur van haar vel nie. Hy is veral gegrief oor hoe sy haar liggaam ontsier.

Hy kyk van die sketsboek op toe hy die sug op die tafel hoor. Sy is besig om by te kom. Hy gaan haal sy spuitnaald en 'n ampule met Propofol. Dis 'n kuns om net die regte drukking op die nekslagare toe te pas, kan so maklik noodlottig wees. Maar hy moes haar bedwelm voor hy haar sesuur uit die kerk kon vat, haar mond steeds gesnoer, haar arms en bene stewig met die lappe vasgebind.

Hy druk die naald in die aar in die vou van haar elmboog, sy duim op die plunjer.

Hy het geen behoefte om met haar te gesels soos met sy ander donateurs nie. Hy het niks vir haar te sê nie, nie vir 'n vrou wat haar liggaam so ontsier nie.

Hy maak die lappe om haar arms en bene los en wikkel haar bolyf uit die dik jekker. Die bloes is makliker, maar hy sukkel met die stywe jeans om haar heupe. Toe sy net in haar onderklere op haar rug op die tafel lê, bind hy haar polse en enkels met kleefband aan die bokpote van die tafel vas, en beskou haar tatoeërings.

Vulgêr, dink hy. Nie eens *delikaat* vulgêr gedoen nie. En niks van kosmiese betekenis nie.

Hy dink Sisamnes se straf was welverdiend, en hy sou nie omgee om self in een van daardie huidenvetters se skoene te staan nie. Hy wonder of húlle as vuilvelse gereken kan word.

Hy sou egter een ding anders gedoen het: hy sou Sisamnes eers verdoof het. Kan dit nie verduur om iemand se pyn en lyding te aanskou nie.

Maar Sisamnes het gesondig. En in Romeine 6 vers 23 het sy moeder hom geleer wat die loon van sonde is: die dood.

Oor die skending van die liggaam deur versierings kon sy veral toornig raak, met baie Bybelse verwysings. Sy was veral lief vir Jesaja 3, en hy onthou die straf vir sulke vroue in vers 24: *Dan sal daar in plaas van balsemgeur mufheid wees . . .* Hy was nie impulsief daar in die kapel nie. Hy wou haar nie hê nie, het byna gesmeek dat sy moes loop. Maar sy was steeks en parmantig.

Hierdie vrou kom met haar sondige versierings in sy kerk in, in daardie stywe broek en met vieslike merke aan haar vel en al die metaal in haar gesig en noem hom 'n f-creep en sy dink sy gaan ongestraf bly? En die swart lippe en oë, is dit nie duiwels-tekens nie?

Hy haal sy wit jas van die muurspyker af en trek dit aan. Hy sal 'n spesiale antieke stoel gaan soek, miskien in die styl van die Vlaamse Barok, en haar vel drapeer. Besoekers aan sy nuwe atel-jee sal dié besondere artefak bewonder en miskien met fluister-stemme redekawel oor die oorsprong en simboliek daarvan. Ook oor die kokon van gips voor die stoel, skarlakenrooi geverf soos Sisamnes se verfoeide regterstoga onder die tafel waarop hy so nakend lê.

Nou, met sy kop laag vooroor, betrag Abel die liggaam. Hy begin by die enkels, maak merkies en trek pers lyne met die kokipen. 'n Paar keer wis hy van die lyne met 'n nat lap uit en trek nuwes. Hy sal natuurlik nie 'n volledige vel kan oes nie, eerder los dele. Maar hy sal die eindproduk in delikate voue drapeer sodat dit die illusie van volledigheid skep.

Hy is uiteindelik tevrede en staan tru, merk die sagte glans van sweet aan haar vel onder die warm, skerp gloeilamp van die skarnierlig.

Hy meng sy mengsels en soek 'n nuwe lem vir sy skalpel uit. Kyk skielik op na die venster, na die sagte ruising van die pote van 'n miljoen klein insekte teen die glas, sien die trekke van 'n verslete gesig in 'n vae weerkaatsing teen die ruit.

Hy stap na die venster toe, betrag die spatsels, luister na die sissende ruising van die reën. Dan trek hy die ou kretongordyne dig oor die refleksie van sy gelaat.

Hy neem sy skalpel en draai terug na die jong vrou op die boktafel, die kriskras van pers lyne aan haar vel soos die krakeluur van 'n Middeleeuse skilderdoek.

## 48.

---

Vrydag teen laatskemer staan Faisal op die plaashuis se stoep, sy blik op die stofwolk wat nog in die stil aandlug oor die tweespoorpad hang agter die laaste voertuig van die polisiekonvooi aan.

"Oukei, Tariq, gaan sluit as hulle uit is, en kom terug sodat ons kan begin."

Op die Honda klap Tariq sy gesigskerm af en draai die vet oop.

Konfrontasies tussen geweldenaars geskied selde sonder geweld, en daar in die garage moes Faisal homself met moeite beheer.

"Jy gee nie om dat jy die hele operasie bedreig nie, net om jou eie luste te bevredig?"

Tariq het nie opgekyk van die vonkprop in sy hand nie.

"Jy sit hier en grinnik?" het Faisal gesê. "Ek weet jy ken die Colombian necktie, maar ken jy die Glasgow smile? Dink jy jy's die enigste een met 'n mes op Majid se betaalrol?"

Dít het Tariq laat opkyk.

"En jy gaan my nou by Majid verkla? Net omdat ek 'n bietjie met haar gespeel het, haar weer aan haar skandes herinner het?"

"Vat weer aan haar en dis verby, Tariq."

Nou kyk Faisal ook vir Tariq agterna. Hy draai terug die huis in, gaan haal die driepoot met videokamera en stel dit in die sit-kamer op. Hy gaan verklee in sy slaapkamer in 'n shalwar kameez en kabuli-sandale, om sy kop 'n tulband.

Hy klop aan Sajida se deur. "Is jy reg? Kom."

Ook sy is in die tradisionele wye shalwar-broek van katoen, onversierde dupatta oor die hare en die denimonderbaadjie oor haar T-hemp, die sakke aan die voorkant steeds vol wassers.

Faisal dink dit was 'n goeie toets vir haar om die onderbaadjie te bly dra te midde van die polisie-ondersoek, al was dit onder 'n sweetpakbaadjie bedek.

Terwyl hulle vir Tariq wag, druk hy los elektriese drade in die onderbaadjie se sakke, rol worse van bruin speelklei, druk dit aan die seilgordel om haar middel, druk die punte van die drade in die klei, en beskou dit.

"Oukei, die dinamietkerse is gereed."

Hy plaas 'n wit sweetband om haar dupatta, 'n versreël in Oerdoe uit die Koran in swart materiaalverf nou op haar voorkop leesbaar.

Hy merk haar blik toe Tariq inkom, kan haar emosie nie peil nie, weet nie of dit haat of afsku of vrees in haar oë is nie, miskien al drie en meer. Hy merk ook hoe haar lippe dun trek, die bewing van haar hande wat die dupatta regskik, die lang punte om die onderste gedeelte van haar gesig vou sodat net haar groen oë sigbaar is.

Ook Faisal en Tariq bedek hulle gesigte met die tulbande, net gleuwe vir hulle oë.

"Gaan staan julle twee daar voor die voëlplakkaat sodat ek kan fokus."

Faisal kyk vir laas of die komposisie reg is. Dan stel hy die tydhouer en neem sy plek in, hy en Tariq weerskante agter Sajida, hulle arms voor hulle gevou, donker oë glurend na die kamera.

Toe die rooi lig op die kamera begin flits, fluister Faisal: "Jy kan begin, Sajida. En praat soos jy geoefen het, stadig en duidelik."

Haar monoloog duur vyftien minute. Toe hulle klaar is, laai Faisal die video op die skootrekenaar af.

Hy redigeer die begin en einde. Dis 'n goeie wasiyeh; hy is verras dat Sajida so vlot en selfversekerd praat. Dit lyk en klink of sy bedoel wat sy sê: sy loof die deugde van martelaarskap, verdoem die vyand tot die hel, bid uit die Koran, dra die gesneuwelde martelare aan die Paradys op, verwys na haar pa en broers en familielede sonder om hulle name te noem, vra vergifnis vir haar

335

eie, ongenoemde sondes, spreek die oortuiging uit, die versug-
ting eintlik, dat sy in ere herstel ook die poorte van die Paradys
sal betree, waar tagtig duisend diensknegte en twee en sewentig
houri wag onder 'n koepel versier met pêrels, beril en robyne, so
wyd as die afstand van al-Jabiyyah tot San'a.

Haar afsluiting byna driftig: "Allahu Akbar!"

Saterdagoggend sluit hulle die huis en vertrek in Pinkie Paahla
se kar, weer geklee in jeans, T-hemde en tekkies, Sajida sonder
haar onderbaadjie. By 'n ouerige huis in Witpoortjie, Roodepoort,
draai Faisal in, die voordeur reeds oop toe hulle uitklim.

Die ou vrou met 'n doek oor haar grys hare beduie na drie kof-
fers op die vloer van die karig gemeubileerde sitkamer. Sy ver-
dwyn dieper die huis in, asof sy weet dat hulle private sake nie vir
haar oë en ore bedoel is nie.

Dis nie groot koffers nie, van die soort met wieletjies, aan elke
uittrekbare handvatsel 'n reisetiket gebind. Faisal lees die name
op die etikette: *Vijay Malik, Sanjay Kartik, Preeti Jain.*

Hy vat die Malik-koffer en rits dit oop. Bo-op die netjies ge-
voude klere lê drie plastiekportefeuljes met die naam en em-
bleem van 'n Johannesburgse reisagentskap. Hy sit dit eenkant
en vroetel tussen die klere, tel twee jeans, vier langmou-gholf-
hemde, onderklere, sokkies, handdoek, skeergoed, hoënektrui,
windjekker, bofbalpet, slapbandriller deur Stephen King. Al die
klere het Suid-Afrikaanse etikette, selfs die boek met 'n CNA-
staafkode.

Uit sy skouersak haal hy die denimonderbaadjie, nou sonder
die wassers, vou dit op en plaas dit onder die hemde.

Hy bestudeer die inhoud van die drie portefeuljes, eers die
een vir Malik. Dit bevat 'n e-kaartjie vir 'n retoervlug op Iberia
na Madrid, en drie betalingsadviese: vir hotelverblyf in Madrid
en Barcelona en vir 'n Avis-huurmotor vir vyf dae. Die ander
dokumente vir Malik is 'n Suid-Afrikaanse rybewys, ID en pas-
poort (binne stempels van besoeke aan Swaziland, Botswana en

Mauritius), asook 'n nuwe Schengen-toeristevisum uitgereik deur die Spaanse konsulaat in Tshwane. Ook in die portefeulje is euronote in verskillende eenhede, in totaal drie duisend euro.

Die portefeulje vir Kartik bevat 'n retoer-e-kaartjie op Lufthansa na Hamburg, 'n betalingsadvies vir 'n gastehuisbespreking in St. Pauli, plus Suid-Afrikaanse ID en paspoort, ook met stempels van besoeke aan enkele Afrikalande en 'n Schengenvisum uitgereik deur die Duitse ambassade in Sandton.

Preeti Jain se retoerkaartjie is vir 'n regstreekse vlug op KLM na Amsterdam, en 'n betalingsadvies vir ses dae se hotelverblyf. Ook in haar portefeulje is 'n Suid-Afrikaanse ID en paspoort met 'n toeristevisum uitgereik deur die Nederlandse konsulaat in Tshwane, en 'n perskaart wat eens aan Jake Diamond behoort het, nou effens gewysig.

Faisal rits sy koffer toe, druk die drie portefeuljes in sy skouersak en staan op, sy blik skielik op Tariq se uitgestrekte bene. "Wat het jy daar?"

"Waar?"

"Aan jou voete."

"Skoene, wat anders? Mooi, nè? Paciotti's van krokodilvel."

Faisal kan net sy kop skud. "Kom, ons moet ry."

Hy kyk gang toe, sien die ou vrou aangeslof kom. Hy gee die sak met die skootrekenaar vir haar, met Sajida se groetvideo gereed vir Majid om op webwerwe af te laai sodra hy die teken ontvang. CNN, Aljazeera, SkyNews, al die uitgesoekte djihadiwerwe en selfs YouTube.

Op pad lughawe toe sê Sajida: "Waarheen gaan ons?"

"Europese vakansie. Tariq se vlug vanaand is eerste. Dan jy, Sajida. Môreoggend sal Aziz jou op Schiphol kry, hy weet wat om te doen. Maandagaand is ons almal weer bymekaar. Tariq en Jamil uit Hamburg, jy en Aziz uit Amsterdam en ek uit Madrid."

"Dan begin ons vakansie," sê Tariq voor in die passasiersitplek.

Faisal loer in die truspieël na Sajida, haar gesig na die kantvenster gedraai. Hy wonder wat sy dink. Sy praat skaars sedert die molla met haar klaar is. Soos 'n robot, dink hy, in die plek van haar brein is 'n geprogrammeerde stroombaanpaneel ingeplant. Waarin 'n effense defek ontstaan het, 'n kortsluiting in 'n smeltdraad, nadat Tariq haar die tweede keer mishandel het.

"Jy moet daardie grimering aan jou voorkop smeer, Tariq, voor ons by die lughawe aankom."

"Ja, ja."

"En weer môreoggend voor jy land. Jy kan nie soos 'n terroris in Hamburg aankom nie."

"Vegter, nie terroris nie, dis wat hier staan." Tariq druk-druk met sy voorvinger teen die tatoe.

"En onthou dat ek vir julle geld gee."

Hulle ry 'n rukkie in stilte. Faisal kyk weer in die truspieël na Sajida. "Jy gaan nie truuks uithaal alleen op daardie vliegtuig nie, nè, Sajida?"

Sy kyk op na hom. "Truuks?"

"Ja, dalk kry jy bedenkinge, besluit jy wil met die kaptein praat oor 'n sakie van internasionale belang, 'n terroristesel met 'n self-moordbomdraer."

"Ek weet wat ek moet doen, ek's nie bang om dit te doen nie," sê sy sag. "Jy hoef nie oor my te twyfel nie."

"Dis nie dat ek twyfel nie, wil net nie graag sien dat jy verdere skande oor jou familie en die Saak bring nie, jy weet. En jy onthou wat die molla gesê het? Dat hulle vir jou ma sal sorg, en vir jou ander familielede in Kanigoram. Jy weet Majid en sy familie is nie arm nie, as hulle sê hulle sorg vir iemand, dan sorg hulle vir iemand. Maar as daar nog oneer en skande is . . . wel, dan het hulle g'n genade nie, dit weet jy ook. Dan stuur hulle iemand soos Tariq na jou ma toe."

Hy hou haar in die truspieël dop, sien hoe sy weer by die kar-venster uitstaar, gesig sonder emosie. Sy antwoord nie.

Tariq skroef die buisie onderlaag toe, draai sy gesig na Faisal. "Hoe lyk dit nou?"

"Dit lyk beter, amper verdoesel, lyk soos 'n litteken."

338

## 49.

Ella en Kaja het hulle met die Europese koue misgis. Archie lag. "Julle dog vroeg Desember is soos laatherfs in sonnige Suid-Afrika, nè? Gaan vra vir Joël vir 'n winkel hier naby."

Die bistro-eienaar, het Ella opgemerk, had van die eerste aanblik moeite om te besluit wie van die twee jong vroue verdien dalk 'n raps meer van sy aandag: die skraal een met die kort, swart hare of die blondine met die rondings in wie se gesig hy ongetwyfeld trekke van sy ou vriend Milo sou raaksien. Veral in die bleek oë, irisse die kleur van ys, met 'n sweem van kobalt.

Dit het Ella gevlei, dat 'n Fransman haar waarderend opweeg langs 'n skoonheid soos Kaja Boonstra.

"Julle soek 'n boetiek?" vra Joël.

Kaja skud haar kop. "Nee, net 'n winkel met goedkoop klere. Ons kry koud."

"Ek sien," knik Joël en beduie hulle met die Boulevard de Rochechouart af.

In die afdelingswinkel Tati koop Ella vir haar gebreide handskoene en 'n wolmus met 'n tossel, rooi, om te pas by die vrolike wolserp wat haar ma al vyf jaar terug vir haar gebrei het. Haar ou jas is darem warm genoeg.

In Parys pas sy gou in by die toerismesleur, danksy wêreldwyse Archie wat soveel besienswaardighede moontlik vir haar en Kaja probeer indruk voor hulle vertrek na Sarajewo. En toe Ella vir Joël sê sy is per trein op pad België toe, het sy kop gehang.

"Il n'est pas juste. So onregverdig."

"Wat's onregverdig?" vra sy.

"La vie. Il me donne deux jolies filles puis prend les éloigner."

"En dit beteken?"

Die lewe, kla Joël. Laat beland twee mooi jong vroue in sy skoot en raap hulle 'n paar dae later weer weg.

Sy het hom verseker dat sy net vir 'n paar dae weg sal wees voor hulle rendezvous in Parys, kort voor die terugvlug na Suid-Afrika.

Nou, die middag ná haar aankoms in Brugge, bekyk sy op die promenade langs die Dijverkanaal saam met ander toeriste die snuisterye onder die vlooimarksambrele. Sy wonder watse aandenkings sy vir haar ma en Stallie moet terugvat, en vir Mara en ook iets vir Silas Sauls, ter wille van die vrede.

Later gaan sit sy op 'n bank en betrag die swane en bote, draai dan terug straat toe.

Dijver, die adres vir Abel se desimale koördinate.

Haar oë sweef oorkant die straat na die ingangsteeg vir die Groeningemuseum, langsaan die groot struktuur van die College of Europe, die Hotel De Tuilerieën, 'n kantoorgebou, die Oude Kant Huisje met kantartikels in sy toonvenster, die Café De Blinde Ezel, Absolute Art-kunsgalery, De Brugse Boekhandel, tussenin skakelhuise met trapgewels.

Teen 'n vensterruit op 'n tweede verdieping vang dit haar oog, skilferend en verbleik, skaars leesbaar: *De Boekbinderij Bouts.*

Dermis, huid. Biblio, boeke. Dokter Koster se groot woorde.

Antropodermies het te doen met die menslike huid. Bibliopegie is die kuns van boekbinding.

Abel versamel velle met kosmiese simbole om sy sterrekundige waarnemings te bind. Hy krabbel die koördinate vir Dijverstraat neer. In Dijver is 'n boekbindery. Is dit twee plus twee?

Sy stap oor die straat na die kafee en koop wegneemkoffie. Op die voorblad van die *Brugsch Handelsblad* vang die opskrif haar oog: *Twee meisjes vermist: Grootscheepse zoekactie.* Daarby foto's van Margot Nijs van Brugge en Lies Walleyn van Gent.

Sy koop ook die koerant en stap terug na die bank langs die kanaal, sluk aan haar koffie en lees die berig. Kry teen die einde die naam van wyksinspekteur Rik Coppens, wat ontken dat die verdwyning van die twee meisies verband hou met die arrestasie van 'n vermeende reeksmoordenaar in Heist.

Ook op die voorblad is 'n berig oor Saterdagaand se première van *The Dancer* in die Cinema Lumière, met 'n foto en 'n ophef oor die Amerikaanse aktrise Bonnie Lee.

Ella is van plan om eers Sondag of Maandag die trein te haal terug Parys toe, wonder of sy Saterdagaand met haar mik-en-druk by die Lumière tussen die skare moet gaan staan en vir Stallie 'n foto neem van sy gunstelingaktrise. Sy is seker hy sal mal wees daaroor. Kanse vir 'n fliekkaartjie is nul, maar as sy vroeg by die ingang is, behoort sy die akteurs op die rooi tapyt van naby te sien.

Sy vou die koerant toe en drink haar koffie, dink aan die vermiste meisies en sê vir haarself: Ruk jou reg, hoeveel meisies raak nie elke dag in Europa vermis nie? Jy kan nie vir Abel Lotz agter elke vermiste vrou wil gaan soek nie.

Dan weer: hoekom hier? As haar spesmaas reg is, hoekom het Abel Brugge gekies? Het hy Dijver se koördinate neergekrabbel nadat hy De Boekbinderij Bouts opgespoor het om sy boeke te bind?

Sy besluit om wyksinspekteur Coppens te gaan besoek. Môre, nadat sy bietjie die ou strate bewandel het. Wil die plek eers as 't ware inadem, 'n gevoel kry van die gees.

Sy vou die koerant op, druk dit in haar sak en lig weer haar blik na die stowwerige venster oorkant die straat. Terwyl sy nou hier is, kan sy net sowel gaan inloer.

Sy vind die smal deur tussen die kafee en die kantwinkel. Die deurklopper is in die vorm van 'n drakekop van aangeslane geelkoper.

Sy wag, wonder of sy kan instap soos by enige ander boekwinkel. Sy klop weer, draai die knop en tree binne. 'n Soort ontvangsvertrek gekombineer met stoorplek vir boeke.

"Hallo!" roep sy na 'n stel trappe.

"Hier's ek!" roep 'n stem in Vlaams van bo af terug.

Sy bestyg die trappe. Hy sit op 'n ronde kroegstoel, gebuig oor 'n tafel, en kyk op met 'n juweliersloep voor een oog. "Kan ek help?"

"Meneer Bouts?"

Hy buig weer af na die bladsye voor hom. "Waar's jou boek? Laat ek sien. Hoop nie jy's haastig nie, kan 'n paar maande vat."

"Ek't nie 'n boek nie, het eintlik net jou advies kom vra. Ek is na jou verwys, iemand het gesê as ek raad soek oor eksotiese boekomslae, gaan sien meneer Bouts van Brugge. Moes ek vooraf gebel het vir 'n afspraak?"

Nou lig hy sy gesig heeltemal na haar op, verskuif die loep na sy wenkbrou. "Jy's goed geadviseer, ons ervaring kom 'n lang pad. Watse advies?"

"Dis ... uhm ... netelig."

"Netelig? Dink jy deur al die eeue wat ons Boutse al in die boekebesigheid is, het ons nog nooit iets neteligs teëgekom nie?"

"Netelig én ... bietjie bisar."

Hy glimlag. "Van bisar kan jy my óók niks vertel nie, mevrou."

Sy hou die ringvinger sonder ring vir hom. "Juffrou," sê sy. "Ek lees graag, maar is nie eintlik 'n bibliofiel nie, versamel nie seldsame boeke nie. Nou's ek in die versoeking om een te koop. Eerder oor die halsbandjie as die hondjie, moet ek bely."

"Jy bedoel oor die omslag."

"Glo 'n eksklusiewe eksemplaar."

Hy leun effe vooroor, vee met die agterkant van 'n hand oor sy lippe. "Ja?"

"Maar ek's dom met sulke goed, wil nie 'n klomp geld uitgee vir 'n kat in die sak nie."

"Ja, ja?"

Sy onthou dokter Koster se gruwelike anekdotes, die naam van die jong Horwoodknaap.

"Ek weet nie of dit waar is nie, dit klink nie reg nie – dat 'n mens se vel gebruik word vir 'n boekomslag. Die vel van iemand met die naam John Horwood, glo in Engeland. Is dit moontlik, meneer Bouts?"

"Horwood?" Hy swaai om na sy deurmekaar lessenaar, grou in die katnes van boeke en papier en stukke perkament, kry iets met die hand geskribbel. "Wag, laat ek sien, het juis nou die dag voorbeelde daarvan vir 'n vriend opgesoek. Antropodermiese bibliopegie, word dit genoem."

Ella voel hoe haar instink reageer. Vir 'n vriend?

"A, hier's dit. Dokter Richard Smith van Bristol. Hy't in 1821 'n boek laat bind met 'n stuk van John Horwood se vel. Horwood is tereggestel omdat hy sy meisie met 'n klip doodgegooi het. Sy vel is gelooi soos ligte jugleer."

"Klink vir my na die boek wat hulle aan my wil verkoop. Dis regtig John Horwood se vel, geen twyfel daaroor nie?"

"Gebosseleer met 'n galgmotief en vergulde inskripsie: *Cutis Vera Johannis Horwood* – die dekhuid van John Horwood. Dis regtig sy vel." Hy laat sak die papier en kyk na haar. "Maar juffrou, hou jou geld vir jouself."

"Hulle sê dan die boek kan baie werd wees."

"Dis 'n skelmstreek. Daardie boek is nie te koop nie, dit word veilig bewaar in die M Shed Museum in Bristol."

"O." Sy probeer afgehaal klink. "So gehoop ek kry so iets in die hande."

"Iets . . . uhm . . . antropodermies?"

"Ja. Enige idee waar ek na iets soortgelyks kan gaan soek?"

Hy skud sy kop. "Nee, jammer, ek weet nie."

"Wat van jou vriend? Miskien kan jou vriend my help?"

Skud weer sy kop. "Nee, hy sal nie kan help nie."

"O." Hoop sy lyk nou régtig bekaf. "En jy't nie voorbeelde nie? Dat ek ten minste kan sien hoe lyk so 'n omslag?"

"Dis 'n praktyk wat lankal nie meer sosiaal aanvaarbaar is nie, juffrou, veral nie vir 'n gerespekteerde konserveerder en binder nie."

"Natuurlik," sê sy, "ek verstaan. Dankie vir jou tyd en vir die goeie advies."

Hy staan saam met haar op, aarsel 'n oomblik, sê dan: "Ek't nie menslike huid nie, maar ek kan jou 'n idee gee van hoe dit sal lyk, as jy regtig wil sien. Ongekleur byna soos die vel van 'n dierefetus." Hy stap na 'n kas, trek iets uit 'n kartonkoker. "Die klant wou 'n embleem op dié een gedruk hê, so verskoon die merke."

Hy rol dit tussen sneespapier oop. "Sien hoe sag en soepel . . . dit sal amper so lyk."

Sy bekyk dit tussen sy wit handskoenhande, voel die bonsing in haar bors, haar hart aan't galop. "En hierdie is die vel van 'n fetus?"

"Dierefetus."

"En die merk, is dit 'n tatoe?"

"Met 'n stempel gedruk." Hy rol dit weer op, druk dit in die koker terug.

En sy weet meneer Bouts lieg. Sy weet dis Abel s'n. Abel en meneer Bouts is kop in een mus.

Die ontwerp is identies aan die skets wat die inkman van Rosebank vir haar gegee het, nou opgeplak teen haar muur in die speurkantoor, selfs dieselfde kleure. Dis geen afdruk van 'n stempel nie, en die vel kom nie van 'n dierefetus nie.

Dis deel van Mia Vermooten in daardie koker, die vermiste vel van haar skouerblad met die tatoe van 'n pou.

In sy kantoor in Hauwerstraat laat wyksinspekteur Coppens haar dink aan 'n gemoedelike, effe outydse dorpsersant. Sy skat hom min of meer haar pa se ouderdom, nie meer honderd jaar van aftrede af nie.

Met 'n frons betrag hy haar SAPD-identiteit en Suid-Afrikaanse paspoort, loer oor sy bril na haar. "Jy kom meld jou net uit hoflikheid aan, terwyl jy die besienswaardighede van ons dorp kom besigtig?"

"Ja. Uit hoflikheid én protokol."

"Selfs as blote toeris?"

"Ek dog dis die regte ding om te doen, vir 'n polisiebeampte uit 'n ander land."

Hy stoot die dokumente oor die lessenaar na haar terug. "En hoe't jy van my gehoor? Is ek só bekend en berug, selfs in Suid-Afrika?"

"Helaas nie." Sy haal die koerant uit haar sak en vou dit voor hom oop.

"Juffrou Neser . . . of verkies jy adjudant-offisier Neser?"

"Noem my Ella, ek's immers op vakansie."

"Goed dan. Nou wonder ek: hoekom sal 'n toeris belangstel in 'n berig oor twee vermiste meisies? Tensy . . ." Hy betrag haar 'n paar oomblikke in stilte. "Het iets met jou ook gebeur hier in Brugge?"

"Met my óók? Jy bedoel daar's ander?"

"Nog 'n toeris, maar behalwe vir 'n bietjie babelaas was sy ongedeerd."

"Hoekom word sy nie in die berig genoem nie?"

"Sy word nie vermis nie. Ons wil nie paniek saai nie, die sake is onverwant, van die twee wat betas is en die twee wat vermis word."

"Daar's twéé?"

Hy knik. "Naas die toeris is 'n plaaslike meisie ook in die middel van die nag . . . wel, aangeval. Maar sy's ook ongedeerd. Hoewel, in 'n bloedtoets is ketamien-hidrochloried in haar bloed gevind. Sy's ingespuit en bedwelm."

Hy haal sy bril af, vryf oor sy oë. "Luister, uhm . . . Ella, ek kan nie hier sit en klets oor ons ondersoeke nie, selfs nie met 'n welmenende polisiebeampte uit 'n ander land nie. Het iets met jou gebeur, wil jy 'n klag indien?"

"Inspekteur Coppens, net een guns, dan loop ek. Jy's 'n besige man, maar dit sal net twee minute van jou tyd vat. Dit kan jou help met die ondersoek na die vermiste meisies, of dit kan net nog 'n dwaalspoor wees, ek weet nie. Kyk net op jou rekenaar op

Interpol se webwerf na hulle lys van gesoekte misdadigers. Na Lotz, Abel, met 'n Groen Nota gemerk."

Sy hou haar asem op. Vir 'n oomblik lyk dit of hy gaan weier, dan draai hy na sy rekenaar en begin tik.

"Lotz, hier's hy."

"Daar's nie 'n foto nie, net twee identikits, een is gemaak van mý beskrywing van hom. Die een met die baard is meer onlangs, maar onduideliker. Ek weet dit lyk nie na dieselfde man nie, maar dit is. Ek was amper een van sy slagoffers, dis hoekom ek hom kon beskryf."

Rik Coppens kyk skerp na haar, dan begin hy lees.

Die Groen Nota waarsku dat die voortvlugtige Abel Lotz geweldsmisdade in Suid-Afrika gepleeg het, en dit waarskynlik in ander lande sal herhaal. Voor haar vertrek het Ella die verklaring deur Interpol se skakelkantoor in Tshwane laat aanpas met: *Die voortvlugtige bevind hom vermoedelik in Wes-Europa, meer spesifiek in die Tsjeggiese Republiek of België.*

By die sketse verskyn enkele besonderhede:

*Van: Lotz. Voorname: Abel. Geslag: Manlik. Geboortedatum: Onbekend. Kategorie van oortreding: Misdade teen lewe en gesondheid. Lasbrief vir arrestasie: Uitgereik in Johannesburg, Suid-Afrika. Ongeveer vyftig jaar oud, kort gebou, effe plomp, yl hare, skewe neus, breë gesig, hangwange, bakore, 'n prominente ken, vermoedelik ptosis van die oë.*

"Is hy skeel?" vra Rik.

"Lui oog," sê Ella.

Rik fluit sag deur sy tande en sy vermoed hy lees 'n beskrywing van die sewe moorde waarvoor die verdagte gesoek word.

"En dis pure toeval dat jy 'n toeris in Brugge is, die ondersoekbeampte na 'n reeksmoordenaar wat hom vermoedelik in België kan bevind?"

"Is dit toeval dat jy binne 'n kort tydperk vier gevalle het waarin jong vroue die slagoffers is, in dieselfde tyd dat Abel Lotz hom dalk hier bevind?"

"Die ondersoek is by die federale polisie. Dis uit my hande uit."

"Dis oukei, jy kan my inligting sif en besluit of dit nuttig is. As dit is, dra dit aan die federale polisie oor. So nie, vergeet daarvan. Laat ek jou van Abel Lotz vertel, en van die koördinate wat my na Brugge laat kom het, terwyl ek nou saam met 'n Fransman langs die Champs-Elysées kon wandel. Wie is die eerste twee vroue in die voorvalle?"

"Gina White van Sussex en Sue Petit van Brugge."

"Weet jy of enige van hulle tatoes het?"

"Nee, ek weet nie, het nie gevra nie. Die kwessie van tatoes het nêrens opgeduik nie. Soos ek sê, die saak is uit my hande. My enigste belang is dat dit in my wyk is, en ek hou van 'n skoon wyk."

"Tatoes is sentraal in die ondersoek na Abel Lotz. Alles gaan oor tatoes."

Hy sug. "Demmit, en dit alles nou drie dae voor daardie groot première wat Brugge op die wêreldkaart moet sit. Vertel my van Abel Lotz."

Sy skets kortliks die verloop van die ondersoek en sluit af deur van haar stoel op te staan om hom – met sy toestemming – 'n glimp te gee van die litteken wat Abel se onhigiëniese skalpel aan haar maagvel gelaat het – net om seker te maak dat wyksinspekteur Coppens haar boodskap verstaan.

Sy aarsel 'n oomblik, besluit dan om hom ook te vertel van haar besoek gister aan die boekbinder in Dijver.

"Ignaz Bouts?"

"Is sy naam Ignaz?"

"Almal ken hom, die Boutsfirma is die oudste in Brugge, kom geslagte al, so ver terug as die ou huidenvetters. 'n Gerespekteerde familie, sy voorsate het Bybels en liturgiese boeke vir kerke oor die hele België gekonserveer en herbind. Ignaz doen dit steeds, ook ander antikwariese boeke en geskrifte, nou vanoor die hele wêreld."

"Ek aanvaar dit, inspekteur, ek sê nie meneer Bouts is met iets

347

onwettigs besig nie, ek vertel net wat ek gesien het. Hy sê die perkament is van 'n dierefetus. Miskien is dit so, miskien is dit gestempel met presies dieselfde ontwerp as die tatoe op een van Abel Lotz se slagoffers. Dit sal baie toevallig wees, maar toeval is nie so vreemd nie, of hoe?"

"En wat verwag jy nou van my? Dat ek Ignaz Bouts se werkplek gaan deursoek en beslag lê op al sy perkamente?"

"Ek's seker daardie spesifieke een sal vir DNS getoets kan word, ten minste om vas te stel of dit van dierlike of menslike oorsprong is. En indien laasgenoemde, kan die DNS vergelyk word met ons monsters van Mia Vermooten se DNS."

Ella wens sy kon sien hoe die ratte in die inspekteur se kop klik en knars.

"Jy weet natuurlik dat die polisie nie sommer net by Bouts se plek kan instorm sonder 'n lasbrief nie. En jy weet ook van die bewyse wat 'n magistraat vereis voor hy 'n lasbrief teken."

"Ja, maar . . ."

"En aangesien Ignaz Bouts nie in Brugge van enige misdaad verdink word nie, sal geen magistraat só 'n lasbrief uitreik nie. Ek wil jou help, maar die enigste manier is 'n versoek deur Interpol. Laat jou bevelvoerder 'n motivering vir Interpol opstel, en sodra ons van hulle hoor, sal ek met die aanklaers en federale polisie gaan praat. Ignaz Bouts gaan nêrens heen nie, en ek's seker met 'n lasbrief sal hy graag wil help om die goeie naam van sy besigheid te beskerm. My advies is . . . wat's dit vandag, Donderdag?"

"Ja, Donderdag."

"Wanneer gaan jy terug Parys toe?"

"Sondagmiddag."

"Goed, jy het drie dae. Vergeet van moordenaars en geniet jou tyd in Brugge. Hou jy van flieks?"

Sy sug, maar binnetoe. "As dit 'n gelukkige einde het."

"Dan's *The Dancer* nie vir jou nie. Maar as jy Hollywoodse akteurs in lewende lywe wil sien . . ." Lig sy wenkbroue. "Jy weet tog wie Bonnie Lee is, nè?"

"Ek weet wie sy is, inspekteur."

"Ek kan jou nie aan haar voorstel nie, maar ek het van haar mense ontmoet, jy weet, lyfwagte en personeel, toe sy saam met die filmspan hier was vir die buitetonele wat Rodenbach in sy *Bruges-la-Morte* beskryf, die kanale en kerke en pleine en so. Jy't die boek gelees?"

Skud haar kop.

"Hy't ook *Le Carillonneur* geskryf, oor Joris Borluut, klokkespeler van die Belfort in Brugge. Maar dit het ook nie 'n gelukkige einde nie." Rik Coppens grinnik effens. "Waar was ek? O ja, die fliek en die boek. Vroeg in *La-Morte* dwaal die wewenaar Hugues Vianne by die Onze-Lieve-Vrouwekerk in waar hy dikwels in daardie 'atmosfeer van die dood' gaan sit. Nie om dieper te verval in sy put van neerslagtigheid oor sy dooie vrou nie, maar om inspirasie te kry van liefde wat die dood oorwin."

"Inspekteur, jy's 'n romantikus."

"Dis nie wat my vrou dink nie. Ewenwel, dis op pad terug van die kerk dat Hugues die danseres die eerste keer raaksien en onmiddellik 'n obsessie oor haar ontwikkel en haar begin agtervolg. Gaan besoek daardie ou kerk, Ella, gaan kyk na die praalgrafte van Karel en Maria."

"Oukei, ek maak so."

"Ek en my vrou het komplimentêre kaartjies vir die première gekry. Ongelukkig is dit tjokkenblok, maar ek kan 'n toutjie of twee trek, jou sekondeer vir sekuriteit. Miskien poseer Bonnie Lee vir jou. Of vat 'n foto van haar saam, laat sy dit teken. Elke dêm tydskrif het 'n foto van haar op die voorblad. Hoe klink dit?"

"Dit sal gaaf wees, as jy dit kan doen." 'n Foto én 'n handtekening vir Stallie.

Rik Coppens staan saam met haar op om haar af te sien. "Kom maak môre 'n draai vir jou sekuriteitspas vir Saterdag se première."

Hy hou die deur vir haar oop, sê skielik: "Jy weet, noudat jy Ignaz Bouts se naam noem, iewers begin 'n klokkie lui. Daar wás 'n onderonsie met hom, so 'n jaar of twee gelede. Maar dit het nooit iets opgelewer nie, die hele besigheid is toegeskryf aan 'n misverstand."

"Watse besigheid?"

"Jong vrou wat kom kla het dat 'n man 'n oorlas van homself maak, haar by haar werk lastig val, selfs agtervolg. Klerk by 'n antikwariese boekwinkel; Garemijn, as ek reg onthou. Ek 't iemand gestuur en die vrou het Ignaz Bouts aan die polisieman uitgewys toe hy weer daar kom. Ignaz was geskok oor die aantygings, het alles ontken, gesê hy is op soek na 'n ou boek, Franse uitgawe van *Bruges-la-Morte*. Dis wat my nou skielik daaraan laat dink het, toe ek jou van Hugues se storie vertel."

## 50.

Faisal het geen twyfel oor sy pligte en groot verantwoordelik-
heid as Majid se gevolmagtigde op hierdie Europese been van die
operasie nie. En hy is ewe diep onder die indruk van die gevolge
vir hom as iets verkeerd sou loop.

Hy is nie bereid om kanse te waag nie en wil ingelig wees
oor die fynste detail. Hy moet 'n Plan B bedink, ingeval Plan A
skeefloop; daar moet áltyd 'n Plan B wees. Hy werk nog daaraan,
sukkel om dit behoorlik geformuleer te kry, want Jamil bly hom
verseker dat hy onnodig bekommerd is.

Die probleem is dat Plan B noodgedwonge Faisal se eie toetrede
sal verg. Hy sal sélf die werk moet doen, en dit hou ernstige risiko's
in. Hy is heel gelukkig met sy aardse bestaan, hunker nie na die
Paradys nie, laat hom nie verlei deur stories van twee en sewentig
maagde wat kwalik kan wag om hulle hande op hom te lê nie.

Waar hulle by die kombuistafel sit, betrag hy Jamil se vingers,
spesifiek die afwesigheid van 'n linkerduim en twee ander stomp
vingers sonder voorste litte. In die sitkamer is Tariq en Aziz voor
die TV, Sajida in haar slaapkamer.

Faisal het al 'n slag opgestaan en by haar kamerdeur gaan luis-
ter, na die doodse stilte binne, en besluit: óf sy slaap óf sy bid. Hy
sou gebid het as hy in haar skoene was.

Hy staar na Jamil se vingers, doenig met die elektriese drade.
"Wat het met jou vingers gebeur?"

"Werksongelukke, dis die risiko van my beroep."

"As bommaker?"

Jamil knik. "Moeder van Satan – dis wat ons TATP noem. Erg

351

onstabiel, maar baie effektief. Daardie 7/7-ontploffings in Londen, dit was TATP. Vyf rugsakke met skaars vyf kilogram elk, en die resultaat was twee en vyftig dood, sewe honderd gewond. Ons berei dit self met bestanddele wat jy in 'n winkel kan koop . . . baie gevoelig vir hitte en wrywing wanneer die poeier met die ander bestanddele gemeng word."

"En dis TATP in die boks wat jy uit Hamburg saamgebring het?"

"Nee, vir hierdie operasie gebruik ons goeie ou PETN. TATP is net vir sensitiewe operasies met baie veiligheidsrisiko's."

"Is hierdie nie 'n sensitiewe operasie nie?"

"Hoekom sal daar metaalverklikkers en snuffelhonde wees, dis 'n vrolike sosiale okkasie? Wie verwag 'n bom by 'n fliek in Brugge?"

Faisal reken daar sal baie polisiemanne wees om die skare te beheer, en om die BBP's te beskerm; dalk selfs 'n snuffelhond, en dis 'n risiko.

Jamil trek die boks nader en haal vier blokke uit, elk so groot soos 'n dun slapbandboek. "My oom werk by die Karkar-steenkoolmyn in Baghal, hy smokkel die mynplofstof met koeriers uit Afganistan na Pakistan. Die ondergrondse bommakers meng die bestanddele met 'n plastiseermiddel . . . behandelde byewas."

Faisal weeg 'n blok in sy hand. "En 'n hond ruik dit nie?"

"PETN in byewas het 'n laer verdamping van molekules as Semtex of C-4. Ons bommakers hoef ook nie die verpligte reukmerkers van kommersiële plofstof by te voeg nie, so moenie stres nie."

Jamil druk in elke blok byewas 'n slagdop, koppel die drade aan 'n battery, koppel ook die skakelaar se drade aan die batterypole, 'n gewone drukknopskakelaar van 'n bedlamp. "Het jy al die gevolge van só 'n selfmoordbom gesien?"

Faisal het dit al gesien. Erg genoeg buite in die oopte, en hy kan dink wat in 'n beperkte ruimte gebeur as daardie bom afgaan.

"Ontploffingstemperatuur van vier duisend grade Celcius," sê

Jamil trots. "Die plofsnelheid van agt duisend meter per sekonde dryf die honderde koeëllaers en skroewe en spykers in 'n skokgolf deur die lug. Min herkenbaar bly oor, selfs been lyk of dit deur 'n vleismeul is."

"Het jy die ander ding gebring wat ek gevra het?"

Jamil vroetel in die boks, haal 'n juweliersdosie uit en oorhandig dit.

Faisal lig die neksnoer van die rooi fluweelkussing op, 'n fyn silwerketting met 'n kristalpendant in die vorm van 'n groot waterdruppel of traan, gekelk in silwerbeslag.

"Jy tevrede?" vra Jamil.

"Man van vele ambagte, sien ek. Maak ook juwele, nie net bomme nie."

"'n Ander neef in Hamburg is die juwelier. Die glas is dun en die kapsule gevul met kristalle van siaankali."

"En dis genoeg, só klein?"

"Meer as genoeg vir die liggaamsmassa wat jy ge-e-pos het."

Faisal weet hoe dit werk: byt die glas stukkend en deur die klein snytjies in die mond versprei die dodelike sianied in die bloedstroom. Dit blokkeer onmiddellik die liggaam se absorpsie van suurstof. Oomblikke later begin die konvulsies en gehyg na asem, gevolg deur die noodlottige hartaanval. Alles so skielik, so vinnig, voor enigiemand met noodbehandeling kan begin.

Die volgende oggend ry Faisal en Sajida met die Avis-motor van die huis weg wat Jamil buite Zeebrugge gekry het, uit die oog, huur geteken vir ses maande se verblyf vir twee neefs se kontrakwerk op die Prins Filipsdok.

Die rit duur net twintig minute en die GPS lei hulle reguit na 'n adres in Sint Jakobsstraat. In die Biekorfkompleks is ook die administratiewe kantore van Brugge se Cultuurcentrum en FilmFocus Brugge. Faisal parkeer en Sajida klim uit. Sy weet wat om te doen; hulle het dit bespreek en antwoorde geformuleer op alle moontlike vrae.

Gisteraand, nadat hy die juweliersdosie in sy koffer gaan sit het, het hy haar weer uitgevra in die rol van duiwelsadvokaat. Hy het vertroue in haar, het lankal agtergekom sy is geen pampoen nie.

Maar hulle verwag nie lastige vrae nie. Hulle het twee weke gelede al per e-pos bevestiging gekry dat die media-akkreditasie goedgekeur is en dat FilmFocus Brugge daarna uitsien om Preeti Jain as joernalis van die *Rekord* by die première van *The Dancer* te ontvang. Met haar aankoms in Brugge moet sy net die amptelike gelamineerde perspas persoonlik kom afhaal en daarvoor teken, met die nodige ID-bewys. Die skrywer het weer beklemtoon dat slegs joernaliste, fotograwe en TV-spanne met die amptelike perspas om die nek – gesigfoto duidelik sigbaar vir die sekuriteitsmense – ná die vertoning by die onthaal in die Salon Privé toegelaat sal word.

In dieselfde e-pos is bevestig dat die volgende BBP's na die première genooi is –

Hulle teenwoordigheid sal later bevestig word: Bonnie Lee, ster van *The Dancer*, en saam met Nicole Kidman welwillendheidsambassadeur van UNIFEM, Angelina Jolie en Giorgio Armani van UNHRC, Jet Li van WHO, Christina Aguilera, Drew Barrymore, Penélope Cruz en Sean Penn van WFP, David Beckham, Orlando Bloom, Jackie Chan, Susan Sarandon en Danny Glover van UNICEF. En eggenote van internasionale diplomate wat die VN-funksie oor die Somaliese vlugtelingkrisis in Brussel bywoon.

Terwyl Sajida haar perspas afhaal, stap Faisal na die Markt. In Breidel kry hy die Bloemenboetiek. Hy soek dertig tulpe van gemengde kleure uit, koop ook 'n reghoekige blommemandjie van gevlegte biesies en 'n droë oasis van fenolskuim so groot soos 'n baksteen.

Terwyl die nat stingels van sy tulpe toegedraai word, bekyk hy die ander snuisterye en besluit op nóg 'n kopie: 'n pienk pet, op die tuit 'n fleurige embleem in poeierblou geborduur, saam met die logo: *Zeg het met bloemen.*

## 51.

Dit was 'n goeie besluit om Brugge toe te kom, dink Ella. Was dit nie vir haar obsessie met Abel Lotz nie, sou sy nóóit in hierdie stad vasgevang in die Middeleeue uitgekom het nie. Sou sy ook nooit die kans gehad het om Hollywood-aktrises van aangesig en lyf te beskou nie, hulle af te neem, een se handtekening te vra. (Ja, en daarvoor moet sy nog 'n tydskrif gaan koop met 'n voorbladfoto van Bonnie Lee.)

Van Rik Coppens se kantoor af slenter sy deur die strate op haar roete terug na Katelijne, verby die Onze-Lieve-Vrouw. Hier steek sy vas, besluit om tóg die wyksinspekteur se advies te volg. Dis net ná vyf die middag en die kerk sluit sesuur, sien sy by die deur. Dan kan sy teruggaan, 'n tydskrif koop, gaan stort en rustig lê en lees.

Sy kom kort voor ses uit die Sakramentskapel waar sy Michelangelo se beeld bewonder het. Sy is traag om uit te gaan, was nog nie eens in die kerk se museum nie, maar almal begin deur toe beweeg. Behalwe een, en sy moet vir hom opsy staan, kom kop onderstebo en stroomop binne, sien niemand raak nie, stap doelgerig, nie die geslenter van 'n verdwaalde toeris nie. Slaprandhoed, bril met amber lense, plastieksak in die hand swaaiend langs sy been.

Sy kyk hom agterna, die vreemde skepsel, en regtig nie aantreklik nie.

Dêm, dink sy, dis nie hoe sy grootgemaak is nie. Haar ma het gesê jy dink nooit sleg van iemand se voorkoms nie, hy kan dit nie verhelp nie, dis soos God hom geskape het.

355

In Parys het sy saam met Archie en Kaja die Notre-Dame-katedraal besoek, en sy kon nie help om oor die kerk se beroemde boggelrug te wonder nie. Hierdie een het nie 'n boggel nie, net smal skouers, effe vooroor geboë, die postuur soos 'n vet peer, vinnige tred op kort bene. Die Onze-Lieve-Vrouw se eie Quasimodo, groteske gesig met edel hart?

Sy stap uit, druk die rooi mus terug oor haar hare, gaan koop 'n wegneemkoffie. In die tydskrifrak kry sy een met 'n mooi gesigfoto van Bonnie Lee, 'n nabyskoot waarop sy so half oor haar kaal skouer loer, die swaantatoe duidelik sigbaar. Ja, dink Ella, sy sal haar vra om op die skouer te teken, spesiaal vir Stallie, so behep met hierdie aktrise.

Maar toe sy in haar kamer kom, tref die blits uit die bloute haar. Sy gaan sit op die rand van die bed, die beeld in haar kop so duidelik asof op 'n foto:

Haar laaste besoek aan Abel Lotz se vervalle huis in Doradopark, die middag toe Abel vir Fred Lange met 'n tou om sy nek van 'n dakbalk laat hang het. Sy gesels met Abel, verskuil in die donker gat in die plafon waar sy teleskoop vroeër gekry is. Sy kan hom nie sien nie, maar sy herken onmiddellik sy stem, effe galmend in die dakruimte. Hy sê as sy Fred se lewe wil red, moet sy onder in die kombuis gaan wag.

Deur die vergeelde kantgordyn voor die kombuisvenster sien sy Abel haastig oor die werf wegstap, voor sy terugstorm boontoe om die tou om Fred se nek los te sny.

En dis daardie beeld wat sy nou voor haar geestesoog sien: die kort tred van die dik dye en vet boude en ronde heupe. Sy het geleer dat elke mens 'n unieke tred het, byna so eiesoortig as sy vingerafdrukke.

'n Halfuur gelede in die kerk . . . dit was dieselfde postuur en dieselfde tred, daarop sal sy haar huis verwed. Maar dit was nie Abel se gesig soos sy dit onthou nie. Is dít hoekom haar intuïsie haar momenteel in die steek gelaat het?

Dis die gesig wat haar mislei het, wat nie pas by die liggaamsbou en tred wat sy onthou nie. Sy gesig sal sy nóóit vergeet nie, dis ingeëts in haar brein ná daardie verskriklike nag in sy kombuis. Plat neus, hangwange, bakore, gebrek aan 'n ken – dis soos sy hom vir die identikit beskryf het. Met 'n lui oog.

Die man flussies in die kerk se neus is skeef gepunt, met 'n groot, prominente ken. En 'n bril op, sy kon nie 'n lui oog raaksien nie. Maar sy weet uit die inligting wat inspekteur Kadende van Bujumbura verskaf het dat Abel die gesig van 'n dokter Lippens afgeskeur het – 'n kosmetiese chirurg. En dis of daar nog iets is wat sy nou vergeet.

Sy het 'n onrustige nag, wens sy kon die beelde van die man in die kerk in vertraagde aksie sien. Want nadat sy Jake Diamond se laaste oomblikke byna raam vir raam meegemaak het, besef sy nou alte goed dat mens jouself soms moet inspan om werklik te sien wat reg voor jou oë gebeur. Jy moet mooi kyk na wat jy sien, en eers in stadige aksie merk jy dinge wat jy gewoonlik miskyk.

Een ding wat sy nié misgekyk het nie, is die plastieksak in sy hand en die skroefbeker van 'n termosfles wat sy sien uitsteek het. En die personeel het hom herken, het hom nie voorgekeer toe hy sluitingstyd inkom nie. Hoekom nie? Omdat hy kom werk het, sy koffie en moontlik 'n kosblik saamgebring het. Hy moet 'n skoonmaker of nagwag wees, wie anders kom werk nagskof in 'n verlate kerk?

Vrydagmôre is sy vroeg op, wonder hoe sy die dag tot sesuur vanaand verwyl gaan kry, haar fokus nou op Abel . . . Nee, nie Abel nie – nog nie. Die nagskofwerker in die kerk.

Sy besoek museums, gaan wandel langs Minnewater se meer, by die Begijnhofklooster, neem 'n bootvaart op die kanale, neem 'n rit op 'n perdekar deur die strate. Besoek die sjokoladefabriek, koop Belgiese kant vir haar ma en Mara.

Net ná vyf stap sy weer by die Onze-Lieve-Vrouw in. Sy dwaal vir 'n halfuur rond. Gaan sit dan agter in die hoofskip op 'n stoel naby die ou preekstoel, hou die ingang dop.

Net voor ses kom hy in, weer die plastieksak met die termosfles in sy hand. Sy bestudeer aandagtig die tred en gesig in profiel by haar verby.

Dêm, dis nie hy nie, dis nie Abel se oorbekende gesig nie. Maar dis sy lyf, sy tred.

Hy verdwyn in die suidelike kooromgang en sy staan op en gaan sê vir 'n kerkgids: "Die man daar, die een wat nou net ingekom het, hy lyk vir my so bekend . . ."

"Die poetser lyk vir jou bekend?"

"Kan ek vinnig teruggaan en hom iets vra? Of hy . . . uhm . . ."

"Dis al ná ses, jy kan hom môreaand vra."

"Tot hoe laat werk hy?"

"Sesuur môreoggend. Kom, ek moet toemaak, almal is al uit."

Terug in die gastehuis wonder sy of sy die wyksinspekteur by sy huis moet pla, die telefoongids oop op haar skoot: *Coppens, R.L., Spanjaardstraat.*

Vermoed sy reaksie sal wees: "En jy het sy identiteit bo alle twyfel bevestig? Indien wel, maak dit jou saak baie sterk. Laat jou bevelvoerder dit insluit in sy motivering aan Interpol – as jy honderd persent seker is dis hy."

Sy maak die gids toe, stel die radiowekker vir Saterdagoggend vyfuur. Om seker te maak.

## 52. Saterdag: Abel

Die oggend ná sy nagskof klim Abel in sy ateljeehuis in Boterhuis in die bed. Hy slaap vir vyf uur, soos sy gewoonte is wanneer hy nie ander dringende sake het wat eers sy aandag vereis nie. Teen halftwaalf is hy op, sy ablusies afgehandel, sy wange glad geskeer. Hy bestudeer die inhoud van sy outydse hangkas. Hy kon destyds in Johannesburg altyd deur 'n ring getrek word, gesteld op die indruk wat hy op besoekers aan sy galery maak. Nooit 'n fat nie, sy klere selfs oudmodies, maar altyd skoon en gestryk by die wassery. Wie wil iets koop van 'n slonsige galeryeienaar? En soggens vroeg, elke dag, het hy sélf die mat in sy galery uitgesuig, al die maskers afgestof, die artefakte op die podiums gepoets, die sagte beligting vir die regte fokus op 'n oudheid gestel, die regte volume gestem vir die strelende vioolmusiek op die agtergrond.

Maar dis lank terug en hy weet dat hy hom sedertdien, op sy vlugtog voor adjudant Neser, verwaarloos het. Nie meer so sekuur met die skeermes nie, nie meer so presentabel geklee nie. Hy besluit om vir vanaand se ongewone sosiale okkasie moeite te doen met sy voorkoms. Broeke en hemde het hy genoeg, en twee rafelende ou truie en die windjekker wat hy elke dag dra, met 'n geruite serp om sy keel warm te hou. Hy het ook nog die ou das met die ligblou paisleyontwerp, was sy pa s'n. Abel se begrafnisdas; het dit gedra op die dubbele begrafnis van sy pa en broer nadat hulle brandewyn gemeng met vriesweermiddel ingekry het. Ook op ouma Hannie se begrafnis, en later op die begrafnis van sy moeder. Dis al das wat hy het, en dis 'n goeie das, g'n nodigheid vir 'n nuwe een nie.

Hy sit sy bril en hoed op en stap met die trappe af, sluit die deur oop, besluit hy moet 'n tapslot aan die deur laat sit, van die soort wat self toesluit wanneer jy die deur toetrek. Dan sal dit nie nodig wees om elke keer 'n sleutel in hierdie ou slot te draai vir oop- én toesluit nie. Hy het al die deur toegetrek en vergeet om te sluit. Gelukkig nie veel om te steel nie, sy kosbaarste besittings is sy masker en versameling Paganini-CD's, en watter inbreker sal Idia of Paganini wil steel? Of kokonne van gips?

Ja, en sy skootrekenaar met al sy astronomiese aantekeninge, dit sal groot skade wees.

Hy stap in Boterhuis uit na Naalden, merk die vrou oorkant die straat by die kar, handsak op die dak neergesit, sukkel om die deur oop te kry. Hy steur hom nie aan haar nie, dink aan die baadjie wat hy wil koop.

In 'n winkel in Steen besluit hy op 'n kaneelkleurige ferweelbaadjie. Hy koop ook 'n grys pet van tweed teen die aandlug wat begin byt aan sy bleswordende kopvel. Die slaphoed is geskik vir straatwandelings en sy werk in die kerk, maar nie vir 'n deftige première nie. Hy pas die pet aan, beskou homself in die spieël, trek-trek aan die rand vir die korrekte helling.

Hy staar na homself, vergeet momenteel van die pet en dink aan die vrou vanoggend oorkant die kerk toe hy uitgekom het. Hy het gewonder oor 'n vrou so vroeg alleen op straat terwyl ander toeriste nog slaap, selfs die Bruggelinge. 'n Snesie voor haar gesig, rooi tosselmus op die kop. Ses uur later wéér 'n vrou, loerend oor die dak van 'n kar na Boterhuis se ingang.

Of verbeel hy hom? Hierdie een sonder 'n mus, kon haar gesig nie sien nie, wel kort swart hare.

Hy raak paranoïes, besluit hy. Geen rede hoekom die Belgiese polisie hom sal dophou nie. Maar hy sal sy oë oophou. As hy haar wéér sien, sal hy weet.

Die res van die Saterdagmiddag sit hy voor sy skootrekenaar en werk aan sy aantekeninge oor diepruimtelike nebulas, die interstellêre gaswolke waarin sterre gebore word. Soos die Arendnebula se Suile van Skepping in die konstellasie Serpens. Hy het gedink Sofie se arendtatoeëring sal 'n voortreflike omslag vir die nebulajoernaal van sy *Kosmiese Reise* wees. Maar nou twyfel hy. Cheseaux het die Arendnebula al in 1745 ontdek. En daar is nog nebulas: Mier, Katoog, Boemerang, Krap, Perdekop, Pelikaan, Roset, selfs die Tarantula-nebula.

Destyds in Doradopark het hy deur sy eie teleskoop 'n newel-vlek in die suidelike konstellasie Musca opgemerk wat steeds by hom bly spook. Tydens sy hersteltyd in die Sleep Inn het hy dik-wels ingedagte met sy pen op los velle papier gesit en krabbel, selfs net stippels getik. Ook sommer op die bladsye van die koerante wat hy gesit en lees het. En toe sy oog later die stippels vang, het hy iets raakgesien, 'n onbewustelike gedagte wat sy tikkende hand moes gelei het. Hy het dit aandagtig bestudeer en dit met die viltpunt van 'n koki op 'n skoon vel papier oorgetik soos 'n pointillis. En in die newelvlek die vorm van 'n swaan herken. Geen Swaannebula is nog aangeteken sedert die Persiër Abd al-Rahman al-Sufi in die jaar 964 die eerste nebula in die Andromedagalaksie beskryf het nie.

Vieruur die middag skakel Abel sy rekenaar af, plaas oorfone oor sy kop en luister na Paganini terwyl hy diep oor die swaan peins. Hy weet waar hy een kan kry, en vanaand al: op die skouer-blad van die vrou wat dit op TV haar lankhals genoem het.

Hy sit byna twee uur in sy leunstoel versonke. Net voor ses ont-waak hy, haal die oorfone af en begin aantrek vir die première. Hy en Ignaz het afgespreek om mekaar halfsewe voor die Lumière te kry. Die veiligheidsmaatreëls vereis dat die publiek om sewe-uur op hulle plekke in die teater moet sit. Dan word die deure gesluit, geen toegang vir laatkommers nie. Die BBP's en eregaste word buite op die rooi tapyt ontvang en na hulle plekke begelei.

Deftig in sy nuwe baadjie en pet, paisleydas om die nek, maak hy sy voordeur oop. Sy selfoon lui toe hy uitstap.

Antoon sê: "Pla ek, is jy by die huis? Pastoor Blondeel het my pas gebel."

"Pastoor Blondeel?" Hy het tog duidelik vir Antoon gesê dat hy nie vannag kan werk nie, dat hy by die première is. "Dis reg, ja. Hy vra dat jy môreaand van ses tot agt die noordelike kooromgang van die Onze-Lieve-Vrouw moet vermy, die biegstoel is bespreek vir 'n ongewone konfessie."

Antoon bly stil, asof hy vir 'n reaksie wag, sê dan: "'n Voëltjie fluister die naam van 'n beroemde aktrise wat wil gaan bieg."

"Goed," sê Abel.

"Jy's nie nuuskierig nie, wil nie weet wie sy is nie?"

"Dis nie my saak nie."

"O." Weer 'n kort stilte. "Wat ek eintlik wil sê: bly weg van die omgewing van die biegstoel. Pastoor Blondeel sê daar is baie op die spel, ook in monetêre terme vir broodnodige restourasiewerk aan byvoorbeeld van die beelde, Pepers se twee Adorantenengelen en..."

"Ek het dit so, Antoon. Ek sal van die biegstoel wegbly."

Natuurlik weet Abel wie die aktrise is wat wil gaan bieg: die een met die swaan op die blad wat so te koop loop met haar Brugse afstamming.

Hy stap teater toe en dink: As Antoon net vroeër gebel het. Moes hom nooit laat ompraat het om die première by te woon nie, haat sosiale omgang, raak benoud van al die stemme en lywe om hom. Hy sou dit baie meer geniet het om nou alleen in sy kerk te wees, nie verdruk en vertrap deur 'n spul mense nie. En dit sou veral nie nodig gewees het om sy kop te breek oor die risiko's om die aktrise en haar swaan te midde van al die aandag vir homself op te eis nie.

Môreaand, by die private konfessie, sal daar geen aandag op haar wees nie – behalwe die priester s'n.

Sofie sien hom eerste en haak by hom in. Hy voel haar warm lyf teen hom, die geskuur van haar sagte heup teen syne. Met haar ander arm by Ignaz s'n ingehaak, stap hulle na die teater om hulle plekke te gaan inneem.

By die deur kyk Abel na links, asof 'n magneet sy blik aantrek.

En hy sien haar. Sy staan voor tussen die joernaliste, skaars vyftien tree van hom af, en hy herken haar gesig, sal dit nooit vergeet nie.

Adjudant Neser!

Hulle oë ontmoet vlugtig, voor albei wegkyk.

Hy voel geskud, sy brein ineens ongeanker in sy skedel.

Wat soek sy hier?

Hulle kan hom net nie uitlos nie, bly soos hiënas op sy spoor.

Nou die borreling in sy maag, soos water wat begin kook, die woede wat oplaai.

## 53. Bonnie Lee

Sy het gebad en die haarkapper is weg, die manikuris en grimeerder, en sy het die silweroorringe aangesit en die bypassende halssnoer met die blou steen, 'n geskenk van Glenn toe sy die Oscar gewen het.

Nadat almal uit is, het Poochie die protokol vir die aand 'n laaste keer saam met haar deurgegaan, en nou is Bonnie uiteindelik alleen in die Maria-suite. Sy sit in haar roomkleurige satynjapon by die telefoon en presies vyfuur bel sy, versigtig om nie die vars naelpolitoer te beskadig nie. Glenn behoort al uit die bed te wees, dis agtuur die oggend in Los Angeles.

"Jy's oral hier op TV," sê hy. "Hulle sê jou toespraak gister in Brussel het die harte geroer. Bedoel jy dit?"

"Bedoel ek wat?"

"Dat jy Kenia toe wil gaan, daardie Dadaab-kamp wil gaan besoek?"

"Natuurlik bedoel ek dit, ons't mos daaroor gepraat. Miskien 'n Somaliese wesie vir aanneming gaan soek. Dis goeie publisiteit."

Hy vra nie vir wie dit goeie publisiteit is nie. "Ek weet nie of ek tyd sal hê vir saamgaan nie. Ons is agter met die verfilming, die begroting is oorskry, die vervaardigers is in 'n toestand. Maar hulle hou van my improvisasie, Ethan Edwards se hardegat-leuse . . ."

Ja, sy weet: A man's gotta do what a man's fuckin' gotta do.

"Dis oukei, Glenn. Ons kan gesels as ek Dinsdag terug is."

"Jy kom eers Dinsdag terug?"

"Kan jy nie die reëlings onthou nie?"

"Uhm . . . het jy al gaan rondkyk?"

"Ons't eers vanoggend hier aangekom, wanneer moes ek gaan rondkyk? Ons gaan môre, ek gaan na die Belfort toe, wil sien waar Leopold Leemans die klokke bespeel het. En Pooch het vir my 'n private konfessie in 'n ou kerk gereël."

"Konfessie? Oor wat wil jy bieg?"

"Luister, Glenn, Pooch kom my netnou haal, ek moet begin aantrek."

Sy kyk tevrede na haar spieëlbeeld toe sy klaar is: die elegante Marchesa met die lang, slanke silhoeët, en vir haar kaal skouers en oop rug die faux pelssjaal wat herinner aan 'n Siberiese silwervos.

Net vyf minute se stap van die Kempinski na die Lumière, maar Hollywoodse BBP's stap nie, sê Pooch, hulle word aangery in blink swart karre vir 'n weidse aankoms, palmtakke voor hulle voete, as't ware. (Die strate is te smal vir limo's.)

Polisiekarre met flitsende ligte en barrikades met neonchevrons blokkeer die toegangstrate na Sint Jakobs. Hulle laat net karre met die BBP-plakker teen die voorruit deur, op 'n slakkepas tussen die voetverkeer in die straat sonder sypaadjies.

Agter in die kar sê Poochie langs haar: "Almal wil jóú sien."

"Die rok is nie te kaal nie, nè, Pooch?"

Hy skud sy kop. "Binne sal dit warm wees."

"Dis nie wat ek bedoel nie, ek kry nie koud nie. Ek bedoel kaal, so met die oop skouers en rug sonder bra."

"Jy wou jou swaan uitstal, dan nie? Hier's ons," sê hy toe die drywer voor die poort na Boterhuis stilhou, sy beurt afwag vir die kar voor hulle om eers sý BBP aan die rooi tapyt te besorg.

Haar oë vee oor die samedromming voor die teater, die plaat van nuuskierige, afwagtende gesigte onder die skerp wit ligte van die TV-kameras. Aan die fasade die kleurryke neons wat *The Dancer* flikker, en háár naam.

## 54. Sajida

Vandat sy die oggend opstaan, hou Sajida haar besig met die lees van die ayats en suras uit die Koran wat in daardie tien dae van intense purgering aan haar voorgeskryf is. Nie net om van haar 'n beter vrou te maak nie, maar ook 'n beter gelowige – rein van sondes en onheilige gedagtes, gesuiwer en gereed vir haar opvaart na die Paradys.

Sy resiteer die verse met sagte dreunsang soos die molla haar geleer het, aan die hand van vaste reëls vir uitspraak, intonasie en sesuur. Sy wy haar met oorgawe en totale konsentrasie aan hierdie taak, wil nie dat haar gedagtes opnuut hulle eie loop neem nie. Wil nie meer dink aan haar lewe as kind in Kanigoram nie, wil nie meer wonder oor haar ma alleen daar nie, wil nie onthou van haar en Nida se lawwighede nie. Sy ban alles uit haar kop en hou die sagte, enkele toonhoogte vol vir elke melodiese passasie.

Sy weet, sonder dat Faisal dit vir haar hoef te sê, dat die dag van haar aardse verlossing aangebreek het, haar martelaarskap vir die Saak waarvoor sy so deeglik voorberei is. Selfs Tariq ontstel haar nie meer nie; sy is nou verhewe bo hom en hy kan niks meer aan haar doen nie, kan haar nie meer misbruik en seermaak en besmet laat voel nie. Tariq is 'n nietige wurm en sy sou hom graag persoonlik aan die diepste put van die hel wou besorg, aan die vlamme en verdoemenis van jahannam, voor sy op die wieke van die groen voëls opvaar na die saligheid van jannah.

Vir middagete, haar laaste, bederf Faisal haar met hoenderboudjies en kerrierys en groente, agterna vrugteslaai met roomys en 'n energiekoeldrank. Al etende resiteer sy die verse in haar kop. Ook die res van die middag bring sy met gebed en dreun-sang deur.

Tot die ligte klop aan haar deur en Faisal se stem: "Dis vyfuur, Sajida, tyd om aan te trek. Roep as jy gereed is."

Sy gaan stort en was haar hare, borsel dit uit en blaas dit droog. Dan trek sy die lang swart romp en 'n T-hemp aan, oor die T-hemp die denimonderbaadjie. Sy maak die deur oop en sê in die gang af: "Faisal . . ."

Sy druk die MP3 se oorfone in haar ore, skakel dit aan en luister na opnames van die Pashtun-sanger Awalmir wat verwerkings sing van die sewentiende-eeuse volksgedigte van Khushal Khan Khattak en Rhaman Baba, liriese uitbeeldings van ou Pashtunse heldedade, en van die pyn van verlies en skeiding en liefde en dood. Die sang word afgewissel deur molla Burki se voordragstem van ayats en suras.

Agter Faisal kom Jamil met 'n skinkbord by haar kamer in. Op die skinkbord is vier plat wasblokke. Sy staan regop en sluit haar oë en verplaas haarself na 'n ander wêreld, die wêreld van haar mense, die magtige berge en valleie, die vegterdigter Khushal wat liries raak oor jong Afridi-vroue en Awalmir wat sing: "Fraai en blosend, die maagde van Adam Khel, hulle hare so blink, hulle vel so sag, o so delikaat die voete en slanke enkels, manjifiek die rondings van hul heupe en die volheid van hul borste . . ."

Sy voel hoe Jamil, sy reuk suur in haar neus, eers een, dan die tweede wasblok in die sakke aan die rugkant van die onderbaadjie inskuif. Dan twee in die voorste binnesakke onder haar borste, daaraan druk-druk tot hy tevrede is.

Dis lig, sy voel dit skaars; elkeen omtrent 500 gram, het Faisal gesê.

Eers toe Jamil die papiersakke met koeëllaers, skroewe en spykers in die sakke van die onderbaadjie begin druk, voel sy die gewig, die remming van die onderbaadjie aan haar skouers. Maar sy is gewoond daaraan en sy dwing haar gedagtes terug na Awalmir wat sing oor Khushal wat in 1672 die Pashtun-opstand teen die Mogol-oorheersers gelei het: "Soeter vir hom dan enige lewe, is die dood; so blom die roos, so begin dit kwyn, so kort sy lewe, so tydelik myn; vir die hoogste strewe, kies ek dood bo lewe ..."

Nou druk Jamil die slagdoppe in die wasblokke in, herlei die drade van agter om haar middel, koppel dit saam met die voorste drade aan die battery se pole in die sak aan die soom van die onderbaadjie. Sy voel hoe hy die velcrorepe oor die sakke heg en die baadjie stewig om haar middellyf vastrek.

Hy tik haar op die skouer. Sy maak haar oë oop, trek een van die oorfone uit.

"Hoe pas dit?" vra hy. "Te styf?"

Sy skud haar kop.

"Nie te swaar nie?"

Sy skud haar kop.

Faisal sê: "Jy kan nou die bloes aantrek."

Dis van ligblou sy, borduurwerk om die kraag, versier met blinkers, 'n nommer te groot om die onderbaadjie te bedek. Booor trek sy 'n gebreide heupjas aan met 'n enkele groot knoop wat sy oor haar maag vasmaak. Die jas het sakke vir haar hande.

Jamil buk voor haar, vroetel onder die jas en bloes in en sê: "Jy's regshandig, nè? Steek jou regterhand in die sak."

Die sak het 'n gat in en sy voel Jamil se vingers en hy druk die skakelaar in haar hand.

"Die skakelaar het twee verstellings. Gebruik jou duim, druk dit."

"Druk dit?" sê sy.

"Ja, druk dit, toets die twee verstellings. Niks sal gebeur nie, die skakelaar is nog nie aan die battery gekoppel nie."

Sy druk, voel hoe die skakelaar in die eerste posisie inwig, druk weer, voel die tweede en finale posisie.

"Het jy dit?"

Sy knik.

"Bly oefen, in die kar op pad."

Jamil kom orent, sê vir Faisal: "Sy's reg."

Faisal hang die gelamineerde mediapermit aan die lang koord om haar nek. "Oukei, laat ons ry. Waar's die blomme?"

Sy sit voor langs Faisal met die mandjie op haar skoot, die dertig tulpe dig en informeel gerangskik, stingels in die groen oasis, steeds droog.

Die rit van Zeebrugge af duur twintig minute, nog tien minute op soek na parkeerplek voor Faisal in Naalden 'n gaping vir die Hyundai kry. Tariq en Aziz klim uit en verdwyn straataf.

Faisal beduie Sajida na die smal Boterhuissteeg. "Daar, dis kortpad na die Lumière toe. Jy's op jou eie. Ons sal omloop, voor by die ingang tussen die mense insmelt en wag."

Voor sy by die steeg indraai, hurk Jamil vinnig voor haar, sy vroetelende vingers onder haar jas om die skakelaar se drade aan die batterypool te koppel.

"Wanneer die tyd reg is, by die onthaal in die Salon Privé, druk die eerste posisie, tel tot tien, druk die tweede posisie. Jy het dit?"

Sy knik.

Jamil stap in die donker straat weg in die rigting van die samedromming van mense in Sint Jakobs.

Nou is Faisal voor haar. Hy hang die silwerhalssnoer met die glaspendant om haar nek. "Jy weet wat om te doen as daar 'n probleem is?"

"Ja," sê sy sag.

Hy sit sy arms om haar en druk haar vlugtig vas, kus haar op albei wange en sê: "Allahu Akbar."

Sy antwoord: "Allahu Akbar." Dan draai sy om en stap weg.

## 55. Ella

Toegewikkel in jas en serp, mus op die kop, handskoenhande in die jas se sakke, wag sy Saterdagoggend kwart voor ses in die skemer Mariastraat. Oorkant is die massiewe klipstruktuur van die ou kerk op die hoek van Maria en Gruuthuse. Sy hou die deur dop, om haar die eerste vroegoggendbedrywigheid van afleweraars en skoonmakers. 'n Kar kom aan, draai in 'n systraat agter die kerk in.

Sy wag, skrik vir die galmende klokslag, kyk op na die vierkantige toring, glo die hoogste baksteentoring in Europa, tel die ses slae, kyk op haar horlosie, loer na die deur oorkant die straat.

Die deur bly toe.

Vyf minute oor ses, niemand kom uit nie.

Dan verskyn dieselfde kar van agter die kerk en ry weg, en haar oog vang die figuur wat nou ook uit die systraat kom, hande in sy jekker se sakke, plastieksak swaaiend aan die vou van sy elmboog. Hy kom oor die straat in haar rigting aangestap en sy haal 'n snesie uit en draai haar kop weg, hande voor haar gesig totdat hy agter haar verdwyn.

Eers nou draai sy om, gee hom 'n voorsprong, begin hom volg in die kort Heilige Geest na die katedraal, 'n kort afstand in Steenstraat voor hy links draai in Kemel. Dis 'n sigsagroete wat hy klaarblyklik goed ken, kyk nie op na die straatname soos sy nie, kyk nie rond nie, sy blik 'n paar meter voor sy voete.

Sy gaan staan 'n slag, neem foto's van sy rug.

In Zilver, Kop, Noordzand, Geldmunt, links in Sint Jakobs, regs in Naalden, links in Boterhuis.

Sy steek vas. Dis 'n smal, donker steeg, verlate sonder ander voetgangers. Kan hom nie daarin volg nie. Sy loer om die hoek, sien hoe hy by 'n deur gaan staan, sleutels uithaal en oopsluit, die deur agter hom toedruk.

Eers toe beweeg sy weer, byna sluipend die steeg in. Beskou die groen deur, die luike voor die onderste vensters, 'n lig wat op die tweede verdieping aangaan en 'n venster agter gordyne verlig. Is dít waar die Nagsluiper van Alberts Farm nou wegkruip?

Sy wil nie te lank vertoef nie, stap aan. Om 'n slap draai in die steeg sien sy die dakpoort voor haar, die deure van die Lumière-teater links voordat Boterhuis 'n ent verder in 'n T by die nou bedrywige Sint Jakobsstraat aansluit.

Hier staan sy 'n oomblik om haar rigting te vind ná al die slingerpaaie wat sy agter hom aangeloop het. Sy kyk oor die dakke en sien die Belfort se kenmerkende toring en kry koers, kan nie in Brugge verdwaal nie.

Wonder opnuut of sy Rik Coppens moet lastig val, hom vertel dat sy die voortvlugtige reeksmoordenaar Abel Lotz opgespoor het.

Dis wat van haar verwag word, kan nie in 'n vreemde juris-diksie vigilante probeer speel nie. So iets kan 'n internasionale insident tot gevolg hê, oortreding van alle polisieprotokol, alle Interpolverdrae; streekkommissaris Pitso wat tien winde sluk.

Maar is sy seker, honderd persent seker dis Abel? Seker genoeg om die wyksinspekteur se lewe te ontwrig op die vooraand van sy dorp se grootste internasionale reklametriomf in jare? Of moet sy, noudat sy weet waar Abel se lêplek is, eers nóg bewyse versamel, dit dan op 'n skinkbord vir Rik Coppens gaan aanbied?

Op die Markt soek sy 'n koffieplek. Soek stérk koffie, nie es-presso so vroeg op 'n nugter maag nie, maar sterk en bitter. Sy sluk aan die koffie en bekyk die foto's wat sy geneem het. Nee, sy moet sy gesig afneem, nie net sy rug en agterkop nie.

Sy dink hy is nou al aan die slaap. Dis wat mense doen wat pas van nagskof af by die huis aankom: hulle klim in die bed en slaap.

Twaalfuur sal sy terug wees by Boterhuis, op hom gaan wag, kyk of sy 'n gesigfoto kan neem.

Sy sit in die bistro en dink: as sy 'n gesigfoto kry, wie het vir Abel gesien nadat hy uit Bujumbura in Suid-Afrika aangekom het om sy ma se Idia-masker te kom haal? Oor dié vraag het sy al dikwels haar kop gebreek in 'n poging om 'n nuwe identikit van hom saamgestel te kry vir Interpol se Groen Nota.

Sy het Fred Lange 'n paar keer daaroor gepols, maar hy is ge-traumatiseer, sê Abel het hom betrek in daardie huis in Dorado-park, het nie sy gesig gesien om hom te kan beskryf nie. Sê hees en verontwaardig: "Buitendien, wie de fok onthou so iets nadat hy aan 'n tou aan sy nek opgehang is, suurstof na sy longe en brein afgesny is, sekondes van breindood af was?"

Kaja het Abel deeglik beskou, sy sal hom kan beskryf. Maar Kaja is onder psigiatriese behandeling, haar geestestoestand is broos. Archie én haar psigiater weier dat sy ondervra word. Ella wil niks doen wat Kaja se herstelproses kan beduiwel nie, maar 'n reeksmoordenaar loop vry, lewens is op die spel.

Die kompromis met Archie is dat hulle sal wag vir die psigiater se toestemming. Dié probeer wel om Kaja sover te kry om haar verskriklike en gewelddadige konfrontasie met Abel te herleef, daaroor te praat. Maar tot dusver blokkeer sy al daardie negatiewe herinneringe en gevoelens.

Die psigiater noem dit "'n normale selfbeskermingsmeganis-me". Hy vra: "As ék haar nie oor Abel Lotz aan die praat kan kry nie, hoe gaan jy dit regkry, adjudant?"

Sy weet nie.

Dit sou, in 'n ideale wêreld, maklik gewees het om 'n gesigfoto uit Brugge na Archie te stuur, hom te vra of hy dit vir Kaja sal wys. Sy hoef net vlugtig te kyk en te knik. Dis ál bevestiging wat Ella soek.

Maar Kaja is die laaste uitweg.

Wie nog? Elkeen anders wat Abel se nuwe gesig gesien het, is dood.

Rabie Saadi! val dit haar by. Sy kan die foto vir Stallie e-pos en hy kan dit vir die hoteleienaar gaan wys. Ja, maar dit sal tyd vat.

Rabie se nommer is op haar selfoon. Sy stuur 'n sms en vra sy e-pos-adres, sê dis dringende polisiebesigheid.

En as Rabie vir meneer Fomalhaut geïdentifiseer het, kan sy vir Rik Coppens sê: Hier's hy, só lyk die reeksmoordenaar wat jy kan ondervra oor twee vermiste vroue in jou wyk. En hier's sy werkplek, hier's sy woonadres. En as jy nie genoeg bewyse teen hom het nie, arresteer hom en oorhandig hom aan my, in boeie, sommer ook aan sy voete, dat ek hom kan terugvat Johannesburg toe. Hom kan aankla van sewe moorde, en waarskynlik ook van tientalle ander oortredings – soos poging tot moord op Fred Lange, ontvoering van sy slagoffers, aanranding van sy slagoffers, vervalsing van reisdokumente, oortredings van immigrasiewette, diefstal van 'n masker, mishandeling van 'n kat . . .

Net een probleem: 'n foto. Sy hét nog geen foto om aan Rabie te stuur nie.


Elfuur is sy terug in die omgewing van Boterhuis. Sy hang rond voor die Café De Republiek in Sint Jakobs om die hoek van die Lumière, bekyk die gewerskaf in die straat: toerusting wat afgelaai word om toegangstrate vir die aand se première af te sluit.

Sy vermy Boterhuis en stap met Sint Jakobs terug tot by die hoek, draai links in Naalden, net honderd tree verder tot by die agterkant van Boterhuis waar hy vroegoggend ingedraai het ná sy nagskof.

Hier talm sy weer, minder voetgangers en verkeer, wat haar meer opsigtelik maak. Nie 'n buurt vir toeriste nie, g'n besiens-waardighede nie. Maar dit is die beste uitsig op die groen deur. Sy sal hom sien, al besluit hy om in die teenoorgestelde rigting koers te kry.

Oorkant Naalden merk sy die gebou van De Belgischse Evan-gelische Zending, besluit dis 'n goeie plek om te gaan rond-hang. Sy stap oor Naalden, druk die rooi mus in haar sak en hou van agter geparkeerde karre elkeen dop wat uit Boterhuis verskyn.

Net ná twaalf herken sy die kort postuur. Hy kyk vlugtig in haar rigting en sy maak of sy met die kardeur sukkel, zoem die lens oor die dak op hom in en klik, klik, klik. Besluit om hom nie weer te volg nie, ingeval hy haar dalk vanoggend al opgemerk het.

Sy wag nog tien minute, om seker te maak dat hy nie terugkom nie. Dan stap sy by Boterhuis in, gaan staan voor die groen deur, aarsel 'n oomblik, klop. Staan tru en wag.

Sy leun oor en klop weer.

Wag 'n oomblik en draai die deurknop.

Nee, dit beweeg nie. Het nie regtig verwag hy sou dit ongesluit laat nie.

Sy bestudeer die ou luike, lyk of hulle aan genade hang aan die ysterskarniere, weggevreet deur roes. Loer op en af in die steeg, probeer die grendel oopknip, voel die weerstand, hoor die sagte gekraak en geknars van ou hout en yster wat jare onversteurd in posisie is.

'n Bietjie meer krag en die grendel is los; roes sif fyn oor die keistene voor haar voete. Sy trek een van die luike oop, versigtig, bang die hele ding breek los en val.

Net op 'n skreef oop en sy loer in, geen gordyne voor die skuifraamvenster nie. Maar sy kan skaars binne sien, die hele vertrek is in diep skemering. Sy gee haar oë kans om aan die donkerte gewoond te raak, haar handpalms weerskante van haar gesig teen die ruit geskulp.

Al wat sy kan uitmaak, is 'n kaal vertrek, en trappe na die tweede verdieping. Sy het gehoop sy kan deur die ruit 'n foto van die binnekant neem, iets inkriminerends op film vaslê – soos gelooide velle. Maar sy sien niks nie, druk weer die luik toe, die grendel op knip.

Nou is sy haastig om weg te kom, wonder wanneer Rabie vir haar sy e-pos-adres gaan stuur.

Voel ook ligweg paniekerig oor klere; sy kan nie met jeans, T-hemp en tekkies by 'n première opdaag nie, veral nie as gesekondeerde lid van 'n BBP-wagkorps nie.

Sy vaar die winkels in en kyk sidderend toe hoe gulsige geldlaaie haar kosbare euro's insluk. Stap uiteindelik terug gastehuis toe met in 'n Leeloo-sak 'n swart slenterbroek met fyn plooie, "chic in de chino-stijl", dié kan sy later darem werk toe dra; in 'n Didisak 'n wit katoenbloes met valle, ook veeldoelig; in 'n Mango-sak ballerinaskoene van sagte suède met minihakke. Dit kan sy aantrek as Stallie haar weer saamnooi na sy Pink Flower-klub, en dit sal hy verseker doen wanneer hy die foto en handtekening van sy gunstelingaktrise kry.

In haar kamer hang sy die broek en bloes op en trek oefenklere aan om haar moerigheid te gaan uitdraf oor dié onbegrote uitgawes. Skrik toe sy musiek hoor, kan sweer dis die akkoorde van R. Kelly se "I Believe I Can Fly", besef dis haar sel se luitoon.

Die beller se nommer is geblokkeer, sy sê: "Hallo?"

"Adjudant Neser?"

"Ja."

"Dis Rabie. Jy oorsee? Al die vreemde kodes voor jou nommer?"

"Ja, Rabie. Ek soek net jou e-pos-adres, jy kon dit sommer geteks het."

"Hoekom?"

"Ek wil vir jou 'n foto stuur wat jy moet eien. Kyk of dit meneer Fomalhaut is, die man wat Mitzi afgeslag het."

"Stuur dit. Is hy ook oorsee?"

"Dit weet ek nog nie, dis hoekom ek wil hê jy moet na die foto kyk. Ek gaan stuur dit nou van 'n internetkafee af, wat's jou adres?"

"Internetkafee?" Rabie klink verbaas. "Stuur dit met jou foon, adjudant, het jy nie 'n slimfoon nie?"

Sy krap die adres op 'n stukkie papier neer, trek haar jas oor haar drafklere aan om 'n internetkafee te gaan soek. Besluit om in die nuwe jaar streekkommissaris Pitso te gaan konfronteer oor slimfone vir sy speurders.

Teen vyfuur is sy terug, sonder draf, begin onttrekkingsimptome kry weens te min oefening. Sy stort en was hare. Al is haar kort hare van die drupdroogsoort, gebruik sy tog die gastehuis se haardroër vir bietjie meer volheid en bons. Sy verwyder die skilferende lak aan haar toonnaels en vingers, ondersoek die inhoud van haar smuksak en gaan sit in haar onderklere op die bed, wattepluise tussen haar tone, om nuwe naellak aan te wend.

'n Veeg oogskaduwee, 'n titsel blos, 'n proesel lipstif, 'n spuit eau de toilette aan haar borsgleuf en polse, en in haar nuwe klere is sy reg vir die spieël se finale oordeel. Vingers 'n laaste keer deur haar hare, en die spieël sê: Nie te sleg nie.

Sy wonder wat van Rabie geword het, hoe lank hy haar gaan laat wag.

Sy maak seker haar selfoon is aan, die mik-en-druk in haar sak vir die Hollywood-foto's, en trek haar jas en staptekkies aan. Met die ballerinaskoene in haar skouersak vat sy die pad.

In Sint Jakobs verruil sy die tekkies vir die nuwe skoene, maak seker die akkreditasiepas om haar nek is sigbaar en wurm haar deur die skare in die rigting van die touversperring langs die rooi tapyt.

Sy wuif toe sy Rik Coppens opmerk. Hy fluister iets aan twee polisiemanne langs hom en hulle kom druk vir haar 'n pad oop na die ingang van die teater, na die area wat vir die media gereserveer is.

"Dis 'n sirkus," sê Rik.

Is dit goedkeuring wat sy opmerk in die oë wat haar vlugtig betrag? Moet wees, 'n spieël lieg nooit. Al sien sy nie sulke blikke in die speurkantoor in Johannesburg nie. Dalk probeer sy daar te hard om een van die manne te wees. Dis dalk tyd dat sy meer vrou word in daardie manswêreld, 'n slag in iets anders as 'n langbroek by die werk opdaag. Die geharde moord-en-roof-manne sal seker van hulle stoele afval as hulle haar in 'n rok of romp sien.

"Wat's my werk hier?" vra sy, wil byvoeg: Behalwe om te staan en mooi lyk in my valletjiesbloes en balletskoene.

"Jy staan net hier," sê Rik, "dis die beste wat ek kon doen. Jy help kyk dat die joernaliste en fotograwe agter hulle tou bly, nie 'n oorlas van hulleself maak nie. Dit oukei?"

"En elkeen wat oor die tou trap, kry 'n kopskoot."

Hy grinnik. "Liewer in die knieskyf. Luister, Ella, my vrou is al binne, ek moet ingaan, sewe-uur maak die deure vir die publiek toe. Sien jou ná die fliek by die BBP-onthaal. Onthou, in die Salon Privé kan jy foto's neem en haar handtekening vra."

Hy verdwyn by die teater in en sy betrag die afwagtende gesigte van die fliekgangers wat verbystap. Die vroue is opgetof, hulle mans afgestof vir dié glansende okkasie. Soos daardie mooi blondine tussen die twee ouer mans wat nie een danig tuis lyk by 'n rooitapytmakietie nie.

Maar is een van die mans dan nie . . .

Já, dis hy, dis meneer Bouts daar langs die blondine. En die ander een, die korte met die pet en bril links van haar, met die groot ken en paisleydas . . .

Hy draai sy gesig na Ella asof hy haar gedagtes kan lees, sy oë verskuil agter die amber brillense, net die punt van sy tong 'n oomblik flikkerend tussen sy lippe voor hy weer voor hom kyk.

Dis hy!

Sy staar hom agterna, die koddige postuur, die gesig wat sy vir Rabie Saadie gestuur het.

Hoekom bel hy nie?

Maar ten minste weet sy nou waar Abel hom die volgende twee uur sal bevind. Genoeg tyd vir Rabie om terug te bel en haar vermoede te bevestig.

Behalwe dat Abel nie laat blyk het dat hy háár herken nie.

Met die laaste fliekgangers binne is daar 'n soort verposing, 'n windstilte voor die storm waarop almal wag: die aankoms van die BBP's.

Voor Ella lig die fotograwe hulle kameras op. Sy grou in haar

sak vir haar mik-en-druk toe die eerste swart kar aankom en stil-
hou. 'n Portier in 'n maroen baadjie met goue omboorsel maak
die kardeur oop en 'n slanke enkel verskyn om die rooi tapyt met
'n Jimmy Choo te vereer.

Die kameraflitse begin afgaan, en voor teen die tou neem Ella
ook twee foto's en wonder: wie is dit?

Die tweede kar hou stil. Dié slag klim 'n man uit, Oosterse
trekke. Is dit Jet Li? Dalk Jackie Chan? Klik, klik.

Sy bestudeer die joernaliste se gesigte. Dog joernaliste is siniese
skepsels, of gee voor hulle is sinies, aan alles gewoond. Maar op
hierdie gesigte staan pure betowering.

Sy meen sy sal Angelina se lippe en tatoes herken, maar wat
van Drew en Penélope? Wat van Bonnie Lee, ster van die aand
oor wie almal so swymel?

Wel, sy sien één siniese joernalis wat nie meegevoer word nie.
En boonop pragtig, kan sélf 'n paar koppe laat draai. Staan so-
waar met oorfone in die ore, oë geslote asof sy na 'n ander wêreld
weggevoer is, hande in haar heupjas se sakke, g'n kamera of pen
of notaboek gereed nie.

Ella bekyk die TV-spanne, die onderhoudvoerders, mikro-
foon in die hand, die kameramanne met hulle oorfone waarin
regisseurs bevele gee.

Ineens groot beroering, stemme wat styg, uitroepe van: "Pené-
lope! Penélope!"

A, dink sy, dís soos dit werk, hoef nie te wonder nie, die papa-
razzi is ingelig. Haar kamera klik entoesiasties saam, sy voel die
aandruk van liggame teen haar, die gestoei vir die beste uitsigpunt.

"Susan! Susan!" roep hulle.

"Christina! Christina!"

"Jackie! Jackie!"

"Jet! Jet!"

Dêm, dan was daardie eerste man nie Jet of Jackie nie.

"Angie! Angie!"

Inderdaad die ene lippe en tatoes. En sy klik, klik, klik, kyk die aktrise agterna by die teaterdeure in, hoor sag van binne die ruising van applous van die fliekgangers wat die sterre opnuut by hulle sitplekke verwelkom.

Buite bereik die vreemde afgodery 'n crescendo, nou 'n gechant: "Bonnie! Bonnie!" Ella strek haar op haar tone na die nuwe aankomeling, sien die glinstering van die silwer rok, hare golwend oor die pelssjaal.

Sy merk dat selfs die onbelangstellende vrouejoernalis nuuskierig oor die koppe na Bonnie Lee staar, swewend en statig oor die rooi tapyt, wuiwend met 'n slap pols diékant toe, daai kant toe, en in by die deur.

Nou sak 'n groot bedaring en skemering buite toe. Die skerp TV-kameraligte word een na die ander afgeskakel en die skare begin traag uiteengaan. Die joernaliste wyk by die poort uit, links om die hoek in Sint Jakobs, vermoedelik na die Café De Republiek langsaan, vir die versending van foto's en berigte. Dan drink en eet en wag vir die einde van die fliek, vir die laaste item op die agenda: die kort mediakonferensie in die Salon Privé vir nog foto's en vrae aan die hoofspelers van *The Dancer*.

Voor die teater is dit ineens rustig, nog net 'n paar dwalende siele oor. Ella haal haar sel uit en sien twee Missed Calls.

Demmit, dit was Rabie.

En 'n teksboodskap: *Dis hy, meneer Fomalhaut. Vra hom oor Mitzi.*

Sê sag vir haarself: "Hét jou, Abel Lotz, jou fokker!"

Sy kyk rond, onseker oor haar volgende stap. Al waaroor sy seker is, is dat hy vir twee uur in die teater vasgevang sit, onbewus daarvan dat hy daar, omring deur Hollywood-sterre, sy laaste twee uur van vryheid deurbring.

Sy besluit op koffie in die kafeekroeg langsaan, het dit nou nodig.

Die dubbele espresso is soos dik melassestroop en met die eerste sluk weet sy dat sy vanaand nie maklik aan die slaap gaan raak nie. Het 'n vermoede dat daar in elk geval min slaap gaan wees.

Maar iets knaag, kan nie haar vinger dadelik daarop lê nie. Weer 'n vertraagde instink, maar hoekom?

Sy sit by die kroegtoonbank en bepeins opsie een: Gaan lig die polisiemanne buite in oor 'n reeksmoordenaar in die teater, vra hulle om alle uitgange te verseël, die vertoning te onderbreek, die ligte aan te skakel en saam met haar van ry tot ry te soek totdat sy Abel Lotz in sy stoel kry.

Nog 'n sluk.

Nee, dit sal nie werk nie. Wat eerder sal gebeur, is dat die polisiemanne háár sal aanhou totdat 'n psigiater 'n diagnose maak dat sy aan een of ander geestesafwyking ly, moontlik vervolgingswaan.

Opsie twee: Oortuig een van die polisiemanne dat sy dringend met wyksinspekteur Rik Coppens moet praat. Vra of hy so gaaf sal wees om Coppens diskreet in die donker teater te gaan soek.

Nee, dis ook nie haalbaar nie.

Hoe diskreet sal dit wees: 'n flitslig op die gesigte van fliekgangers en BBP's by die langverwagte première? Watter polisieman met ambisie vir 'n lang en roemryke loopbaan sal tot so iets instem bloot op hoorsê van 'n onbekende adjudant-offisier uit Suid-Afrika?

En Abel, wat sal sý reaksie wees as hy 'n soekende polisieman met flitslig van ry tot ry sien?

Opsie drie: Wag rustig – of ónrustig – tot die einde van die fliek. Bel Rik Coppens dan op sy sel en sê vir hom hy sit saam met 'n reeksmoordenaar in die teater en kan hy aan sy polisiemanne buite opdrag gee om Abel Lotz, uitgeken deur adjudant Neser, te arresteer sodra hy in die foyer uitstap.

Maar as Coppens se sel nog op Silent gestel is? Sal hy die vibrasie in sy sak voel, vinnig genoeg kan reageer terwyl die fliekgangers reeds begin uitstap?

Opsie vier is 'n kombinasie van opsies een, twee en drie: Wag tot die einde van die fliek, oortuig die polisiemanne buite om die uitgange dop te hou en vra die teaterbestuurder om menéér

Rik Coppens oor die luidsprekerstelsel vir 'n noodgeval na die foyer te ontbied. Noem hom "meneer", dis belangrik, dit wek nie agterdog nie, lyk na iets persoonliks.

Dan wag hulle Abel in en wanneer hy uitkom, wys sy hom uit, twee polisiemanne neem hom diskreet eenkant toe, arresteer hom en vat hom by 'n branddeur uit. Niemand hoef te weet nie, geen ontwrigting van Brugge se Hollywood-triomf nie.

Vir opsie vier het sy baie tyd. Dit behels die natuurlike afloop van die verrigtinge: die BBP's wat binne sit en wag totdat die plebs die teater verlaat het. Om dan na die Salon Privé begelei te word vir die kort mediakonferensie, waarna ook die joernaliste sal padgee sodat die uitverkorenes privaat met mekaar kan verkeer soos dit adeldom betaam.

Maar wat is dit wat sy miskyk? Daar is iéts, 'n gaping in haar opsies en die permutasies daarvan, op die punt van haar tong.

Sy kan nie langer stilsit nie, moet rondloop, dink beter as sy beweeg, verkieslik buite in die vars lug.

Sy sluk die laaste espresso en stap uit, hande effe bewerig, vermoedelik van al die gekonsentreerde kafeïen. Buite staan sy onseker en rondkyk, oorweeg weer elke opsie terwyl sy die groepies portiere en wagte en polisiemanne dophou. Probeer dink wat haar so ontwyk.

Sy haal haar selfoon uit, tik 'n teksboodskap: *Abel Lotz saam in teater.*

Rik Coppens behoort te onthou wie Abel Lotz is.

Oukei, wat nou? Sy beskou die boodskap, 'n stelling soos 'n koei. Dalk moet sy 'n bietjie meer ophitsend wees, Coppens dwing om op haar sms te reageer. Sy wis dit uit en begin weer tik: *Verdagte Abel Lotz . . .*

En dan weet sy wat haar pla: *verdagte.* Abel is net in Suid-Afrika 'n verdagte, nie in België nie. Die lasbrief vir sy arrestasie lê in Johannesburg. In Brugge is hy 'n vry man, al verskyn hy op Interpol se Groen lys.

Voor Interpol aan die Belgiese polisie opdrag vir sy arrestasie kan gee, sal hulle eers regsgeldige bewyse vereis dat die identiteit van adjudant Neser se verdagte wel ooreenstem met dié van die voortvlugtige Abel Lotz. Vingerafdrukke, DNS – die tipe goed wat 'n hof vereis, nie 'n obsessiewe speurder se vermoedens en 'n enkele sms van 'n hoteleienaar in Johannesburg nie.

Dieselfde geld vir Rik Coppens. Hy kan nie sommer net iemand op straat of in 'n fliek gaan uitpluk en aanhou vir ondervraging nie. Hy het dit tog duidelik gestel in hulle gesprek oor Ignaz Bouts, en dieselfde sal vir Abel geld. Coppens moet ten minste 'n redelike suspisie of vermoede hê – gestaaf deur objektiewe feite, bewyse of omstandighede – dat so iemand 'n misdaad in sy wyk gepleeg het, of van plan is om een te pleeg.

Vier opsies moer toe, en sy wis finaal haar tekspoging aan Rik Coppens uit.

So naby, so ver.

Maar sy weet nou hoe Abel lyk en waar hy bly, inligting wat sy vanaand nog met Coppens sal deel.

En môre sal sy Silas Sauls se Sabbat met 'n foonoproep omkrap om al die nodige dokumentasie vir Abel se arrestasie en uitlewering gereed te kry. En hopelik sal kaptein Buthelezi van Interpol Suid-Afrika dit ewe vlugvoetig aan Interpol in Lyon besorg om die Belgiese polisie te vra om die voortvlugtige verdagte aan te keer.

Maar teen daardie tyd, as Abel haar herken het, kan hy al wie weet waar sit. Dan begin die hele soektog van voor af.

Sy loer na haar horlosie, dwalend op en af in Sint Jakobs, nooit te ver uit sig van die teateringang nie. Loer ook 'n slag na die deur van De Republiek, oorweeg nog 'n espresso, besluit dan daarteen. Slenter onder die dakpoort by Boterhuis in, knik na die polisiewag by die teateringang, wys haar akkreditasie en gaan soek binne na iemand wat haar kan help met inligting.

Sy stap na 'n vrou in die loket by haar rekenaar besig, vra hoe lank die fliek nog gaan duur. Dit behoort tienuur klaar te wees, is die lustelose mededeling.

Ella kyk weer op haar horlosie: net ná halfnege, nog 'n uur en 'n half.

Nou stap sy na die vier mans, vermoedelik plekaanwysers, wat by die verversingstoonbank staan en klets, verby die sagte banke waar fliekgangers kan sit en wag voor 'n vertoning. Die banke is vanaand leeg, behalwe vir een verlate figuur wat kop onderstebo sit, oorfone in haar ore. Ella herken die pragtige joernalis van vroeër op die rooi tapyt, duidelik nie deel van die trop nie. By die toonbank toon sy weer haar akkreditasiepas en sê: "Verskoon my, ek soek 'n skroewedraaier."

Blik van onbegrip in vier pare oë.

"Skroewedraaier," sê sy en glimlag mooi. "My sleutels toegesluit."

Een van die jong knape lig sy elmboë van die toonbank op, vra nie uit nie, skud net sy kop asof hy wil sê: Vroue! Wink haar agter hom aan, om die hoek na 'n stoorkamer vol stofsuiers en besems en ander skoonmaakgoed, brandblussers en bokse, 'n noodhulpkis, selfs 'n rolstoel.

Hy maak 'n kasdeur oop en begin tussen gereedskap krap. Sy leun by hom verby. "Daardie grote, dit sal werk. En is dit isoleerband daar? Kan ek dit ook leen? Bring dit nou-nou terug."

Hy wil protesteer, kyk weer na die polisiepas om haar nek.

Sy ontplooi 'n nuwe glimlag saam met 'n geldnoot. "Tien euro, behoort genoeg kollateraal te wees, nè?"

In die foyer begroet 'n walm van geurige kos haar, van die spysenieringswa wat uit Sint Jakobs onder die dakpoort ingetrek het. Manne in wit koksmusse en -jasse is besig om die eetgoed vir die Salon Privé-onthaal uit te laai.

Sy kry koers in Boterhuis af, om die slap draai, haar blik op die groen deur onder aan die regterkant, die steeg dof verlig uit skakelhuisvensters.

Voor die deur trek sy haar handskoene aan en klop, al verwag sy niemand tuis nie. Die luik waar sy vroeër ingeloer het, kraak oop toe sy daaraan trek. Agter die vuil, gordynlose ruit is 'n skyn-sel van lig binne.

Sy kyk weer vlugtig op haar horlosie: tien voor nege.

Die ou skuiframvenster bestaan uit 'n boonste en onderste houtraam, elk verdeel in twee glaspanele. Die knip is binne, in die middel waar die twee rame ontmoet.

Sy plak horisontale stroke isoleerband oor die glas voor die knip. Sy druk die skroewedraaier se plat punt onder die harde, verkrummelende stopverf in en gee die hef 'n harde stamp met die hiel van haar hand. Die glas versplinter, die skerwe klouend aan die kleefband.

Sy wikkel die skroewedraaier deur die stukkende glas in na die knip toe, gee dit twee, drie ligte stampe en die knip glip oop.

Sy probeer vergeefs die onderste raam opskuif, druk oplaas die punt van die skroewedraaier in die gleuf tussen die raam en die kosyn, en met haar beskeie gewig en die skroewedraaier se hef-boomkrag skuif die hardnekkige raam met 'n sagte geknars uit sy rusplek.

Sy loer op en af in die verlate steeg, druk die raam hoër op en klouter in. Trek die luik agter haar toe en laat sak die vensterraam.

Binne, stoffend met haar handskoenhande aan haar nuwe broek, is bedompige reuke en sy kom agter dat sy skaars asem-haal terwyl sy in die flou plafonlig die groot, leë vertrek en trappe beskou.

Teug diep. Vyf voor nege. 'n Uur voor die einde van die fliek. Dit behoort genoeg te wees.

Die skroewedraaier was 'n impulsiewe besluit, nie deel van haar weloorwoë – en uiteindelik nuttelose – opsies nie. Maar sy is seker dat sy iets in Abel se woonplek sal kry om Coppens te oor-tuig dat hy vannag al in 'n sel moet slaap. Want sy weet as Abel haar daar by die teater herken het, gaan hy op sy hoede wees. En sy kan nie toelaat dat hy weer verdwyn nie, nie noudat sy hom uiteindelik hier in die vreemde opgespoor het nie.

Natuurlik kan Coppens haar summier vanaand sáám met Abel

toesluit. Dis sekerlik ook in Brugge 'n kriminele oortreding om by iemand se huis in te breek, selfs by dié van 'n verdagte reeksmoordenaar.

Maar sy los nie vingerafdrukke nie en het nie 'n oogtand gebruik om die stroke kleefband af te skeur en speeksel met haar DNS daarop agter te laat nie.

Al wat sy soek, is *iets*, die geringste aanduiding van onwettigheid.

'n Paspoort sal help. 'n Vervalste paspoort met Abel se gesig, uitgereik aan A.L. Lippens. Dís 'n bewys dat 'n moontlike misdaad gepleeg is, genoeg om die onwettige immigrant summier vir vier en twintig uur aan te hou tot sy vingerafdrukke met Abel Lotz s'n vergelyk kan word.

Haar voetstappe galm sag, die hakkies van haar ballerinaskoene kloppend op die houtvloer. Sy bestyg die trappe.

Nog 'n groot vertrek, en hier is die reuke sterker, byna oorweldigend die reuk van ontbinding, soos dié van 'n verrottende rotkarkas op 'n plafon.

Sy snuif-snuif, en ja, ook iets meer bekend in die lug, iets soos die vae aroma van wintergroen, maar sy is seker dis net haar verbeelding.

Haar hand soek na 'n skakelaar en toe die lig aangaan, sien sy die tafel met die vinielblad, verharde stukke gips, gekoekte hare en ou bloed, wastrog, emmers, twee houtbalies met vloeistof waarin lappe lê en week. Of is dit huide? Twee spanrame elk met 'n droë vel van omtrent A4-grootte.

Op die kombuistoonbank 'n apparaat soos 'n groot cappuccinomasjien, die handelsnaam Porti-Boy, rubberbuise met dik naalde daaraan gekoppel. Nog 'n toestel van vlekvryestaal soos die vakuumpomp in dokter Koster se outopsieteater. Sy herken die skalpel en trokar op die toonbank, die slagtersmes en skêre.

Op die vloer teen die muur sakke met poeier en bottels met vloeistowwe. Langsaan vier ovaalvormige gipskokonne, twee grotes, twee kleiner.

Sy is verlam, haal skaars asem, herleef die nagmerrie van haar eerste ontmoeting met Abel Lotz. Haar oë nou op die masker teen die muur, die Idia wat uit haar huis gesteel is, en onder die masker 'n afdruk van 'n skildery, 'n man wie se vel afgeslag word.

Sy skakel die lig weer af en druk 'n deur oop, kan 'n bed in die donker slaapkamer uitmaak, haar hele liggaam klam van die sweet.

Wil by 'n badkamer uitkom, en 'n wasbak vir koue water oor haar gloeiende gesig, en fok die grimering, voor sy soek na persoonlike dokumente, 'n paspoort, miskien in die laaikas langs die bed.

Dan uit, uit hierdie huis van gruwels.

Maar in die slaapkamer versteen sy, draai haar kop en luister, hoor die geknars van 'n sleutel onder in die deur. Sy sak op haar hurke af, kruip oor die vloer langs die tafel verby, loer tussen die tralies van die balustrade af na die deur wat onder oopgaan.

Abel se figuur in die kosyn, die bultende maag, ronde heupe, plat pet, nou sonder die bril. Sy sien hoe hy rondkyk, na die trappe staar, dan hoër op.

Sy wag nie langer nie, kruip op haar knieë terug by die donker slaapkamer in. Stoot die deur stadig tot op 'n skreef toe, sit hurkend en wag, hart bonsend in haar keel en teen haar slape.

Hy móés haar herken het daar by die teater. Hy het besluit om sy fliek kort te knip, weer te vlug.

En nou betrap hy haar in sy huis, en sy het geen wapen nie.

Sy sit haar skouersak sag langs haar op die vloer neer en haal die skroewedraaier uit. Vroetel met die ander hand na haar selfoon, skakel dit af. Die laaste ding wat nou moet gebeur, is dat iemand haar bel, die akkoorde van "I Believe I Can Fly" in die stilte van Abel se huis.

## 56. Sajida

Nadat die laaste BBP's op die rooi tapyt by die teater in is, bly maal die joernaliste om haar soos skape. Dan begin hulle agter mekaar aantou om die hoek na die restaurant toe.

Sajida bly alleen agter. Sy beweeg tussen die laaste toeskouers in om nie te opsigtelik uit te staan nie. Maar toe hulle ook traag begin wegstap, loer sy vlugtig in die rigting waar Faisal gesê het hy sal wag, oorkant die straat in 'n skadukol naby die ingang van die hotel.

Sy stap na die teateringang, toon haar perspas vir die polisiewag en sê sy soek die waskamer. Hy vat die pas aan die lang koord om haar nek in sy hande, bestudeer die foto, kyk op na haar gesig, glimlag en sê die waskamer is in die foyer, aan die regterkant.

Binne sien sy die skerms waarop voorskoue van komende flieks vertoon word, die klank sag afgedraai, die glastoonbank waar verversings verkoop word, nou verlate, behalwe vir vier jonges aan't gesels, en die leë loket, net een vrou agter 'n rekenaarskerm besig.

Sy gaan sit op 'n bank en sluit haar oë, net 'n geringe, skaars merkbare gewieg van haar bolyf vorentoe en agtertoe. Dis stil in die foyer en sy sit lank so, meegevoer deur die dreunsang van die nou al bekende stemme in haar ore. Later kyk sy vlugtig op toe die aroma van kos haar neus bereik. Soek na 'n horlosie, sien dis kwart voor nege.

By die ingang kom spyseniers met trollies in, gelaai met bedekte skinkborde en skottels en bakke met koepeldeksels van silwer.

Sy kom orent en stap waskamer toe, afgeskort agter 'n muur.

Sy staan voor die spieël en betrag haarself, druk aan haar lang swart hare en kyk na die groen irisse van haar oë. Sy voel die gewig van die denimonderbaadjie onder haar bloes en jas. Dep 'n snesie in water en vee die klam koeligheid oor haar voorkop en wange en ken, en teen haar keel.

Sy druk haar regterhand in die jas se sak en voel die skakelaar deur die gat in die materiaal. Met haar duim op die skakelaar luister sy na molla Burki se stem, sy voordrag van ayats uit die Koran.

Sy is alleen in die waskamer en stap by 'n toilethokkie in, slaan die deksel af en gaan sit. Vir die soveelste keer dink sy aan die plan wanneer die fliek eindig: hoe sy haar weer by die ander joernaliste sal aansluit vir die mediakonferensie in die Salon Privé, hoe sy eenkant toe sal skuifel, al nader aan die BBP's. Haar duim sal die skakelaar in die eerste posisie indruk, die battery se energiestroom na die slagdoppe aktiveer, en sy sal met die aftelling van tien begin. En wanneer die verbaasde wagte begin skarrel om haar van die BBP's weg te kry, sal dit te laat wees, sal haar duim die skakelaar in sy finale en noodlottige posisie indruk.

En alles is verby.

Sy sal onbewus wees van wat gebeur, en so vlugtig soos 'n gedagte is sy weg van hierdie aardse hel wat Majid vir haar geskep het. Opgeneem in die hemelse saligheid van die Paradys waar haar pa en broers gereed is om haar te verwelkom.

Maar hoekom langer wag? dink sy opeens.

Hoekom nie sommer nóú al ingaan nie, hoekom haar pa en broers laat wag?

Sy kan net by die flieksaal instap, hoef nie te wag vir die mediakonferensie nie. Niemand gaan haar voorkeer nie, die plekaanwysers aan't gesels, die foyer vol spyseniers in en uit.

Dis net 'n kort donker gang uit die foyer, druk die swaaideure oop en sy is in die flieksaal, al die BBP's saamgekoek. Hoe lank sal dit duur om by die trappe op te gaan tot agter waar hulle in 'n groep sit, tien tellings?

Sy sluit haar oë en begin bid en haal diep asem.

Dan staan sy op, verlaat die waskamer en loer om die muur. Die polisiewag by die deur se aandag is op die trollies kos wat uit die bestelwa naby die ingang gelaai word. Ás iemand haar tussen die bewegende spyseniers deur na die flieksaal sien stap, sal hulle dink sy het net uitgekom om die waskamer te gebruik, is nou op pad terug na haar sitplek.

Sy beplan dit weer in haar gedagtes: twintig tellings uit die foyer in die donker gang af tot by die swaaideure, druk die skakelaar, nog tien teen die trappe op tot agter by die BBP's . . .

Sy begin loop, al vinniger, moet haar inhou om nie aan die draf te gaan nie – die laaste halfminuut van haar lewe om die eer van haar en haar familie te herstel, Nasir se woorde sag op haar lippe: "Inqilab inqilab, Islami inqilab!"

En die oomblik wanneer sy die skakelaar in sy tweede posisie druk, sal haar laaste woorde wees: "Allahu Akbar!"

## 57. Abel

Iets is fout, dink Abel in die donker teater.

Hy staar na die beelde op die skerm, maar absorbeer niks; gebrekkige seine van die retina na sy brein. Hy sien niks, hoor niks, dink net aan adjudant Neser.

Hoe het sy sy spoor gekry? Kan sy hom nie in vrede laat nie?

En in hom wel die ergernis op, die grimmigheid soos 'n inkubus in sy maag, groeiend tot 'n woede wat sy hande laat bewe, die spiere in sy wange en keel laat tril, die bloed in sy gesig laat opstoot, die are teen sy slape laat klop, klop, klop.

Hy ken die simptome van hierdie woedebuie goed, so onbeheers tierend dat hy iemand se gesig met sy kaal hande kan afstroop, hierdie raserny wat van hom besit neem totdat hy hom willoos daaraan oorgee. Soos hy met daardie man gedoen het wat hom so wreed onderbreek het terwyl hy besig was om adjudant Neser se maagvel te oes, soos gebeur het met daardie kwak wat sy gesig mismaak het; hy het een se gesig vir sy pit bulls gevoer, die ander een s'n in 'n rommelhouer gesmyt.

En nou is sy wéér hier. Hou net aan en aan, sy jag hom, jag hom, jag hom.

Hy kom uit sy stoel orent, struikel by bene verby tot in die paadjie, strompel teen die helling af, stamp om die hoek die swaaideure oop. Struikel uit die flieksaal, bly staan hygend in die donker gang na die foyer, druk sy gesig teen die muur, probeer hom regruk, klap met sy hande weerskante teen die muur, stamp sy voorkop teen die muur.

Hoekom? Hoekom?

Hy haal diep asem, in en uit, in en uit om suurstof in sy spiere te kry, probeer vergeefs die woede beheer, sy bril nou stukkend en hy gee nie om nie.

Hy het iemand nodig, enigiemand, hy het 'n gesig nodig, hy wil dit nou hê, vanaand, dis al hoe hy sy balans kan herstel, beheer oor homself kan kry.

Hy draai van die muur weg in die rigting van die foyer.

Die vrou kom ingestorm, teen hom vas.

Sy struikel, pluk haar hande uit haar jas se sakke om haar liggaam te stuit toe sy val.

Ook hy is van balans af op 'n knie. Hy dink: sy is gestuur!

Hy klamp haar mond met 'n palm toe, sy ander hand om haar keel, sy vingers soekend na die groot are, druk met sy duim en wysvinger in die sagte weefsel van die keel in. Hy pen haar arms met sy knieë teen die vloer vas terwyl sy stoei en spartel en in sy palm proes en mompel.

Dan is daar iemand agter hom. Hy kyk om in die lig van 'n flits.

"Wat gaan hier aan?"

'n Geskarrel in Abel se kop. "Dis . . . dis oukei, ek hét haar."

"Hoekom ruk sy so?"

Die spartelings flouer, die gemompel vaer.

"Dis my dogter . . . sy's siek. Help my."

"Sy't uit die waskamer gekom."

"Ek weet." Hy lig haar bolyf op, plaas haar arm om sy nek. "Sy't die aanval voel kom . . ."

"Die aanval?"

"Floute."

Hy sleepdra haar tot in die foyer, die nuuskierige blikke van spyseniers op hulle, help haar na een van die banke. Merk ook die blik van die polisieman by die deur nou op hulle. Hy pluk die perspas van haar nek af, druk dit in sy sak.

"Die konvulsies het bedaar," sê hy, en beskou nou vir die eerste keer haar gesig, verras deur die pragtige vel, ongeskonde en onbederf deur grimering, nie eens lipstif aan die mond nie.

'n Vrou kom van die verversingstoonbank nader. "Moet ek 'n ambulans bel?" vra sy, haar blik besorg op die fladderende ooglede.

"Nee, dis nie nodig nie. Die floute duur net 'n paar minute ... ek's al gewoond daaraan."

Hy streel met die kussings van sy vingers oor die vel van haar gesig, so sag en soepel, oor haar wange en ken, die proporsies van die gelaatstrekke so volmaak ...

"Hier," sê die vrou langs hom en hy kyk verbaas na die snesie in die hand wat na hom uitgehou word. "Dis vir jou."

Hy vat die snesie en dep die trane in sy oë.

Die vrou hurk, druk met haar vingers teen die pols. "Hartklop voel oukei."

"Kan jy my help, haar regop laat sit?" sê Abel.

"Wag, ons het 'n rolstoel in die stoor, vir noodgevalle. Ek bring die noodhulpkis ook."

"Uhm . . . miskien net hoofpynpille, haar kop is altyd seer wanneer sy bykom."

Die vrou bring die rolstoel en Abel lig die slap liggaam in die stoel. "Ek sal haar in die kar gaan sit en die stoel terugbring."

"Vat haar eers hospitaal toe, bring die stoel later."

"Dankie."

By die uitgang sê die polisiewag: "Wat's fout?"

"Hulle het my daar binne gehelp, noodhulp en so aan. Wil nie kanse waag nie, vat haar nou hospitaal toe."

Die polisieman buk, druk die vrou se hare weg om haar bleek gesig in die lig te beskou. "Uit soos 'n kers. Sy't flou geword?"

Nou sien Abel hoe die frons verskyn.

"Het sy nie vroeër . . ." Die polisieman skud sy kop en sê: "Jy seker jy wil nie 'n ambulans hê nie?"

"Ek sal al met haar by die hospitaal wees voor die ambulans hier aankom."

"Sal jy regkom? Waar's jou kar?"

"In Naalden, net hier af in Boterhuis."

"Goed, roep as jy hulp nodig het," sê die polisieman, sy aandag terug by die spyseniers.

Abel stoot die vrou in die rolstoel uit in Boterhuis, kyk rond, wonder waar adjudant Neser is, waar sy besig is om die lokval vir hom te stel. Die spysenierswa verberg sy uitsig na Sint Jakobs. Dit beteken as hy haar nie agter die voertuig kan sien nie, kan sy hóm ook nie sien nie. Moontlik wag sy iewers tot die einde van die fliek, gereed om toe te slaan.

Hy stoot die rolstoel in die steeg om die draai.

Die gesig sal net tien minute vat en hy móét 'n gesig oes, 'n gesig is ál wat die demone kan verdryf en sy het so 'n mooi gesig, sy moeder sal van haar gesig hou. Hy sal die vel in sy koffietermos saamvat, dis waarna hy al so lank soek, so 'n volmaakte gesig, kan dit nie nou los nie, wil dit oor sy eie gesig aantrek nadat hy dit sag gelooi en gebrei het. Nee, die termos is te klein, sal 'n ander plan moet maak, en dit sal nóg tien minute vat vir opruiming, sy dokumente en geld en sy moeder se Idia-masker in sy drasak, en hy moenie sy Paganini-CD's vergeet nie, en sy skootrekenaar met al sy astronomiese waarnemings, die twee droë velle moet in die koker kom, en die kis met sy pa se viool, die kosbare Van de Geest met al sy geld . . .

Voor sy huis se deur loer hy na sy horlosie: kwart oor nege.

Genoeg tyd om te verdwyn voor die einde van die fliek, voor adjudant Neser en Brugge se polisie soos roofdiere op hom toesak. Die adjudant weet seker waar sy woonplek is, en as sy nie weet nie, sal hulle dit gou kry. Maar dan sal hy al weg wees, op 'n trein, die eerste trein, ongeag bestemming.

Hy druk die sleutel in die deurslot, voel dis reeds oopgesluit. Onthou hy was by die deur, al op pad uit, toe Antoon hom bel, moet vergeet het om te sluit. Hy kyk om hom rond, snuif-snuif. Iets ruik anders, iets versteur al die bekende reuke van sy huis. Hy kyk na die trappe op. Alles stil en rustig soos hy dit agtergelaat het.

Dan buk hy terug deur toe en lig haar uit die rolstoel. Trek haar nader, sy hande onder haar oksels, die twee trappies op en oor die drempel. Trek die deur agter hom toe. Hy moet nog die rolstoel terugvat, maar moet haar eers verdoof.

Hy sleep haar met die trappe op en lig haar op die boktafel.

## 58. Faisal

Van sy skuilplek oorkant Sint Jakobs het Faisal 'n uitsig op die poort na Boterhuis en die teater se ingang. Tariq is verder straataf. Vir Jamil en Aziz het hy in die restaurant in sien verdwyn, waarskynlik verveeld met die lang wag. Hy vermoed Sajida wag in die teater se foyer. Sy was nie tussen die ander joernaliste wat die Café De Republiek bestorm het nie.

Hy merk 'n groot paneelwa aankom, die drywer en sy passasier elk met 'n wit koksmus op die kop. Toe die paneelwa stilhou en die drywer behendig maneuvreer om by die steeg in te tru, besef Faisal dis 'n geleentheid wat homself kom aanbied het.

Hy stap haastig na die geparkeerde Hyundai in Naalden, haal die pienk pet uit en trek dit oor sy kop. Met die mandjie vol tulpe in sy arms stap hy terug in Sint Jakobs, die aroma van kos tergend in die koue aandlug.

Agter by die oop deure van die paneelwa sê hy vir 'n helper met 'n wit mus by 'n trollie besig: "Hei, hoessit? Luister, ek's in groot kak, man, kry nie al my aflewerings betyds gedoen nie. Hulle wou die blomme al sesuur gehad het, vir die gedoe hier binne, dis mos waarvoor julle die kos bring, nè?"

Die jong knaap lyk skepties. "Jy bedoel die ding in die Salon Privé?"

"Einste." Faisal sit die mandjie in die paneelwa neer, vroetel in sy sakke, haal 'n noot uit. "Hoe lyk dit met 'n klein gunsie, man? Dè, dis vir jou, twintig euro, vat net die blomme op jou trollie saam."

Die knaap kyk na die tulpe, kyk na die geld, steek sy hand uit vir die noot. "Oukei."

"Jy red my lewe, man."

Faisal draai om, loop vinnig weg. Plan B, sonder risiko, hoef nie eens sy gesig binne te wys nie.

Jamil spog die selfoonbom in die blomme is onfeilbaar – ás iets, die gode behoede, met Sajida sou skeefloop. Selfone is glo jare al die gewildste metode om terreurbomme te laat afgaan. Twee elemente is kritiek: 'n selfoon met die onstabiele litium-ioon-kobalt-battery, en die sel se vibrasiefunksie.

Jamil moes net 'n paar aanpassings aan die selfoon se ingewande doen, soos die oordraer in die stroombaan vir vibrasie. Bel iemand nou die sel se nommer, ontstaan 'n kortsluiting pleks van vibrasie, die battery oorverhit en aktiveer die slagdop, die slagdop ontsteek die plofstof. Geen skroewe en spykers vir verminking nie, maar die ontploffing kragtig genoeg vir baie sterfgevalle in 'n beknopte ruimte, het Jamil gesê.

Met kleefband het hy die selfoon met drade na die slagdop bo-op die wasblok plofstof vasgeplak en die kontrepsie in die uitgeholde droë oasis geplaas. Toe die stingels van die tulpe daarin gedruk vir 'n digte, informele rangskikking.

Faisal stap terug na sy posisie oorkant die straat en haal sy selfoon uit, die nommer van die selfoonbom reeds op sy Speed Dial geprogrammeer. Al wat nodig is, is tydsberekening en een druk van 'n toets. Boem!

Hy kyk op sy horlosie: vyf oor nege.

Die fliek kom tienuur uit. Sê dit vat tien minute voor almal in die Salon Privé bymekaar is. Die mediakonferensie is geskeduleer om vyftien minute te duur, maar miskien is daar langasems, sê dit duur vyf minute langer.

Halfelf, reken hy, sal 'n goeie tyd vir 'n ontploffing wees – óf Sajida s'n óf syne.

Nou merk hy naas die spyseniers ook ander beweging by die teateringang: 'n man wat 'n vrou in 'n rolstoel uitstoot. Haar kop hang skeef, ken op die bors.

Faisal slenter oor die straat, sien hoe die deurwag met die man praat, na die vrou oorleun en haar lang swart hare wegdruk. In die foyerligte herken Faisal haar gelaatstrekke.

Hy los 'n swetswoord en retireer terug na sy skadukol, skakel Tariq se nommer en sê: "Kar toe, kom!"

Hy oorweeg dit om die man met die rolstoel in Boterhuis agterna te sit. Besluit nee, dit sal opnuut die deurwag se aandag trek, en stap haastig in Sint Jakobs af om die rolstoel met Sajida by Naalden in te wag. Om die hoek uit sig begin hy draf, steek voor die ingang na Boterhuis vas, by die kort, swart stutpaal in die pad wat karre verhoed om by die steeg in te ry.

Hy sien niemand nie, kyk op en af in Naalden, sien ook geen karligte nie. Verstaan dit nie, asof hulle in die lug opgeraap is.

Hy krap sy kop. Wat de hel het verkeerd geloop? Wat het met Sajida gebeur? Wie is die man wat haar uit die teater weggevat het? En waarheen?

Tariq sluit by hom aan, effe uitasem. "Wat gaan aan?"

"Sajida. Iets is verkeerd. Kom."

Faisal stap by die donker Boterhuis in. Geen steegligte nie, net vae, geel glinte agter gordyne. Geen deurlope of kleiner steë waarin hulle kon verdwyn het nie, al die huisdeure toe.

"Daar's die stoel," sê hy. "Waar's Jamil en Aziz?"

"In die koffieplek, het jy hulle nie gebel nie?"

"Nee, ek dog jy sou."

Faisal beskou die deur, langsaan die houtluike, bo ook lig in 'n venster. Hy druk sy oor teen die deur, binne doodse stilte.

"Klop," sê hy.

Tariq tik met die hef van sy mes teen die deur.

"Klop weer."

Tariq tik harder, die geluid galmend in die stil, donker steeg.

Nou hoor Faisal voetstappe binne, dofweg op 'n plankvloer.

"Wie's daar?" vra 'n gedempte manstem. 'n Pouse. "Ignaz, is dit jy?"

397

## 59. Abel

Hy bekyk die bewustelose vrou op die tafelblad. Noudat sy plat lê, merk hy die vreemde manier waarop haar klere bult. Hy druk daaraan, voel iets hards.

Hy maak die enkele knoop van haar truijas los, en knoop die bloes oop. Hy verstar.

Die denimonderbaadjie se bultende sakke is toegegord met velcro, maar die elektriese drade kan hy duidelik sien.

'n Bom!

Hy leun oor haar, begin die drade met sy vingers volg, tot by die battery in die soomsak van die onderbaadjie. Van die battery lei die drade na binnesakke onder haar bors en agterom na haar rug. Hy volg dit met sy vingers, stadig en versigtig, wil homself nie opblaas nie, moet haar gesig oes.

Hy staan terug, stap na die toonbank en haal die spuitnaald uit en trek dit vol uit 'n ampul en druk die naald in die aar in die vou van 'n elmboog.

'n Harde klop aan die deur. Hy skrik en kyk op, draai sy kop skeef, wonder of hy reg gehoor het.

'n Tweede, harder klop.

Dalk is dit Ignaz, bekommerd oor sy skielike verdwyning uit die teater. Of is dit adjudant Neser?

Hy smyt die spuit op die toonbank en gryp die skalpel en mes en stap die trappe af tot by die deur.

"Wie's daar?" Hy huiwer 'n oomblik. "Ignaz, is dit jy?"

'n Man sê: "Maak oop." 'n Engelse stem, nie die Vlaams van Ignaz nie.

"Gaan weg!" Abel voel hoe die pruttende woede begin kook. Hulle kan hom net nie uitlos nie. "Skoert!"

Hy draai om terug trappe toe, hoor die deur oopgaan. Onthou te laat dat hy dit nie gesluit het nie, wou nog die rolstoel terugvat.

Hy sien die twee figure in die dowwe lig, die agterste een met 'n mes in sy hand.

Hy spring die trappe twee-twee op, wag hulle by die bopunt van die trap in.

"Waar's sy?" vra die man aan die voet van die trap.

"Wie?"

"Jy weet wie." Hy begin opklim, gevolg deur die tweede. "Gee haar, en ons los jou uit."

"Ek wou haar net help, sy's siek."

"Wat het jy met haar gedoen?"

"Sy rus, sy't flou geword."

Die voorste man, die leier wat die praatwerk doen, is nou byna bo, net nog twee trappe. Hy sê: "Wie's jy?"

Buitelanders, sien Abel nou van naby. En hulle is deel van die bomplanne. Hulle wou die bom in die teater laat ontplof, tref dit hom, dis waarheen die vrou so haastig op pad was.

"Ek wou net begin om haar gesig te oes," sê hy met 'n kopknik na die boktafel, sy blik stip op hulle gesigte.

"Wat?" sê die leier. "Wat wou jy doen?"

Abel merk hoe sy oë rek toe hy haar op die tafel sien lê met die oopgeknoopte trui en bloes, die denimonderbaadjie en drade duidelik sigbaar.

Hy kyk na Abel, kyk terug na die vrou, bestyg die laaste twee trappe, die mesdraer agter hom, nuuskierig om ook te sien wat aangaan.

"Ek sien sy dra 'n bom. Is julle terroriste?" vra Abel.

"Wat sê jy van haar gesig?" vra die leier.

Abel tree opsy om hom bo in te laat, sy hande agter sy rug met die skalpel en mes, sy buik uitgebult, die spiere in sy kort, dik bobeen soos 'n veer gespan.

"Ek wil dit oes, ek wil dit afsny," sê Abel.

Die leier lyk verward. Hy draai weer sy gesig na die vrou. Abel leun effe agteroor en sy voet skiet uit. Hy tref die man in die maag met die skop van 'n muil.

Die leier steier teen sy handlanger vas. Albei verloor hulle ewewig, val agteroor, grypend na die relings.

Abel hoor hulle uitroepe, leun oor die balustrade, sien hulle tuimelend teen die trappe af, 'n gefladder van arms en bene. Hy spring agterna, sy oë wild, speeksel skuimend in die hoeke van sy mond.

Hulle lê verdwaas op die vloer, spartel om orent te kom.

Abel besef hy het 'n kans van net 'n minuut of twee voor hulle herstel het. Dan het hy géén kans nie, is nie opgewasse teen dié twee nie, veral nie die fris een met die mes nie.

Met albei hande, die mes in die een, die skalpel in die ander, kap en sny en steek hy na die naaste een, die leier. Hy voel hoe die skerp lem van die skalpel deur weefsel sny. Hy ken daardie gevoel, gewoonlik delikater. Maar merk nou uit 'n ooghoek hoe die grote regop kom. Abel skop na hom, die vloer glibberig van bloed. Hulle slaan albei neer.

Die leier bly lê, sy asem rukkerig en skor.

Abel voel 'n hand wat soos 'n skroef om sy linkerpols sluit. Die mes val uit sy lam vingers.

Op hulle knieë voor mekaar sny hy blindelings en verwoed met sy skalpel na die man met die merk teen sy voorkop, heen en weer, steek en sny hy en besef sy teenstander is ongewapen, moet sy eie mes in die tuimeling teen die trappe af verloor het.

Abel skarrel regop.

Dan raap die fris man Abel se mes van die vloer op en hy leun vooroor soos 'n ervare mesvegter en hy swiep met die mes deur die lug en Abel voel hoe die lem teen sy ribbes insny, voel die lem oor sy voorarm, oor sy bors.

Hy is verbaas dat hy die snye voel, maar geen pyn nie.

Geen krag in sy bene meer nie. Hy sak op sy knieë af en sien die mes in die hand van die groot man bo-oor hom, sy lippe in 'n grimas van sy tande weggetrek vir die doodsteek.

Abel probeer die steekhou nie met sy arms afweer nie, rol net opsy. Die lem sny skrams deur sy skouerspiere en steek in 'n vloerplank vas.

Die man se gesig, sy gejaagde asemhaling, nou teen hom.

Abel bring sy hand met die skalpel van die vloer af op in 'n wye beweging, sny deur die slagare van die dik nek.

Die man kry nog die mes uit die vloer gepluk, lig dit op. Dan laat hy dit val, bring albei sy hande na sy keel toe asof hy nou eers agterkom dat hy gewond is.

Hy leun half oor Abel, steier 'n slag en gaan sit op die vloer.

Abel skarrel hande-viervoet weg, sy oë op sy teenstander.

Die man staar verdwaas voor hom uit, gaan lê dan stadig soos iemand wat moeg is en 'n bietjie wil rus.

Abel kruip nader, kry 'n handvol hare tussen sy vingers beet. Hy begin met die skalpel, maar dis geen delikate prosedure nie; hy kerf en sny en ruk en pluk.

Die man met die merk teen sy voorkop se oë is nog oop, sy asemhaling hortend en snakkend, konvulsies van sy arms en bene, terwyl Abel sy gesig en kopvel afslag.

## 60. Ella

Op haar hurke, hart wat in haar keel hamer, loer sy by die skreef in die deur, sien hoe Abel opsy staan vir die man aan die bopunt van die trap. Agter hom sien sy 'n tweede man, merk teen die voorkop, mes in die hand.

Dan gebeur alles vinnig.

Sy sien hoe Abel se voet die voorste man tref. Sy hoor die uitroepe en gedonder teen die trappe af, Abel agterna, in sy hande 'n mes en skalpel.

Sy staan op en tree uit die slaapkamer, kyk na die vrou op die tafel. Merk die denimonderbaadjie en elektriese drade.

"Is julle terroriste?" het sy Abel hoor sê. En dis duidelik dat hy reg was.

Sy hoor die gestoei en gehyg en gesmoorde uitroepe onder.

Sy betrag die vrou se gesig, herken nou die mooi, afgetrokke joernalis by die rooi tapyt. Dit verg geen raaiwerk om te weet wie die teiken was nie: Hollywood se sterre by die glansryke première. Publisiteit sonder weerga vir 'n fundamentalistiese saak.

Sy kom agter sy het steeds die skroewedraaier in haar hand, haar vingers om die hef geklem.

Haar selfoon, sy moet haar selfoon kry, Rik Coppens bel.

Onder is dit ineens stil. Sy wonder of dit veilig sal wees om by die balustrade te gaan afkyk.

Dan hoor sy 'n snak na asem soos 'n drenkeling wat skielik suurstof kry. En 'n ruising, asof iets oor die vloer gesleep word. Die gedempte geluide beteken iemand leef daar onder, en hy gaan enige oomblik met die trap opkom.

Nou op die tafel ook beweging, die vingers wat 'n slag oopgaan, weer in 'n vuis toevou.

Dan kraak die trappe en sy skarrel terug agter die slaapkamer se deur in.

Dis Abel se kop en bolyf wat verskyn, bloed aan sy gesig en klere, aan die hand wat die trapreling vasklou. Aan die bopunt huiwer hy 'n oomblik, sy bors hygend.

Sy soek in die donker na haar selfoon in haar handsak, kry dit, skakel dit aan, haar oë stip op Abel deur die gleuf.

Hy staan vooroor, sy hand op die reling gestut, begin hoes dat sy smal skouers ruk. Nou merk sy dat hy iets donkers in sy ander hand vashou. Sy klere is aan flarde en daar is bloeiende wonde aan sy liggaam.

Hy los die reling en skuifel na die wastrog toe, 'n spoor van bloeddruppels agterna. Hy smyt die ding in die trog, draai die kraan oop en begin sy gesig afspoel.

Met haar selfoon teen die oor tree sy nader aan die deuropening. Die sel lui, dan 'n stem: "Rik Coppens is nie nou beskikbaar nie. Los 'n boodskap en ek bel jou so gou moontlik terug."

Sy laat sak die foon en sê: "Abel . . ."

Hy hoor haar nie, of hy hoor, maar kyk nie om nie. Net diep uit sy bors en keel die gehyg, skor, 'n gegrom byna.

"Abel, hoor jy my?" Die skroewedraaier in haar hand langs haar sy.

Hy draai die kraan toe, soek na die handdoek en droog sy gesig af, sy rug steeds na haar.

"Dis ek, adjudant Neser."

"Ek weet dis jy, adjudant, ek ruik jou." Nou eers draai hy om, die handdoek in sy hande. "Ek't jou herken, daar by die teater."

"En ek het jou in die kerk gesien. Jou gesig is anders, maar ek't jou ook herken."

Hy kyk na haar. "Ons is ou vriende, adjudant, ons wentelbane bly kruis."

"Ek dink ons het ons laaste kruising bereik."

Hy begin hoes, dep met die nat handdoek teen sy lippe en slof met 'n hink na die leunstoel. Hy druk weerskante op die arm-leunings en sak diep in die stoel in. Leun agteroor en sluit sy oë.

"Jy's beseer."

Die woorde bly in die lug hang en sy weet nie eintlik hoekom sy dit gesê het nie.

"Ek's orraait," sê hy. "Net bietjie rus . . ."

Hy druk-druk met die handdoek teen sy gesig en toe hy dit op sy skoot laat sak, is sy oë oop en op haar waar sy langs die tafel by die vrou staan.

"Is hulle dood?" vra sy met 'n kopknik trap toe.

Sy blik gly verby haar na die Idia-masker teen die muur. "Ek't sy gesig gevat."

Sy loer in die rigting van die wastrog, dankbaar dat sy nie die inhoud kan sien nie. Terug na hom toe sy die beweging sien. Sy hand soek op die koffietafel langs sy stoel, kry die afstandbeheer.

"Musiek, adjudant? Paganini?"

Nuwe beweging op die tafel, die vrou se oë steeds geslote, maar haar een been ruk, 'n onwillekeurige rukking soos soms voor slaap jou oorval.

"Sy't 'n bom," sê Ella.

"Ja." Sy aandag op die afstandbeheer.

Sy skrik toe die viool sag begin speel.

"Waar't jy haar gekry?"

"Hulle wou die mense uit Hollywood opblaas."

"Maar sy's nie dood nie. Jy het haar ingespuit, ek't gesien."

"Hoekom bly jy my agtervolg, adjudant? Die hele wêreld vol?"

"Dis verby, Abel, met alles wat jy gedoen het."

"Kan jy my nie met rus laat nie!"

Hy begin weer hoes, druk die handdoek oor sy gesig, sy kop agteroor teen die stoelleuning.

Hy is gedaan, dink sy, bloedverlies, hy kan niks meer aan my doen nie. Hy kan aan niémand meer iets doen nie.

Sy sit die skroewedraaier op die tafel langs die vrou neer en tik 'n sms vir Rik Coppens, bid dat hy die vibrasie in die fliek sal voel, die boodskap sal lees: *Bel my dringend oor Abel Lotz en bom! Ella Neser.*

"Sy gaan netnou begin bykom." Abel haal die handdoek voor sy gesig weg, sy oë op Ella. "Ek is onderbreek, het nie die volle dosis ingespuit nie."

"Wat wou jy met haar doen? Het sy 'n tatoe van astronomiese betekenis?"

"O, jy weet daarvan?"

"Help Ignaz Bouts jou?"

"Ignaz? Is dit hý wat my verraai het?"

"Hy't my een van jou velle gewys. Die een met die pou, simbool van die konstellasie Pavo, of hoe? Wat jy van Mia Vermooten se blad afgesny het. Wat wou jy met mý tatoe doen, Abel, my verskietende ster?"

Sy wens Rik Coppens wil terugbel.

"Jou maagvel sou 'n mooi boekomslag uitmaak, adjudant. Ons sou onskeidbaar wees. Ek sou jou altyd met my saamdra."

"Wat's in daardie kokonne?"

"My nuwe donateurs. Twee konyne . . ."

Op die tafel 'n sagte sug en 'n kreun, die vrou se kop wat beweeg. Ja, hy is reg, sy kom by, al is die oë nog toe.

"Konyne?"

"Die twee groter kokonne, dis Lies en Margot."

Ella voel die ys teen haar rug, staar na hom. "Herre, Abel . . ."

"Sy't 'n skakelaar," sê hy. "Sy gaan die bom laat ontplof as sy bykom."

Ella kyk na die vrou op die tafel. Waar is die skakelaar, wat weet sy van 'n bom? Hoekom bel Coppens nie terug nie?

"Wat het jy met hulle gedoen?" Sy knik na die kokonne.

Moet hom vasbind. Met hom waag sy nie kanse nie, al lyk hy so onskadelik en pateties en erg beseer daar in sy verweerde ou stoel. Moet hom vasmaak en iets doen om die bom onskadelik te stel. Die rol isoleerband is in haar sak op die slaapkamervloer agter die deur.

"Jy dink jy hét my, nè?" sê hy, die lui oog starend, die ander een knippend.

"Ek vat jou terug Johannesburg toe. Jy gaan tronk toe. Vir die res van jou miserabele lewe."

"Ek gaan nêrens heen nie, adjudant. En jy ook nie."

"Wat bedoel jy?"

Sy tel die skroewedraaier op, skuifel agteruit kamer toe, haar oë stip op hom. Buk af, haar hand soekend, kry die sak, vroetel, kry die rol band.

"Daardie bom, dit gaan ons saam opblaas . . ."

'n Hewige hoesbui oorval hom en hy druk die handdoek teen sy mond. Toe hy dit wegvat, sien sy hoe hy verbaas na die vars, rooi bloedvlek staar.

"Jou longe is raak gesteek, Abel. Jy's besig om in jou eie bloed te versmoor."

"Kan vir myself sorg, doen dit al my hele lewe. Gee pad voor dit ontplof."

"Nie sonder jou nie." Sy sit die skroewedraaier langs die vrou se kop neer en begin aan die onderbaadjie vroetel, probeer die drade volg, trek die velcro oop. Kyk op toe sy beweging by die stoel merk.

"Net twee, drie minute, dis hoe lank ons nog leef," sê hy en probeer uit die stoel orent kom, sy hande op die armleunings gestut.

"Sit! Wat doen jy?"

Hy beduie na die wastrog. "Water, ek's dors."

Die vrou sug weer en nou beweeg haar lippe, asof sy mompel. Haar regterhand klem oop en toe en Ella sien ineens onder die oop jastrui hoe die vingers na die skakelaar reik. Twee drade loop van die skakelaar na die battery in die soomsak van die onderbaadjie.

"Gaan sit, Abel!"

"Moet my gesig afspoel, ek brand."

Die duim soek na die knop van die skakelaar. Ella gryp die hand vas, probeer keer dat sy dit druk, probeer die vingers oopbeur. Sien uit die hoek van haar oog hoe Abel regop staan, die handdoek in sy hande, sy oë op haar.

"Dis te laat, adjudant."

Op die tafel gaan die vrou se oë oop. Sy beur haar bolyf orent. Ella druk haar op die blad terug. Sien weer die beweging van die vingers. Sy gryp na die hand met die skakelaar, beur die vingers oop. Die vrou probeer haar bene afswaai. Ella druk haar terug, pluk die skakelaar uit haar hand.

Dan ineens 'n wasige beweging om haar, en Abel is agter teen haar rug, die nat handdoek om haar nek.

Sy los die vrou en skop en klap en gryp na hom.

Hy wring die handdoek om haar keel.

Sy voel die paniek en die beklemming van suurstof wat afgesny word, ruik sy asem agter haar, die sweet en bloed aan sy klere, sien hoe die vrou opnuut na die skakelaar soek.

Die handdoek al stywer om haar keel, 'n sensasie van groot drukking van bloed in haar gesig, agter haar oë. Haar ore slaan toe.

Sy grawe met haar hande na die handdoek om haar keel, probeer dit wegkry, soek vars lug in haar longe.

Spatsels lig voor haar oë. Die hand het weer die skakelaar.

Onwerklik nou, die luitoon van haar selfoon.

Sy tas met haar regterhand na die skroewedraaier op die tafel, kry dit beet saam met 'n handvol swart hare.

Agter haar wig Abel haar rug agteroor oor sy stuwende maag sodat net die punte van haar tone nog aan die vloer raak.

Sy swaai haar regterarm met die skroewedraaier oorkruis oor haar bors en oor haar linkerskouer agtertoe, elke greintjie krag in haar skraal liggaam agter die hou. Sy voel hoe die skerp punt sagte weefsel tref, dryf dit dieper in met die laaste momentum van haar arm en skouer.

'n Diep asemteug ontsnap teen haar nek, dan 'n kreun.

Maar die greep om haar nek bly, en sy stamp met haar elmboog in sy buik en wriemel en stoei en verloor haar greep op die skroewedraaier.

Eers nou verslap die handdoek. Sy ruk dit paniekbevange van haar keel af. Snak en voel die lug in haar longe, steier hygend van hom af weg.

Sy sien Abel struikelend terug na sy stoel toe. Hy sak neer, leun sy kop agteroor, die skroewedraaier diep in sy lui oog in.

Haar aandag terug by die vrou, kyk verdwaas hoe dié, haar oë oop en haar lippe prewelend, die skakelaar met haar duim druk en druk en druk.

Dan besef Ella: Abel moet die skakelaar se drade reeds ontkoppel het. Hy het haar laat dink die vrou gaan die bom laat ontplof om haar aandag van hom weg te kry.

"Jou . . ." Sy sukkel met haar stem, vryf oor haar keel. "Jou bom gaan nie werk nie," kry sy dit uit.

Soek na haar selfoon, sien die Missed Call is inderdaad van Rik Coppens.

Sy skakel hom, haar oë op Abel in sy stoel, geen deining van sy bors meer nie. Toe sy na die vrou op die tafel kyk, merk sy die stukkende glaspendant tussen haar lippe. En hoor nou die eerste keer weer die sagte note van die viool, strelend, swewend in die lug.

"Waar's jy, Ella?" vra Rik.

"In die steeg . . ." Sy sien hoe die vrou se liggaam begin ruk, wit skuim tussen haar lippe.

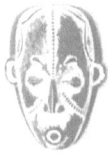

## 61. Faisal

Hy sleep homself oor die vloer. Dis 'n stadige proses. Hy gebruik net een van sy arms, druk met sy elmboog teen die vloer en trek homself vorentoe.

Sy ander hand is aan sy maag geklem, sy vingers nat en taai van die bloed. Onder sy palm voel hy uitstulpings waar die skalpel sy buik oopgekloof het. Hy seil stadig oor die vloer en hou sy ingewande met sy handpalm in plek.

Toe hy die muur voel, skuif hy met sy rug daarteen in 'n half sittende posisie. Hy soek na asem en lek oor sy droë lippe, die pyn nou brandend soos 'n vlam in sy onderlyf, en Faisal, afvallige van sy geloof, bid dat hy nie weer sy bewussyn verloor nie.

Sy hand soek in sy sakke en hy moet twee, drie keer van greep verwissel voordat sy kragtelose vingers die selfoon uitgehaal kry.

Hy hoor musiek en kan nie verstaan wie die viool daar bo speel nie, verbeel hom hy hoor ook stemme, en dan die gelui van 'n selfoon.

Hy druk 'n toets en sien met wasige oë die tyd op die verligte skerm en dink die fliek is uit en Sajida is nie daar nie.

Die selfoon, glibberig van sy bloed, gly uit sy hand en val op sy skoot. Een hand beskerm sy buik, die ander hand vind weer die sel.

Hy lig dit na sy gesig op, soek die Speed Dial en kry die nommer. Om sy mond nou die trek van 'n glimlag, of miskien 'n trek van pyn.

Sy vingers is onseker, maar hy het nie nodig om die hele nommer in te sleutel nie, hoef net één toets te druk om die sein in die selfoon onder die tulpe te aktiveer.

'n Hoesbui skeur uit sy bors en hy sit die selfoon op sy skoot, vee die bloed van sy mond af. Sluit sy oë teen die pyn en wag dat die rukking van sy liggaam bedaar. Hy weet hy het nie baie tyd oor nie.

Hy lig weer die selfoon op en sy hand is bewerig en sy duim soek en hy druk die toets.

Die sel glip weer uit sy hand en sy kop rus agter teen die muur, dan sak sy ken skeef op sy bors.

Hy hoor nie die dowwe slag van die ontploffing en voel nie die trilling deur die vloer soos van 'n ligte aardskok nie. Hoor nie meer die klanke van die viool nie en die hand teen sy buik verslap en val langs sy heup op die vloer.

## 62. Ella

Sy leun teen die tafel met die skok van die plofslag en sê met die sel teen haar oor: "Hallo . . . hallo . . . inspekteur?"

Sy hoor uitroepe en gille op die agtergrond en Rik Coppens se stem: "Wat gaan aan?"

Hy sny haar af en sy storm met die trappe ondertoe en uit by die deur, struikel oor 'n rolstoel en sien die swart wolke van rook. Sy draf om die draai in die steeg. Voor die teateringang is dit chaos, mense wat heen en weer hardloop, polisiemanne wat die gebied afbaken met dik toue oorgetrek met maroen fluweel. Die eerste fotograwe en joernaliste reeds op die toneel uit die restaurant langsaan, kameras flitsend.

Ook sý word voorgekeer, en sy kyk na die wrak van die voertuig onder die dakpoort en sy hoor die sirenes aankom en wonder wat de hel het gebeur. Die bom is gekeer, daar was nie veronderstel om 'n tweede bom te wees nie.

En nou wil sy uit die steeg uitkom. Haar keel is seer en sy voel of sy versmoor in die verstikkende rook. Sy stap terug in Boterhuis en kry die rolstoel voor Abel se deur.

Sy gaan sit in die rolstoel, en voel hoe die tamheid haar liggaam oorneem, en haar skouers begin ruk en sy laat sak haar gesig in haar hande.

"Ella?"

Sy kyk op.

"Jy oukei?" sê Rik Coppens.

Sy knik en snuif en vee oor haar wange. Probeer regop kom, maar hy keer haar met 'n hand op haar skouer.

"Hulle's hier binne," sê sy en beduie met 'n swaai van 'n slap hand na die groen deur. "Wat het daar gebeur?"

"Lyk soos 'n bom in die spyseniers se voertuig."

"Beserings?"

"Die wag by die teater se ingang is beseer, weet nog nie hoe ernstig nie. Hy was gelukkig, die paneelwa se deure was toe terwyl die spyseniers binne besig was met die kos."

"Hoe laat is dit?"

"Net voor tien."

"Jy gaan nie die einde van die fliek sien nie."

"Ek sal vir die DVD wag, moes uitgaan toe ek jou sms kry. Wat is dit van Abel Lotz en 'n bom? Het hý die bom geplant?"

"Nee. Maar hy's hier binne. En as die polisie se bommense klaar is by die teater, moet hulle hierheen kom. Hier binne is nog 'n bom."

"Wat!"

"En laat kom die forensiese patoloog, hier's ook 'n paar liggame."

"Ella, wat op aarde het jy alles aangevang?"

## 63. Twee maande later

Haar eerste dag terug op kantoor. Sy is laat, en sy háát dit om laat te wees. Maar vanoggend is dit onvermydelik. En sy het 'n goeie verskoning: moes eers by die traumaberader aangaan om afgeteken te word. Sy is al vertroud met dié spesifieke prosedure, om ná 'n traumatiese voorval berading te ontvang totdat die kop-kwak oortuig is dat sy geskik is, na siel en liggaam, om haar werk te hervat.

Al in die gang voor die speurkantoor se deur begroet 'n aroma van koffie haar – iemand moet hulle gewaarsku het. Sy vermoed 'n oproep van die traumaberader aan Stallie: "Oukei, sy's op pad, sorg vir vars koffie."

Sy stap in en hulle wag vir haar. Daar by die koffiemasjien, in so 'n halfmaan, soos 'n uitgedunde kerkkoor.

Effe voor, soos dit 'n onverskrokke leier betaam, blaf Silas: "Nóú, Stallie! Vir wat wag jy?"

Stallie, onkant gevang en stamelend: "Maar sy't . . . 'n rok aan." Asof sy daar staan in 'n Gucci-pakkie.

Dan tref sy vinger die knop en die blêrboks dawer: "The boys are back in town, the boys are back in town, spread the word around, guess who's back in town . . ."

Sy grinnik, haal die rooi mus af, skud haar hare soos 'n nat hond, bekyk die gesigte: die vroom hardebaarde wat probeer saamsing, saamneurie, saambrom, meer vertroud met lyke as lirieke. Silas en Stallie en Papi en Tabs en Jimmy Julies en selfs Fred Lange.

Moord-en-roof se weergawe van die rooi tapyt uitrol, al is sy

413

sonder swaan op die blad of silwervos om die nek. En met die tweede refrein keer sy: "Genoeg, genoeg!"

Stallie snoer Thin Lizzy se bek en Papi bring haar beker met vars koffie. Silas beduie haar galant na haar afskorting en kom plak sy sitvlak op die hoek van haar lessenaar neer.

Sy ruik aan die gerf geel sonkieltjies in 'n vaas en hulle maak beurte om haar op die wang te kom soen en mompel simpel goed soos "Ons't jou gemis" en "Welkom terug" en "Dra jy nou rokke?"

En sy voel tuis, in haar fleurige romp en frilletjiesbloes.

Sy merk dat iemand – Stallie, wie anders? – nie net vir die vars blomme en koffie gesorg het nie, maar ook haar ABEL LOTZ-bord teen die partisiemuur skoongevee het.

Silas sê: "Wel, adjudant Neser, jy lyk goed . . . fris en vrolik."

"Ek vóél ook goed, kolonel."

"Al jou hangende ondersoeke is uiteindelik afgehandel. Die lei is skoon."

"Jip, en lus vir werk."

"Gaaf om dit te hoor, want dokter Koster is al op pad Emmarentia toe, die Botaniese Tuin."

"Vir sy oggendwandeling tussen die beddings?"

"Ja, by die kruietuin, waar 'n liefhebber van skoenlappers seweuur vanoggend op vier voete afgekom het."

"Vier voete?"

"Geamputeer en nog in die skoene."

"En die twee liggame, waar's dié?"

"Geen liggame, net die voete. En nie twee liggame nie, adjudant, ons soek viér. Dis vier linkervoete."


EINDE

## Bronne

1. Bleifuss, Joel. 8 Februarie 2008. Bruges: "A Fucking Fairy Tale". <http://www.filminfocus.com/film/in_bruges
2. Caroe, Olaf. 1958. *The Pathans 550 B.C. – A.D. 1957*. New York: St Martin's Press.
3. DeLillo, Don. 2010. *Point Omega*. New York: Scribner. (Ella se gedagtes in hoofstuk 51 dat mens detail beter in stadige aksie opmerk, is ontleen aan die beskrywing op bl. 13 in *Point Omega* van Jim Finley se beskouing van Douglas Gordon se video-uitstalling "24 Hour Psycho".)
4. Gilté, S., Vanwalleghem, A., Van Vlaenderen, P. 2004. Inventaris van het cultuurbezit in België, Architectuur, Stad Brugge, Middeleeuwse stadsuitbreiding, Bouwen door de eeuwen heen in Vlaanderen 18NB Noord, Brussel-Turnhout. <http://inventaris.vioe.be/dibe/persoon/7038
5. Goodwin, Jan. When the Suicide Bomber Is a Woman. *Marie Claire*, 16 Januarie 2008. <http://www.marieclaire.com/world-reports/news/female-suicide-bomber
6. Khan, Imran. 1993. *Warrior Race*. Londen: Chatto & Windus.
7. Lennon, Amanda Elizabeth. Oktober 2006. Fourth Generation Valkyries: A Strategic Analysis of Female Suicide Attacks in Unconventional Warfare. Working Paper 18, Working Group on Alternative Security Perspectives. University of Auckland.
8. Leyton, Elliot. 2003. *Hunting Humans – The Rise of the Modern Multiple Murderer*. New York: Carroll & Graf Publishers.

9. Lovric, Michelle. 2010. *The Book of Human Skin*. Penguin (Kanada).
10. Marcel, Joyce. A Different Kind of Mother. *The American Reporter*. Vol. 16, No. 4,351. 12 Desember 2011. <http://www. american-reporter.com/4,351/679.html
11. McCarthy, Cormac. 1999. *Cities of the Plain*. New York: Vintage.
12. McCrary, Gregg O., Ramsland, Katherine. 2003. *The Unknown Darkness – Profiling the Predators Among Us*. New York: William Morrow.
13. Ressler, Robert K., Shachtman, Tom. 1997. *I Have Lived in the Monster*. New York: St Martin's Press.
14. Rodenbach, Georges. 2007. *Bruges-la-Morte* (vertaling: Philip Mosley). Londen: University of Scranton Press.
15. Rodenbach, Georges. 2007. *Le Carillonneur (The Bells of Bruges*, vertaling: Mike Mitchell). Sawtry (Engeland): Dedalus.
16. Schweitzer, Yoram et al. Augustus 2006. Female Suicide Bombers: Dying for Equality? Memorandum No. 84, Jaffee Center for Strategic Studies, Tel Aviv University. <http:// www.gees.org/documentos/Documen-01398.pdf
17. Shahabuddin, Syed. 8 Augustus 2009. Should the Islamic punishment of Adultery be reconsidered? <http://www. guidedones.com/metapage/gems/adultery.htm
18. Thompson, Lawrence S. April 1946. Tanned Human Skin. US Department of Agriculture Library. Bull Med Libr Assoc. 34(2): 93–102. <http://www.ncbi.nlm.nih.gov/pmc/ articles
19. Zedalis, Debra D. Junie 2004. Female Suicide Bombers. Strategic Studies Institute, United States Army War College. <http://www.strategicstudiesinstitute.army.mil/
20. Hadiete. Sahih al-Bukhari (vertaling: M. Muhsin Khan). <http://www.searchtruth.com/hadith_books.php#bukhari

www.ingramcontent.com/pod-product-compliance
Lightning Source LLC
Chambersburg PA
CBHW022241020726
47496CB00004B/1010